Vous descendez ?

DU MÊME AUTEUR

Haute fidélité (roman), Plon, 1997.
Carton jaune (récit), Plon, 1998.
La Bonté : mode d'emploi (roman), Plon, 2001.
Pour un garçon (roman), Plon, 2002.

Ouvrage collectif
édité sous la direction de l'auteur

Conversations avec l'ange, Plon, 2002.

NICK HORNBY

Vous descendez ?

Roman

Traduit de l'anglais par
Nicolas Richard

FEUX CROISÉS
PLON

Titre original
A Long Way Down

Collection Feux Croisés
dirigée par Ivan Nabokov

ISBN Plon : 2-259-20201-2
ISBN édition originale : 0-670-88824-9

Pour Amanda

« On dira ce qu'on voudra, le remède contre le malheur, c'est le bonheur. »

Elizabeth McCRACKER,
Vous allez rire.

Première partie

MARTIN

Vous avez vraiment envie de savoir pourquoi j'ai voulu sauter du haut d'un immeuble ? Je vais vous le dire. Je ne suis pas complètement idiot. Il y a une explication logique, car c'était une décision logique, le fruit d'une véritable réflexion. Même pas une réflexion très sérieuse, d'ailleurs. Je n'irai pas jusqu'à dire qu'il s'agissait d'un coup de tête, mais rien non plus de terriblement compliqué, ou douloureux. On peut présenter les choses de la manière suivante : vous êtes, par exemple, le sous-directeur d'une banque à Guildford, et vous avez envie d'émigrer. Justement, on vous propose de diriger une banque à Sydney. Même si la décision vous paraît évidente, avant de donner votre réponse il faudra quand même que vous y réfléchissiez un peu, non ? Pour savoir si vous pourrez supporter de déménager, quitter vos amis et vos collègues, expatrier femme et enfants. Alors vous vous asseyez avec un bout de papier et vous dressez la liste des pour et des contre. Par exemple :

CONTRE : parents âgés ; amis ; club de golf.

POUR : salaire plus élevé ; meilleure qualité de vie (maison avec piscine, barbecue, etc.) ; mer, soleil ; pas de commissions gauchistes pour censurer « J'ai du bon tabac dans ma tabatière » ; pas de directives européennes pour interdire les saucisses britanniques, etc.

Le choix est vite fait, n'est-ce pas ? Le club de golf ! Laissez-moi rire. Evidemment, vos parents âgés vous font hésiter un instant... Mais seulement un instant, et encore, très court. Allez, je ne vous donne pas dix minutes avant que vous téléphoniez aux agences de voyage.

Voilà, telle était ma situation. J'avais beaucoup, beaucoup de raisons de sauter. Le seul élément figurant dans ma colonne des contre, c'était les enfants. Mais de toute façon, Cindy ne me laisserait jamais les revoir. Je n'ai pas de parents âgés, et je ne joue pas au golf. Sans vouloir froisser le bon peuple de Sydney, on pourrait dire que le suicide était mon Sydney à moi.

MAUREEN

Je lui ai dit que j'allais à une fête pour le nouvel an. Je l'ai prévenu dès le mois d'octobre. Je ne sais pas si les gens vous envoient des invitations pour le réveillon dès octobre. Probablement pas. (Comment le saurais-je ? Je ne suis pas allée à une soirée depuis 1984. June et Brian, les voisins d'en face, en avaient organisé une juste avant de déménager. Et même cette fois-là, je n'étais restée qu'une petite heure, après avoir attendu qu'il s'endorme.) Mais je ne pouvais plus continuer comme ça. J'y pensais depuis mai ou juin, et cela me travaillait trop, il fallait que je lui en parle. Quelle idiotie ! Il ne comprend pas, j'en suis sûre. Ils me disent de continuer à lui parler, mais on voit bien qu'il ne capte rien. Et puis quelle idée de se ronger les sangs pour ça ! En tout cas, je ne perdais rien pour attendre, n'est-ce pas ?

Après lui avoir parlé, j'ai tout de suite voulu aller à confesse. Parce que j'avais menti. Menti à mon propre fils. Oh ! ce n'était qu'un minuscule mensonge idiot : je lui avais annoncé, des mois à l'avance, que j'allais à une soirée, soirée inventée de toutes pièces. J'avais bien fait les choses. Je lui avais dit qui organisait la fête, pourquoi j'avais été invitée, pourquoi je voulais y aller, et qui d'autre y participerait. (C'est Bridgid qui organisait le réveillon, Bridgid de la paroisse. J'avais été invitée parce que sa sœur venait de Cork, et qu'elle avait demandé de mes nouvelles dans ses lettres. Je voulais y aller parce que la sœur de Bridgid avait accompagné sa belle-mère à Lourdes, et je désirais tout savoir sur la question dans l'idée d'y emmener Matty un jour.) Mais impossible de me confesser, parce que je savais que je devrais répéter ce mensonge jusqu'à la fin de l'année. Pas seulement à Matty, mais au personnel du centre de soins, et... Et à personne d'autre, en fait. Peut-être à quelqu'un de la paroisse ou dans un magasin. C'en est presque comique, quand on y pense. Quand vous passez vos jours et vos nuits à vous occuper d'un enfant malade, cela vous laisse bien peu de temps pour pécher, et cela faisait belle lurette que je n'avais rien fait qui mérite d'être confessé. Et tout d'un coup, je m'apprêtais à commettre un péché si horrible que je n'avais même pas pu en parler au prêtre puisque j'allais continuer à mentir jusqu'au jour de ma mort, jour où je ferais alors le plus grand des péchés. (D'ailleurs, pourquoi est-ce le plus grand des péchés ? Toute votre vie on vous répète qu'à votre mort vous vous rendrez dans un endroit merveilleux. Et la seule chose que vous puissiez faire pour y arriver un peu plus vite est justement ce qui en interdit l'entrée. Oh ! je comprends bien que c'est un peu comme resquiller dans une file d'attente. Mais à la poste, quand une personne essaye de doubler les autres, les gens protestent, ou disent parfois : « Excusez-moi, mais j'étais là avant vous. » Ils ne vous disent pas : « Vous brûlerez éternellement dans les feux de l'enfer » – ce serait un peu exagéré.) Cela ne m'a pas empêchée de continuer à aller à l'église ni d'assister à la messe. Si je ne l'avais pas fait, les gens auraient trouvé ça bizarre.

Plus la date approchait, plus j'enjolivais mon récit. Chaque dimanche, je faisais semblant d'avoir appris du nouveau, parce que je voyais Bridgid ce jour-là. « Bridgid a dit qu'on danserait. » « Bridgid a peur que tout le monde n'aime pas le vin ou la bière, alors elle a aussi prévu des liqueurs. » « Bridgid ne sait pas combien de personnes auront déjà dîné. » Si Matty avait pu me comprendre, il aurait pensé que cette Bridgid devait être vraiment cinglée pour se faire tant de souci au sujet d'une petite sauterie. Je piquais un fard chaque fois que je la voyais à l'église. Et, bien sûr, j'étais curieuse de savoir ce qu'elle faisait vraiment pour le réveillon, mais je n'ai jamais demandé. Si elle avait bien l'intention d'organiser une soirée chez elle, elle se serait peut-être sentie obligée de m'inviter.

J'ai honte, quand j'y repense. Pas pour les mensonges – maintenant, mentir, j'ai l'habitude. Mais parce que tout cela était vraiment lamentable. Un dimanche, je me suis entendue raconter à Matty où Bridgid comptait acheter le jambon pour les sandwichs. Mais j'étais obsédée par cette soirée du premier de l'an, évidemment. C'était une façon pour moi d'en parler sans vraiment rien en dire. Et je suppose que j'ai fini par y croire un petit peu à cette soirée, comme à une histoire dans un livre. De temps en temps, j'imaginais comment je m'habillerais, combien de verres je boirais, à quelle heure je partirais. Je me demandais si je rentrerais à la maison en taxi. Ce genre de choses. A la fin, c'était comme si j'y étais vraiment allée. Pourtant, même en imagination, je ne me voyais pas bavarder avec d'autres invités à cette soirée. J'étais toujours soulagée de partir.

JESS

J'étais à une fête en bas, dans le squat. Une fête merdique, avec un tas de vieux croûtons assis par terre, qui buvaient du cidre, fumaient des joints géants et écoutaient une sorte de reggae éclaté bizarre. A minuit, l'un d'eux s'est mis à applaudir, sarcastique, deux autres se sont marrés, et voilà tout – bonne année, et merci encore. Vous seriez arrivée à cette soirée la fille la plus heureuse de Londres, à minuit cinq vous auriez quand même eu envie de vous foutre en l'air. De toute façon, je n'étais pas la fille la plus heureuse de Londres. Loin de là.

J'y suis allée juste parce qu'on m'avait dit à la fac que Chas y serait, sauf qu'il n'était pas là. J'ai essayé sur son portable pour la millième fois, mais il l'avait éteint. Quand on s'est séparés, au début, il m'a accusée de le harceler. Le mot est un peu fort, je trouve. Je ne crois pas qu'on puisse dire « harceler » quand il s'agit juste de coups de fil, de lettres, d'e-mails, et de quelques coups frappés à la porte. Et je ne me suis pointée que deux fois à son boulot. Trois si on compte la fête de Noël, mais je ne la compte pas puisqu'il avait dit qu'il m'y emmènerait. Harceler quelqu'un, c'est le suivre dans les magasins, en vacances et tout ça, non ? Moi, je ne me suis jamais approchée d'un magasin. Et puis, quand on me doit une explication, je n'appelle pas cela du harcèlement. Quand on te doit une explication, c'est comme quand on te doit de l'argent, et pas juste un billet de cinq, en plus. Plutôt cinq ou six billets de cent. Si celui qui te doit au moins cinq ou six billets de cent t'évite tout le temps, tu finis par être obligée de frapper à sa porte tard le soir, à l'heure où tu sais qu'il est chez lui. Les gens ne plaisantent pas avec le fric. Ils font venir des collecteurs de dette, et te cassent les jambes, mais je ne suis jamais allée jusque-là. J'ai su me contrôler.

Bon, j'ai tout de suite vu que Chas n'était pas là, mais je suis quand même restée un peu. Je serais allée où sinon ? J'étais nulle ! Comment peut-on à dix-huit ans n'avoir aucun endroit où aller le soir du nouvel an, à part une soirée minable dans un squat merdique où l'on ne connaît personne ? Et pourtant j'y suis arrivée. Comme chaque année, on dirait. Je me fais des copains assez facilement, mais je leur prends la tête. Voilà ce que je sais, même si je ne comprends pas trop pourquoi ni comment. Et du coup les gens et les fêtes disparaissent.

Jen, je lui ai pris la tête, j'en suis sûre. Et elle a disparu, comme tous les autres.

MARTIN

J'avais passé les deux mois précédents à consulter sur Internet les enquêtes concernant les suicides, comme ça, juste par curiosité. La conclusion du coroner est presque toujours la même : « Etat de déséquilibre mental au moment de se donner la mort. » Ensuite vous découvrez l'histoire du pauvre type : sa femme couchait avec son meilleur ami ; il avait perdu son boulot ; sa fille avait été tuée dans un accident de voiture quelques mois plus tôt. Hé ! ho ! monsieur Coroner. Vous êtes sûr de votre coup, là ? Je suis désolé, mais ce n'est pas du déséquilibre mental, ça. C'est du bon sens. Tuile sur tuile sur tuile jusqu'à n'en plus pouvoir, et ensuite destination le parking du centre commercial le plus proche dans le break familial, avec une bonne longueur de tuyau en caoutchouc. Voilà le tableau. Vous ne croyez pas que la conclusion devrait plutôt ressembler à : « Il s'est donné la mort après avoir constaté en toute objectivité que sa vie était un putain de désastre » ?

Je n'ai pas lu une seule fois dans les journaux un compte rendu qui m'ait convaincu que le défunt avait déraillé. Imaginez un peu : « L'attaquant de Manchester United qui était fiancé à l'actuelle Miss Suède venait récemment de réaliser un doublé unique : il était le seul à avoir remporté la même année la FA Cup et l'oscar du meilleur acteur. Les droits de son premier roman venaient d'être achetés, pour une somme qui n'a pas été divulguée, par Steven Spielberg. Un de ses employés l'a retrouvé dans son écurie, pendu à une poutre. »

Je n'ai jamais trouvé aucun rapport de ce genre, et pourtant quand des gens heureux, doués et couronnés de succès se donneront la mort, alors là, oui, on pourra clairement parler de déséquilibre mental. Et je ne dis pas que le fait d'être fiancé à Miss Suède, de jouer pour Manchester United et de remporter des oscars est un vaccin infaillible contre la déprime – au contraire. Je dis juste que ça aide. Regardez les statistiques. Vous avez plus de chances de vous foutre en l'air si vous êtes divorcé, ou si vous êtes anorexique, ou chômeur, ou prostituée. Si vous avez fait une guerre, avez subi un viol, perdu un proche... Il y a tout un tas de facteurs qui poussent les gens au suicide ; tous susceptibles de vous coller un cafard monstre.

Il y a deux ans, Martin Sharp ne se serait pas retrouvé assis en pleine nuit sur un minuscule rebord à regarder le trottoir trente mètres plus bas, en se demandant s'il entendrait le bruit que feraient ses os lorsqu'ils se briseraient en mille morceaux. Mais il y a deux ans, Martin Sharp était un autre homme. J'avais encore mon boulot. J'étais encore marié. Je n'avais pas couché avec une gamine de quinze ans. Je n'étais pas allé en prison. Je n'avais pas eu à m'expliquer devant mes fillettes sur un article en première page d'un tabloïd, avec en gros titre le mot « ORDURE ! » illustré d'une photo de moi allongé sur le trottoir, devant une boîte de nuit bien connue de Londres. (A quel titre aurais-je eu droit si j'avais sauté ? « UNE ORDURE DE MOINS » peut-être. Ou bien : « UNE FIN MÉRITÉE ! ») J'avais, il faut bien le reconnaître, moins de raisons de me retrouver sur ce toit avant que tout cela se produise. Alors qu'on ne vienne pas me dire que j'étais mentalement déséquilibré, parce que, vraiment, je ne l'ai pas senti comme ça. (Et puis, de toute façon, c'est quoi cette histoire d'« équilibre mental » ? C'est vraiment scientifique, ça ? Est-ce que l'esprit se balade comme sur une espèce de corde raide et bascule dans le vide lorsqu'on perd les pédales ?) Mettre fin à mes jours était une réponse pertinente et raisonnable à toute une série d'événements malheureux qui avaient rendu ma vie invivable. Oh ! je sais bien, les psys diront qu'ils auraient pu m'aider, mais une bonne partie du problème vient de là dans ce fichu pays, pas vrai ? Personne n'est prêt à prendre ses responsabilités. C'est toujours la faute de l'autre. Ouin ouin ouin. Il se trouve que moi, je suis l'un des rares individus à croire que ce qui s'est passé jadis avec papa-maman n'a rien à voir avec le fait que je me sois tapé une fille de quinze ans. Que ma mère m'ait allaité ou pas, j'aurais couché avec la gamine, et il était temps que j'assume mes actes.

J'avais laissé partir ma vie en eau de boudin. Littéralement. Enfin, bon, pas *littéralement* littéralement. Je n'avais pas laissé tremper ma vie dans l'eau, comme les tripes avant de faire du boudin. Mais j'avais l'impression que ma vie était partie en eau de boudin, comme l'argent liquide vous file entre les doigts. J'avais une vie pleine d'enfants, de femmes, de boulots, et je m'étais débrouillé pour tout perdre. Non, ce n'est pas tout à fait ça. Je savais très bien où était passée ma vie, tout comme vous savez pertinemment où va l'argent quand vous le gaspillez. Je n'avais pas tout perdu. J'avais tout dilapidé. J'avais dilapidé mes enfants, mon boulot et ma femme pour des adolescentes et des boîtes de nuit. Toutes ces choses ont un prix que j'avais allègrement payé, et soudain ma vie avait disparu. Qu'est-ce que j'allais laisser derrière moi ? Le jour de l'an, j'avais l'impression que j'allais dire adieu à un ersatz de conscience et à un système digestif – des signes extérieurs de vie, assurément, mais sans la moindre substance. Je n'étais même pas particulièrement triste. Je me sentais juste très bête, et très en colère.

Je ne suis pas ici en train de vous parler parce que j'ai eu soudain une révélation. Si je suis ici, c'est que cette soirée a tourné en eau de boudin, comme tout le reste. Je n'ai même pas été capable de sauter du haut d'un putain d'immeuble. Là encore, il a fallu que je me plante.

MAUREEN

Le 31 décembre au soir, le centre de soins a envoyé l'ambulance le chercher. Il fallait payer un supplément, mais je m'en fichais. Qu'est-ce que ça pouvait bien faire ? Au final, Matty leur coûterait bien plus qu'ils ne me coûtaient. Moi je payais juste une nuit, tandis qu'eux, ce serait jusqu'à la fin de sa vie.

J'ai voulu cacher certaines affaires de Matty au cas où ils auraient trouvé ça bizarre, mais après tout personne n'était censé savoir qu'elles étaient à lui. J'aurais pu avoir des tas de gamins sans qu'ils soient au courant. Alors j'ai tout laissé en place. Les deux jeunes gars sont arrivés vers six heures, ils l'ont emmené sur sa chaise roulante. Au moment de son départ, je n'ai pas pu pleurer parce que sinon ils se seraient doutés de quelque chose : pour eux, j'étais censée venir le chercher le lendemain matin à onze heures. J'ai juste déposé un baiser sur sa tête en lui demandant d'être gentil au centre de soins, et je me suis retenue jusqu'à ce qu'ils s'en aillent. Ensuite j'ai sangloté pendant près d'une heure. Il avait fichu ma vie en l'air, mais c'était quand même mon fils, et je ne le reverrais plus jamais, et je ne pouvais même pas lui dire au revoir correctement. J'ai regardé la télévision et j'ai bu quelques verres de xérès, parce que je savais que dehors il ferait froid.

J'ai attendu dix minutes à l'arrêt de bus, et puis finalement j'ai décidé d'y aller à pied. On a moins peur quand on sait qu'on veut mourir. Jamais je n'aurais pensé parcourir tout ce trajet à pied, de nuit, surtout avec tous ces ivrognes dans les rues, mais cela m'était égal maintenant. Encore que, sur le coup, je me sois quand même inquiétée, j'ai eu peur de me faire agresser, pas d'être assassinée, mais laissée pour morte sans mourir vraiment. Parce qu'alors on m'aurait emmenée à l'hôpital, on aurait retrouvé mon identité, et appris pour Matty. Tous ces mois de préparation auraient été en pure perte. Et à la sortie de l'hôpital j'aurais dû des milliers de livres au centre de soins. Et où aurais-je trouvé une somme pareille ? Mais je ne me suis pas fait agresser. Une ou deux personnes m'ont souhaité une bonne année, c'est tout. Il n'y a pas grand-chose à craindre dehors, en fait. C'est drôle, ai-je pensé, dire qu'il a fallu que j'attende ma dernière nuit pour m'en rendre compte. J'avais passé ma vie entière à avoir peur de tout.

Je n'étais encore jamais allée à la Tour du Saut. J'étais passée devant, en bus, une ou deux fois. Je ne savais même plus si on pouvait toujours accéder au toit de cette tour, mais la porte était ouverte, alors j'ai pris les escaliers et je suis montée jusqu'au sommet. J'ignore pourquoi j'avais imaginé qu'on pouvait sauter sans problème, mais en arrivant à destination je me suis rendu compte que ce ne serait pas si facile. Ils avaient mis un grillage qui montait très, très haut, et il y avait des garde-fous inclinés hérissés de piques... C'est là que j'ai commencé à paniquer. Je ne suis pas grande, je ne suis pas très costaude, et je ne suis plus toute jeune. Je ne voyais pas comment je pourrais passer par-dessus, or il fallait que ce soit cette nuit, parce que Matty était au centre de soins et tout ça. Alors j'ai commencé à envisager toutes les autres options, mais aucune n'était la bonne. Je n'avais pas envie de faire ça dans mon séjour pour être ensuite retrouvée par quelqu'un que je connaissais. Je voulais être découverte par un inconnu. Et je ne voulais pas non plus me jeter sous un train parce que j'avais vu une émission à la télévision sur ces pauvres conducteurs traumatisés par les suicides. Je n'avais pas de voiture, si bien que je ne pouvais pas aller dans un endroit tranquille inhaler les gaz d'échappement...

C'est alors que j'ai vu Martin, à l'autre extrémité du toit. Je me suis cachée dans la pénombre et je l'ai observé. Il avait bien fait les choses : il avait apporté un escabeau et des pinces coupantes, et avait réussi à grimper. Il était assis sur le rebord, les pieds dans le vide, à regarder en bas, en buvant des petites gorgées à même une flasque ; il fumait, en réfléchissant, et moi pendant ce temps j'attendais. Et il fumait, et j'attendais. J'ai attendu jusqu'au moment où j'en ai eu assez d'attendre. Je sais bien que c'était son escabeau, mais moi j'en avais besoin. Et lui, il n'en aurait bientôt plus l'usage.

Je n'ai pas tenté de le pousser. Je ne suis pas assez robuste pour pousser un adulte dans le vide. Et puis de toute façon, je n'aurais pas osé. Cela n'aurait pas été correct ; c'était à lui de décider s'il voulait sauter ou pas. Je me suis approchée, j'ai passé la main à travers le grillage et je lui ai tapoté l'épaule. Je voulais juste lui demander s'il en avait encore pour longtemps.

JESS

Avant d'arriver au squat, je n'avais absolument pas l'intention de monter sur le toit. Honnêtement. Tout le truc de la Tour du Saut m'était complètement sorti de la tête, jusqu'à ce que je discute avec ce mec. Je crois que je lui avais tapé dans l'œil, ce qui ne veut pas dire grand-chose, vu que j'étais à peu près la seule nana de moins de trente piges à pouvoir encore tenir debout. Il m'a filé une clope, et il m'a dit qu'il s'appelait Bong, et quand je lui ai demandé pourquoi, il m'a répondu que c'était parce qu'il fumait toujours sa beuh au bong. Alors, j'ai fait comme ça, ça veut dire que tous les autres ici s'appellent « Joint » ? Et il m'a fait : Non, le type, là, c'est Mike le débile. Et l'autre, là-bas, c'est Craignos. Et celui-là, là-bas, c'est Nicky Ducon. Et il a fait tout le tour des gens qu'il connaissait.

Mais les dix minutes passées avec Bong ont fait date. Bon, pas date, genre 55 avant Jésus-Christ ou 1939. Pas date, genre date clé, à moins que l'un de nous invente un jour une machine à voyager dans le temps ou empêche l'invasion de la Grande-Bretagne par Al-Qaeda ou un truc du genre. Mais qui sait ce qui nous serait arrivé si je ne lui avais pas tapé dans l'œil, à Bong. Parce qu'avant qu'il commence à me baratiner, j'étais sur le point de rentrer à la maison, et Martin et Maureen seraient morts à l'heure actuelle, et... Enfin bon, rien n'aurait été pareil.

Quand Bong a eu fini son énumération, il m'a regardée et m'a lancé : Tu n'as pas l'intention de monter sur le toit, hein ? Et je me suis dit : Sûrement pas avec toi, l'envapé. Et il a continué : Parce que je lis la douleur et le désespoir dans tes yeux. J'étais bien bourrée, faut dire, et quand j'y repense, je suis presque sûre que ce qu'il voyait dans mes yeux, c'était sept Bacardi Breezers et deux canettes de Special Brew. J'ai juste répondu : Ah ! oui, vraiment ? Et il a fait : Ouais, tu vois, on m'a mis là pour surveiller les candidats au suicide, les gens qui passent ici pour aller là-haut. J'ai poursuivi : Et qu'est-ce qu'il y a, là-haut ? Il s'est marré : Tu plaisantes, hein ? C'est la Tour du Saut. Les gens viennent ici pour se suicider.

Je n'y aurais jamais pensé s'il n'en avait pas parlé. D'un seul coup, tout m'a paru clair. Parce que même si j'étais sur le point de rentrer à la maison, je ne voyais pas ce que je ferais une fois là-bas, je ne m'imaginais pas me réveiller le lendemain matin. Je voulais voir Chas, et lui ne voulait pas me voir, et soudain j'ai compris que la meilleure chose à faire, et de loin, c'était d'écourter au plus vite ma vie. J'en ai presque rigolé tellement ça tombait bien : je voulais écourter ma vie, et j'étais à une fête à la Tour du Saut ! Tu parles d'une coïncidence. Plutôt un message de Dieu. D'accord, j'étais déçue que tout ce que Dieu ait à me dire c'était : « Saute dans le vide », mais je ne Lui en ai pas voulu. Que pouvait-Il me dire d'autre ?

Alors j'ai senti ce poids sur mes épaules – la solitude, tout ce qui avait foiré. Je me suis trouvée héroïque en grimpant les dernières marches jusqu'en haut de l'immeuble avec tout ce poids. Sauter me semblait être le seul moyen de m'en débarrasser, le seul moyen de retourner ce poids à mon avantage ; je me sentais tellement lourde que je savais que je m'écraserais en moins de deux. J'allais battre le record du monde de chute d'un immeuble-tour.

MARTIN

Si elle n'avait pas essayé de me tuer, je serais mort, c'est sûr. Mais nous avons tous l'instinct de conservation, n'est-ce pas ? Même si, au moment où il se déclenche, nous sommes en train d'essayer de nous supprimer. Tout ce que je sais, c'est que j'ai senti un coup dans le dos, alors je me suis retourné en m'agrippant au grillage, et je me suis mis à crier. J'étais ivre. Cela faisait un bon moment que je m'envoyais des lampées de ma bonne vieille flasque, et puis je m'étais bien pinté avant de sortir. (Je sais, je sais, je n'aurais pas dû prendre le volant. Mais je ne pouvais quand même pas trimbaler ce putain d'escabeau dans le bus.) Donc, oui, j'ai certainement lâché un chapelet de grossièretés. Je ne connaissais pas encore Maureen, sinon j'aurais probablement surveillé mon langage, mais bon... Il est possible que je l'aie insultée, et je m'en suis excusé. Mais vous admettrez que la situation était cocasse.

Je me suis relevé, puis retourné en faisant attention car je n'avais pas envie de tomber par mégarde, et j'ai continué à lui crier dessus. Elle s'est contentée de me regarder.

« Je vous connais, a-t-elle dit.

– Quoi ? » J'étais un peu au ralenti. Partout dans ce pays, les gens viennent me voir, au restaurant, dans les magasins, les cinémas, les garages, les urinoirs pour me dire : « Je vous connais. » Et à tous les coups, cela veut dire exactement le contraire : « Je ne vous connais pas. Mais je vous ai vu à la télé. » Et ils me demandent un autographe ou veulent discuter de Penny Chambers, savoir comment elle est vraiment dans la vie. Mais ce soir-là, je ne m'y attendais pas. Tout ça me semblait un peu hors sujet.

« A la télévision.

– Ah ! bon Dieu. J'étais sur le point de me foutre en

l'air, mais ce n'est pas grave, on a toujours le temps de signer un autographe. Vous avez un stylo ? Un bout de papier ? Et avant que vous ne me posiez la question : c'est une vraie garce, qui sniffe n'importe quoi et se fait tirer par n'importe qui. Mais d'abord, qu'est-ce que vous fabriquez ici ?

– J'étais... Je m'apprêtais à sauter, moi aussi. Je voulais vous emprunter l'escabeau. »

Dans le fond, tout est une question d'échelles. Enfin, pas littéralement ; le processus de paix au Moyen-Orient ne se résume pas à une succession d'échelons, les marchés financiers non plus. Mais j'ai appris une chose à force d'interviewer des gens dans mon émission : on peut ramener les sujets les plus énormes aux choses les plus simples, comme si la vie était un modèle réduit. J'ai entendu un chef religieux attribuer sa foi au loquet défectueux d'un cabanon de jardin (enfant, il s'était retrouvé enfermé une nuit entière, et Dieu l'avait guidé dans l'obscurité) ; j'ai entendu un otage expliquer qu'il devait sa survie à la fascination de l'un de ses ravisseurs pour la carte de réduction « famille nombreuse » du zoo de Londres qu'il avait dans son portefeuille. Vous voulez aborder les grands sujets, mais ce sont les loquets de cabanon et les cartes de réduction au zoo qui vous donnent une assise. Sans eux, vous ne sauriez pas par où commencer, surtout si vous êtes animateur de l'émission *De bon matin avec Penny et Martin*. Maureen et moi ne pouvions pas discuter des raisons pour lesquelles nous étions malheureux au point de vouloir nous retrouver sur le trottoir, la cervelle en bouillie comme un milk-shake de chez McDonald's, alors à la place nous avons parlé de l'escabeau.

« Je vous en prie.

– Je vais attendre que... Enfin, je vais attendre.

– Vous comptez rester plantée là, à me regarder ?

– Non. Bien sûr que non. Vous voulez être tranquille, j'imagine.

– Vous imaginez bien.

– Je vais aller là-bas. (Elle a indiqué l'autre extrémité du toit.)

– Je vous crierai un petit coucou à la descente. »

J'ai ri, tout seul.

« Allez, faites un petit effort. C'était assez drôle, vu les circonstances.

– Je ne dois pas être d'humeur, Mr Sharp. »

Je ne pense pas qu'elle ait essayé d'être amusante, mais ce qu'elle a dit m'a fait rire de plus belle. Maureen est allée à l'autre bout du toit s'asseoir dos au mur. Je me suis retourné et rassis sur le rebord. Mais j'étais déconcentré. J'avais laissé passer l'occasion. Vous vous dites certainement : a-t-on vraiment besoin d'être concentré pour se jeter du haut d'un immeuble ? Eh bien ! vous seriez étonné. Avant que Maureen arrive, j'étais sur le coup, dans un état d'esprit propice au saut dans le vide. J'avais en tête toutes les raisons qui m'avaient conduit à monter sur ce toit ; je savais avec une terrifiante clarté qu'il était impossible que je tente de reprendre ma vie en bas. Mais cette discussion m'avait distrait, ramené au monde, au froid, au vent et au vacarme de la basse, sept étages plus bas. Je n'arrivais pas à me remettre dans le bain ; comme si un des enfants s'était réveillé alors que Cindy et moi commencions à faire l'amour. Je n'avais pas changé d'avis, je savais bien qu'à un moment donné, il faudrait que je saute. Mais je ne pourrais pas le faire dans les cinq prochaines minutes, c'est tout.

J'ai crié à l'intention de Maureen :

« Hep ! Vous voulez qu'on échange nos places ? Pour voir comment vous vous débrouillez ? » Et j'ai éclaté de rire. J'étais assez en verve, je crois, assez soûl – et, je suppose, assez dérangé – pour avoir l'impression que tout ce que je disais était hilarant.

Maureen est sortie de l'ombre, et s'est approchée prudemment de la brèche dans le grillage.

« Je veux être seule, moi aussi, a-t-elle dit.

– Vous le serez. Je vous donne vingt minutes. Ensuite, je veux récupérer ma place.

– Comment allez-vous faire pour repasser de ce côté-ci ? »

Je ne m'étais pas posé la question. L'escabeau ne pouvait servir que dans un sens : à l'extérieur du grillage, il n'y avait pas assez de place pour l'ouvrir.

« Il va falloir que vous me le teniez.

– Qu'est-ce que vous voulez dire ?

– Vous allez me le passer par-dessus le grillage. Je le calerai contre le garde-fou. Et vous le tiendrez fermement de votre côté.

– Je ne pourrai jamais. Vous êtes trop lourd. »

Et elle était trop légère. Elle était petite, et toute maigrichonne en plus ; je me suis demandé si elle ne voulait pas en finir pour éviter une longue et douloureuse agonie.

« Alors vous devrez supporter ma présence. »

De toute façon, je n'étais pas certain de vouloir repasser de l'autre côté. Les garde-fous marquaient une limite : du toit on pouvait accéder à l'escalier, l'escalier menait à la rue, une fois dans la rue on pouvait retourner jusqu'à Cindy, les enfants, Tina, son père, et tout ce qui m'avait fait monter ici comme un paquet de chips vide soufflé par la bourrasque. Je me sentais en sécurité sur le rebord. Là, il n'y avait plus d'humiliation ni de honte – à part l'humiliation et la honte que l'on peut s'attendre à éprouver quand on se retrouve tout seul assis sur le rebord d'un toit le soir du réveillon.

« Pourquoi n'essayez-vous pas de vous déplacer à petits pas jusqu'à l'autre extrémité du toit ?

– Vous n'avez qu'à le faire, vous. Il est à moi, cet escabeau.

– Vous n'êtes pas très galant.

– Non, putain, je ne suis pas galant ! C'est l'une des raisons pour lesquelles je suis ici, à vrai dire. Vous ne lisez pas les journaux ?

– Je jette parfois un coup d'œil au journal local.

– Alors que savez-vous de moi ?

– Qu'avant vous étiez à la télé.

– C'est tout ?

– Je crois bien. (Elle a réfléchi un instant.) Vous n'étiez pas marié à une fille du groupe Abba ?

– Non.

– Ou à une autre chanteuse ?

– Non.

– Ah ! Mais vous aimez les champignons, je le sais.

– Les champignons ?

– Vous l'avez dit. Je me souviens. Il y avait un chef cuisinier dans le studio, il vous a fait goûter quelque chose, et vous avez dit : "Hmmm ! j'adore les champignons. Je pourrais en manger toute la journée." C'était bien vous ?

– Cela se pourrait. Mais c'est tout ce qui vous vient à l'esprit ?

– Oui.

– A votre avis, je veux me tuer pour quelle raison ?

– Aucune idée.

– Vous vous foutez de ma gueule.

– Vous pourriez surveiller votre langage ? C'est très choquant.

– Navré. »

Je n'en croyais pas mes oreilles. Je n'arrivais pas à croire que j'avais trouvé quelqu'un qui ne soit pas au courant. Avant d'aller en prison, je me réveillais avec ces salopards de la presse à scandale qui faisaient le pied de grue devant ma porte. Il y a eu cellule de crise, rendez-vous d'urgence avec agents, responsables, directeurs télé. Apparemment il n'y avait pas une seule personne résidant en Grande-Bretagne qui ne s'intéressait pas à ce que j'avais fait, essentiellement parce que je vivais dans un monde où c'était la seule chose qui semblait compter. Peut-être que Maureen habitait sur le toit, je me suis dit. Sur ces hauteurs, on devait facilement perdre le contact.

« Et votre ceinture ? » a-t-elle dit, en indiquant ma taille d'un geste du menton. Maureen n'avait pas envie de passer ses derniers instants sur terre à discuter de ma passion pour les champignons (laquelle, je le crains, avait sans doute été inventée spécialement pour la caméra). Elle voulait que les choses avancent.

« Eh bien ! quoi ?

– Otez votre ceinture, passez-la autour de l'escabeau. Et attachez-la de votre côté du grillage. »

J'ai compris ce qu'elle voulait dire. Ce n'était pas bête. Pendant les minutes qui ont suivi, nous avons travaillé dans un silence complice. Elle a fait passer l'escabeau par-dessus la barrière, j'ai ôté ma ceinture, l'ai enroulée autour de l'escabeau pour l'arrimer au garde-fou, j'ai bien serré, attaché, secoué pour vérifier que tout tenait. Je ne voulais vraiment pas mourir en tombant à la renverse. Je suis repassé de l'autre côté, nous avons détaché la ceinture puis replacé l'escabeau dans sa position de départ.

Et je m'apprêtais à laisser Maureen sauter tranquillement quand cette cinglée a déboulé en braillant.

JESS

Je n'aurais pas dû faire tout ce barouf. C'était une erreur. Enfin, si l'idée c'était de me foutre en l'air. J'aurais dû avancer rapidement, sans un bruit, jusqu'à l'endroit où Martin avait coupé le grillage, monter sur l'escabeau et sauter. Mais non, il a fallu que je me mette à hurler : « Dégagez, les mauviettes ! » avec un cri de guerre façon Peaux-Rouges comme s'il s'agissait d'un jeu – en fait ça l'était, du moins pour moi à ce moment-là –, et Martin m'a plaquée au sol, comme au rugby, avant que je n'aie parcouru la moitié du terrain. Après quoi il s'est plus ou moins agenouillé sur moi en m'écrasant la figure sur ce truc granuleux dont ils recouvrent le toit des immeubles. Et là, j'ai vraiment eu envie de crever.

J'ignorais que c'était Martin. En fait, je n'ai rien vu jusqu'à ce qu'il me frotte le nez par terre, et là j'ai juste vu le sol. Mais en arrivant sur le toit, j'ai tout de suite compris ce qu'ils faisaient là tous les deux. Pas besoin d'être un génie pour piger. Du coup, quand il était assis sur moi, je lui ai dit : Alors comme ça, vous deux, vous avez le droit de vous flanquer en l'air, et pas moi ? Et il me fait : Tu es trop jeune. Nous, on a bousillé nos vies. Toi, pas encore. Et j'ai répondu : Qu'est-ce que vous en savez ? Et il me dit : A ton âge, personne n'a bousillé sa vie. Moi : Et si je vous dis que j'ai buté dix personnes dont mes parents et, je ne sais pas, mes bébés jumeaux ? Lui : Tu as fait ça ? Moi : Ouais. (Même si ce n'était pas vrai. Je voulais juste voir ce qu'il allait dire.) Lui : Si tu es ici, c'est que tu as réussi à t'en sortir, non ? A ta place, je sauterais dans un avion pour le Brésil. Moi : Et si j'ai envie de payer pour ce que j'ai fait de ma vie ? Et il a répondu : Boucle-la.

MARTIN

La première chose qui m'est venue à l'esprit après avoir plaqué Jess au sol a été que je ne voulais pas que Maureen s'éclipse en douce. Je n'avais pas l'intention de lui sauver la vie, mais je l'aurais eu un peu mauvaise qu'elle profite d'une seconde d'inattention pour se jeter dans le vide. Ah ! rien de tout cela ne tient vraiment debout ; deux minutes plus tôt, je l'encourageais quasiment à sauter. Mais je ne voyais pas pourquoi je devais être responsable de Jess et pas elle, et pourquoi elle utiliserait l'escabeau alors que c'est moi qui l'avais apporté. Mes raisons étaient donc purement égoïstes ; ce qui n'était pas nouveau, comme aurait pu vous le dire Cindy.

Après notre discussion idiote avec Jess comme quoi elle avait tué plein de gens, j'ai crié à Maureen de venir m'aider. Elle a pris un air effarouché, puis nous a rejoints en traînant les pieds.

« Enfin, dépêchez-vous !

– Que voulez-vous que je fasse ?

– Asseyez-vous sur elle. »

Maureen s'est assise sur les fesses de Jess, et j'ai coincé ses bras sous mes genoux.

« Lâche-moi, espèce de vieux pervers. Tu prends ton pied, pas vrai ? »

Bon, évidemment, l'argument m'a un peu touché au vif.

Je me suis dit un instant que Jess devait savoir qui j'étais, mais je ne suis pas parano à ce point. Quand vous vous faites plaquer au sol au moment où vous allez vous jeter du haut d'un building, vous ne pensez pas nécessairement aux présentateurs télé du matin. (Bien entendu, ces derniers, absolument persuadés que les gens ne pensent à rien d'autre qu'aux petit déjeuner, déjeuner et dîner, seraient choqués d'apprendre la nouvelle.) J'étais assez mûr pour ne pas être touché par les sarcasmes de Jess, malgré mon envie de lui briser les bras.

« Si on te laisse tranquille, tu seras sage ?

– Oui. »

Alors Maureen s'est relevée, et comme c'était hautement prévisible, Jess s'est précipitée vers le rebord. Il a donc fallu que je la plaque à nouveau au sol.

« Et maintenant ? a demandé Maureen comme si nous avions vécu d'innombrables situations de ce type et, en bons vétérans, connaissions la marche à suivre.

– Je n'en sais rien, bon sang ! »

Pas plus que je ne savais pourquoi aucun de nous n'avait imaginé qu'un lieu réputé pour son taux de suicides ressemblerait à Piccadilly Circus le soir du réveillon. Mais au point où nous en étions, je n'avais plus qu'à accepter la réalité : nous allions transformer un moment solennel et intime en une farce à la distribution pléthorique.

Et à l'instant précis où nous commencions tous les trois à accepter ce fait navrant, nous nous sommes retrouvés à quatre. Nous avons entendu une toux polie et, en nous retournant, avons découvert un type plutôt grand, aux cheveux longs, assez beau. Il devait avoir une dizaine d'années de moins que moi, tenait un casque sous un bras et deux grandes boîtes carrées en carton entre les mains.

« Vous avez commandé une pizza ? »

MAUREEN

Je n'avais encore jamais rencontré d'Américain, enfin je ne crois pas. Je n'étais pas non plus certaine qu'il l'était, jusqu'à ce que les autres prennent la parole. On ne s'attend pas à voir des Américains livrer des pizzas, si ? Enfin moi non, mais je ne suis peut-être plus dans le coup. Je commande rarement des pizzas à la maison, et quand cela m'est arrivé, le livreur ne parlait jamais anglais. On n'imagine pas un Américain livreur, si ? Pas plus que vendeur dans un magasin ou poinçonneur dans un bus. Je suppose qu'ils sont bien obligés de le faire en Amérique, mais pas ici. Ici nous avons des Indiens et des Antillais, et s'il y a beaucoup d'Australiens au centre que fréquente Matty, on n'y voit aucun Américain. Alors sur le coup, nous avons pensé qu'il était un peu fou. C'était la seule explication possible. Déjà, il avait l'air un peu cinglé, avec ses cheveux. Et puis il semblait persuadé que nous avions commandé des pizzas alors que nous étions sur le toit de la Tour du Saut.

« Et comment on aurait commandé des pizzas ? » lui a dit Jess. Nous étions encore assis sur elle, et elle avait une drôle de voix.

« Avec un mobile, a-t-il dit.

– C'est quoi, un mobile ? a demandé Jess.

– Ah ! oui : un portable... Enfin peu importe. »

Ce qui était assez fair-play de sa part ; nous aurions pu faire un effort.

« Tu es américain ? lui a demandé Jess.

– Yeah.

– Qu'est-ce que tu fabriques à livrer des pizzas ?

– Et vous, qu'est-ce que vous faites assis sur sa tête ?

– Il est assis sur ma tête parce qu'on n'est pas un pays libre, ici, a dit Jess. On ne peut pas faire ce qu'on veut.

– Et tu voulais faire quoi ? »

Elle n'a pas répondu.

« Elle allait sauter, a expliqué Martin.

– Et vous aussi ! »

Il n'a pas relevé.

« Vous alliez tous sauter ? » a repris le livreur de pizzas.

Nous n'avons pas bronché.

« De m... ! a-t-il dit.

– De m..., a fait Jess. Quoi, de m... ?

– C'est comme ça que disent les Américains, a expliqué Martin. "De m..." signifie "b... de m...". En Amérique, ils sont tellement pressés qu'ils n'ont pas le temps de dire "b...".

– Pourriez-vous surveiller votre langage s'il vous plaît ? leur ai-je dit. Tout le monde n'a pas grandi dans une porcherie. »

Le livreur s'est assis en secouant la tête. J'ai cru qu'il nous plaignait, mais ensuite il nous a dit que ce n'était pas du tout ça.

« OK, a-t-il dit au bout d'un certain temps. Laissez-la. »

Nous n'avons pas bougé.

« Hé, vous. B..., vous avez compris ou il faut que je vous explique ? » Il s'est mis debout et s'est approché.

« Je pense qu'elle s'est calmée, Maureen », a dit Martin, comme s'il décidait de se relever de son propre chef, et non sous la menace du coup de poing de l'Américain. On a lâché la petite, et Jess s'est relevée en époussetant ses vêtements et en lâchant une bordée de jurons. Puis elle a dévisagé Martin.

« Vous êtes le type, là..., a-t-elle dit. Le type de la télé du matin. Celui qui a couché avec une fille de quinze ans. Martin Sharp. P... ! Martin Sharp s'est assis sur moi. Espèce de vieux pervers. »

Evidemment, moi je ne voyais pas du tout de quoi elle parlait. Je ne lis pas ce genre de journaux, sauf chez le coiffeur, ou dans le bus quand j'en trouve un.

« Non, sérieux ? a dit le livreur. Le type qui est allé en prison ? J'ai lu un truc sur lui. »

Martin a poussé un grognement. « Parce qu'en Amérique aussi tout le monde est au courant ? s'est-il plaint.

– Bien sûr, a dit le livreur. Je l'ai lu dans le *New York Times*.

– Oh ! bon Dieu, s'est exclamé Martin, mais on voyait bien que cela lui faisait plaisir.

– Je plaisante, a dit le livreur. Vous présentiez une émission télé le matin en Angleterre. Personne ne vous connaît, aux States. Faut pas rêver.

– File-nous de la pizza, a dit Jess. Elles sont à quoi ?

– Je ne sais pas..., a répondu le livreur.

– Bon, alors laisse-moi jeter un coup d'œil, a demandé Jess.

– Non, je veux dire... Les pizzas ne sont pas à moi, tu sais.

– Oh ! ne fais pas ta chochotte », a dit Jess. (Vraiment. Ce sont ses mots. Je n'ai pas trop compris.) Elle s'est penchée et a attrapé les boîtes. Puis elle les a ouvertes et à commencer à triturer les pizzas.

« Celle-ci est aux poivrons. L'autre par contre, je ne sais pas. Des légumes, peut-être.

– C'est une végétarienne, a précisé le livreur.

– Peu importe, a dit Jess. Qui veut quoi ? »

J'ai demandé la végétarienne. Les poivrons, je savais que je ne les digérerais pas.

JJ

J'ai raconté cette soirée à quelques personnes, et le truc bizarre, c'est qu'ils pigent tous le coup du suicide, mais pas l'histoire de la pizza. La plupart des gens peuvent comprendre un suicide, je crois bien ; même si c'est enfoui quelque part, profondément, tout le monde se souvient d'un moment de sa vie où il s'est demandé s'il avait vraiment envie de se réveiller le lendemain. Vouloir mourir est inhérent au fait d'être vivant on dirait. Enfin, bref, je raconte aux gens l'histoire de ce réveillon, et il n'y en a pas un pour dire : « Quoiiiii ? Tu as failli de foutre en l'air ? » C'est plutôt : « Ah ! d'accord, ton groupe était fichu ; question musique tu étais dans une impasse, alors que c'est ce que tu avais voulu faire toute ta vie, ET EN PLUS tu t'étais séparé de ta copine, la seule raison de ta présence dans ce putain de pays... C'est sûr, je comprends pourquoi tu t'es retrouvé là-haut. » Mais tout de suite, la seconde d'après, ils veulent savoir ce qu'un gars comme moi fabriquait à livrer des *pizzas*.

D'accord, vous ne me connaissez pas, donc il faudra me croire sur parole quand je vous dis que je ne suis pas un imbécile. Putain, je lis tous les bouquins qui me tombent sous la main. J'aime Faulkner et Dickens, Vonnegut, Brendan Behan et Dylan Thomas. Un peu plus tôt dans la semaine – le jour de Noël, pour être précis – j'avais terminé *Revolutionary Road* de Richard Yates, un roman carrément dément. En fait, j'avais l'intention de sauter avec le bouquin – pas seulement parce que ce serait plutôt cool et que cela ajouterait un zeste de mystique à ma mort, mais parce que cela aurait été un bon moyen pour le faire connaître et lire. Mais vu la façon dont les choses se sont passées, je n'ai pas du tout eu le temps de me préparer, et je l'ai laissé à la maison. Je dois quand même dire que je ne conseillerais à personne de le terminer un jour de Noël, dans le meublé sans eau chaude d'une ville où vous ne connaissez quasiment personne. Le livre n'a pas dû contribuer à mon sentiment général de bien-être, si vous voyez ce que je veux dire, parce que la fin est vraiment plombante.

En tout cas, le fait est que les gens arrivent vite à la conclusion que si vous circulez dans les quartiers nord sur une petite mobylette merdique, la nuit du 31 décembre, pour un salaire de misère, vous êtes clairement un raté. Bon, d'accord, on est des ratés par définition, parce que livreur de pizzas, c'est un job de ratés. N'empêche, on n'est pas tous des crétins. En fait, malgré Faulkner et Dickens, au boulot, j'étais certainement le plus ignare de tous, du moins celui qui avait fait le moins d'études. Il y avait des médecins africains, des avocats albanais, des chimistes irakiens... J'étais le seul à ne pas être diplômé de la fac. (Je ne comprends pas qu'il n'y ait pas plus de violence liée à la livraison de pizzas dans notre société. Imaginez seulement : vous êtes au top niveau au Zimbabwe, neurochirurgien ou ce que vous voulez, et puis vous êtes obligé d'immigrer en Angleterre, tout ça parce que le gouvernement fasciste vous persécute grave, et vous vous retrouvez à trois heures du matin devant un ado défoncé qui a la fringale et qui vous regarde de haut... Je veux dire, vous ne croyez pas qu'on devrait officiellement être habilité à lui casser la gueule ?) Enfin, bref. Il n'y a pas qu'une façon d'être un raté. Ça, c'est sûr, pour la plantade, tous les chemins mènent à Rome.

Donc je pourrais dire que j'étais livreur de pizzas parce que l'Angleterre fait chier et, pour être plus précis, parce que les Anglaises font chier, et que je n'ai pas le droit de bosser, vu que je ne suis pas anglais. Ni italien, ni espagnol, ni même finlandais ou je ne sais pas quoi. Alors j'avais pris le seul boulot qu'on m'offrait ; Ivan, le propriétaire lituanien de « Casa Luigi » sur Holloway Road, se fichait de savoir si je venais de Chicago ou d'Helsinki. Une autre façon d'expliquer ma situation c'est de dire que parfois, on se retrouve dans la merde. Prenez l'endroit le plus petit, le plus sombre, le plus crade et le plus désespérément étouffant, il y aura toujours quelqu'un pour venir s'y fourrer.

L'ennui avec ma génération, c'est qu'on est tous persuadés d'être des putains de génies. Fabriquer, ce n'est pas assez bien pour nous, c'est comme vendre ou enseigner, ou même juste faire quelque chose ; nous, il faut qu'on existe. C'est notre droit inaliénable de citoyens du XXIe siècle. Si Christina Aguilera ou Britney ou n'importe quel pauvre naze peut devenir quelqu'un, alors pourquoi pas moi ? Et moi, je suis où, dans l'histoire ? Bon, avec mon groupe, on te balançait les meilleurs concerts qu'on pouvait voir dans un bar, et on a fait deux albums que plein de critiques (et peu d'inconnus) ont aimé. Mais avoir du talent ne suffit jamais à notre bonheur, pas vrai ? Pourtant, cela devrait, parce que le talent, c'est un don, et l'on devrait même remercier Dieu, mais pas pour moi, non. Cela me gonflait parce que je n'étais pas payé pour, et que je ne me suis jamais retrouvé en couverture de *Rolling Stone*.

Oscar Wilde a dit que la vraie vie est souvent celle que l'on ne vit pas. Eh ben ! tu l'as dit plein phare, Oscar. Ma vraie vie à moi était pleine de concerts en tête d'affiche à Wembley et à Central Park, d'albums de platine et de Grammies, or ce n'était pas la vie que je vivais, et c'est peut-être pour ça que j'ai eu le sentiment que je pouvais la balancer par-dessus bord. La vie que j'avais ne me laissait pas être, je ne sais pas... celui que je croyais être. Elle ne me laissait même pas relever la tête. J'avais l'impression de m'être engagé dans un tunnel de plus en plus étroit, de plus en plus sombre, et qui avait commencé à prendre l'eau ; j'étais tout voûté, il y avait un mur de pierre devant moi et les seuls outils que j'avais, c'était mes ongles. Peut-être que tout le monde a cette impression, mais ce n'est pas une raison pour s'éterniser ici-bas. Enfin bref, ce 31 décembre, j'en ai eu ras-le-bol. J'avais les ongles usés et le bout des doigts en charpie. Je ne pouvais plus creuser. Puisque le groupe était fini, la seule façon de m'exprimer consistait à congédier ma fausse vie : j'allais m'envoler de ce putain de toit comme Superman. Sauf qu'évidemment, cela ne s'est pas passé comme ça.

Quelques morts (des gens trop sensibles pour supporter la vie) : Sylvia Plath, Van Gogh, Virginia Woolf, Jackson Pollock, Primo Levi, Kurt Cobain, bien sûr. Quelques vivants : George W. Bush, Arnold Schwarzenegger, Oussama Ben Laden. Mettez une croix en face de ceux avec qui vous pourriez avoir envie de prendre un verre, et ensuite, regardez dans quelle colonne ils figurent. Bien sûr, vous allez me faire remarquer que j'ai un peu chargé la mule, qu'il y a quelques absents dans ma colonne des « vivants » qui risquent de foutre en l'air mon raisonnement, quelques poètes et musiciens et ainsi de suite. Et vous pourriez aussi me faire remarquer que Hitler et Staline, ce n'était pas le pied, et pourtant ils ne sont plus des nôtres. Mais bon, un petit effort : vous voyez bien ce que je veux dire. Les gens sensibles ne font pas de vieux os.

Et donc, cela a été un sacré choc de découvrir que Maureen, Jess et Martin Sharp étaient sur le point de choisir l'option Jackson Pollock (oui, merci, je sais que Jackson n'a pas sauté du haut d'un building londonien). Une dame entre deux âges qui ressemblait à une femme de ménage, une timbrée d'adolescente à la voix stridente et un présentateur d'émission télé au teint orangé... Cela ne collait pas. Le suicide n'avait pas été inventé pour des gens comme ça. Il avait été inventé pour Van Gogh, Woolf et Nick Drake. Et moi. Le suicide, c'était un truc cool à la base.

Le soir du réveillon était l'occasion rêvée pour tous les ratés sentimentaux. C'était ma faute, quel idiot ! Il y aurait forcément une bande de minables sur place. J'aurais dû choisir un jour plus classe – comme le 28 mars, date à laquelle Virginia Woolf s'est enfoncée dans la rivière, ou le 25 novembre (Nick Drake). S'il y avait eu quelqu'un sur le toit un de ces deux soirs-là, il y aurait eu des chances que je tombe sur des gens qui me ressemblaient, et non de lamentables zéros qui avaient réussi à se convaincre que la fin de l'année civile avait une signification particulière. Mais quand on m'a dit d'aller livrer des pizzas au squat de la Tour du Saut, l'occasion m'a paru trop belle. Mon plan était d'aller faire un tour là-haut pour repérer les lieux, redescendre livrer les pizzas et ensuite : « Action ! »

Voilà comment je me suis retrouvé avec trois suicidés potentiels en train de baffrer les pizzas que je devais livrer tout en me regardant fixement. Manifestement ils devaient s'attendre à un grand discours à la Abraham Lincoln qui leur montrerait que leurs vies ravagées, inutiles valaient la peine d'être vécues. Ironie de la situation, moi, je m'en foutais royalement qu'ils sautent ou pas. Je ne les connaissais ni d'Ève ni d'Adam, et aucun d'eux ne paraissait susceptible de faire progresser l'espèce humaine.

« Alors, j'ai dit. Génial. De la pizza. Une petite chose bien agréable par une nuit si belle. » Raymond Carver, comme vous l'aviez probablement reconnu, mais avec eux, autant pisser dans un violon.

« Bon et maintenant ? a dit Jess.

– On mange.

– Et ensuite ?

– On se donne une demi-heure, d'accord ? Après, on

verra. » J'ignore d'où sortait ce truc. Pourquoi une demi-heure ? Et il allait se passer quoi ensuite ?

« Tout le monde a le droit de lever le pied. J'ai l'impression que cela commençait à ne pas voler très haut, par ici. Trente minutes, on est d'accord ? »

L'un après l'autre, ils ont haussé les épaules puis ont hoché la tête, et on s'est remis à mâchonner nos pizzas en silence. C'est la première fois que j'en goûtais une de chez Ivan. Immangeable, voire toxique.

« Je ne vais pas rester assise une demi-heure à regarder vos tronches de minables, a déclaré Jess.

– Pourtant tu viens de dire que tu étais d'accord, lui a rappelé Martin.

– Et alors ?

– A quoi ça rime d'être d'accord si ensuite tu te défiles ?

– A rien. » (La contradiction ne semblait pas troubler Jess outre mesure.)

« La cohérence est le dernier refuge de ceux qui n'ont pas d'imagination », ai-je dit. Wilde à nouveau. Je n'ai pas pu résister.

Jess m'a fusillé du regard.

« C'est gentil pour toi ce qu'il vient de dire, a dit Martin.

– Rien ne rime à rien, pas vrai ? a repris Jess. C'est pour ça qu'on est ici. » Là, l'argument philosophique s'avérait assez intéressant. Selon Jess, une fois sur le toit, on devenait tous des anarchistes. Aucun accord ne tenait, aucune loi ne s'appliquait. On pouvait se violer et s'assassiner les uns les autres, personne n'y prêterait attention.

« Pour vivre en dehors de la loi, il faut être honnête, ai-je dit.

– Ça veut dire quoi, cette putain de phrase ? » a demandé Jess.

Vous savez, franchement, je n'ai jamais vraiment compris ce que signifiait cette putain de phrase. C'est Bob Dylan qui l'a dite, pas moi, et j'ai toujours trouvé qu'elle sonnait bien. Mais j'étais pour la première fois en position de tester l'idée, et je voyais bien que ça ne collait pas. On était hors la loi, on pouvait mentir à tire-larigot, et je ne voyais pas trop pourquoi on s'en serait privé.

« Rien, ai-je répondu.

– Boucle-la, alors, l'Amerloque. »

Et je l'ai bouclé. Il nous restait environ vingt-huit minutes.

JESS

Il y a longtemps, je devais avoir dans les huit ou neuf ans, j'ai vu une émission de télé sur l'histoire des Beatles. Jen aimait les Beatles, c'est elle qui a insisté pour qu'on regarde, mais ça ne m'embêtait pas. (N'empêche, j'ai quand même dû lui dire le contraire. J'ai sûrement fait tout mon possible pour la soûler complètement.) Enfin, bref, au moment où Ringo les a rejoints, on a ressenti un petit frémissement, parce que ça y était, ils étaient réunis tous les quatre, et les choses allaient pouvoir commencer pour de bon, ils étaient prêts à devenir le groupe le plus connu de l'histoire. Eh bien, c'est ce que j'ai ressenti quand JJ s'est pointé sur le toit avec ses pizzas. Je sais, vous allez penser : elle dit ça pour faire bien. Eh ben, non. Je l'ai su, franchement. Avec sa dégaine de rock star, ses cheveux, son blouson noir et tout ça, c'était un peu évident, mais ce que j'ai ressenti n'avait rien à voir avec la musique ; je veux juste dire que je savais qu'on avait besoin de JJ, et quand il est arrivé, j'ai eu le sentiment qu'il tombait à pic. Bon, attention, ce n'était pas Ringo. Il ressemblait plus à Paul. Ringo, c'était Maureen, l'humour en moins. George, c'était moi, sauf que je n'étais pas timide, ni particulièrement portée sur la spiritualité. John, c'était Martin, sauf qu'il n'était ni doué ni cool. A la réflexion, on ressemblait peut-être plus à un autre groupe de quatre personnes.

En tout cas, j'ai eu l'impression qu'il pouvait se passer quelque chose, un truc intéressant, et je n'ai pas compris pourquoi on est juste restés là à manger nos portions de pizza. Alors j'ai fait : On devrait peut-être parler ? Et Martin a dit : Pour partager notre douleur ? Et là il a fait une grimace comme si j'avais dit une bêtise, alors je l'ai traité de branleur. Là-dessus, Maureen a soupiré et m'a demandé si je parlais comme ça à la maison (réponse : oui), alors je l'ai traitée de clocharde. Du coup, Martin m'a traitée de sale petite peste, et je lui ai craché dessus (je n'aurais pas dû ; d'ailleurs, je ne le fais plus trop ces temps-ci, en tout cas moins qu'avant) et alors il a fait comme s'il allait m'étrangler. Là, JJ s'est interposé, ce qui n'était pas plus mal pour Martin, parce que je ne pense pas qu'il aurait levé la main sur moi, alors que moi je n'aurais pas hésité à le mordre et le griffer. Après toute cette agitation, on s'est assis pour reprendre notre souffle. Pendant un moment, on est restés là à se détester les uns les autres.

Ensuite, alors qu'on était tous en train de se calmer, JJ a dit un truc du genre : je ne vois pas le mal qu'il y aurait à partager nos expériences, sauf qu'il l'a dit encore plus à l'américaine. Et Martin a répondu : Je ne vois pas qui s'intéresserait à tes expériences de livreur de pizzas. Et JJ a répondu : Eh bien, vos expériences à vous, alors, pas les miennes. Mais c'était trop tard, j'ai bien compris à ce qu'il avait dit qu'il se retrouvait sur le toit pour les mêmes raisons que nous. Alors j'ai dit : Tu es venu ici pour sauter, hein ? Il ne m'a pas répondu. Martin et Maureen l'ont regardé. Martin lui a juste demandé : Tu allais sauter avec les pizzas ? Parce que quelqu'un les a bien commandées, ces pizzas. Martin avait beau plaisanter, JJ a dû sentir qu'on mettait en doute son professionnalisme, et il nous a expliqué qu'il était juste monté en reconnaissance. Il comptait descendre livrer ses pizzas, pour revenir ensuite. Et j'ai dit : Bon, de toute façon, maintenant, on les a mangées. Et Martin a fait : Mince alors, jamais je n'aurais cru qu'un type comme toi serait du genre à sauter. Et JJ a répondu : Si c'est des gens comme vous trois qui sont du genre à sauter, alors je ne peux pas dire que je sois désolé. Bref, comme vous le voyez, il y avait une sale ambiance dans l'air.

Alors je suis revenue à l'attaque : Oh ! allez, discutons. On n'a pas besoin de se raconter tous nos malheurs. Juste, comment dire, nos noms et pourquoi on est ici. Parce que ça risque d'être intéressant. On va peut-être apprendre quelque chose. Entrevoir une porte de sortie, un truc comme ça. Je dois avouer que j'avais en tête une sorte de plan. Ils allaient m'aider à trouver Chas, Chas et moi on allait se remettre ensemble, et je me sentirais mieux.

Mais j'ai dû attendre mon tour parce qu'ils voulaient que Maureen commence.

MAUREEN

Je pense qu'ils m'ont choisie parce que je n'avais vraiment pas dit grand-chose, je n'avais chauffé les oreilles de personne. Et aussi, peut-être, parce que j'étais plus mystérieuse que les autres. Martin, apparemment tout le monde avait entendu parler de lui dans les journaux. Et Jess, mon Dieu, la pauvre... Cela faisait à peine une demi-heure que nous la connaissions, mais on voyait bien que c'était une jeune fille à problèmes. Mon sentiment personnel, concernant JJ, c'est qu'il était peut-être homosexuel, parce qu'il avait les cheveux longs et parlait américain. Beaucoup d'Américains sont gay, non ? Je sais que ce ne sont pas eux qui ont inventé l'homosexualité, on dit que ce sont les Grecs. Mais ils ont contribué à la remettre à la mode. Les gays, c'était un peu comme les jeux Olympiques : ils avaient disparu jadis, et puis au XXe siècle, ils ont été remis au goût du jour. Enfin, bref, je ne savais rien sur les homosexuels, alors je ne pouvais que supposer qu'ils étaient tous malheureux et voulaient se suicider. Mais moi... On n'apprenait pas grand-chose en me regardant, et mes compagnons devaient être curieux d'en savoir plus.

Cela ne me dérangeait pas de parler, parce que je n'avais pas besoin d'en dire beaucoup. Aucun d'eux n'aurait voulu de ma vie. Je doutais même qu'ils comprennent comment j'avais fait pour tenir le coup si longtemps. C'est toujours l'épisode de la toilette qui bouleverse les gens. Chaque fois que j'ai à quémander – quand il me faut une nouvelle ordonnance pour mes antidépresseurs par exemple –, j'évoque la toilette de mon fils que je dois faire pratiquement tous les jours. C'est drôle, parce que maintenant je m'y suis habituée. Je n'arrive pas à me faire à l'idée que ma vie soit fichue, vaine, trop difficile, totalement sans espoir, sans saveur ; mais la toilette ne m'inquiète plus vraiment. Pourtant, c'est toujours l'argument qui fait que le docteur sort son stylo.

« Ah ! ouais, a dit Jess quand j'ai eu terminé. Il n'y a pas à hésiter. Ne changez pas d'avis. Vous le regretteriez.

– Il y a des gens qui s'en sortent, a dit Martin.

– Qui ? a demandé Jess.

– Nous avons eu une femme dans notre émission dont le mari était dans le coma depuis vingt-cinq ans.

– C'était sa récompense ? Passer le matin à une émission de télé ?

– Non, je n'ai pas dit ça.

– Vous dites quoi, alors ?

– Je dis juste que c'est possible.

– Par contre vous ne dites pas pourquoi, hein ?

– Peut-être qu'elle l'aimait. »

Cela fusait entre Martin, Jess et JJ. Comme avec les personnages d'un feuilleton, boum boum boum. Comme les gens qui savent quoi dire. Moi, je n'aurais jamais pu parler aussi vite, en tout cas pas à ce moment-là ; alors je me suis rendu compte que depuis vingt et quelques années j'avais à peine parlé. Et que mon principal interlocuteur ne pouvait pas me répondre.

« Il y avait quoi à aimer ? a repris Jess. C'était un légume. Même pas un légume éveillé. Un légume dans le coma.

– Il ne serait pas devenu un légume s'il n'était pas dans le coma, a corrigé Martin.

– J'aime mon fils », ai-je dit. (Je ne voulais pas qu'ils croient que je ne l'aimais pas.)

« Oui, a dit Martin. Bien sûr. On n'avait pas l'intention de suggérer le contraire.

– Vous voulez qu'on le tue à votre place ? a demandé Jess. J'irai ce soir, si vous voulez. Avant de me tuer. Je m'en fiche. Je vous dis, pour ce que j'en ai à foutre. Il n'aura pas grand-chose à regretter, hein ? S'il pouvait parler, il me remercierait sûrement, le pauvre. »

Mes yeux se sont emplis de larmes, JJ s'en est rendu compte.

« Espèce d'idiote, t'es con ou quoi ? a-t-il dit à Jess. Regarde ce que tu as fait.

– Dé-so-lée, a dit Jess. Je proposais, c'est tout. »

Mais ce n'était pas pour cela que je pleurais. Je pleurais parce que ce que je voulais vraiment, la seule chose qui aurait pu me donner envie de vivre, c'était que Matty meure. Et savoir pourquoi je pleurais m'a fait pleurer de plus belle.

MARTIN

Bon sang, tout le monde savait absolument tout sur mon compte, alors je ne voyais pas l'intérêt de me prêter à cette mascarade, et je le leur ai dit.

« Oh ! allez, mec », a dit JJ avec son accent américain agaçant. Les Ricains sont vite agaçants, je trouve. Je sais que ce sont nos amis, et que là-bas ils respectent le succès, contrairement aux indigènes ingrats de ce pays de merde aigri, mais tout ce truc de cool-mec-cool m'agace sérieusement. Je veux dire, il fallait le voir : on aurait cru qu'il était là pour faire la promo de son dernier film. Jamais vous n'auriez imaginé qu'il se trimballait dans Archway à deux à l'heure pour livrer des pizzas.

« On veut juste entendre votre version de l'histoire, a dit Jess.

– "Ma version" n'existe pas. J'ai joué au con et j'en paye le prix.

– Alors vous ne voulez pas vous défendre ? Parce qu'ici, on est entre amis, a dit JJ.

– Elle vient juste de me cracher dessus, ai-je protesté en montrant Jess du doigt. Vous parlez d'une amie.

– Oh ! allez, ne faites pas le bébé, a dit Jess. Moi, mes amis me crachent dessus tout le temps. Je ne l'ai jamais mal pris.

– Tu ferais peut-être mieux. Tes amis, justement, aimeraient peut-être que tu le prennes mal. »

Jess a dit sur un ton bougon : « Dans ce cas, il ne m'en resterait plus un seul. »

Personne n'a relevé.

« Bon, que puis-je vous apprendre que vous ne sachiez déjà ?

– Il y a toujours deux façons de présenter une histoire, a dit Jess. Nous, on ne connaît que la mauvaise.

– J'ignorais qu'elle n'avait que quinze ans, ai-je expliqué. Elle a dit qu'elle avait seize ans. On lui en aurait donné dix-huit. » Et voilà le bon côté de l'histoire.

« Donc si elle avait eu, disons, quelques mois de plus, vous ne seriez pas ici ?

– Non, je ne crois pas. Car je n'aurais pas enfreint la loi. Je ne serais pas allé en prison. Je n'aurais pas perdu mon boulot, ma femme n'aurait rien su...

– Vous voulez dire que c'était juste de la malchance ?

– J'ajouterais qu'il y a eu un certain degré de culpabilité. » Je ne faisais qu'entrouvrir la porte de mon sentiment honteux, faut-il le préciser ? J'ignorais alors que Jess, elle, se réjouissait dès que l'occasion se présentait d'enfoncer une porte ouverte.

« Ce n'est pas parce que vous avez avalé un putain de dico que vous n'avez rien fait de mal, a dit Jess.

– C'est ce que "culpabilité"...

– Parce qu'il y a des hommes mariés qui ne l'auraient pas niquée, indépendamment de son âge. En plus vous avez des gosses et tout le reste.

– Oui, effectivement.
– Donc rien à voir avec la malchance.
– A ton avis, bordel de merde, pourquoi me suis-je retrouvé à balancer les pieds dans le vide, espèce de crétine ? J'ai merdé. Je ne me cherche pas d'excuses. Je me sens tellement misérable que j'ai envie de crever.
– J'espère bien.
– Merci. Et merci aussi d'avoir eu l'idée de cet exercice. Très utile. Traitement très... curatif. »
Autre mot polysyllabique qui m'a valu un regard noir.
« Une chose m'intrigue, a dit JJ.
– Vas-y.
– Pourquoi est-ce plus facile de sauter dans le vide que d'assumer vos actes ?
– J'assume mes actes en voulant sauter dans le vide.
– Les gens se tapent tout le temps des jeunettes, ils quittent leurs femmes, leurs enfants. Ils ne se jettent pas du haut des immeubles pour autant, mec.
– Non, mais comme dit Jess, ils feraient peut-être mieux.
– Vraiment ? Vous pensez que tous ceux qui commettent une erreur de ce type méritent de mourir ? Putain ! vous n'y allez pas de main morte », s'est exclamé JJ.
Le pensais-je vraiment ? Peut-être. En tout cas je l'avais pensé autrefois. Comme certains d'entre vous le savent certainement, j'avais écrit des articles dans certains journaux pour dire plus ou moins exactement ça. Avant ma disgrâce naturellement. J'avais appelé au rétablissement de la peine de mort, par exemple. J'avais réclamé des démissions, des castrations chimiques, des peines de prison, des humiliations publiques et autres pénitences de toutes sortes. Et j'y croyais dur comme fer quand je disais que les types incapables de garder leur machin dans le pantalon méritaient... En fait, je n'arrive pas à me rappeler quel était le châtiment que j'avais jugé approprié pour les coureurs de jupons et autres cavaleurs en série. Il faudrait que je retrouve l'article en question. Mais le fait est que je mettais en application ce que j'avais prêché. Je n'avais pas su garder mon machin dans mon pantalon, alors je n'avais plus qu'à sauter. J'étais l'esclave de ma propre logique.

C'était le prix à payer pour un journaliste de la presse à scandale qui avait dépassé la limite qu'il s'était lui-même fixée.

« Peut-être pas toutes les erreurs. Mais celle-ci, oui.

– La vache. Vous ne vous faites pas de cadeau, dites donc.

– Mais, de toute façon, il n'y a pas que ça. Il y a le fait que tout soit étalé en public. L'humiliation. La jouissance qu'éprouvent les gens à vous humilier. Mon émission de télé sur le câble regardée par trois pelés. Tout... Je... Je suffoque. Je ne vois aucune issue. »

Il y a eu un silence pensif d'une dizaine de secondes.

« Bien, a dit Jess. A mon tour. »

JESS

Je me suis lancée. J'ai commencé par : Je m'appelle Jess, j'ai dix-huit ans et, vous voyez, j'en suis là parce que j'ai des problèmes familiaux que je ne veux pas détailler. Là-dessus, je me suis séparée de ce gars. Chas. Et il me doit une explication. Parce qu'il n'a rien dit. Il est parti comme ça. Mais s'il me donnait une explication, je me sentirais mieux, je pense, parce qu'il m'a brisé le cœur. Sauf que je n'arrive pas à le trouver. J'étais à la fête en bas, je le cherchais, et comme je ne l'ai pas trouvé, je suis montée jusqu'ici.

Et Martin, bien caustique, me dit : Tu vas te suicider parce que Chas n'est pas venu à une soirée ? Mon Dieu !

Je n'avais jamais dit ça, et je le lui ai dit. Alors il m'a fait : D'accord, tu es ici parce qu'on te doit une explication. C'est bien cela ?

Il essayait de me faire passer pour une imbécile, et ce n'était pas sympa, parce que dans ce cas, on pouvait tous se débiner les uns les autres. Par exemple se moquer du : ouin ouin ouin, ils ne veulent plus me laisser faire mon émission de télé du matin, ou du : ouin ouin ouin, mon fils est un légume, je ne parle à personne et il faut que je nettoie ses... Bon, d'accord, on ne pouvait pas faire passer Maureen pour une imbécile. Mais moi, j'avais l'impression que ce n'était pas très malin de se payer la tête des autres. On aurait pu charrier n'importe lequel de nous quatre ; il suffit d'être assez cruel, et on peut se foutre de n'importe quel malheureux.

Donc je fais : Ce n'est pas non plus ce que j'ai dit. J'ai dit qu'une explication pourrait peut-être m'arrêter. Je n'ai pas dit que c'était pour ça que j'étais montée ici. Vous, on pourrait vous menotter à la rambarde, et ça vous arrêterait. Mais vous n'êtes pas ici parce que personne ne vous a menotté à la rambarde.

Il n'a pas pipé. Ce qui m'a fait plaisir.

JJ s'est montré plus gentil. Il a bien vu que je voulais retrouver Chas, alors j'ai fait : Bah ! oui, gros malin (j'ai regretté de l'avoir un peu pris de haut, quand on dit « bah ! oui », en fait on se fiche de l'autre, non ?). Mais il a ignoré le « bah ! oui » et m'a demandé où était Chas. J'ai dit que je ne savais pas, sûrement quelque part à une fête. Alors il a continué : Pourquoi tu ne pars pas à sa recherche au lieu de traîner ici ? Je lui ai dit que je n'avais plus d'énergie, plus d'espoir, et en le disant j'ai su que c'était la vérité.

Je ne te connais pas. Tout ce que je sais, c'est que tu es en train de lire ça. Je ne sais pas si tu es contente ; si tu es jeune. J'espère en un sens que tu es jeune et triste. Si tu es vieille et heureuse, j'imagine que tu vas faire un sourire en coin en m'entendant dire : « Il m'a brisé le cœur. » Tu te souviendras d'un garçon qui t'a brisé le cœur et dans ton for intérieur tu te diras : oh ! oui, je me souviens de ce que ça fait. Sauf que tu ne peux pas, espèce de vieille bique. Oh ! possible que tu te rappelles une sorte de tristesse agréable. Tu te revois peut-être en train d'écouter de la musique en mangeant du chocolat dans ta chambre, ou en train de marcher sur les quais toute seule, emmitouflée dans un gros manteau, te sentant solitaire et courageuse.

Mais est-ce que tu te rappelles qu'à chaque bouchée tu avais l'impression de croquer dans ton propre estomac ? Tu te souviens de ce vin rouge qui remontait pour finir en éclaboussures dans la cuvette des toilettes ? Tu te souviens d'avoir rêvé chaque nuit que vous étiez encore ensemble, qu'il te parlait gentiment et te caressait, si bien que chaque matin au réveil, il fallait tout reprendre à zéro ? Tu te rappelles avoir gravé les initiales de ce mec sur ton bras avec un couteau de cuisine ? Tu te rappelles avoir été trop près du bord, sur le quai du métro ? Non ? Alors boucle-la. Ton petit sourire en coin, tu peux te le carrer dans ton gros cul tout flasque, la vioque.

JJ

J'étais sur le point de me jeter à l'eau, j'allais leur raconter tout ce qu'ils devaient savoir – Big Yellow, Lizzie et tout ça. Inutile de mentir. Je suppose que ça m'a mis un peu mal à l'aise d'écouter les autres, parce qu'ils avaient plutôt de bonnes raisons d'être ici. Bon sang ! tout le monde comprenait pourquoi la vie de Maureen ne méritait pas d'être vécue. Et, c'est sûr, Martin avait en quelque sorte creusé sa propre tombe, mais tout de même, ce sentiment d'humiliation et de honte... A sa place, je ne sais pas si j'aurais tenu aussi longtemps. Quant à Jess, elle était très malheureuse et parfaitement cinglée. Si bien que, bon, ce n'était pas vraiment un concours, mais il y avait une quantité non négligeable de... Comment dire... Disons que chacun marquait son territoire... Et je me sentais peut-être un peu déstabilisé parce que Martin avait pissé sur le mien. Je m'apprêtais à jouer la carte de la honte et de l'humiliation, sauf que ma honte et mon humiliation paraissaient bien pâlichonnes, à côté de lui. Il s'était fait coffrer pour avoir couché avec une gamine de quinze ans et s'était fait traîner dans la boue par la presse à scandales. Moi ? j'avais été largué par une nana et mon groupe périclitait. La belle affaire.

Et pourtant, avant que Jess me fasse chier avec mon prénom, je n'avais pas eu l'intention de mentir. Jess était tellement agressive que, putain, j'ai craqué !

« Bon, j'ai dit. OK. Je m'appelle JJ et...

– C'est les initiales de quoi ? »

Les gens me posent toujours la question, et je ne leur réponds jamais. Je déteste mon prénom. Ce qui s'est passé, c'est que mon père était autodidacte et, en gros, il éprouvait une véritable admiration pour la BBC. Si bien qu'à la maison, il a passé trop de temps à écouter BBC International sur sa grosse radio à ondes courtes. Il vénérait ce type qu'on entendait tout le temps dans les années 1960, John Julius Norwich, qui devait être un lord ou un truc dans le genre, et qui a écrit des millions de bouquins sur les églises, tout ça. Et me voilà. Putain de John Julius. Suis-je devenu lord, journaliste radio ou anglais ? Non. Est-ce que j'ai laissé tombé les études pour monter un groupe ? Ouaip. Est-ce que John Julius est un nom qui convient à un mec qui a laissé tomber le bahut ? Nan. JJ, par contre, ça passe. JJ, c'est assez cool.

« C'est mes oignons. Enfin, bref, je m'appelle JJ et je suis ici parce que...

– Je le trouverai, ton vrai prénom.

– Comment ?

– J'irai faire un tour chez toi et je mettrai tout à sac jusqu'à ce que je trouve quelque chose. Passeport, carnet de chèques, n'importe quoi. Et si je ne trouve rien, je te piquerai juste un truc que tu adores et je ne te le rendrai que si tu craches le morceau. »

La vache, c'est quoi, son problème, à cette nana ?

« Tu préfères faire ça plutôt que de m'appeler par mes initiales ?

– Ouais. Sûr. J'ai horreur de ne pas savoir.

– Je ne te connais pas très bien, est intervenu Martin. Mais si ton ignorance te pose vraiment un problème, il me semble qu'il doit y avoir une ou deux priorités un peu plus urgentes que le prénom de JJ.

– Qu'est-ce que vous voulez dire, là ?

– Sais-tu qui est le Chancelier de l'Echiquier ? Ou qui a écrit *Moby Dick* ?

– Non, a dit Jess. Bien sûr que non. » Comme s'il fallait être le dernier des abrutis pour savoir des choses comme ça. « Mais ce ne sont pas des *secrets*, si ? Moi, ce que je n'aime pas, c'est ne pas connaître les *secrets*. Les autres trucs, je peux me briefer dessus quand je veux, sauf que je n'ai pas envie.

– S'il ne veut pas nous le dire, ça le regarde. Tes amis t'appellent JJ ?

– Ouais.

– Dans ce cas, ça nous suffit.

– Moi, non, a dit Jess.

– Boucle-la et laisse-le parler », lui a ordonné Martin.

Mais pour moi, c'était fichu, j'avais perdu la motivation, laissé passer l'heure... de vérité, ah ! ah ! Je voyais bien qu'on n'allait pas prendre mon histoire au sérieux ; Jess et Martin dégageaient des vagues d'hostilité qui envahissaient tout.

Je les ai tous regardés pendant un certain temps.

« Alors ? a dit Jess. Tu as oublié pourquoi tu allais te foutre en l'air ou quoi ?

– Bien sûr que non, j'ai répondu.

– Bah ! alors, tu la craches, ta Valda !

– Je suis mourant », ai-je déclaré.

Comprenez-moi bien, je ne pensais pas les revoir. J'étais persuadé que d'un instant à l'autre on allait échanger une poignée de main, se souhaiter une bonne je ne sais pas quoi, puis soit se traîner jusqu'aux escaliers, soit sauter du haut de ce putain d'immeuble, selon l'humeur, la personnalité, la gravité du problème. Jamais il ne me serait venu à l'idée que ce bobard me resterait dans les gencives comme un bout de cornichon dans un Big Mac.

« Ouais, c'est vrai que tu n'as pas l'air en forme, a dit Jess. Tu as quoi ? Le sida ? »

Le sida, c'était une bonne idée. Tout le monde savait que ça pouvait durer un certain temps ; que c'était incurable. Et pourtant... J'avais un ou deux copains qui en étaient morts, ce n'était pas le genre de truc avec lequel j'avais envie de plaisanter. Mais – et tout cela a fusé dans mon esprit pendant les trente secondes qui ont suivi la question de Jess – quelle maladie fatale convenait le mieux ? La leucémie ? Le virus Ebola ? Aucune n'inspirait des réflexions du genre : « Non, vas-y, mec, je t'en prie. Je suis juste une maladie mortelle pour rire. Pas grave au point de faire du tort à qui que ce soit. »

« J'ai un truc au cerveau. Ça s'appelle le CCR. » Evidemment vous avez reconnu, c'est Creedence Clearwater Revival, un de mes groupes préférés de tous les temps – une grande source d'inspiration. Je me suis dit qu'aucun d'entre eux n'avait le profil du fan de Creedence. Jess était trop jeune. Maureen, il n'y avait vraiment pas de souci à se faire. Et Martin était le genre de type qui aurait flairé un loup uniquement si je lui avais raconté que j'étais en train de crever d'un ABBA incurable.

« Ça veut dire... Euh... Cranial Corno-quelque chose. » Je n'étais pas mécontent de mon « cranial ». Il sonnait bien. Le « corno » était un peu faiblard, je vous le concède.

« Ça ne se soigne pas ? a demandé Maureen.

– Si si, a dit Jess. Très bien même. Il suffit de prendre un cachet. Mais il a eu la flemme. Bah !

– On pense que c'est à cause de la drogue. De la drogue et de l'alcool. Donc je ne peux m'en prendre qu'à moi-même.

– Du coup, tu dois te sentir un peu nouille, a dit Jess.

– Un peu, j'ai dit. Enfin, si "nouille" veut dire couillon.

– Ouais. En tout cas, c'est toi qui l'emportes haut la main. »

Ce qui a confirmé une bonne fois pour toutes qu'on faisait quand même un peu un concours.

« Vraiment ? » (Ça me faisait plaisir.)

« Ah ! ouais. Mourant ? C'est, tu sais... Comme le carreau ou le pique ou les... Atouts ! Tu as plein d'atouts dans ton jeu, mon pote.

– Je ferais remarquer qu'être atteint d'une maladie mortelle constitue un atout uniquement dans ce jeu-là, a dit

Martin ; le jeu du pauvre-bougre-le-plus-misérable. A part ça, ce n'est pas très utile.

– Il te reste combien de temps ? a demandé Jess.

– Je ne sais pas.

– En gros. Juste un ordre de grandeur, à vue de nez.

– La ferme, Jess, a ordonné Martin.

– Mais qu'est-ce que j'ai encore dit ? Je veux savoir de quoi on parle.

– Il n'y a pas de "on", j'ai dit. C'est moi qui gère.

– Justement, tu n'as pas l'air très doué, a dit Jess.

– Tiens donc ! Et c'est la fille qui s'est fait larguer et qui n'arrive pas à s'en remettre qui dit ça ! »

Chacun s'est muré dans un silence hostile.

« Bien, a dit Martin. On a fait le tour de tout le monde.

– Et maintenant ? a demandé Jess.

– Toi, pour commencer, tu vas rentrer chez toi, a déclaré Martin.

– C'est ça, ouais. Et en quel honneur ?

– Parce que nous allons te raccompagner *manu militari*.

– Je veux bien rentrer chez moi, mais à une condition.

– Vas-y.

– Que vous m'aidiez d'abord à retrouver Chas.

– Nous tous ?

– Ouais. Sinon je me fous vraiment en l'air. Et je suis trop jeune pour ça, c'est vous qui l'avez dit.

– Rétrospectivement, je n'en suis plus si sûr, a hésité Martin. Tu es très mûre pour ton âge. Je m'en rends compte, à présent.

– Donc, vous vous en fichez si je saute ? » Elle s'est dirigée vers le rebord du toit.

« Reviens, ai-je dit.

– J'en ai rien à branler, vous savez, a continué Jess. Ou je saute ou on part à la recherche de Chas. Pour moi, c'est pareil. »

Et voilà : on l'a crue. Peut-être que d'autres, un autre soir, ne seraient pas tombés dans le panneau, mais nous trois, ce soir-là, on a marché. Ce n'est pas non plus qu'on l'a crue réellement suicidaire ; disons qu'elle donnait l'impression d'être capable de faire ce qui lui passait par la tête à n'importe quel moment, et que si elle avait envie de se jeter dans le vide juste pour voir ce que ça faisait, elle n'hésiterait pas. Une fois qu'on l'avait compris, restait à savoir si l'on s'en fichait ou pas.

« Mais tu n'as pas besoin de notre aide, j'ai dit. On ne sait même pas où chercher Chas. Il n'y a que toi qui peux le retrouver.

– Ouais, mais je deviens bizarre quand je suis toute seule. Je perds les pédales. D'ailleurs, c'est comme ça que je me suis retrouvée ici.

– Qu'en pensez-vous ? nous a demandé Martin.

– Moi, je ne vais nulle part, a annoncé Maureen. Je reste sur le toit, je ne changerai pas d'avis.

– Très bien. De toute façon, on ne vous demande pas de changer d'avis.

– Parce qu'ils vont venir me chercher.

– Qui donc ?

– Les gens du centre de soins.

– Et alors ? a dit Jess. Qu'est-ce qu'ils vont faire s'ils ne vous trouvent pas ?

– Ils mettront Matty dans un endroit atroce.

– Matty le légume ? Qu'est-ce qu'il en a à cirer de l'endroit où il va ? »

Maureen a lancé à Martin un regard désespéré.

« C'est un problème d'argent ? a demandé Martin. C'est pour cela qu'il faut que vous soyez morte au matin ? »

Jess a émis un petit ricanement, mais j'ai compris pourquoi Martin avait posé la question.

« Je n'ai payé que pour une nuit, a déclaré Maureen.

– Est-ce que vous avez assez d'argent pour plus d'une nuit ?

– Oui, bien sûr. » L'insinuation a semblé l'agacer.

« Eh bien ! appelez-les et dites-leur qu'il restera une nuit de plus. »

Maureen l'a de nouveau regardé d'un air désemparé. « Pourquoi ?

– Parce que, a dit Jess. De toute façon, il n'y a rien à faire ici. »

Martin a ricané.

« Bah ! dites, qu'est-ce qu'il y a à faire ? a demandé Jess.

– Rien qui me vienne à l'esprit, a répondu Martin. A part l'évidence.

– Ah ! ça, a fait Jess. Laissez tomber. Ce n'est plus le moment. Je vous le dis. Il faut qu'on trouve autre chose.

– Et même si tu avais raison, ai-je repris, pourquoi faudrait-il qu'on fasse quelque chose ensemble ? Pourquoi chacun ne rentre pas chez lui regarder la télé ?

– Parce que je deviens bizarre quand je suis toute seule. Je vous l'ai dit.

– En quoi ça nous regarde ? Il y a une demi-heure, on ne te connaissait pas. Franchement je n'en ai pas grand-chose à faire de savoir que tu deviens bizarre.

– Alors vous ne sentez pas comme une espèce de lien entre nous après ce qu'on vient de vivre ensemble ?

– Non.

– Ça va venir. Moi, je nous vois bien encore amis quand on sera vieux. »

Il y a eu un silence. Manifestement, cette vision ne faisait pas l'unanimité.

MAUREEN

Je n'ai pas apprécié qu'ils me fassent passer pour une radine. Ce n'était pas une question d'argent. J'avais besoin qu'on me le prenne pour une nuit alors j'avais payé pour une nuit. Et ensuite quelqu'un d'autre prendrait la relève, mais moi je ne serais plus là pour le voir.

Ils ne comprenaient pas, je le voyais bien. Je veux dire, ils savaient que j'étais malheureuse. Mais ma logique leur échappait. Voilà comment ils voyaient les choses : si je mourais, Matty serait placé quelque part dans un établissement. Alors pourquoi ne pas le placer simplement quelque part sans mourir ? Quelle différence ? Mais cela prouve juste qu'ils ne me comprenaient pas, pas plus qu'ils ne pourraient comprendre Matty, le père Anthony ou tous les gens de la paroisse. Dans mon entourage, personne ne raisonne comme eux.

Martin, JJ, Jess sont différents des gens que je connais. Ils ressemblent plus aux gens de la télévision, ceux de la série *Eastenders* et des autres émissions : des gens qui savent tout de suite quoi dire. Je ne dis pas qu'ils sont mauvais. Juste qu'ils ne sont pas pareils. Ils ne s'inquiéteraient pas trop de Matty s'il était leur fils. On n'a pas le même sens du devoir. Ils n'ont pas la paroisse. Ils diraient juste : « Qu'est-ce que cela change ? » et n'iraient pas plus loin, et peut-être qu'ils ont raison. Mais eux et moi, on ne vit pas dans le même monde, et je ne savais pas comment le leur dire.

Ils ne sont pas à ma place, mais moi je regrette de ne pas être à la leur. Pas exactement à leur place, parce qu'ils ne sont pas heureux, eux non plus. Mais j'aimerais être dans leur genre, savoir quoi dire, ne pas voir ce que cela change. Parce qu'il me semble que pour eux la vie est plus supportable.

Si bien que je n'ai pas su quoi répondre quand Martin m'a demandé si je voulais vraiment mourir. La réponse évidente était : oui, oui, bien sûr que oui, idiot, c'est pour cela que j'ai monté toutes ces marches, que j'ai raconté à un garçon – que dis-je, à un homme – qui ne peut pas m'entendre toutes ces histoires inventées de toutes pièces sur la soirée du réveillon. Mais il y a aussi une autre réponse, n'est-ce pas ? Qui est la suivante : non, bien sûr que non, idiot. Je vous en supplie, empêchez-moi de sauter. A l'aide. Je vous en prie, transformez-moi en une femme qui aurait envie de vivre, quitte à ce que je devienne le genre de personne à qui il manque une case. Une femme capable de dire : je mérite mieux. Pas beaucoup mieux ; disons « juste assez » au lieu de « juste pas assez ». Car c'est pour cela que j'étais là-haut – il n'y avait « juste pas assez de choses » pour me retenir en ce bas monde.

« Alors ? a demandé Martin. Etes-vous prête à attendre jusqu'à demain soir ?

– Qu'est-ce que je vais dire au centre de soins ?
– Vous avez le numéro ?
– Il est trop tard pour appeler.
– Il y a sûrement une permanence. Passez-moi le numéro. » Il a sorti de sa poche un minuscule téléphone portable et l'a allumé. Le téléphone s'est mis à sonner, alors il a appuyé sur une touche et a collé l'appareil contre son oreille. Il a écouté un message, je suppose.
« Il y a quelqu'un qui vous aime », a dit Jess, mais il l'a ignorée.
J'avais l'adresse et le numéro de téléphone notés sur un bout de papier que j'ai sorti de ma poche, mais je n'arrivais pas à lire dans le noir.
« Passez-moi ça », a dit Martin.
J'étais embêtée. C'était mon petit mot, ma lettre, et je n'avais pas envie qu'on la lise devant moi, mais je ne savais comment le dire. Je n'ai pas eu le temps de faire « ouf » que Martin me l'a prise des mains.
« Oh ! lala !, a-t-il dit quand il l'a vue. (Je me suis sentie rougir.) C'est votre lettre d'adieu ?
– Cool. Lisez-la à haute voix, a dit Jess. Les miennes sont nazes, mais je suis sûre que les siennes sont pires.
– *Les tiennes sont* nazes ? a répété JJ. Ça veut dire qu'il y en a combien, des centaines ?
– J'en écris tout le temps », a répondu Jess. Elle avait l'air toute contente. Les deux gars l'ont regardée sans broncher. N'empêche, on voyait bien ce qu'ils pensaient.
« Quoi ? a dit Jess.
– En général, les gens n'en écrivent qu'une seule, a expliqué Martin.
– Je n'arrête pas de changer d'avis, a dit Jess. Il n'y a rien de mal à ça. C'est une décision importante.
– L'une des plus importantes qui soit, a confirmé Martin. Assurément dans le Top 10. » Il faisait partie de ces gens qui donnent l'impression de plaisanter quand ils sont sérieux, et réciproquement.
« Quoi qu'il en soit, non, je ne lirai pas ce message à haute voix. » Il a plissé les yeux, pour déchiffrer le numéro, puis l'a composé sur son téléphone. Et quelques secondes plus tard, l'affaire était réglée. Il s'est excusé

d'appeler si tard, leur a dit qu'il y avait un imprévu, que Matty resterait une journée de plus, et voilà. A la façon dont il le leur a annoncé, on aurait dit qu'il savait qu'on ne lui poserait pas d'autre question. Si moi j'avais appelé, je me serais lancée dans une longue explication pour raconter pourquoi j'appelais à quatre heures du matin, et j'aurais préparé mon texte pendant des mois. Ils auraient vu clair dans mon manège, alors j'aurais été obligée d'avouer et finalement je serais passée prendre Matty quelques heures plus tôt que prévu au lieu d'un jour plus tard.

« Bon, a dit JJ. Pour Maureen c'est bon. Il n'y a plus que vous, Martin. Vous voulez être des nôtres ?

– Eh bien !... où est Chas ? a demandé Martin.

– Je ne sais pas, a répondu Jess. A une fête quelque part. C'est de ça que dépend notre décision ? De l'endroit où il se trouve ?

– Oui. Je préférerais encore me foutre en l'air plutôt que d'essayer de trouver un taxi pour écumer le sud de la ville à quatre heures du matin, a dit Martin.

– Il ne connaît personne dans le Sud, a dit Jess.

– Bon », a conclu Martin. Et à partir de ce moment-là, on a bien senti qu'au lieu de nous jeter dans le vide, nous allions tous descendre pour retrouver le petit ami de Jess – si c'était son petit ami. Ce n'était pas vraiment un projet. Mais c'était le seul que nous avions, alors il ne nous restait plus qu'à faire en sorte qu'il marche.

« Donnez-moi votre portable, a dit Jess, je vais passer quelques coups de fil. »

Martin a obéi, elle est allée à l'autre bout du toit où personne ne pouvait l'entendre, et nous avons attendu qu'elle nous dise où aller.

MARTIN

Je sais ce que vous pensez, vous qui êtes si futés, vous qui lisez le *Guardian* et fréquentez les magasins chics. Pour vous, regarder les programmes télévisés du matin, c'est aussi saugrenu que d'acheter un paquet de cigarettes à vos enfants. Vous vous dites : Oh ! ce type n'était pas sérieux. Il voulait juste qu'un photographe de la presse à scandales capture ouvrez les guillemets « son appel à l'aide », fermez les guillemets, de manière à ce qu'il puisse fourguer en exclusivité au *Sun* un papier du type « Mon suicide : J'ai vécu l'enfer ». « L'ORDURE FINIT EN CHARPIE ». Et je comprends pourquoi vous pourriez penser ça, mes amis. Je grimpe un escalier, je m'envoie quelques rasades de scotch en balançant les pieds dans le vide ; là-dessus une toquée me demande d'aller à une fête pour retrouver son ex-petit copain, et moi je hausse les épaules et lui emboîte le pas. Pas très suicidaire, tout ça.

Avant tout, je voudrais que vous sachiez que j'ai obtenu un score très élevé sur l'« Echelle des Intentions de Suicide » d'Aaron T. Beck. Je parie que vous n'étiez même pas au courant qu'une telle échelle existait. Je me trompe ? Eh bien, elle existe, et je pense que j'ai dû avoir quelque chose comme vingt et un points sur trente, ce qui m'a fait assez plaisir, comme vous pouvez l'imaginer. Oui, le suicide a été envisagé plus de trois heures avant la tentative. Oui, j'étais assuré de trouver la mort, même en cas d'intervention médicale : quinze étages, la Tour du Saut, or il est stipulé qu'au-delà de dix étages, l'affaire est entendue. Oui, la tentative a fait l'objet d'une préparation méticuleuse : échelle, pinces coupantes, etc. Le carton assuré. Les seules questions où je n'ai peut-être pas obtenu le maximum sont les deux premières qui ont trait à ce qu'Aaron T. Beck appelle l'isolement et le choix du moment. « Personne à proximité, aucun contact, ni visuel ni vocal » vous permet d'obtenir le meilleur score, de même que « intervention hautement improbable ». Vous pourriez me dire qu'en choisissant l'endroit le plus populaire du Nord londonien pour les suicides, un des soirs de l'année les plus propices au suicide, nous nous exposions à une intervention quasi inévitable ; je vous répondrai que nous avons été juste un peu nuls. Nuls ou bêtement égocentriques, au choix.

Pourtant, sans cette affluence au sommet, je ne serai plus là aujourd'hui, alors peut-être que ce bon vieux Beck a tapé dans le mille. Nous n'avions certes pas compté sur le fait que quelqu'un viendrait nous secourir. Il n'empêche, une fois que la rencontre a eu lieu, il y a manifestement eu un désir collectif – un désir né avant tout de la gêne – de remiser cette idée, du moins pour la soirée. Pas un seul n'a redescendu les escaliers en se disant que la vie était belle, un don merveilleux ; d'ailleurs, nous étions légèrement plus malheureux qu'à la montée, car la seule solution que nous avions trouvée pour remédier à nos tristes sorts respectifs ne convenait plus, du moins pour l'instant. Et puis, il y a eu une sorte d'étrange excitation nerveuse, là-haut ; pendant une heure ou deux, nous avions vécu dans une espèce d'état indépendant, hors de portée des lois d'en bas. Certes, nos problèmes nous avaient poussés à monter sur ce toit, mais, manquant d'énergie, ils n'avaient pas réussi à gravir le dernier échelon. Et nous allions être de nouveau confrontés à eux. Mais de toute façon nous n'avions pas le sentiment d'avoir le choix, du moins pas dans l'immédiat. Nous avions beau ne rien avoir en commun hormis cette chose, cette chose suffisait à nous donner le sentiment que rien d'autre – ni argent, ni classe, ni niveau d'études, ni âge, ni intérêts culturels – ne valait tripette ; en l'espace de quelques heures, nous avions fondé une nation et souhaitions pour l'instant être exclusivement en présence de nos nouveaux compatriotes. J'avais échangé tout juste un mot avec Maureen et je ne connaissais même pas son nom de famille ; mais elle en savait plus long sur mon compte que ma femme au cours de nos cinq dernières années de mariage. Vu l'endroit où nous nous étions rencontrés, Maureen savait que j'étais malheureux, autrement dit elle savait l'essentiel ; Cindy, elle, s'était toujours dite déconcertée par tout ce que je faisais ou disais.

Cela aurait été chouette si j'étais tombé amoureux de Maureen, n'est-ce pas ? Je vois même d'ici les gros titres des journaux : « IL ÉCHAPPE À LA MORT GRÂCE À L'AMOUR ! » L'article disait que la vieille ordure avait compris qu'il faisait fausse route, et avait décidé de s'installer avec une femme mûre, très simple, plutôt que de courir après les écolières et autres actrices de troisième catégorie aux seins refaits. Mais oui, c'est ça. Vous pouvez toujours rêver.

JJ

Pendant que Jess appelait tous les gens qu'elle connaissait pour savoir où se trouvait son Chas, moi je me suis appuyé contre le mur, et j'ai regardé la ville à travers le grillage en me demandant ce que j'aurais écouté à cet instant précis si j'avais eu un iPod ou un Discman. La première chose qui m'est venue à l'esprit a été « Abominable Snowman in the Market », de Jonathan Richman, peut-être parce que c'était doux et bêta, et que cela me rappelait une époque de la vie où je pouvais me permettre d'être comme ça. Et puis, je me suis mis à entonner « In Between Days » de Cure, ce qui m'a paru un peu plus logique. On n'était plus aujourd'hui mais pas tout à fait demain, plus l'année dernière et pas encore l'année prochaine, et en tout cas tout ce truc sur le toit était un peu flou, entre deux eaux, entre deux cieux, puisqu'on n'avait pas encore décidé de la direction que nos âmes immortelles allaient prendre.

Jess a passé dix minutes à parler à des proches de Chas ; elle est revenue en disant qu'à son avis, il était probablement à une soirée à Shoreditch. On a descendu les quinze étages, baignés dans le vrombissement de la basse et l'odeur de pisse, puis on a émergé dans la rue. Là, on a attendu en tremblant dans le froid qu'un taxi se pointe. On n'a pas été très bavards, à part Jess qui parlait pour quatre. Elle nous a dit qui organisait la soirée et qui on risquait de rencontrer.

« Il y aura Tessa et sa bande.

– Ah ! a fait Martin, cette bande-là.

– Et Alfie et Tabitha et la troupe qui va à l'"Ocean", le samedi soir. Et Pete l'Acid-man et toute l'équipe des graphistes. »

Martin a poussé un grognement ; Maureen avait l'air d'avoir le mal de mer.

Un jeune Africain au volant d'une vieille Ford pourrie s'est arrêté à notre hauteur. Il a descendu la vitre côté passager et s'est penché vers nous.

« Vous allez où ?

– Shoreditch.

– C'est trente livres.

– Va te faire foutre, a dit Jess.

– La ferme, a ordonné Martin en s'installant à l'avant. C'est moi qui paye. »

On s'est installés sur la banquette arrière.

« Bonne année », a fait le chauffeur.

Aucun de nous n'a bronché.

« La fête ? a demandé le chauffeur.

– Connaîtriez-vous Pete l'Acid-man ? lui a demandé Martin. Parce que nous espérons bien le croiser. Cela promet d'être jouissif.

– Jouissif, a repris Jess d'un ton narquois. Pourquoi vous jouez tout le temps au branleur ? » Quand on voulait plaisanter avec Jess dans les parages ou bien jouer sur les mots, il fallait la prévenir vraiment à l'avance.

Il devait être dans les quatre heures du matin, mais il y avait un max de gens dehors, en voiture, en taxi et à pied. Tous en groupes, on aurait dit. Parfois on nous faisait signe ; Jess saluait toujours en retour.

« Et vous ? a dit Jess en s'adressant au chauffeur. Vous bossez toute la nuit ? Ou vous allez boire un coup quelque part ?

– Travail *toute la nuit*[1], a répondu le chauffeur.
– Pas de bol », a dit Jess.

Le chauffeur a émis un rire sans joie.

« Oui. Pas de bol.
– Et votre épouse, elle s'en fiche ?
– Pardon ?
– Votre épouse. *La femme*[1]. Elle s'en moque ? Que vous bossiez toute la nuit ?
– Oui. Maintenant ça lui est égal. Là où elle est. »

N'importe qui un tant soit peu attentif aurait senti que l'ambiance dans le taxi venait de tourner au lugubre. N'importe qui ayant vécu un minimum aurait compris que ce type avait une lourde histoire derrière lui, pas drôle pour un sou. N'importe qui doté d'un minimum de bon sens en serait resté là.

« Ah ? s'est étonnée Jess. Elle est méchante, votre femme, hein ? »

J'ai tressailli, et je suis sûr que les autres aussi. Jess-la-grande-gueule avait encore frappé.

« Pas méchante. Morte. » Il l'a dit d'un ton neutre comme pour rectifier un fait précis – comme si dans son métier « méchante » et « morte » étaient deux adresses que les gens avaient tendance à confondre.

« Ah !
– Oui. Hommes méchants tuer elle. Tuer elle, tuer sa mère, tuer son père.
– Ah !
– Oui. Dans mon pays.
– Ah ! ouais, d'accord. »

Voilà exactement où Jess a choisi de s'arrêter : précisément au moment où son silence allait lui coller la honte. Le taxi a poursuivi sa route, chacun est resté absorbé dans ses pensées. Et je serais prêt à parier un million de dollars que nos pensées enchevêtrées et nébuleuses contenaient toutes, d'une manière ou d'une autre, une version des mêmes questions : Pourquoi ne l'avions-nous pas rencontré là-haut ? Ou bien était-il monté, puis redescendu, comme nous ? Est-ce qu'il ricanerait si nous lui racontions

1. En français dans le texte. *(N.d.T.)*

nos déboires ? Putain ! comment faisait-il pour être si... *tenace* ?

Lorsqu'on est arrivés à destination, Martin lui a laissé un très gros pourboire. Ça lui a fait plaisir, il nous a remerciés et nous a appelés ses amis. On aurait aimé être ses amis, mais il se serait fichu de nous s'il nous avait connus un peu mieux.

Maureen ne voulait pas nous accompagner, mais on l'a quand même fait entrer, puis on a gravi les escaliers jusqu'à un espace qui rappelait beaucoup un loft new-yorkais – en fait, depuis que j'étais à Londres, je n'avais encore jamais visité un lieu qui y ressemble autant. Il aurait coûté une fortune à New York, et donc une fortune plus trente pour cent à Londres. Il avait beau être quatre heures du matin, ça grouillait ; la population que je trouve la plus antipathique au monde : ces putains d'étudiants des beaux-arts. D'accord, Jess nous avait prévenus, n'empêche ça fait toujours un choc. Tous ces bonnets de laine et ces moustaches avec des bouts en moins, tous ces tatouages nouveaux et ces pompes en plastoc... Je veux dire, bon, je suis de gauche, je ne voulais pas que Bush bombarde l'Irak, et quand il faut tirer sur le pétard, je ne suis pas le dernier, mais ces gens me rendent parano – essentiellement parce que je sais qu'ils n'auraient pas aimé mon groupe. Quand on donnait un concert dans une ville étudiante et qu'on se retrouvait face à un public de ce genre, je savais que ce serait dur. Ils n'aiment pas la vraie musique, ces gens-là. Ils n'aiment pas les Ramones ou les Temptations ou les Mats ; ils aiment D J Bip et ses bips à la con. Ou sinon ils se prennent tous pour des gangstas de merde et écoutent du hip hop qui parle de putes et de guns.

Donc j'étais de mauvais poil. J'avais peur de me laisser embarquer dans une bagarre, et je savais même ce qui la déclencherait : j'allais prendre la défense de Martin ou de Maureen face à un enfoiré sarcastique avec bouc ou d'une nana à moustache. Mais en fait, les choses ne se sont pas passées comme ça. Ce qui est drôle, c'est que Martin avec son costard et son bronzage bidon, et Maureen avec son imper et ses pompes confortables, ils cadraient plutôt bien dans le tableau. Ils avaient une allure tellement traditionnelle qu'ils paraissaient, vous savez, *complètement barrés*. Martin et sa coupe de cheveux téloche aurait pu faire partie de Kraftwerk, et Maureen aurait pu être une version vraiment étrange de Moe Tucker du Velvet Underground. Moi, avec mon jean noir délavé, mon cuir et mon vieux T-shirt Gitanes, je passais pour un pauvre nul.

Un seul incident m'a fait penser qu'on aurait peut-être de la baston. Martin était là, à boire du vin à la bouteille, et deux types se sont mis à le dévisager.

« Martin Sharp ! Tu sais, le type qui s'est fait virer de la télé ! »

J'ai sursauté. Je n'ai jamais vraiment fréquenté de célébrité, et je n'avais jamais réalisé qu'arriver à une fête avec la trombine de Martin, c'était comme débouler à poil : même les étudiants des beaux-arts ont tendance à ne pas vous louper. Sauf que c'était plus compliqué que si les gars l'avaient juste reconnu.

« Ah ! ouais ! Bien vu ! a dit son pote.

– Hé, Sharpy ! »

Martin leur a adressé un sourire sympa.

« Ça doit t'arriver tout le temps, a fait l'un des deux.

– Quoi ?

– Tu sais. Hé, Sharpy ! tout ça.

– Oui, a répondu Martin. C'est vrai.

– Tu n'as pas de chance quand même. Avec tous ces mecs à la télé, il faut que tu ressembles à ce salaud. »

Martin leur a adressé un haussement d'épaules enjoué, comme pour dire « Que voulez-vous que j'y fasse ? », puis il s'est retourné vers moi.

« Ça va aller ? lui ai-je demandé.

– C'est la vie », a-t-il dit, en me regardant droit dans les yeux. Il avait réussi à redonner de la profondeur à un cliché éculé.

Pendant ce temps, Maureen était tout bonnement pétrifiée. Elle sursautait chaque fois que quelqu'un éclatait de rire, disait un gros mot ou cassait quelque chose ; elle fixait les gens comme si c'étaient des photos de Diane Arbus projetées sur un écran Imax de quinze mètres de large.

« Vous voulez un verre ?

– Où est Jess ?
– Elle cherche Chas.
– Et ensuite on pourra s'en aller ?
– Evidemment.
– Bien. Je ne m'amuse pas ici.
– Moi non plus.
– Et ensuite, on ira où, à votre avis ?
– Je ne sais pas.
– Mais on part tous ensemble, vous pensez ?
– Je suppose. C'est ce qui était prévu, non ? Jusqu'à ce qu'on retrouve ce type.
– J'espère qu'on ne le retrouvera pas, a déclaré Maureen. Du moins pas tout de suite. Je boirais bien un verre de xérès, s'il vous plaît, enfin si vous en trouvez.
– Je ne crois pas qu'ils boivent ce genre de chose ici.
– Du vin blanc peut-être ? »
J'ai trouvé deux gobelets en carton et une bouteille pas tout à fait vide.
« Santé.
– Santé.
– Chaque premier de l'an c'est pareil, pas vrai ?
– Quoi ?
– Vous savez. Du vin blanc tiédasse, une soirée foireuse avec des connards. Pourtant, cette année, je m'étais promis que ce serait différent.
– Où étiez-vous à la même heure l'année dernière ?
– A une soirée, chez moi. Avec Lizzie, mon ex.
– Chouette ?
– Sympa, ouais. Et vous ?
– J'étais à la maison. Avec Matty.
– Ah ! Et l'année dernière, vous pensiez déjà...
– Oui, a-t-elle répondu très vite. Oh ! oui.
– Je vois. » Et je n'ai pas trop su comment enchaîner, alors on a bu à petites gorgées en regardant les crétins.

MAUREEN

Ce n'est pas hygiénique de vivre dans un endroit sans séparation entre les pièces. Même les gens qui habitent dans des petits studios ont habituellement accès à des toilettes avec des portes, des murs et une fenêtre. A la soirée, ils n'avaient même pas ça. C'était comme des w.-c. de chemin de fer, mais sans séparation entre les toilettes hommes et les toilettes femmes. Juste une petite paroi entre la salle d'eau et tout le reste, si bien que j'avais beau avoir besoin d'aller au petit coin, je ne pouvais pas ; n'importe qui aurait pu faire le tour et me voir. Et inutile de dire à quel point tout cela était malsain. Mère avait coutume de dire qu'une mauvaise odeur n'est rien d'autre qu'un gaz porteur de microbes ; en tout cas, celui à qui appartenait cet appartement devait être envahi de microbes. De toute façon, on n'accédait pas comme ça aux toilettes. En cherchant, j'ai vu quelqu'un à genoux par terre, le nez sur la lunette. Je n'ai aucune idée de la raison pour laquelle on peut avoir envie de faire ça (sous les yeux de quelqu'un d'autre, en plus ! Vous vous rendez compte !). Mais j'imagine que les perversions des gens sont sans limites. C'est d'ailleurs plus ou moins ce à quoi je m'attendais en allant à cette soirée, quand j'ai entendu le tintamarre et vu le genre des invités ; si quelqu'un m'avait demandé ce que, selon moi, ces gens-là faisaient aux toilettes, j'aurais pu répondre : renifler la cuvette.

Quand je suis revenue, Jess était debout, en larmes, et les gens s'étaient un peu écartés autour d'elle. Un gars lui avait dit que Chas était passé, mais qu'il était reparti avec une fille rencontrée à la soirée. Jess voulait que nous allions chez la fille, et JJ essayait de la persuader que ce n'était pas une bonne idée.

« C'est bon, a dit Jess. Je la connais. Il a dû y avoir une sorte de malentendu. C'est juste qu'elle ne devait pas être au courant à propos de moi et Chas.

– Et si elle était au courant ? a demandé JJ.

– Eh ben ! dans ce cas, je ne pourrais quand même pas l'accepter, si ?

– Ce qui veut dire ?

– Je ne la buterais pas, je ne suis pas furax à ce point. Mais je devrais lui donner une leçon. Peut-être la taillader un peu. »

Quand Franck a rompu nos fiançailles, j'ai cru que je ne m'en remettrais jamais. J'ai éprouvé presque autant de pitié pour lui que pour moi, parce que je ne lui ai pas facilité la tâche. Nous étions au pub « Ambler Arms » (mais il a changé de nom) dans un coin, à côté de la machine à sous, et le patron a demandé à Franck de me ramener à la maison, parce que tant que je continuerais à brailler à m'en faire exploser les yeux, personne ne mettrait d'argent dans la machine, or les soirs tranquilles, ils empochaient pas mal, avec la machine à sous.

J'ai failli en finir à ce moment-là – en tout cas j'y ai pensé, c'est sûr. Mais je me suis dit que j'allais m'en sortir, que les choses allaient s'arranger. Vous vous rendez compte les ennuis que j'aurais évités si j'étais passée à l'acte ? Je nous aurais tués tous les deux, Matty et moi, mais évidemment, sur le moment, je ne pouvais pas le savoir.

Je n'ai pas prêté attention aux idioties de Jess, quand elle a parlé de taillader l'autre jeune fille. Moi-même, j'ai inventé toutes sortes de sottises quand Franck et moi nous nous sommes séparés ; j'ai dit aux gens que Franck avait été obligé de déménager, qu'il avait des problèmes mentaux, que c'était un ivrogne et qu'il m'avait frappée. Rien de tout cela n'était vrai. Franck était un chic type. Son crime était de ne pas m'aimer suffisamment. Et comme ce n'était pas vraiment un crime, il a fallu que j'en invente de plus graves.

« Etiez-vous fiancés ? ai-je demandé à Jess en regrettant immédiatement de lui avoir posé la question.

– Fiancés ? a dit Jess. Fiancés ? On est où, là ? Orgueil et p... de préjugés ? "Ooooh, Monsieur d'Arcy de Mon Cul. Je me dois de vous révéler ma flamme ! – Oh oui ! mademoiselle Connasse de la Snobinarde, j'en serais assurément charmé." » (Elle a dit la fin en faisant l'idiote, je suppose que vous aviez deviné.)

« Les gens se fiancent encore, a dit Martin. Ce n'est pas une question idiote.

– Ah ! oui ? Et qui donc se fiance encore ?

– Moi », ai-je répondu tout bas parce qu'elle me fichait la trouille, alors elle m'a fait répéter.

« Vraiment ? Bon, d'accord, mais chez les vivants, je parle, qui est-ce qui se fiance ? Les croulants, ceux qui ont des chaussures, des impers et tout ça, ils ne m'intéressent pas. » J'ai eu envie de lui demander ce qu'on pouvait bien avoir aux pieds si on ne mettait pas de chaussures, mais je voyais ce qu'elle voulait dire.

« D'ailleurs, c'est qui le connard qui a accepté de se fiancer avec vous ? »

Je ne voulais pas de tout ça. Je trouvais injuste d'être récompensée de la sorte alors que j'avais essayé de secourir quelqu'un.

« Il vous a tringlée ? Tu m'étonnes. C'était quoi, sa position préférée ? En levrette ? Comme ça, il n'était pas obligé de voir votre tronche ? »

C'est à ce moment-là que Martin l'a attrapée par le bras et l'a traînée jusqu'à la rue.

JESS

Quand Martin m'a sortie par la peau des fesses, j'ai pris la décision de devenir quelqu'un d'autre. C'est un truc que je peux faire quand ça me chante. Chacun en est capable, une fois passé la limite, non ? Quand on ne peut plus se contrôler ? Tu sais, tu te dis, bon, d'accord, je vais devenir une dingue de bouquins, alors tu vas te chercher des bouquins à la bibliothèque et tu te trimballes avec pendant un certain temps. Ou alors, je vais partir à fond dans la dope, et tu te mets à fumer plein d'herbe. Enfin, ce que tu veux. Et ça te donne l'impression d'être quelqu'un d'autre. Si tu empruntes les fringues d'une autre, les trucs qui l'intéressent ou sa façon de parler, ça te fait un peu des vacances de toi-même, moi je trouve.

L'heure avait sonné, il fallait que je devienne une autre fille. Je ne sais pas pourquoi j'ai balancé tout ça à Maureen. La moitié des trucs que je dis, je ne sais pas pourquoi je les dis. Je savais que j'avais passé les bornes, mais je n'ai pas pu m'arrêter. Je me mets en rogne et dès que ça commence, c'est comme la nausée : je vomis sur quelqu'un, je vomis et je ne peux pas m'arrêter tant que je ne suis pas vidée. Je suis contente que Martin m'ait fait sortir. Il fallait que quelqu'un m'arrête. J'ai souvent besoin qu'on m'arrête. Du coup, je me suis dit qu'à partir de maintenant je serais comme une héroïne de l'ancien temps. J'ai juré de ne plus jurer, ah ! ah ! et de plus cracher ; je me suis promis de ne plus demander à d'innocentes vieilles dames qui sont clairement plus ou moins vierges si elles se faisaient tirer en levrette.

Martin s'est déchaîné contre moi, il m'a traitée de garce et d'idiote et m'a demandé ce que Maureen m'avait fait. Et j'ai juste dit : Oui, monsieur, et : Non, monsieur, et : Je suis absolument navrée, monsieur. J'ai regardé le trottoir, j'ai bien baissé les yeux, histoire de lui montrer que j'étais vraiment désolée. Là-dessus, j'ai fait une révérence, j'ai trouvé que ça avait de la gueule. Alors il a fait : Non, mais, putain ! C'est quoi ce cinéma, maintenant ? Et ces simagrées oui-monsieur-non-monsieur ? Alors je lui ai expliqué que j'allais arrêter d'être moi, que plus personne ne reverrait jamais l'ancien moi, et ça lui en a bouché un coin. Je ne voulais pas qu'ils en aient assez de moi. C'est souvent ce qui se passe, j'ai remarqué : les gens, à un moment donné, ils ne peuvent plus me supporter. Chas, par exemple. Il ne faut vraiment pas que ça se reproduise, sinon il ne me restera plus personne. Avec Chas, je crois que tout a été trop : j'ai attaqué trop fort, trop vite, et il a eu la trouille. Comme le truc à la Tate Modern Art Gallery. Bon, là, ça a vraiment été une erreur. Parce que l'ambiance là-bas... D'accord, il y a des choses bizarres et violentes, mais ce n'était pas une raison pour que moi je devienne bizarre et violente. J'ai eu un comportement déplacé, comme aurait dit Jen. J'aurais dû attendre qu'on soit sortis et qu'on ait fini de regarder les images et les installations pour piquer ma crise.

Je crois que Jen non plus, elle ne pouvait plus me voir.

Et puis il y a eu aussi l'histoire au cinéma. Quand j'y repense, ça a peut-être été la goutte d'eau. Là aussi, comportement déplacé. Ou peut-être que le comportement n'était pas déplacé, parce qu'il fallait bien qu'on en discute un jour, mais l'endroit (le « Holloway Odeon ») n'était pas bien choisi, le moment (à la moitié du film) et le volume non plus (à voix haute). Un des trucs que m'a dit Chas ce soir-là, c'est que je n'étais pas assez mûre pour devenir maman, et je me rends compte qu'en hurlant à tue-tête en plein milieu de *Moulin rouge*, j'ai apporté de l'eau à son moulin, en un sens.

Enfin, bref. Martin s'est déchaîné sur moi pendant un certain temps, après quoi il a eu l'air de se ratatiner, comme un ballon percé. « Que se passe-t-il, messire ? » j'ai demandé, mais il s'est contenté de secouer la tête, et cela m'a suffi pour piger. Piger qu'il était quatre heures du matin, qu'il était sorti d'une soirée pleine d'inconnus pour gueuler sur une fille qu'il ne connaissait pas non plus, quelques heures seulement après être monté sur le toit d'un immeuble pour se tuer. Ah ! ouais, et par-dessus le marché sa femme et ses enfants le détestaient. Dans toute autre situation, j'aurais dit qu'il avait brusquement perdu la volonté de vivre. Je me suis approchée, j'ai posé la main sur son épaule et il m'a regardée comme si j'étais une personne et non une source de désagrément, et il y a presque eu un Instant de Magie – pas romantique, genre Ross-et-Rachel (tu parles), mais un Instant de Compréhension Mutuelle. Et puis on a été interrompus, et l'instant s'est envolé.

JJ

Je voudrais vous parler de mon ancien groupe – peut-être, j'imagine, parce que j'avais commencé à considérer cette bande comme mon nouveau groupe. On était quatre et on s'appelait Big Yellow. Notre premier nom, c'était Big Pink en hommage à l'album du Band, mais tous les gens ont cru qu'on était un groupe gay, alors on choisi une autre couleur. Eddie et moi on s'est connus au lycée, on composait ensemble, on était comme des frères jusqu'au jour où tout a été fini. Billy était le batteur, Jessie le bassiste et... Et merde, vous vous en foutez complètement, hein ? En tout cas, je vous jure qu'on avait un truc que personne d'autre n'avait. Il y en a peut-être qui l'ont eue, cette magie, à une autre époque – les Stones, les Clash, les Who. Mais moi, je n'ai jamais vu un autre groupe avec ce truc. Dommage que vous n'ayez pas assisté à l'un de nos concerts, parce que là vous auriez vu que je ne vous raconte pas de bobards – en tout cas, il va falloir me croire sur parole : les bons soirs, on hypnotisait carrément le public, les gens hallucinaient. J'aime toujours nos albums, mais c'étaient nos concerts qui médusaient tout le monde ; il y a des groupes qui se pointent sur scène, ils jouent leurs morceaux un peu plus vite, un peu plus fort, et voilà ; mais nous, on trouvait le moyen de faire autre chose ; on accélérait le tempo ou au contraire on ralentissait, et on faisait des reprises de morceaux qu'on adorait – en sachant que les gens venus nous voir adoreraient aussi. Nos gigs avaient *un sens* pour le public, contrairement à maintenant où les concerts ne signifient plus rien. Big Yellow sur scène, c'était comme du gospel à l'église : à la place des applaudissements, des sifflements et des cris, c'étaient des larmes, des grincements de dents ; des gens se mettaient à parler dans des langues inconnues. On a sauvé des âmes. Si vous aimiez le rock'n roll, tout le rock'n roll, depuis, je sais pas, Elvis jusqu'aux White Stripes, en passant par James Brown, alors vous n'aviez qu'une envie : plaquer votre boulot et venir vous nicher dans nos amplis jusqu'à ce que les oreilles vous en tombent. Ces concerts étaient ma raison de vivre, et je sais maintenant que ce ne sont pas des paroles en l'air.

Je voudrais bien croire que je me berce d'illusions. Vraiment. Ça m'aiderait. Sauf qu'il y avait tous ces messages sur notre site Internet. Je les lisais de temps en temps, et je me rendais bien compte que le public ressentait la même chose que nous ; je suis allé voir sur d'autres sites, on ne trouve pas le même genre de fans. Je veux dire, tous les groupes ont des fans qui aiment leur musique, sinon ils ne seraient pas fans, d'accord ? Mais en lisant les messages des fans des autres groupes, je voyais bien que notre public sortait des concerts dans un état spécial. Nous on le sentait, et eux aussi le sentaient. C'est juste qu'ils n'étaient pas assez nombreux, je suppose. Enfin, bon.

Quand Jess a passé ses nerfs sur elle, Maureen a failli tomber dans les pommes, et on peut comprendre. Bon sang ! Si Jess m'avait fait un coup comme ça, moi aussi j'aurais eu besoin de m'asseoir, et pourtant je suis blindé. Je l'ai emmenée dehors sur une petite terrasse, qui ne devait pas voir le soleil de l'année, mais il y avait quand même une table de pique-nique et un barbecue. Ces petits barbecues, il y en a partout en Angleterre, on dirait. A mon avis, ils symbolisent le triomphe de l'espoir sur la réalité, vu que tout ce qu'on peut faire, c'est les regarder par la fenêtre sous la flotte qui tombe comme vache qui pisse. Deux personnes étaient déjà assises à la table, mais quand elles ont vu l'état de Maureen, elles sont retournées à l'intérieur et on a pris leur place. J'ai proposé d'aller lui chercher un verre d'eau, mais elle ne voulait rien, alors on est juste restés là, en silence. C'est à ce moment-là qu'on a entendu un sifflement, du côté du barbecue, dans le recoin le plus éloigné. Il y avait un gars, là. Un jeune, avec des cheveux longs et une pauvre moustache ; accroupi dans l'obscurité, il essayait d'attirer notre attention.

« Excusez-moi, a-t-il chuchoté.

– Si tu veux nous parler, déplace-toi.

– Je ne peux pas sortir en pleine lumière.

– Sinon il va se passer quoi ?

– Une folle veut me faire la peau.

– Il n'y a que Maureen et moi, ici.

– Cette folle est partout.

– Comme Dieu », j'ai dit.

Je suis allé jusqu'à lui et je me suis accroupi.

« Qu'est-ce que je peux faire pour toi ?

– T'es américain ?

– Oui.

– Ah ! Yo, mec. » Si je vous dis qu'il a trouvé ça drôle, cela devrait vous suffire pour vous faire une idée de Chas. « Dis, tu pourrais aller voir à l'intérieur si la folle est partie ?

– A quoi elle ressemble ?

– Elle est vraiment flippante. Un pote à moi l'a vue en premier et m'a dit de me planquer par ici jusqu'à ce qu'elle se tire. Je suis sorti avec elle une fois. Pas "une fois" comme dans les contes de fées, genre "il était une fois". Non, juste une seule fois. Mais j'ai lâché l'affaire parce qu'elle est complètement azimutée et... »

Il tombait à pic.

« C'est toi Chas, hein ?

– Comment tu le sais ?

– Je suis un ami de Jess. »

Oh ! vous auriez vu sa tronche. Il s'est rétabli sur ses pieds et a commencé à chercher une issue pour s'échapper. A un moment, j'ai bien cru qu'il allait essayer de grimper au mur comme un écureuil.

« Merde ! il a dit. Putain ! Je suis désolé. Merde ! Tu peux m'aider à passer de l'autre côté ?

– Non. Je veux que tu viennes lui parler. Elle a eu, comment dire, une soirée mouvementée, et peut-être qu'une petite discussion aiderait à la calmer. »

Chas a rigolé du rire creux et désespéré du type qui savait que pour calmer Jess mieux valait un stock de tranquillisants pour éléphant qu'une petite discussion.

« Tu sais, je n'ai pas couché avec une seule fille depuis ma soirée avec elle.

– Je ne savais pas, Chas, non. Comment aurais-je pu le savoir ? Tu voudrais que j'aie lu ça où ?

– J'ai eu trop les jetons. Je ne peux plus me permettre

de refaire une erreur comme ça. Je ne veux plus qu'une nana me hurle dessus au ciné. Je m'en fiche de plus jamais baiser. Ce n'est pas si grave. J'ai vingt-deux ans. Arrivé à soixante ans, de toute façon, tu n'as plus envie, pas vrai ? Donc il ne me reste que quarante ans. Même pas. Je peux faire avec. Les femmes sont folles à lier, putain, mec.

– Faut pas te dire des conneries comme ça, mec. Tu n'as pas eu de chance, c'est tout. »

J'ai dit ça parce que c'était la chose à dire, et non parce que je pouvais tirer cette conclusion de mon expérience. Les femmes n'étaient pas folles à lier, putain, bien sûr que non – à part celles avec lesquelles j'avais couché, et celles avec lesquelles Chas avait couché.

« Ecoute. Si tu sortais discuter un peu avec elle, qu'est-ce qui pourrait t'arriver, au pire ?

– Elle a essayé de m'assassiner deux fois et m'a fait arrêter une fois. Et puis, je suis tricard dans trois pubs, deux musées et un cinéma. Sans compter que j'ai reçu un avertissement officiel de...

– D'accord, d'accord. Donc le pire qui puisse t'arriver, c'est une mort violente dans des douleurs atroces. Et moi je te dis : mon pote, mieux vaut mourir comme un homme que se planquer sous un barbecue comme une souris. »

Maureen est venue nous rejoindre dans la pénombre.

« Moi, si j'étais Jess, j'essaierais de vous tuer, a-t-elle dit tranquillement – si tranquillement qu'il était difficile de faire coïncider la violence de ses propos avec la douceur du ton employé.

« Et voilà. Décidément, le danger est partout.

– Putain, mais c'est qui, celle-là ?

– Je m'appelle Maureen. Et pour quelle raison vous en tireriez-vous à si bon compte ?

– Me tirer de quoi ? Je n'ai rien fait, moi.

– J'ai cru vous avoir entendu dire que vous aviez couché avec elle, a continué Maureen. Vous ne l'avez d'ailleurs peut-être pas dit en ces termes. Mais vous avez dit que nous n'aviez pas couché avec une fille depuis. J'en conclus donc que vous avez fait l'amour avec elle.

– Euh ! une seule fois, c'est tout. Mais je ne savais pas qu'elle était folle à lier, putain !

– Donc, vous vous rendez compte que la pauvre petite est désorientée et vulnérable, et vous fuyez.

– J'étais obligé. Elle m'a pourchassé. Avec un couteau, la moitié du temps.

– Et pourquoi vous pourchassait-elle ?

– Mais c'est quoi cette histoire ? Ça ne vous regarde pas !

– Je n'aime pas voir les gens bouleversés.

– Et moi alors ? Je suis bouleversé. Ma vie est un désastre. »

Bon, là, vous voyez, Chas ne pouvait pas le savoir, mais ce n'était pas le genre d'argument à utiliser avec des gens comme nous. Par définition, les rois et les reines du désastre, c'était nous. Chas avait renoncé au sexe, alors que nous, putain, on essayait de savoir si on allait renoncer à la vie.

« Il faut que vous lui parliez, a déclaré Maureen.

– Allez vous faire foutre », a répondu Chas. Et là, vlan ! Maureen lui a balancé une beigne de toutes ses forces.

Je ne sais pas combien de fois j'ai vu Eddie envoyer un pain à quelqu'un lors d'une fête ou après un concert. Et il pourrait sans doute en dire autant de moi. Encore que, si mes souvenirs sont bons, moi j'étais plutôt le pacifiste avec de rares accès de violence. Alors que lui était plutôt le va-t'en-guerre avec de rares moments de calme et de lucidité. Et bon, Maureen était une petite vieille ; n'empêche, de la voir lui en coller une, ça m'a rappelé des souvenirs.

Voilà le truc, à propos de Maureen : elle avait vachement plus de cran que moi. Elle avait vécu assez longtemps pour savoir ce que ça faisait de ne pas avoir la vie qu'on avait espérée. J'ignore ce qu'elle avait prévu, mais elle avait certainement eu des projets, comme tout le monde. Et puis Matty était arrivé, elle avait encore attendu une vingtaine d'années pour voir ce qu'on lui offrirait en compensation. Et on ne lui avait rien offert. Elle avait mis tout son cœur dans ce coup de poing, et je me suis vu à son âge, en train d'aligner quelqu'un, moi aussi. C'était une des raisons pour lesquelles j'avais bien l'intention de ne jamais arriver à son âge.

MAUREEN

Franck est le père de Matty. C'est drôle de se dire que ce n'est peut-être pas une évidence pour les autres, parce que pour moi, cela coule de source. Je n'ai jamais eu de rapports qu'avec un seul homme, une seule fois, et cette unique fois a donné Matty. Vous parlez d'une probabilité, hein ? Une chance sur un million ? Dix millions ? Je ne sais pas. Mais bien sûr, même une sur dix millions signifie qu'il y a beaucoup de femmes comme moi dans le monde. Ce n'est pas ce qu'on se dit quand on pense une sur dix millions. On ne se dit pas : cela fait beaucoup de gens.

J'ai fini par comprendre une chose au fil des ans, c'est que nous sommes moins bien protégés contre la malchance que nous ne pourrions l'imaginer. Parce que ça peut paraître quand même injuste d'avoir un rapport une seule fois dans sa vie et de se retrouver avec un enfant qui ne peut ni marcher, ni parler, ni même me reconnaître... Mais la justice n'a pas grand-chose à voir là-dedans. Il suffit d'avoir un seul rapport pour concevoir un enfant, n'importe quel enfant. Il n'existe aucune loi proclamant qu'on peut avoir un enfant comme Matty uniquement si on est marié ou si on a déjà plein d'autres enfants, ou si on couche avec plein d'hommes. De telles lois n'existent pas, même si vous et moi pourrions penser qu'elles devraient exister. Et une fois qu'on a un enfant comme Matty, on ne peut s'empêcher de se dire : et voilà ! Toute une vie de malchance concentrée en un seul lot. Mais je ne suis pas certaine que la chance fonctionne de cette manière. Ce n'est pas parce que j'ai Matty que je ne vais pas avoir un cancer du sein ou me faire agresser. On pourrait penser que si, et pourtant non. Dans un sens, je suis contente de ne pas avoir eu d'autre enfant – d'enfant normal, j'entends. Il aurait fallu plus de garanties de la part de Dieu qu'Il n'aurait pu m'en fournir.

Et puis de toute façon je suis catholique, si bien que je crois moins à la chance qu'au châtiment. Croire au châtiment, nous sommes bons pour ça – les meilleurs même. J'ai péché contre l'Eglise, et le prix à payer est Matty. Le tarif peut paraître élevé, mais ces péchés sont censés avoir un sens, non ? Donc d'une certaine manière, ce qui m'a été infligé n'est pas très étonnant. Pendant longtemps, j'ai même été reconnaissante parce que j'ai eu l'impression que j'allais pouvoir me racheter ici-bas, sur terre, et qu'ensuite les compteurs seraient remis à zéro. Mais maintenant je n'en suis plus si sûre. Si le prix à payer est tellement élevé qu'on finit par vouloir se suicider et donc commettre un plus grand péché, alors Quelqu'un s'est trompé dans l'addition. Quelqu'un vous fait payer trop cher.

Je n'avais jamais frappé personne de toute ma vie, et pourtant j'en avais souvent eu envie. Mais ce soir-là, c'était différent. J'étais dans les limbes, quelque part entre la vie et la mort, et j'avais l'impression que ce que je ferais jusqu'à ce que je retourne à la Tour du Saut ne comptait pas. C'est la première fois que je me suis rendu compte que j'étais en quelque sorte en vacances de moi-même. Cela m'a donné envie de le gifler à nouveau, simplement parce que je pouvais le faire, mais je me suis retenue. Une fois suffisait. Chas s'est cassé la figure – plus sous l'effet du choc, je pense, qu'à cause de ma force, parce que je ne suis pas si costaude – puis il s'est retrouvé à quatre pattes, à se protéger la tête avec les mains.

« Je suis désolé, a dit Chas.

– Désolé pour quoi ? lui a demandé JJ.

– Je ne sais pas trop, a-t-il répondu. Peu importe.

– J'ai eu un petit ami comme toi, jadis, lui ai-je dit.

– Je suis désolé, a-t-il répété.

– C'est très mal. C'est terrible d'avoir un rapport avec quelqu'un et de disparaître ensuite.

– Je vois ça, maintenant.

– Vraiment ?

– Je crois, oui.

– Tu ne peux rien voir, de là où tu es, a dit JJ. Relève-toi !

– Je n'ai pas envie de m'en reprendre une.

– On ne peut pas dire que tu sois le type le plus courageux du monde, hein ? s'est moqué JJ.

– Il y a tout un tas de manières de se montrer courageux, a rétorqué Chas. Si ce que tu veux dire c'est que je ne suis pas vraiment courageux physiquement... Alors tu as raison. Le courage physique est très surcoté, je trouve.

– Tu sais, Chas, moi je trouve que c'est assez courageux de ta part de montrer que tu as peur d'une petite dame comme Maureen. Je respecte ton honnêteté, mec. Vous n'allez pas le gifler à nouveau, Maureen, si ? »

J'ai promis que non, et Chas s'est relevé. Cela faisait drôle de voir un homme agir en fonction de ce que j'avais dit.

« Ce n'est pas une vie, ça, de se planquer sous le barbecue des gens, hein ? a dit JJ.

– Non. Mais je ne vois pas d'autre solution.

– Et si tu parlais à Jess ?

– Ah ! non. Je préfère encore rester ici pour toujours. Sérieux. J'envisage déjà de changer de secteur, tu vois.

– Quoi, t'installer dans le jardin de quelqu'un d'autre ? Un endroit avec un bout de gazon ?

– Non, a dit Chas. Partir à Manchester.

– Ecoute, a dit JJ. Je sais qu'elle fait peur. C'est pour ça que tu devrais lui parler maintenant. Autant que tu profites de notre présence. On peut servir d'intermédiaires. Tu ne préférerais pas ça plutôt qu'être obligé de changer de ville ?

– Mais qu'est-ce je vais lui dire ?

– On pourrait peut-être trouver quelque chose ensemble. Pour qu'ensuite tu ne l'aies plus sur le dos.

– Comme quoi ?

– Je sais, par exemple, que si tu le lui demandais, elle t'épouserait.

– Oh ! non, tu vois, c'est...

– Je plaisante, Chas. Détends-toi, mec.

– Je ne peux pas, là. Je traverse une période difficile.

– Je ne dis pas le contraire. Entre Jess, partir à Manchester, habiter sous un barbecue et puis les Twin Towers, tout ça.

– Ouais. »

JJ a secoué la tête.

« Bon. Alors, qu'est-ce que tu peux lui dire pour te sortir de ce p... de guêpier ? »

Et JJ lui a donné quelques pistes comme s'il s'adressait à un acteur et que nous jouions dans un feuilleton télé.

MARTIN

Je n'ai rien contre un brin de bricolage, à l'occasion. J'ai fait moi-même la décoration des chambres des filles avec des pochoirs et tout le bazar. (Certes, des caméras télé me filmaient et la société de production a payé jusqu'à la dernière goutte de peinture fluo, mais ça n'enlève rien à l'exploit.) En tout cas, si vous êtes un ami bricoleur, vous saurez qu'on tombe parfois sur des trous trop gros pour être colmatés à l'enduit, surtout dans la salle de bains. Quand cela se produit, le seul moyen de boucher les trous vite fait bien fait c'est de prendre tout ce qui vous tombe sous la main – bouts d'allumettes, morceaux d'éponge, bref, ce que vous trouvez. Telle a été la fonction de Chas ce soir-là : il était le petit bout d'éponge qui sert à colmater la brèche. Toute l'histoire entre Jess et ce garçon était grotesque, bien sûr, une perte de temps et d'énergie, un banal dérivatif ; sauf que nous nous sommes laissé embarquer, ça nous a permis de redescendre de l'immeuble, et même en écoutant le discours ridicule de l'éponge, j'ai réalisé qu'il n'était pas dénué de valeur. J'ai compris aussi que dans les semaines et les mois à venir, nous allions en avoir besoin, de petits bouts d'éponge. C'est peut-être ce dont nous avons tous besoin, suicidaires ou pas. La vie est peut-être une brèche trop importante pour que nous puissions la boucher avec de l'enduit, alors on prend tout ce qui nous tombe sous la main – ponceuses, rabots, gamines de quinze ans, n'importe quoi – du moment que le vide est comblé.

« Salut, Jess », a dit Chas quand il s'est retrouvé dans la rue, après s'être fait virer de la fête. Il a essayé de prendre un ton joyeux, amical, décontracté, comme s'il avait espéré tomber sur Jess à un moment ou à un autre, au cours de la soirée, mais son manque de détermination était évident ; difficile d'être joyeux quand vous avez tellement peur que vous n'osez même pas regarder votre interlocutrice. Il m'a fait penser à ces petits voyous qu'on voit dans les films en train de voler le parrain local et qui, surpris en flagrant délit par beaucoup plus fort qu'eux, se retrouvent à faire désespérément de la lèche pour sauver leur peau.

« Pourquoi tu ne voulais pas me parler ?

– Euh ! ouais. Je me doutais que tu voudrais le savoir. Et justement, j'y ai réfléchi, figure-toi. Je me suis vraiment creusé les méninges, en fait, parce que, tu sais, c'est... Ça ne me plaît pas. C'est médiocre de ma part. C'est typique de ma médiocrité.

– N'en fais pas trop, mec », a conseillé JJ. Aucun des protagonistes n'avait l'intention de convaincre qui que ce soit que ce dialogue ressemblait à une authentique conversation.

« Non. Exact. Bon. D'abord, je voudrais te présenter mes excuses, ça ne se reproduira pas. Et deuxièmement : je te trouve très séduisante, d'une compagnie agréable, et... »

Cette fois-ci, JJ a juste toussé ostensiblement.

« ... Et, bon. C'est pas moi, c'est toi. (Il s'est crispé.) Euh ! non, désolé, je veux dire : c'est pas toi, c'est moi. »

A ce moment-là, alors qu'il essayait de se souvenir de son texte, son regard a croisé le mien.

« Hé, vous ressemblez à ce branleur de la télé, Martin Truc.

– C'est lui, a dit Jess.

– Putain, comment tu le connais ?

– C'est une longue histoire, ai-je expliqué.

– On s'est retrouvés tous les deux à la Tour du Saut. On allait se jeter dans le vide », a dit Jess en résumant considérablement notre histoire commune mais ne laissant dans l'ombre que très peu de points essentiels, il faut bien le reconnaître.

Chas a digéré l'information de manière presque visible, comme un serpent gobe un œuf : on a pu voir la lente progression jusqu'au cerveau. Chas avait certainement beaucoup de qualités, mais la vivacité d'esprit n'en faisait pas partie. « A cause de la fille que vous avez tringlée ? Et parce que votre femme et vos enfants vous ont fichu à la porte ? a-t-il dit finalement.

– Pourquoi ne demandes-tu pas à Jess pourquoi elle allait sauter ? Ne serait-ce pas plus pertinent ?

– Fermez-la, a dit Jess. C'est personnel.

– Ah ! Et mes affaires ne le sont pas, peut-être ?

– Non, a-t-elle répliqué. Plus maintenant. Tout le monde est au courant.

– Comment elle est, Penny Chambers ? En vrai ?

– Chas, on n'est pas venus discuter de ça, a déclaré JJ calmement.

– Non. Exact. Désolé. C'est que ça me perturbe un peu d'avoir quelqu'un de la télé juste là.

– Tu veux que je m'en aille ?

– Non, s'est empressée de répondre Jess. Je veux que vous restiez.

– Je n'aurais jamais cru que tu serais son genre, a dit Chas. Il est trop vieux. En plus, c'est un connard. » Il s'est mis à ricaner, puis a regardé autour de lui pour faire partager son hilarité, mais aucun d'entre nous – aucun d'entre eux, devrais-je dire, car Chas ne s'attendait tout de même pas à ce que je rie de mon âge ou de son insulte – ne s'est montré ne serait-ce que vaguement amusé.

« Ah ! bon. Vous le prenez comme ça ? »

Et soudain, oui, c'est devenu évident : nous étions tous d'une grande gravité.

Et même Jess s'en est rendu compte.

« Tu es un branleur ! a-t-elle dit. Ça n'a rien à voir avec toi, tout ça. Casse-toi, hors de ma vue ! » Sur ce, elle lui a envoyé un coup de pied – à l'ancienne, jambe tendue, dans la partie la plus charnue de son postérieur. On aurait dit deux personnages de dessin animé.

Et l'on n'a plus jamais revu Chas.

JESS

Quand tu es triste – genre vraiment triste, au point de monter sur le toit de la Tour du Saut – tu n'as qu'une envie : être avec d'autres gens tristes. Jusqu'à ce soir-là, je ne le savais pas, mais je m'en suis brusquement rendu compte en regardant le visage de Chas. Il était vide. C'était juste le visage d'un type de vingt-deux ans qui n'avait jamais rien fait d'autre que gober des extas, jamais réfléchi à rien à part se demander où il trouverait le prochain exta, jamais rien ressenti à part être défoncé comme un âne. Ce sont ses yeux qui l'ont trahi : quand il a fait cette plaisanterie idiote sur Martin en espérant qu'on allait tous rire avec lui, il avait les yeux vidés de toute expression intéressante. C'étaient les yeux d'un type qui rit, sans la moindre trace de peur ou de souci – les yeux d'un bébé qu'on chatouille. J'avais remarqué chez les autres que lorsqu'ils faisaient une blague (les rares fois où ils en faisaient une – Maureen n'était pas une comique de première), même quand ils riaient, tu voyais quand même pourquoi ils étaient montés sur ce toit – il y avait autre chose, quelque chose qui les empêchait de s'abandonner complètement dans l'instant. Et on peut toujours dire qu'on n'aurait pas dû monter, que vouloir se foutre en l'air, c'est un truc de dégonflé ; qu'aucun d'entre nous n'avait de bonnes raisons de sauter. Mais on ne peut pas dire qu'on n'en avait pas envie, tous autant qu'on était. On en avait vraiment envie, et c'était plus important que tout le reste. Chas ne connaîtrait jamais ce sentiment, à moins que lui aussi, il ne franchisse la limite.

Parce que c'est ce qui nous était arrivé à tous les quatre – nous avions dépassé la limite. Je ne veux pas dire qu'on avait fait quelque chose de mal. Simplement qu'on avait vécu un événement qui nous avait séparés de la majorité des gens. On n'avait rien en commun, à part l'endroit où on s'était retrouvés, ce carré de béton en plein vide, or c'est le truc le plus important qu'on puisse avoir en commun avec quelqu'un. Dire que Maureen et moi, on n'avait rien en commun parce qu'elle portait des imperméables et écoutait de la musique de fanfare ou je ne sais pas quoi, c'était comme dire que la seule chose que j'ai en commun avec cette femme, c'est qu'on a les mêmes parents. Et jusqu'à ce que Chas traite Martin de connard, tout ça, je ne m'en doutais pas.

L'autre chose que j'ai comprise, c'est que Chas aurait pu me raconter n'importe quoi – qu'il m'aimait, qu'il me détestait, qu'il avait été capturé par des extra-terrestres et que le Chas que je connaissais vivait maintenant sur une autre planète –, ça n'aurait rien changé du tout. Il me devait quand même une explication, je me suis dit, et alors ? Pour quoi faire ? Elle ne me rendrait pas plus heureuse. Comme quand on a la varicelle et qu'on se gratte. Tu crois que ça va te soulager, mais la démangeaison se déplace, puis se déplace encore. Ma démangeaison, moi, brusquement, j'ai eu l'impression qu'elle était à des kilomètres d'ici, et même avec les bras les plus longs du monde je n'aurais pas pu l'atteindre. Quand je m'en suis rendu compte, j'ai eu peur d'avoir toute ma vie des démangeaisons, et vraiment, je ne voulais pas. Je savais tout ce que Martin avait fait. N'empêche, quand Chas est parti, j'ai quand même eu envie que Martin me serre dans ses bras. Cela ne m'aurait même pas gênée qu'il me fasse des avances, mais il n'a rien tenté. Il a plutôt fait le contraire ; il m'a tenue à bout de bras, bizarrement, comme si j'étais couverte de barbelés.

Je suis désolée, j'ai fait. Je suis désolée que ce petit couillon vous ait insulté. Et il a dit que ce n'était pas ma faute, et je lui ai répondu que bien sûr que si, c'était ma faute, parce que s'il ne m'avait pas rencontrée, il n'aurait pas eu à supporter le traumatisme de se faire traiter de connard le soir du réveillon. Et il a répondu qu'il se faisait souvent traiter de connard. (En fait, c'est vrai. Je le connais tout de même depuis un certain temps, et je dirais que j'ai entendu au moins une quinzaine de fois des gens – des inconnus qui le rencontraient pour la première fois –

le traiter de connard, une dizaine de fois le traiter de salaud, de branleur à peu près autant, et de trou du cul environ une demi-douzaine de fois. Et puis aussi : couillon, andouille, saligaud, pauvre mec, sale con.) Personne ne l'apprécie, ce qui est bizarre, pour quelqu'un de célèbre. Comment peux-tu être célèbre si personne ne t'apprécie ?

Martin dit que ça n'avait rien à voir avec l'histoire de la gamine de quinze ans ; il estime qu'en fait, ça s'est plutôt amélioré ensuite parce que les gens qui le traitaient de connard étaient exactement du genre à trouver qu'il n'y a rien de mal à coucher avec des gamines. Si bien qu'au lieu de le traiter de tous les noms, ils lui ont balancé des trucs du genre : Vas-y, fiston, Fourre-la, Boum boum, etc. Du point de vue des insultes personnelles, aller en prison, en fait, lui a fait du bien ; mais pas du point de vue de son mariage, des relations avec ses enfants, de sa carrière ou de sa santé mentale. Mais plein de gens ont l'air d'être célèbres alors que personne ne les aime. Tony Blair, par exemple. Et tous ceux à la télé qui animent les émissions du matin ou les jeux-concours. S'ils gagnent autant d'argent, je crois, c'est parce que des inconnus leurs disent tout un tas d'injures dans la rue. Même un contractuel ne se fait pas traiter de connard quand il fait ses courses en famille. Donc l'unique véritable avantage d'être Martin, c'est l'argent, et aussi les invitations aux premières des films et les entrées dans les boîtes de nuit louches. Et c'est là qu'on se met dans le pétrin.

Toutes ces idées me sont passées par la tête quand Martin et moi on s'est étreints. Mais elles ne nous menaient à rien, ces pensées. Il était cinq heures du matin, on était tous malheureux et on n'avait nulle part où aller.

J'ai dit : Bon, et maintenant ? Je me suis frotté les mains, comme si on s'amusait tous tellement qu'on n'allait pas en rester là – comme si on se l'était donnée grave à l'« Ocean » et qu'on allait tous se prendre un petit déjeuner – bagels et café – à Bethnal Green, ou qu'on allait se retrouver chez l'un de nous pour calmer le jeu et se fumer quelques joints. Alors j'ai lancé : On va chez qui ? Je suis sûre que chez vous, c'est super, Martin. Je suis sûre que vous avez des jacuzzis et plein d'autres trucs. Ce sera très bien. Et Martin a dit : Non, ce n'est pas possible. Et à propos, ma période jacuzzi est terminée depuis longtemps. A mon avis, il voulait juste dire qu'il était à sec, et non pas qu'il ne pouvait plus rentrer dans un jacuzzi parce qu'il avait trop grossi ou je ne sais pas quoi. Il n'est pas gras, Martin. Il est trop vaniteux pour être gras.

Alors j'ai dit : Bon, ce n'est pas grave, du moment que vous avez une bouilloire et des corn-flakes. Et il a dit : Je n'en ai pas. Alors j'ai fait : Vous avez quelque chose à cacher ? Et il a répondu : Non, rien. Mais il l'a dit d'une drôle de manière, avec un air gêné, ennuyé. C'est là que j'ai repensé à quelque chose, qui m'a semblé pertinent, alors j'ai dit : Qui vous a laissé des messages, sur votre portable ? Et il a répliqué : Personne. Alors je lui ai fait : C'est Mr Personne ou Miss Personne ? Et il m'a répondu : Juste Personne. Alors j'ai voulu savoir pourquoi il refusait de nous inviter chez lui, et il m'a dit : Parce que je ne vous connais pas. Et j'ai continué : Ouais, comme la gamine de quinze ans, vous ne la connaissiez pas non plus, elle. Du coup, il a dit, comme s'il était en colère : D'accord. Ouais. Allons chez moi. Pourquoi pas ?

On est donc allés chez lui.

JJ

Je sais que je me suis senti très proche de Maureen au moment où elle a giflé Chas, mais pour être honnête je partais de l'idée que si on tenait tous jusqu'à l'heure du petit déjeuner, alors mon nouveau groupe se séparerait pour cause de divergences musicales. Le petit déjeuner signifierait qu'on serait arrivés à l'aube d'un nouveau jour, d'un espoir nouveau, d'un nouvel an, tout ça. De plus, sans vouloir offenser personne, vraiment, je ne tenais pas à être vu de jour avec ces gens-là, si vous voyez ce que je veux dire – surtout avec... Certains d'entre eux. Mais il restait encore deux ou trois heures avant que le jour se lève, si bien que j'ai eu l'impression que je n'avais pas le choix, que je devais les accompagner chez Martin. Refuser aurait été méchant et antipathique, et puis je ne me faisais pas encore assez confiance pour me retrouver tout seul.

Martin habitait dans un quartier d'Islington qui faisait assez village, à deux pas de l'ancienne maison de Tony Blair, vraiment pas le genre d'endroit où s'installer quand on est fauché, comme Martin était censé l'être. Il a payé le taxi, et on l'a suivi jusqu'aux marches devant sa maison. Il y avait trois ou quatre sonnettes, donc toute la bâtisse ne lui appartenait pas ; mais je n'aurais jamais pu me permettre d'habiter dans le coin.

Avant d'introduire la clé dans la serrure, il a marqué un temps d'arrêt et s'est retourné vers nous.

« Ecoutez », a-t-il dit, puis comme il n'a rien ajouté, on a tendu l'oreille.

« Je n'entends rien, a fait Jess.

– Non, ce n'est pas ce que je voulais dire. Ecoutez, il faut que je vous dise quelque chose.

– Allez-y, l'a encouragé Jess. Lâchez le morceau.

– Il est très tard. Alors... Respectez les voisins.

– C'est tout ?

– Non. (Il a pris une profonde inspiration.) Il y aura certainement quelqu'un, à l'intérieur.

– Dans votre appartement ?

– Oui.

– Qui ?

– Je ne sais pas comment vous l'appelleriez. La femme avec qui je passais la soirée. Peu importe.

– Vous avez passé la soirée avec une femme ? » J'ai essayé de ne pas hausser le ton, mais, oh ! Quelle soirée elle avait dû passer ! Vous êtes assise dans un club, et la seconde d'après votre compagnon disparaît pour aller se jeter du haut d'un immeuble.

« Oui. Et alors ?

– Rien. C'est juste que... » Il n'y avait rien à ajouter. L'imagination pouvait se charger du reste.

« Bordel ! s'est exclamée Jess. Comment peut-on avoir un rencard pour le réveillon et finir assis sur un rebord tout en haut d'un immeuble ?

– La soirée a foiré, a dit Martin.

– Elle a même salement foiré, a renchéri Jess.

– Oui, a reconnu Martin. C'est ce que je viens de dire. »

Il a ouvert la porte d'entrée et nous a fait passer devant si bien qu'on l'a vue les premiers, assise sur le canapé. Elle devait avoir dix ou quinze ans de moins que lui, mignonne, dans le genre bimbo qui présente la météo à la télé ; elle portait une robe noire qui paraissait très chic, et elle avait dû beaucoup pleurer. Son regard s'est posé sur nous, puis sur lui.

« Où étais-tu passé ? » Elle a essayé de parler sur un ton désinvolte, mais cela n'a pas du tout pris.

« J'étais sorti. J'ai rencontré des... » Il a fait un signe dans notre direction.

« Rencontré qui ?

– Tu vois bien. Des gens.

– Et c'est pour ça que tu es parti au beau milieu de la soirée ?

– Non. J'ignorais que j'allais les rencontrer au moment où je suis parti.

– Et qui sont ces personnes ? »

J'aurais bien voulu entendre Martin répondre à cette question, parce que cela aurait pu être amusant, mais Jess est intervenue.

« Vous êtes Penny Chambers », a-t-elle dit.

Elle n'a pas bronché, sans doute parce qu'elle le savait déjà. On l'a regardée fixement.

« Penny Chambers », a répété Maureen. Elle est restée bouche bée comme un poisson.

Penny Chambers n'a pas relevé, pour les mêmes raisons que précédemment.

« *De bon matin avec Penny et Martin* », a dit Maureen.

Pour la troisième fois, pas de réaction. Je ne sais pas grand-chose des vedettes télé en Angleterre, mais j'ai à peu près situé le truc. Si Martin était l'équivalent de notre

Regis américain, alors Penny était Kathy Lee. Bref, le Regis anglais s'était tapé la Kathy Lee anglaise, puis avait fichu le camp pour se tuer. Putain, il faut l'admettre, c'était franchement hilarant.

« Vous sortez ensemble, tous les deux ? lui a demandé Jess.

– C'est à lui que tu devrais poser la question, a répondu Penny. C'est lui qui s'est volatilisé en plein dîner.

– Vous sortez ensemble, tous les deux ? a demandé Jess à Martin.

– Je suis navré, s'est excusé Martin.

– Réponds à la question, a insisté Penny. Ça m'intéresse.

– Ce n'est pas vraiment le moment d'en discuter, a dit Martin.

– Il y a donc clairement un doute, a remarqué Penny. Première nouvelle.

– C'est compliqué. Tu le savais.

– Non.

– Tu savais que je n'étais pas heureux.

– Oui, je savais que tu n'étais pas heureux. Mais j'ignorais que c'était moi qui te rendais malheureux.

– Je n'étais pas... Ce n'est pas... Si on en parlait plus tard ? En tête à tête ? »

Il s'est interrompu et d'un geste a montré nos trois visages aux yeux écarquillés. Je crois pouvoir parler ici au nom de tous en disant qu'une des règles concernant les candidats au suicide, c'est qu'ils sont assez égocentriques : ces dernières semaines, cela avait surtout été moi moi moi. Si bien qu'on n'a pas manqué une miette de la scène : a) parce qu'elle ne nous concernait pas et b) parce que ce n'était pas une discussion qui risquait de nous mettre le moral à zéro. C'était juste, pour l'instant, une dispute entre amoureux. De quoi nous changer les idées.

« Et quand serons-nous en tête à tête ?

– Bientôt. Mais peut-être pas dans l'immédiat.

– D'accord. En attendant, de quoi allons-nous parler ? Avec tes trois amis ici présents ? »

Personne n'a su quoi répondre. Martin était notre hôte,

c'était donc à lui de trouver un terrain d'entente. Bonne chance !

« Il me semble que tu devrais appeler Tom et Christine, a repris Penny.

– Oui, je vais le faire. Demain.

– Ils doivent te prendre pour un vrai goujat.

– Qui sont Tom et Christine ? Les gens avec qui vous passiez le réveillon ?

– Oui.

– Qu'est-ce que vous leur avez dit ?

– Il leur a dit qu'il allait aux toilettes », a expliqué Penny.

Jess a éclaté de rire. Martin lui a lancé un regard furibond, a repensé à l'excuse minable qu'il avait donnée, puis a adressé un bref sourire satisfait à ses chaussures. C'était un moment étrangement familier. Vous savez, comme quand votre vieux vous remonte les bretelles pour une bêtise devant un pote qui assiste à la scène en essayant de ne pas rire et que vous évitez de croiser son regard parce que sinon ça va être le fou rire. Eh bien ! c'était ce genre de situation. Penny a remarqué le sourire narquois de gamin et a traversé la pièce comme une fusée vers le gamin en question. Il l'a saisie aux poignets pour éviter ses coups.

« Et en plus, tu trouves ça drôle !

– Je suis navré. Vraiment. Je sais que ce n'est absolument pas drôle. » Il a voulu la serrer dans ses bras, mais elle s'est écartée de lui en le repoussant, et s'est rassise.

« Il nous faut à boire, a dit Martin. Ça ne t'ennuie pas s'ils restent boire un verre ? »

Pour moi, tout est toujours une bonne occasion pour boire un coup, mais là, je n'étais pas sûr d'en avoir envie. A la fin, n'empêche, j'ai eu trop soif.

MARTIN

C'est seulement en entrant dans l'appartement que je me suis souvenu d'avoir décrit Penny comme une vraie garce qui se faisait sauter par n'importe qui et sniffait n'importe quoi. Mais quand avais-je dit cela ? J'ai passé la demi-heure suivante à prier pour que ce soit avant l'arrivée de Jess, lorsque Maureen et moi étions seuls ; si Jess m'avait entendu, je pouvais être sûr que mes propos sur Penny seraient dûment transmis à l'intéressée.

Et – faut-il le préciser – de toute façon, ce n'était pas un jugement mûrement réfléchi. Penny et moi n'habitons pas ensemble, mais cela fait quelques mois que nous nous voyons, en gros depuis ma sortie de prison, et comme vous pouvez l'imaginer, cela n'a pas été une période facile pour elle. Nous ne voulions pas que la presse soit au courant, si bien que nous ne nous montrions jamais ensemble en public, et ne sortions jamais sans chapeau ou foulard même quand ce n'était pas strictement nécessaire. J'avais – j'ai encore, d'ailleurs, je les aurai toujours – une ex-femme et des enfants. J'étais employé à temps partiel sur une chaîne câblée minable. Et, comme je l'ai peut-être déjà évoqué auparavant, je n'étais pas d'une gaieté folle.

Et puis il y avait des antécédents. Nous avions eu une brève liaison quand nous présentions ensemble l'émission, mais nous étions alors tous les deux mariés et nous avions interrompu notre aventure dans le chagrin et la tristesse. Puis, après plusieurs faux départs et moult récriminations, nous nous étions mis ensemble, mais le moment de magie était passé. J'étais devenu une denrée périmée. J'étais brisé, fini, une épave, je ramassais les miettes et raclais les fonds de tiroirs ; elle, en revanche, était encore au top : belle, dans la fleur de l'âge, célèbre, elle s'adressait chaque matin à des millions d'individus. Je ne voyais pas pourquoi elle voulait de moi, si ce n'est par nostalgie ou par pitié, et elle ne parvenait à me convaincre du contraire. Il y a quelques années, Cindy s'était inscrite à l'un de ces redoutables groupes de lecture où des lesbiennes malheureuses et frustrées issues des classes moyennes papotent pendant cinq minutes sur un roman qu'elles ne comprennent pas, puis passent le reste de la soirée à se lamenter sur les hommes, ces affreux. Enfin, bref, elle avait lu un livre sur un couple amoureux qui se retrouvait à l'âge de cent ans. Elle avait adoré, me l'avait fait lire, et j'avais mis à peu près aussi longtemps à arriver au bout qu'il en avait fallu aux personnages pour se rejoindre. C'est le sentiment que j'ai eu avec Penny, si ce n'est que les vieux croûtons du bouquin s'amusaient plus qu'elle et moi. Quelques semaines avant Noël, dans un accès de dégoût de moi-même et de désespoir, je lui avais dit de dégager, et ce soir-là elle était sortie avec un invité de l'émission, un chef cuisinier de la télé qui lui avait donné sa première ligne de coke. Ils avaient fini au lit, et elle était revenue me voir le lendemain matin en s'excusant avec des torrents de larmes. Voilà pourquoi j'ai dit à Maureen que c'était une vraie garce qui sniffait n'importe quoi et se faisait sauter par n'importe qui. Je dois reconnaître que j'ai été un peu sévère.

C'est ainsi qu'après quelques centaines de mises au point et tout autant de crises de colère, quelques dizaines de séparations et un ou deux coups de poing – qu'elle m'a donnés, je m'empresse de le préciser –, Penny a fini assise sur mon canapé à m'attendre. Sans notre petite fête impromptue sur le toit, elle aurait pu attendre longtemps. Je ne m'étais même pas donné la peine de lui écrire un mot, omission qui commence seulement maintenant à me causer quelques remords. Pourquoi avons-nous persévéré dans l'illusion pathétique que cette relation pouvait être viable ? Je n'en sais rien. Quand j'ai demandé à Penny ce qu'elle en pensait, elle a tout simplement répondu qu'elle m'aimait, ce qui m'a paru être une réponse plus susceptible d'obscurcir la situation déjà confuse que de l'éclairer. Quant à moi... Ma foi, j'associais Penny (ce qui se comprend peut-être) à une époque où les choses n'avaient pas encore dégénéré : avant Cindy, avant les gamines de quinze ans, avant la prison. J'avais réussi à me convaincre que si je me débrouillais pour que cela marche avec Penny, alors ça pourrait marcher ailleurs – j'arriverais d'une manière ou d'une autre à revenir dans le passé, comme si la jeunesse était un lieu que l'on pouvait retourner visiter à sa guise. Eh bien, je vais vous en annoncer une belle : ça ne se passe pas comme ça. C'est étonnant, hein ?

Dans l'immédiat, mon problème était d'expliquer mes relations avec Maureen, JJ et Jess. La vérité était trop douloureuse et bouleversante, et je ne voyais pas quel mensonge je pouvais inventer qui tiendrait un tout petit peu la route. Que pouvions-nous raisonnablement être les uns pour les autres ? Nous n'avions pas l'air de collègues de travail, ni d'amateurs de poésie, ni d'écumeurs de boîtes de nuit, ni de consommateurs de drogues ; le problème, il faut le dire, c'était Maureen, sur à peu près tous les tableaux – si tant est que le fait de ne pas ressembler à une droguée puisse être décrit comme un problème. Et quand bien même il s'agirait de collègues ou d'amateurs de produits illicites, restait la question épineuse de savoir pourquoi j'avais éprouvé un besoin si pressant de les voir. J'avais dit à Penny et à mes invités que j'allais aux toilettes ; j'aurais donc fichu le camp par la grande porte, trente minutes avant minuit, le soir du réveillon, afin d'assister à l'AG d'une association quelconque ?

Aussi ai-je décidé de faire comme s'il n'y avait rien à expliquer.

« Navré. Penny, je te présente JJ, Maureen, Jess. JJ, Maureen, Jess, je vous présente Penny. »

Penny n'a pas paru convaincue par les présentations comme si j'avais déjà commencé à mentir.

« Tu ne m'as toujours pas dit qui sont tes amis.

– Tu veux dire... ?

– Je veux dire : comment tu les connais et où vous vous êtes rencontrés ?

– C'est une longue histoire.

– Bien.

– Maureen, je la connais de... Où nous sommes-nous rencontrés, Maureen ? La toute première fois ? »

Maureen m'a dévisagé.

« Ça ne date pas d'hier, hein ? Ça va nous revenir d'ici un instant. JJ, lui, faisait partie de la bonne vieille équipe de Channel 5, et Jess est sa petite copine. »

Jess a passé le bras autour de JJ de manière un peu plus moqueuse que je ne l'aurais souhaité.

« Et où étaient-ils tous ce soir ?

– Ils ne sont pas sourds, tu sais. Ni idiots. Ce ne sont pas des... sourds idiots.

– Où étiez-vous, ce soir ?

– A... euh... une soirée, a répondu JJ, d'un ton hésitant.

– Où ?

– Shoreditch.

– Quelle soirée ?

– C'était chez qui, Jess ? »

Jess a haussé les épaules négligemment, comme si cela avait été une de ces nuits de folie.

« Et pourquoi as-tu voulu y aller ? A onze heures et demie du soir ? En plein dîner ? Sans moi ?

– Je ne peux pas l'expliquer. » Et j'ai essayé de prendre un air à la fois impuissant et désolé. Nous avions, je l'espérais, pénétré à l'intérieur des frontières de la Complexité Psychologique et de l'Imprévisibilité, une contrée où l'ignorance et la confusion étaient de mise.

« Tu vois quelqu'un d'autre, n'est-ce pas ? »

Voir quelqu'un d'autre ? Comment diable cela pouvait-il expliquer quoi que ce soit ? Pourquoi le fait de « voir quelqu'un d'autre » nécessitait-il d'amener à la maison une femme qui n'était plus toute jeune, une punkette adolescente et un Américain en blouson noir affublé d'une coupe de cheveux à la Rod Stewart ? Quel rapport cela pouvait-il avoir ? Mais en réfléchissant, je me suis dit que Penny s'était déjà probablement retrouvée dans cette situation, et savait donc que l'infidélité était habituellement la réponse à n'importe quel mystère domestique. Si j'étais arrivé en compagnie de Sheena Easton et de Donald Rumsfeld, Penny se serait sans doute gratté la tête pendant quelques secondes avant de me sortir la même réplique.

En d'autres circonstances, certains autres soirs, ç'aurait été la bonne conclusion ; ce n'est pas pour me vanter, mais j'ai su me montrer rudement ingénieux quand je trompais Cindy. Une fois, je me suis pris un mur au volant de ma BMW neuve, uniquement pour expliquer un retard de quatre heures entre ma sortie du boulot et mon retour à la maison. Cindy est sortie dans la rue pour inspecter la tôle froissée du capot, puis elle m'a regardé et m'a dit : « Tu vois quelqu'un d'autre, n'est-ce pas ? » J'ai nié, bien entendu. Mais tout – abîmer une voiture neuve, par exemple, ou persuader Donald Rumsfeld de venir dans un appartement d'Islington au petit matin le jour de l'an –, tout est plus facile que d'avouer la vérité. Le regard qu'elle vous lance, ce regard qui vous permet d'entrevoir toute sa douleur, sa rage et sa répugnance accumulées... Qui ne ferait pas un geste supplémentaire pour l'éviter ?

« Alors ? »

Mon peu d'empressement à fournir une réponse était le résultat d'un calcul mental assez compliqué ; j'essayais de savoir quel total me donnerait la quantité négative la plus faible. Bien sûr, ce retard a été interprété comme un aveu de culpabilité.

« Espèce de salaud ! »

J'ai été tenté un instant de lui faire remarquer que je lui rendais la monnaie de sa pièce, après l'incident malheureux de la ligne de coke et du chef cuisinier, mais cela n'aurait fait que retarder son départ. Il y avait une chose dont j'avais envie plus que tout au monde : me saouler chez moi avec mes nouveaux amis. Je n'ai rien dit. Tous les autres ont sursauté au moment où la porte a claqué, mais moi, je m'étais préparé.

MAUREEN

J'ai vomi sur la moquette devant la salle de bains. Enfin, je dis « moquette » – en fait, j'ai vomi à l'endroit où la moquette aurait dû se trouver, mais il n'y en avait pas. Ce qui était tout aussi bien, car ça a été plus facile, ensuite, pour nettoyer. J'ai vu beaucoup d'émissions où l'on décore votre maison pour vous, et je n'ai jamais compris pourquoi on vous oblige à vous débarrasser de vos moquettes, même celles qui peuvent encore servir et semblent bien épaisses. Mais maintenant je me demande s'ils ne commencent pas par se renseigner pour savoir si les gens qui habitent dans la maison ont tendance à vomir ou pas. Beaucoup de jeunes gens ont juste du parquet, j'ai remarqué, et bien sûr, les jeunes ont tendance à vomir par terre plus souvent que les personnes âgées, avec toute la bière qu'ils boivent et tout ça. Et les drogues qu'ils prennent, aussi, de nos jours, je suppose. (Est-ce que la drogue fait vomir ? Moi, je dirais oui, pas vous ?) Les jeunes familles d'Islington n'aiment pas la moquette non plus. Mais c'est peut-être parce que les enfants vomissent partout. Donc Martin est peut-être du genre à être malade. Lui ou ses amis. Comme moi. J'ai été malade parce que je n'ai pas l'habitude de boire, et aussi parce que je n'avais rien mangé. Le soir du réveillon, j'étais trop nerveuse pour avaler quoi que ce soit, et puis cela n'aurait pas rimé à grand-chose. Je n'ai même pas goûté à la bouillie de Matty. A quoi sert la nourriture ? C'est du carburant, n'est-ce pas ? C'est ce qui vous permet de continuer à fonctionner. Et moi, je n'avais vraiment pas envie de continuer à fonctionner. Sauter d'un toit le ventre plein, cela aurait été du gâchis, comme de vendre une voiture avec le réservoir rempli. J'avais déjà des vertiges avant même le whisky, à cause du vin blanc. Et au bout de deux verres, la pièce a commencé à tourner.

Après le départ de Penny nous sommes restés tranquilles un moment. Nous ne savions pas s'il fallait être tristes ou pas. Jess a proposé de lui courir après pour lui dire que Martin ne voyait personne d'autre, mais Martin lui a demandé comment elle allait lui expliquer ce que nous faisions là-bas, et Jess a dit qu'elle trouvait que la vérité n'était pas si terrible. A quoi Martin a répondu qu'il préférait encore que Penny ait une mauvaise opinion de lui plutôt qu'elle apprenne qu'il avait envisagé de se suicider.

« Vous êtes fou, a dit Jess. Elle aurait eu de la peine pour vous si elle avait su comment on s'est rencontrés. Vous vous seriez réconciliés sur l'oreiller. »

Martin a ri.

« Je ne crois pas que les choses se passent ainsi, Jess.

– Pourquoi pas ?

– Parce qu'elle aurait vraiment été contrariée de découvrir dans quelles conditions nous avons fait connaissance. Elle se serait crue responsable. C'est atroce d'apprendre que celui que vous aimez est malheureux à en mourir. C'est un coup à tout remettre en cause.

– Ouais. Et alors ?

– Ensuite, il aurait fallu que je passe des heures à la consoler. Je ne suis pas d'humeur.

– Mais vous auriez quand même fini au lit et je n'ai jamais dit que ce serait facile. »

Parfois c'était difficile de ne pas oublier que Jess aussi était malheureuse. Nous autres, nous étions encore abasourdis. J'ignorais comment j'avais fini par me retrouver à boire du whisky dans le salon d'une personnalité connue de la télé, alors que j'étais sortie de chez moi avec l'intention de mettre fin à mes jours. Et on voyait bien que JJ et Martin étaient déboussolés eux aussi par la façon dont se déroulait cette soirée. Mais Jess donnait l'impression que cette rencontre sur le toit était une péripétie mineure, le genre d'incident dont on se relève sans une égratignure : on se frotte la tête, on boit une tasse de thé sucré, et la journée reprend. Quand elle parlait de réconciliation sur l'oreiller ou de je ne sais quelle autre invention qui lui passait par la tête, on avait du mal à comprendre ce qui avait bien pu la pousser à monter sur ce toit – elle avait l'œil vif, elle était pleine d'énergie, et on voyait bien qu'elle s'amusait. Contrairement à nous. Nous n'en étions plus à nous suicider certes, mais nous ne nous amusions pas follement non plus. Nous avions été trop près du saut dans le vide. Pourtant, de nous tous, Jess seule avait vraiment failli passer par-dessus bord. JJ avait juste émergé de la cage d'escalier. Martin avait balancé les pieds dans le vide, mais n'avait pas eu le cran de faire le grand saut. Quant à moi, je n'étais même pas passée de l'autre côté de la barrière. Mais si Martin ne s'était pas assis sur Jess, elle aurait sauté, j'en suis certaine.

« Et si on faisait un jeu ? a proposé Jess.

– Va te faire foutre », a répondu Martin.

Impossible de continuer à s'offusquer de chaque grossièreté. Je ne voulais pas me retrouver à dire moi-même des gros mots, et j'étais assez contente que la nuit tire à sa fin. Mais je m'y étais habituée, ce qui m'a fait prendre conscience d'une chose. J'ai compris que pour moi rien n'avait jamais changé jusque-là. Chez Martin, j'ai pu me voir telle que j'étais quelques heures auparavant et je me suis dit : « Hé ! j'étais différente tout à l'heure. Quelle idée de se froisser pour quelques gros mots ! » J'avais mûri pendant la nuit. Quand vous êtes plus jeune, vous avez l'habitude de ces brusques changements. Vous vous réveillez le matin et vous n'arrivez pas à croire que vous avez pu avoir le béguin pour ce garçon, ou aimer tel genre de musique, même si c'était seulement quelques semaines plus tôt. Mais quand j'ai eu Matty, tout s'est arrêté et plus rien n'a changé. Voilà ce qui vous fait mourir intérieurement, et qui finit par vous pousser à vouloir mourir extérieurement aussi. Les gens ont des enfants pour des tas de raisons, je sais, mais l'une d'elles est certainement qu'en grandissant, les enfants vous donnent le sentiment que la vie a une certaine dynamique – avoir des enfants, c'est comme partir en voyage. Matty et moi, nous sommes restés coincés à l'arrêt de bus. Il n'a jamais appris à marcher ni à parler, encore moins à lire ou à écrire : jour après jour, la vie est restée la même, et moi avec. Je sais que ce n'est pas grand-chose, mais le simple fait d'entendre le mot « p... » des centaines de fois dans la soirée, eh bien, rien que cela a représenté quelque chose de nouveau pour moi, de différent. Au début, quand j'ai rencontré Martin sur le toit, j'ai physiquement tressailli en entendant ses jurons, alors que maintenant ils rebondissent loin de moi comme si j'avais un casque sur la tête. D'ailleurs, quoi de plus normal ? Il faudrait être cruche pour sursauter trois cents fois dans une soirée. Du coup, je me suis demandé ce qui changerait encore si je vivais de cette manière quelques jours de plus. J'avais déjà giflé un inconnu, et j'étais en train de boire du whisky et du Coca-Cola. Vous savez, quand les gens à la télé disent : « Vous devriez sortir plus souvent. »

Maintenant je comprenais ce qu'ils voulaient dire.

« Pauvre nul, a lâché Jess.

– Eh bien, oui, a dit Martin. Exactement. *Bah ! oui*, comme tu dirais.

– Qu'est-ce que j'ai encore dit ?

– Tu m'as accusé d'être un pauvre nul. Je voulais juste faire remarquer qu'à ce stade précis de ma vie, « nul » est un qualificatif qui me convient tout à fait. Je suis effectivement un pauvre nul ; je pensais que, depuis le temps, tu aurais fini par t'en apercevoir.

– Quoi ? Encore ? »

Martin s'est esclaffé. « Oui. Encore. Malgré toute cette bonne soirée. Selon toi, qu'est-ce qui a changé au cours des dernières heures ? J'ai fait de la prison ? Il me semble bien. J'ai couché avec une gamine de quinze ans ? A mon grand regret, je crains que dans ce registre, les choses n'aient guère changé. Est-ce que ma carrière est toujours en mille morceaux, et suis-je toujours séparé de mes enfants ? Malheureusement, oui et oui. Et pourtant je suis allé à une soirée amusante avec tes amis de Shoreditch où je me suis fait traiter de con. Jamais content, pas vrai ?

– Je pensais qu'on s'était remonté le moral les uns les autres.

– Vraiment ? Tu l'as cru sincèrement ?

– Ouais.

– Je vois. Peine partagée, peine allégée de moitié, et comme nous sommes quatre, la peine est divisée par quatre ? Tu crois vraiment ça ?

– Bah ! En tout cas, vous tous, vous m'avez remonté le moral.

– Tant mieux.

– Qu'est-ce que ça veut dire ?

– Rien. Je suis content que tu te sentes mieux. Ta dépression était manifestement plus volatile que la nôtre. Moins profondément ancrée. Tu as beaucoup de chance.

Malheureusement JJ est toujours condamné, Maureen a toujours un fils affecté d'un très lourd handicap et ma vie est toujours un putain de désastre. Franchement, Jess, je ne vois pas comment quelques verres et une partie de Monopoly pourraient faire avancer les choses. JJ, ça te dirait une petite partie de Monopoly ? Ça t'aiderait peut-être à faire disparaître ce bon vieux CCR ? »

Sa réflexion m'a choquée, mais JJ a eu l'air de s'en moquer. Il s'est contenté de sourire et a juste dit : « Je ne crois pas, non.

– Je ne pensais pas à un Monopoly, a répondu Jess. C'est trop long. »

Martin s'est mis à lui crier dessus, mais je n'ai pas suivi parce que j'ai commencé à avoir des haut-le-cœur. Alors j'ai mis ma main devant ma bouche et je me suis précipitée vers la salle de bains. Mais comme je l'ai dit, je ne suis pas arrivée tout à fait à destination.

« Nom de Dieu de p..., de b..., de m... », s'est exclamé Martin quand il a vu les dégâts que j'avais faits. Ce genre de grossièretés, je n'arriverai pas à m'y faire, celles avec Son nom. Je crois que je ne m'y ferai jamais.

JJ

Je commençais à regretter toute mon embrouille autour du CCR, si bien que cela a plutôt été une bonne chose que Maureen gerbe sur le parquet blond cendré de Martin. J'avais envie d'avouer mon forfait, ce qui m'aurait fait commencer l'année sur un mauvais pied. Je veux dire en plus du départ initial catastrophique. Vous parlez d'une histoire : avoir l'idée de se foutre en l'air pour ensuite inventer le CCR. Tout ça pour dire que j'étais bien content qu'on soit rassemblés autour de Maureen à lui tapoter le dos et à lui proposer des verres d'eau, parce que mon envie de tout avouer a passé.

A vrai dire, je ne me sentais pas dans la peau d'un mourant ; j'avais l'impression d'être un type qui de temps en temps avait envie de mourir, ce n'est pas pareil. Un gars qui veut mourir est en colère, plein de vie, désespéré, las, et épuisé, tout cela à la fois ; il veut se battre contre le premier venu, et se rouler en boule puis se cacher au fond d'un placard. Il a envie de s'excuser auprès de tout le monde, et veut que les gens sachent à quel point ils l'ont salement laissé tomber. Je ne pense pas que les mourants soient dans cet état d'esprit, à moins que ce ne soit pire que ce que je pense. (Et pourquoi pas ? Tout est pire que ce que je pensais, putain, alors pourquoi pas être mourant ?)

« J'aimerais bien avoir un bonbon à la menthe, a dit Maureen. Il y en a dans mon sac à main.

– Où est votre sac à main ? »

Elle n'a rien dit pendant un certain temps, puis a poussé un gémissement à peine audible.

« Si vous devez vomir à nouveau, auriez-vous l'obligeance de ramper quelques mètres jusqu'aux chiottes ? a demandé Martin.

– Ce n'est pas ça, a dit Maureen. C'est mon sac à main. Il est resté sur le toit. Dans le coin, à côté du trou que Martin a découpé dans le grillage. Il y a juste mes clés, les bonbons à la menthe et un peu de monnaie.

– On peut vous trouver un truc à la menthe, si c'est ça qui vous inquiète.

– J'ai des chewing-gums, a proposé Jess.

– Je ne suis pas très chewing-gum, a répondu Maureen. J'ai un bridge qui bouge. Et je n'ai pas pris la peine d'aller chez le dentiste parce que... »

Elle a pas terminé sa phrase. Ce n'était pas la peine. Je crois qu'on avait tous des trucs dont on ne s'était pas occupés, pour des raisons évidentes.

« Bon, on va vous trouver un bonbon à la menthe, a dit Martin. Sinon vous pouvez toujours vous laver les dents. Vous n'avez qu'à utiliser la brosse de Penny.

– Merci. »

Elle s'est redressée, puis assise.

« Qu'est-ce que je vais faire ? Pour mon sac ? »

Cette question s'adressait à nous tous, mais Martin et moi, on s'est tournés vers Jess pour obtenir une réponse. Ou disons plutôt qu'on connaissait la réponse, mais que celle-ci allait appeler une autre question, et au cours de la nuit, on avait appris que seule Jess manquait suffisamment de tact pour la poser.

« Le truc, n'a pas manqué de dire Jess, c'est : est-ce que vous allez encore en avoir besoin ?

– Ah ! a dit Maureen, tandis qu'elle commençait à comprendre les implications de sa question.

– Vous voyez ce que je veux dire ?

– Oui. Oui, je vois.

– Si vous n'êtes pas sûre, dites-le. Parce que, vous savez, c'est une question importante, et on ne voudrait pas précipiter les choses. Mais si vous êtes certaine de pas en avoir besoin, alors autant le dire maintenant. Ça nous évitera le déplacement.

– Je ne vous aurais pas demandé de m'accompagner.

– Nous, si vous y retournez, on vous accompagne, a affirmé Jess. Pas vrai ?

– Et si vous êtes certaine de ne pas vouloir de vos clés, alors vous pouvez passer la journée ici, a proposé Martin.

– Ne vous en faites pas pour elles.

– Je vois, a dit Maureen. Bien. Je n'avais pas vraiment... Je me disais, je ne sais pas... Que j'allais laisser passer quelques heures avant de me pencher à nouveau sur la question.

– OK, a dit Martin. C'est bon. On y retourne.

– Ça ne vous embête pas ?

– Pas du tout. Ce serait idiot que vous vous fichiez en l'air uniquement parce que vous n'aviez pas votre sac à main. »

Quand on est arrivés à la Tour du Saut, je me suis rendu compte que, la veille, j'avais laissé la mobylette d'Ivan. Elle n'y était plus, et je m'en suis voulu parce que ce n'est pas un si mauvais bougre, Ivan ; pas un enfoiré de capitaliste qui roule en Rolls-Royce et fume des cigares. Il est trop pauvre. En fait, il se déplace lui-même à mobylette. En tout cas, je ne pourrai plus jamais me retrouver face à lui, pourtant un des trucs bien avec les boulots payés au noir avec un salaire minimum, c'est qu'en lavant des pare-brise au feu rouge, vous êtes à peu près sûr de ne pas gagner moins.

« Moi aussi, j'avais laissé ma voiture ici, a dit Martin.

– Et elle a disparu ?

– La portière n'était pas verrouillée, et les clés étaient sur le contact. C'était une bonne action. Ce sera la dernière du genre. »

N'empêche, le sac à main était à l'endroit où Maureen l'avait laissé, juste à l'angle. Une fois en haut, on s'est aperçus qu'on avait tenu jusqu'aux premières lueurs du jour. On a eu droit à une véritable aube, avec soleil et ciel bleu. On a fait le tour du toit pour admirer la vue et les autres m'ont fait la visite commentée : la cathédrale Saint-Paul, la Grande Roue en bordure du fleuve, la maison de Jess.

« Cela ne fait plus peur, a déclaré Martin.

– Vous trouvez ? a demandé Jess. Vous avez regardé par-dessus ? Putain de merde. Si vous voulez mon avis, je préfère la vue de nuit.

– Je ne parlais pas de la chute, a rectifié Martin. Je parlais de Londres. Ce n'est pas trop moche.

– C'est magnifique, a dit Maureen. Je ne me rappelle pas la dernière fois où j'ai pu voir tout cela.

– Ce n'est pas non plus ce que je voulais dire. Je voulais dire... Je ne sais pas. Il y avait tous ces feux d'artifice, des gens partout, et nous avons été obligés de monter parce qu'en bas nous n'avions nulle part où aller.

– Ouais. Sauf ceux qui avaient un dîner de réveillon de prévu, j'ai dit. Comme vous.

– Je ne connaissais personne. J'avais été invité par pitié. Je n'y avais pas ma place.

– Et maintenant vous avez l'impression d'avoir votre place ?

– Il n'y a rien en bas qui mérite qu'on se sente exclu. C'est juste redevenu une grande ville. Regardez. Lui, il est tout seul. Elle aussi.

– C'est une putain de pervenche, a dit Jess.

– Oui, et elle est toute seule, aujourd'hui ; même moi,

j'ai plus d'amis qu'elle. Mais hier soir, elle était probablement quelque part en train de danser sur une table.

– Avec d'autres pervenches, à tous les coups, a répliqué Jess.

– Moi, je n'étais pas avec d'autres présentateurs télé.

– Ni avec des pervers, a reconnu Jess.

– Non. J'étais tout seul.

– A part les autres personnes présentes au dîner, j'ai dit. Mais ouais. On voit bien ce que vous voulez dire. C'est pour ça que le soir du réveillon est si populaire parmi les candidats au suicide.

– C'est quand, le prochain ? a demandé Jess.

– Le 31 décembre, a répondu Martin.

– Ouais, ouais. Ha ! ha ! La soirée la plus populaire *après* le réveillon, je veux dire ?

– Ce doit être la Saint-Valentin, a répondu Martin. C'est dans quoi... six semaines. On n'a qu'à se donner six semaines, alors. Qu'en pensez-vous ? On se sentira sûrement tous malheureux, le jour de la Saint-Valentin. »

On a contemplé la vue en réfléchissant en silence. Six semaines, ce n'était pas mal. Ça ne semblait pas trop long. La vie pouvait changer en six semaines – sauf si vous deviez vous occuper d'un enfant lourdement handicapé. Ou que votre carrière était partie en fumée. Ou que vous étiez la risée de tout le pays.

« Vous savez dans quel état vous serez dans six semaines ? m'a demandé Maureen.

– Ah ! euh... » « Maladie en phase terminale » ou pas, ma vie n'allait pas beaucoup changer. J'ai haussé les épaules. Putain, comment je pouvais savoir dans quel état je serais ? Cette maladie était toute récente ; personne n'était en mesure de décrire son évolution – pas même moi ; et pourtant, je l'avais inventée.

« Alors, allons-nous nous revoir avant l'échéance de six semaines ?

– Excusez-moi, mais... Depuis quand sommes-nous devenus "nous" ? a demandé Martin. D'ailleurs, pourquoi faut-il qu'on se revoie dans six semaines ? Pourquoi ne pourrions-nous mettre fin à nos jours où et quand bon nous semble ?

– Personne ne vous retient, a dit Jess.

– Justement, tout le but de cet exercice c'est que quelqu'un me retienne. On se retient tous les uns les autres.

– Jusqu'à la fin des six semaines, ouais.

– Donc, quand tu as dit "personne ne vous retient", tu voulais dire le contraire ?

– Ecoutez, a dit Jess. Si vous rentrez chez vous maintenant pour vous fourrer la tête dans le four à gaz, qu'est-ce que vous voulez que j'y fasse ?

– Exactement. Donc, quel est l'objectif de l'exercice ?

– Disons que c'est moi qui demande qu'on s'y plie. Si on forme un gang, alors on doit tous essayer d'observer les règles. Et de toute façon, il n'y a qu'une seule règle. Règle n° 1 : il est interdit de se suicider pendant les six semaines à venir. Mais si on n'est pas un gang, alors, bon... Peu importe. Alors, on est un gang ou pas un gang ?

– On n'est pas un gang, a répondu Martin.

– Pourquoi ?

– Sans vouloir vous offenser... » Martin espérait manifestement que ces quatre mots accompagnés d'un geste de la main dans notre direction lui épargneraient d'avoir à s'expliquer. Mais je n'allais pas le laisser s'en tirer à si bon compte.

Jusqu'alors, je n'avais pas eu non plus l'impression de faire partie d'un gang. Mais désormais j'appartenais à cette bande que Martin n'appréciait pas trop, et je m'y sentais vraiment attaché.

« Sans vouloir vous offenser... oui ? ai-je dit.

– Eh bien. On n'est pas, comment dire. Du Même Monde. » Il l'a dit sur ce ton, je vous jure. J'ai entendu les lettres majuscules, comme les minuscules.

– Allez vous faire foutre ! j'ai dit. Comme si moi je traînais avec des trous du cul dans votre genre ?

– C'est ce que je dis. Nous devrions nous serrer la main, nous remercier pour cette soirée instructive, et puis repartir chacun de son côté.

– Et mourir, a dit Jess.

– C'est une possibilité, a répondu Martin.

– Et c'est ce que vous voulez ? ai-je demandé.

– Ce n'est pas une ambition de longue date, je l'admets.

Mais je ne trahirai aucun secret en affirmant que dernièrement cette option m'a semblé fort tentante. Je suis partagé. De toute façon, ça ne te regarde pas, a-t-il ajouté en s'adressant à Jess. J'avais plutôt l'impression que tu te fichais de tout et de tout le monde. Je croyais que c'était ça, ton truc. »

Jess a réfléchi un moment. « Vous voyez les films où les gens se bagarrent en haut de l'Empire State Building ou au sommet d'une montagne ou je sais pas quoi ? Il y a toujours un moment où le méchant glisse, alors le héros essaye de le rattraper, mais la manche de sa veste se déchire, et le méchant se casse la figure et tu l'entends dégringoler jusqu'en bas. Aaaaaaaagh ! Voilà ce que je veux faire.

– Tu veux me voir plonger à la rencontre de mon destin ?

– Je voudrais pouvoir dire qu'au moins j'aurai essayé. Je veux montrer aux gens la manche déchirée.

– J'ignorais que tu avais un diplôme de bon Samaritain, s'est moqué Martin.

– Je ne sais pas... C'est juste ma philosophie personnelle.

– Je trouverais plus commode qu'on se revoie à intervalles réguliers, a dit calmement Maureen. Tous ensemble. Personne ne comprend vraiment ce que je ressens, à part vous trois. Et Matty. Je parle à Matty.

– Oh ! nom de Dieu », a dit Martin. Il a proféré un blasphème parce qu'il savait qu'il avait perdu la partie : dire à Maureen d'aller se faire foutre réclamait plus de courage qu'aucun de nous n'en possédait.

« Ça ne fait que six semaines, a dit Jess. Le jour de la Saint-Valentin, on vous jettera nous-mêmes du toit, si ça peut vous aider. »

Martin a secoué la tête, en signe de défaite et non de refus.

« Nous allons tous le regretter, a-t-il dit.

– Bien, a dit Jess. Donc on est tous d'accord là-dessus ? »

J'ai haussé les épaules. Je n'avais pas vraiment de meilleur plan.

« Je n'irai pas au-delà de six semaines, a déclaré Maureen.

– Personne ne vous y obligera, a promis Martin.

– Du moment que c'est entendu dès le départ, a dit Maureen.

– C'est noté, a dit Martin.

– Excellent, a dit Jess. Marché conclu, donc. »

On s'est serré la main, Maureen a ramassé son sac, et on est allés prendre un petit déjeuner. On n'a rien trouvé à se dire, mais apparemment cela nous était un peu égal.

Deuxième partie

JESS

Les journaux n'ont pas mis longtemps pour découvrir le pot aux roses. Deux jours, peut-être. J'étais dans ma chambre, papa m'a appelée pour me demander ce que j'avais fait au réveillon. Pas grand-chose, j'ai répondu, et il a dit : Ce n'est pas ce que les journaux insinuent. Alors moi, j'ai fait l'étonnée : Les journaux ? Et il a dit : Oui, apparemment il y a un article sur toi et Martin Sharp. Tu connais Martin Sharp ? Et moi, bon, j'ai reconnu : Ouais, si on veut, je l'ai juste rencontré ce soir-là à une fête, je ne le connais pas très bien. Alors papa a continué : Fichtre, à quel genre de soirée fais-tu la connaissance de quelqu'un comme Martin Sharp ? Et je n'ai pas su quoi lui répondre, alors je n'ai rien dit. Du coup papa a demandé : Et il... il ne s'est rien passé ? Il a laissé plein de points de suspension. Alors là, je n'y suis pas allée par quatre chemins : Tu veux savoir s'il m'a niquée ? La réponse est non ! Dis donc, merci ! Bonjour les dégâts ! Martin Sharp ! Berk ! Et ainsi de suite jusqu'à ce que ce soit clair.

Putain, c'était Chas, évidemment, qui avait appelé les journaux. Il avait sûrement déjà essayé avant, le chieur, mais il n'avait jamais eu grand-chose à leur raconter quand il n'y avait que moi. Tandis que la paire Jess Crichton/Martin Sharp... irrésistible. A ton avis, on empoche combien pour un truc de ce genre ? Deux cents livres ? Plus ? Franchement, à sa place, j'aurais fait pareil. Il est toujours fauché. Et moi aussi. S'il y avait eu un peu de blé à rafler je ne me serais pas gênée pour le balancer, je peux te le dire.

Papa a tiré le rideau pour jeter un coup d'œil dehors et il y avait un type. J'ai voulu aller lui dire deux mots, mais papa ne m'a pas laissée sortir, il a dit qu'ils prendraient une vilaine photo de moi, que j'allais passer pour une idiote et que je le regretterais. Il a dit que c'était indigne, que compte tenu de notre position il fallait qu'on soit au-dessus de ces choses-là et qu'on les ignore. Quelle *position* ai-je demandé ? Je suis en position de rien du tout, moi. Alors il m'a expliqué : Eh bien, si, que cela te plaise ou non, tu occupes une certaine position, alors j'ai dit : C'est toi qui occupes une position, pas moi, et il a répondu : Si, toi aussi, et on a tourné en rond comme ça pendant un moment. Mais, bien sûr, on pourra ergoter là-dessus tant qu'on voudra, cela n'y changera rien, je sais bien qu'il a raison. Et si je n'occupais pas une position, les journaux ne s'intéresseraient pas à moi. En fait, plus je fais comme si j'avais pas de position, plus je suis en position, si tu vois ce que je veux dire. Si je me contentais de rester dans ma chambre à bouquiner, ou si ça faisait une paye que j'étais avec le même petit copain, cela n'aurait aucun intérêt. Mais que je couche avec Martin Sharp ou que je saute du haut d'un immeuble, alors là c'est le contraire de « aucun intérêt ». Il y en a sacrément, de l'intérêt.

Quand on a parlé de moi dans les journaux, il y a deux ans, juste après l'histoire de Jen, je crois avoir donné l'impression d'être perturbée et non méchante. Enfin, bon, le vol à l'étalage, ce n'est quand même pas un meurtre ! Tout le monde passe par une phase de vol dans les magasins, pas vrai ? Je veux dire, de la vraie chourave, à la Wynona Rider, sacs à main, vêtements et tout le tralala, pas des stylos et des bonbons. On goûte à ça juste après les poneys et les *boys bands*, et juste avant le shit et la baise. Mais j'ai bien vu que cette fois ce n'était pas pareil, et c'est là que j'ai commencé à réfléchir. Ouais, ouais, je sais. Mais mieux vaut tard que jamais ! Voilà ce que je me suis dit : quitte à ce qu'on en parle partout dans les journaux, autant que maman et papa croient que j'ai couché avec Martin plutôt que d'apprendre la vraie raison de notre récente rencontre !

S'ils l'apprenaient, ça les tuerait. Peut-être littéralement. Ce qui ferait de moi la seule survivante de la famille, et encore, je ne sais toujours pas ce que je vais décider. Donc si les journaux avaient compris l'histoire de travers, ce ne serait pas une catastrophe. Evidemment, ce serait assez humiliant à la fac que tout le monde croie que je me suis tapé le type le plus dégueu de toute la Grande-Bretagne, mais ce serait pour la bonne cause – à savoir la survie de mes parents.

Mais voilà, même si j'avais commencé à réfléchir aux choses, je ne m'y étais pas bien prise. J'aurais pu m'éviter pas mal d'ennuis si j'avais pris deux minutes de plus avant d'ouvrir ma bouche. Mais j'ai juste dit : Pa-paa. Et il a fait : Oh ! non. Et je me suis contentée de le regarder, et il m'a dit : Tu ferais mieux de tout me dire, et j'ai répondu : Euh, il n'y a pas grand-chose à raconter, je suis allée à une fête, il y était, j'avais trop bu, on est allés chez lui, et c'est tout. Et il a continué : C'est tout, fin de l'histoire ? Et j'ai dit : Euh, non, c'est tout, trois petits points, tu n'as pas à connaître les détails. Alors il s'est exclamé : Doux Jésus ! et il s'est effondré sur une chaise.

Mais je n'aurais pas dû lui dire que j'avais couché avec Martin. J'aurais dû raconter qu'on s'était bécotés ou qu'il m'avait fait du rentre-dedans, ou un truc de ce genre, mais je n'ai pas été assez rapide. Je m'étais dit : Entre le suicide et le sexe, autant la jouer sexe, sauf que je n'étais pas obligée de poser la question en ces termes. Le sexe était juste une sorte de « suggestion de présentation », mais on n'est pas obligé de faire exactement ce qu'ils disent sur le paquet, tu comprends ? Tu peux supprimer la garniture, si tu veux, et c'est ce que j'aurais dû faire (« garniture » – c'est un drôle de mot, non ? Je crois que je ne l'avais encore jamais utilisé). Mais je ne l'ai pas supprimée. Et puis il y a encore une autre chose que j'aurais dû faire : avant de dire quoi que ce soit à papa, j'aurais dû lui demander ce que disait l'article dans le journal. J'ai juste pensé presse à scandale, sexe... En fait, je sais pas trop ce que j'ai pensé. Pas grand-chose, comme d'habitude.

Alors papa a foncé sur le téléphone, il a tout raconté à quelqu'un de son bureau. Après, il a dit qu'il allait sortir et qu'il ne fallait surtout pas que je réponde au téléphone, et que je devais rester à la maison. Du coup, j'ai regardé la télé pendant quelques minutes, et ensuite par la fenêtre, histoire de voir si le type était encore là : oui. Et maintenant, il n'était plus tout seul.

Là-dessus, mon père est revenu avec le journal – il était parti chercher une édition du matin. On aurait dit qu'il avait pris dix ans. Il m'a mis le canard sous les yeux pour que je lise le gros titre : « MARTIN SHARP ET LA FILLE D'UN SECRÉTAIRE D'ÉTAT LIÉS PAR UN PACTE SUICIDAIRE ».

Putain, ma confession sexuelle n'avait servi à rien !

JJ

C'est la première fois qu'on entendait parler du père de Jess, et je dois dire que sur le coup j'ai trouvé que c'était quand même assez drôle. J'étais au magasin en bas de chez moi, je m'achetais des clopes, et Jess et Martin m'observaient du comptoir. En lisant le gros titre, je n'ai pas pu m'empêcher de pousser un cri de joie. Ce qui m'a attiré de drôles de regards, vu que la une évoquait un prétendu pacte suicidaire. Un secrétaire d'Etat à l'éducation ! Merde ! Il faut bien comprendre que cette fille parlait comme si elle avait été élevée par une chômeuse junkie, fauchée et plus jeune qu'elle. Elle se comportait comme si l'éducation était une forme de prostitution, un truc auquel seuls les tordus et les désespérés auraient recours.

Mais ensuite, en lisant l'article, cela m'a moins fait rire. J'ignorais tout de Jennifer, la sœur aînée de Jess. Aucun de nous n'était au courant. Elle avait disparu quelques années plus tôt, à l'âge de dix-huit ans – Jess en avait alors quinze. Elle avait emprunté la voiture de sa mère. Le véhicule avait été retrouvé sur la côte, à proximité d'un lieu renommé pour son taux de suicides. Jennifer avait eu son permis trois jours plus tôt, comme si elle ne l'avait passé que dans ce but. Le corps n'avait jamais été retrouvé. J'ignore l'effet que cela a pu avoir sur Jess – rien de bon, j'imagine. Et sur son père... Vacherie. Les parents qui n'ont que des filles suicidaires doivent en être vachement revenus, des enfants.

Et puis le lendemain, j'ai trouvé que ce n'était plus drôle du tout. Le gros titre disait : « ILS ÉTAIENT QUATRE ! » et l'article décrivait deux monstres que j'ai finalement reconnus : Maureen et moi. Le papier se terminait par un appel à témoins et un numéro de téléphone. Il y avait même une forte récompense. Maureen et moi, on avait nos têtes mises à prix, mec !

Cet enfoiré de Chas était clairement à l'origine de la fuite ; on devinait son ton geignard derrière l'étrange prose des tabloïds anglais. Il faut tout de même lui reconnaître un certain mérite à ce type. Pour moi, la soirée c'était quatre personnes pathétiques qui avaient lamentablement échoué dans leur projet – alors qu'honnêtement, il n'était pas très dur à réaliser. Mais Chas, lui, y avait vu autre chose : il avait vu matière à un article qui pouvait lui rapporter un peu de fric. D'accord, il devait être au courant pour le père de Jess, mais moi je dis chapeau. Il fallait quand même faire le rapprochement.

Bon, je vais vous dire sincèrement : je me suis bien éclaté en lisant l'article. Non sans une certaine ironie, c'était même assez gratifiant de lire un papier sur moi – ce qui se comprend si on y réfléchit deux secondes. Vous voyez, un des trucs qui m'a mis le moral à zéro, c'était mon incapacité à laisser, *via* ma musique, une trace sur terre – ce qui est une autre façon de dire que j'étais suicidaire parce que je n'étais pas célèbre. Là, je suis un peu dur avec moi, parce que je sais que ma décision ne se réduisait pas à ça, mais il y avait un peu de ça, c'est sûr. Enfin, bref, le fait de reconnaître que j'étais fichu me valait de me retrouver en première page du journal, il y avait peut-être une leçon à en tirer.

Donc je m'amusais bien, assis dans mon appartement, à boire du café et à fumer, ça me faisait plaisir de savoir que, d'une certaine manière, j'étais à la fois célèbre et entièrement anonyme. C'est alors qu'on a sonné à l'interphone. J'ai sursauté.

« Qui est-ce ?

– C'est JJ ? (Voix de jeune femme.)

– Qui est-ce ?

– J'aurais aimé discuter un peu avec vous à propos de l'autre soir ?

– Comment avez-vous eu cette adresse ?

– Vous étiez, si j'ai bien compris, avec Jess Crichton et Martin Sharp le soir du 31 lorsqu'ils ont tenté de se suicider ?

– Vous avez mal compris, chère madame. » C'était la première de nos phrases qui ne se terminait pas par un point d'interrogation. Le fait que la mienne finisse sur une note basse fut un soulagement, comme quand on éternue.

« Quelle *partie* ai-je mal comprise ?

– Tout. Vous vous êtes trompée d'interphone.

– Je ne crois pas.

– Pourquoi ?

– Parce que vous n'avez pas nié être JJ. Et vous m'avez demandé comment j'avais eu cette adresse. »

Bien vu. Des professionnels, ces gens-là.

« Mais, je n'ai pas dit que c'était *mon* adresse. »

Il y a eu un silence qui nous a permis de laisser la profonde bêtise de cette remarque flotter dans le couloir.

Elle n'a rien ajouté. Je l'ai imaginée dans la rue, secouant la tête, attristée, devant mes efforts pathétiques. Je me suis promis de ne pas dire un mot de plus tant qu'elle ne serait pas partie.

« Ecoutez, a-t-elle repris. Y a-t-il eu une raison pour laquelle vous êtes redescendus ?

– Quel genre de raison ?

– Je ne sais pas moi, quelque chose qui pourrait réconforter nos lecteurs. Que vous vous êtes mutuellement encouragés à vivre...

– Je ne sais pas trop.

– Vous avez contemplé Londres ensemble et découvert la beauté du monde, quelque chose dans ce genre qui pourrait inspirer nos lecteurs ? »

Notre quête de Chas avait-elle été édifiante ? Si c'était le cas, je ne voyais vraiment pas.

« Martin Sharp a-t-il dit quelque chose qui vous ait donné une raison de vivre, par exemple ? Les gens seraient curieux de le savoir, s'il l'a fait. »

J'ai essayé de réfléchir pour savoir si Martin avait prononcé des paroles réconfortantes qui auraient pu lui être utiles à elle. Il avait traité Jess de pauvre idiote, mais c'était plus pour remonter le moral des troupes que pour sauver la vie de qui que ce soit. Et il avait parlé d'un invité de son émission qui était marié depuis vingt-cinq ans à quelqu'un dans le coma, mais ça ne nous avait pas non plus tellement aidés.

« Je ne vois pas, vraiment.

– Je vais vous laisser une carte avec mon numéro de téléphone, d'accord ? Passez-moi un coup de fil quand vous serez prêt à parler de tout ça. »

J'ai failli lui courir après – elle me manquait déjà, comme on dit. Ça me plaisait bien d'être temporairement le centre de son monde. Merde, ça me plaisait d'être temporairement le centre de mon monde à moi, parce que ces derniers temps il n'y avait pas eu grand-chose à cet endroit-là, et après le départ de la fille non plus, d'ailleurs.

MAUREEN

Donc je suis rentrée à la maison, j'ai allumé la télévision, je me suis préparé une tasse de thé et j'ai appelé le centre. Les deux jeunes gars m'ont amené Matty, je l'ai mis devant le poste et tout a repris comme avant. Je ne savais pas comment j'allais pouvoir tenir le coup six semaines de plus. Je sais bien que nous avions un accord, mais, de toute façon, jamais je n'aurais pensé revoir un seul d'entre eux. Certes, nous avions échangé nos numéros de téléphone, nos adresses et ainsi de suite. (Il a fallu que Martin m'explique que si je n'avais pas d'ordinateur, alors je ne pouvais pas avoir d'e-mail. Moi je ne savais pas trop si j'en avais un ou pas. Je me disais qu'on m'en avait peut-être envoyé un dans une de ces publicités qu'on jette.) Mais je ne pensais pas qu'on s'en servirait vraiment. Je vais vous dire la vérité vraie devant Dieu, même si je risque de passer pour quelqu'un de minable : je me suis dit qu'ils allaient sûrement se revoir entre eux, mais que moi, ils me laisseraient dans mon coin. J'étais trop âgée pour eux, trop démodée, avec mes chaussures et tout ça. J'avais passé quelques moments intéressants à leur soirée avec tous ces gens étranges, mais ça n'avait rien changé. Il fallait quand même que je retourne chercher Matty, et je n'avais toujours pas de vie à part ma pauvre vie ennuyeuse à mourir. Vous pourriez vous dire : eh bien, pourquoi n'est-elle pas en colère ? Mais je suis en colère bien sûr. Je ne sais pas pourquoi je fais toujours comme si je ne l'étais pas. Je pense que l'église y est pour quelque chose. Et mon âge, aussi, peut-être, parce qu'on nous a appris à ne pas rouspéter, n'est-ce pas ? Mais certains jours – tous les jours – j'ai envie de crier, de hurler, de casser des choses, et de tuer des gens. Ah ! j'en ai, de la colère. On ne peut pas être coincée dans une vie comme la mienne et ne pas être en colère. Enfin bref. Deux jours plus tard, le téléphone a sonné, et une femme à la voix distinguée a dit :

« C'est Maureen ?

– Oui.

– Police de Londres à l'appareil.

– Ah ! bonjour, ai-je dit.

– Bonjour. On nous a signalé que votre fils a troublé l'ordre public dans un centre commercial le soir du nouvel an. Il est accusé de vol à l'étalage, il a sniffé de la colle et agressé des gens.

– Ça ne peut pas être mon fils, ai-je dit comme une imbécile. Il est handicapé.

– Vous êtes sûre qu'il ne fait pas semblant ? »

Pendant une demi-seconde, je me suis posé la question. Que voulez-vous, quand c'est la police... Vous faites bien attention à dire toute la vérité au cas où vous auriez des ennuis plus tard.

« Il serait un excellent comédien si c'était le cas.

– Et vous êtes sûre que ce n'est pas un excellent comédien ?

– Oh ! tout à fait. Vous comprenez, son handicap est trop lourd pour qu'il joue la comédie.

– Mais si c'était justement ça, la comédie ? Car le... euh... le type, là, correspond à son signalement. Le suspect.

– Vous pouvez me le décrire ? » J'ignore pourquoi j'ai dit ça. Pour me montrer coopérative, je suppose.

« Nous allons y venir, madame. Savez-vous où il se trouvait le soir du nouvel an ? Etiez-vous avec lui ? »

C'est là que j'ai eu un frisson. Je n'avais pas prêté attention à la date. Ils m'avaient coincée. Je ne savais pas si je devais mentir ou pas. Et si quelqu'un au centre d'accueil l'avait sorti et s'était servi de lui pour se couvrir ? Un de ces jeunes garçons qui étaient venus le chercher, par exemple ? Ils avaient l'air très gentils, mais sait-on jamais ? S'ils étaient allés voler dans les magasins en cachant leur butin sous la couverture de Matty ? Et s'ils étaient sortis boire un verre en emmenant Matty avec eux, et qu'une bagarre ait éclaté et qu'ils se soient servis de Matty et de son fauteuil roulant ? Et si les policiers l'avaient vu percuter quelqu'un sans savoir qu'on l'avait poussé. Ils se seraient alors dit qu'il avait participé à la bagarre et qu'ensuite il faisait simplement l'imbécile pour éviter les ennuis ? C'est qu'on peut faire mal en percutant les gens à coups de chaise roulante. On peut casser une jambe. Et si... Pourtant j'avais beau faire une petite crise de panique, je ne voyais vraiment pas comment il aurait pu sniffer de la colle. Enfin bon ! Voilà toutes les pensées qui me passaient par la tête. Tout cela c'était de la culpabilité, j'imagine. Je n'étais pas avec lui, alors que j'aurais dû. Et si je l'avais laissé seul, c'est parce que je voulais l'abandonner à jamais.

« Je n'étais pas avec lui, non. Je le faisais garder.

– Ah ! Je vois.
– Il était tout à fait en sécurité.
– Je n'en doute pas, madame. Mais nous ne parlons pas de sa sécurité à lui, n'est-ce pas ? Nous parlons de la sécurité des gens qui se trouvaient au centre commercial de Wood Green. »
Wood Green ! Il était allé jusqu'à Wood Green ?
« Non. Oui. Navrée.
– Etes-vous vraiment navrée ? Etes-vous vraiment vraiment navrée, p... ? »
Je n'en croyais pas mes oreilles. Je savais que dans la police les gens parlaient mal, bien sûr. Mais quand ils étaient sous pression, avec des terroristes, etc. Pas au téléphone, comme ça, dans le cadre d'une enquête de routine. A moins, bien entendu, qu'elle ne fût vraiment sous pression. Matty, ou celui qui l'avait poussé, aurait-il réellement tué quelqu'un ? Un enfant, peut-être ?
« Maureen ?
– Oui, je suis toujours là.
– Maureen, je suis pas une vraie policière. C'est Jess à l'appareil.
– Ah ! » Je me suis sentie rougir de ma propre bêtise.
« Vous m'avez crue, hein, espèce de vieille chouette ?
– Oui, je t'ai crue. »
Elle a entendu à ma voix qu'elle m'avait vexée, si bien qu'elle n'en a pas rajouté.
« Vous avez vu les journaux ?
– Non. Je ne lis pas les journaux.
– On est dedans.
– Qui est dedans ?
– Nous. Enfin, il y a mon nom et celui de Martin. C'est marrant, hein ?
– Ils disent quoi dans le journal ?
– Que moi, Martin et deux autres, comment dire, personnes mystérieuses, on a signé un pacte suicidaire.
– Ce n'est pas vrai.
– Bah ! Non, pauvre tache. Et aussi, que je suis la fille du secrétaire d'Etat à l'Education.
– Pourquoi ont-ils écrit ça ?
– Parce que c'est vrai.

– Ah !

– Je vous le dis juste pour que vous sachiez ce qu'il y a dans les journaux. Vous êtes étonnée ?

– Eh bien, vous parlez rudement mal, pour la fille d'un homme politique.

– Et une journaliste s'est présentée chez JJ pour lui demander s'il y avait une raison inspirante.

– C'est-à-dire ?

– On ne sait pas. Enfin bon. On doit se retrouver pour une réunion de crise.

– Qui ?

– Nous quatre. Une réunion importante. Peut-être à l'endroit où on a pris notre petit déjeuner.

– Je ne peux pas sortir.

– Pourquoi ?

– A cause de Matty. C'est une des raisons pour lesquelles j'étais sur le toit. Parce que je ne peux jamais aller nulle part.

– On va venir chez vous. »

Je me suis remise à rougir. Je ne voulais pas qu'ils viennent ici.

« Non, non. Je vais trouver une solution. Quand pensez-vous faire votre réunion ?

– Dans la journée.

– Oh ! je ne vais pas pouvoir m'organiser pour aujourd'hui.

– Donc on vient chez vous.

– Non, je vous en supplie. Je n'ai pas fait le ménage.

– Alors, faites-le.

– Je n'ai jamais eu quelqu'un de la télévision à la maison. Ni une fille de politicien.

– Je ne ferai pas de manières. On sera là à cinq heures. »

Ce qui me laissait trois heures pour tout ranger et tout débarrasser. Ça rend un peu dingue, une vie comme la mienne, je crois. Il faut être un peu dingue pour vouloir sauter du haut d'un immeuble. Et être un peu dingue aussi pour redescendre. Et il faut être plus qu'un peu dingue pour supporter Matty, rester tout le temps enfermée, sans compter la solitude. Mais je pense que je suis juste un petit peu dingue. Si j'étais vraiment dingue, je ne me serais pas inquiétée pour le rangement. Et si j'étais vraiment complètement dingue, je ne me serais pas inquiétée de ce qu'ils allaient découvrir.

MARTIN

L'idée que mon passage à la Tour du Saut intéresse nos amis de la presse à scandale avait bien dû me passer par la tête, je suppose. J'ai été en première page du journal pour être tombé ivre sur la voie publique, nom de Dieu, et certains insisteraient pour prouver que tenter de se jeter d'un immeuble était encore plus intéressant. Quand Jess a dit à Chas où nous nous étions rencontrés, je me suis effectivement demandé s'il aurait la présence d'esprit de vendre le tuyau, mais comme Chas m'a semblé particulièrement benêt, j'ai écarté cette funeste hypothèse en la mettant sur le compte de la paranoïa. Si j'avais su que, de son côté, Jess pouvait intéresser la presse, je me serais préparé.

Mon agent m'a appelé sur-le-champ et m'a lu l'article – à la maison, je ne lis plus désormais que le *Telegraph*.

« Est-ce qu'il y a du vrai, là-dedans ?

– Cela reste entre nous ?

– Si tu veux.

– J'allais me jeter du haut d'un immeuble.

– Mince, alors. »

Mon agent est jeune, distingué et assez inexpérimenté. A ma sortie de prison, j'ai appris qu'il y avait eu, je cite, une réorganisation de l'agence, fin de citation, et que Theo, qui naguère préparait le café pour mon agent, était désormais le dernier rempart entre moi et l'oubli de la profession. C'est Theo qui m'a trouvé mon job actuel à « TéléRelax ! », la pire chaîne câblée du monde. Il est diplômé en religions comparées, et c'est un poète publié.

Je le soupçonne d'être un supporter assidu de la Jaquette Flottante United, si vous voyez ce que je veux dire, mais là n'est pas la question. S'il fallait le situer sur une échelle des compétences globales, je le placerais tout en bas, au rang de l'empoté intégral.

« Je l'ai rencontrée là-haut. Elle et les deux autres. Nous sommes redescendus. Et me voilà, au pays des vivants.

– Pourquoi voulais-tu te jeter du haut d'un immeuble ?

– Comme ça, une idée qui m'est passée par la tête.

– Tu devais bien avoir une raison.

– Evidemment. Je plaisantais. Jette donc un œil à mon dossier. Tiens-toi au courant des événements récents, tu comprendras.

– Nous pensions avoir passé un cap. » C'est toujours très touchant, cette persévérance à vouloir employer la première personne du pluriel. Je les ai toutes entendues : « Depuis notre sortie de prison... », « Depuis nos petits ennuis avec l'adolescente... » Un de mes grands regrets, après une tentative de suicide réussie, serait de ne pas pouvoir entendre Theo me sortir : « Depuis notre suicide... » Ou bien : « Depuis nos funérailles... »

« Nous nous trompions. »

Silence méditatif.

« Mince, alors. Et maintenant ?

– C'est toi, l'agent. Je pensais que cet épisode t'autorisait à me trouver des ouvertures.

– Je vais y réfléchir et je te rappelle. A propos, le père de Jess a essayé de te joindre. Il a appelé ici, je lui ai répondu que nous ne donnions pas de renseignements personnels. Ai-je bien fait ?

– Parfaitement. Mais donne-lui quand même mon numéro de portable. J'imagine qu'il n'y aura pas moyen de l'éviter.

– Tu veux l'appeler ? Il a laissé son numéro.

– Vas-y, donne-le-moi. »

Pendant que j'étais au téléphone avec Theo, mon ex-femme et mon ex-petite amie ont laissé des messages. Je n'avais pensé à aucune des deux pendant que Theo me lisait l'article ; à présent j'en étais malade. Je commençais à comprendre cette vérité importante concernant le suicide :

il est aussi douloureux d'échouer que de réussir, et l'échec tend à provoquer encore plus de colère car il n'y a pas de chagrin pour faire contrepoids. A entendre le ton de leurs messages, j'étais franchement dans la merde.

J'ai appelé Cindy en premier.

« Espèce de sale égoïste imbécile ! a-t-elle dit.

– Tu ne devrais pas croire ce que disent les journaux.

– Tu dois être la seule personne au monde que les journaux arrivent à cerner au quart de poil. S'ils disent que tu as couché avec une gamine de quinze ans, c'est vrai. S'ils disent que tu t'es écrasé tête la première sur la chaussée, ivre mort, c'est vrai. Avec toi, pas besoin d'inventer. »

A dire vrai, l'observation était assez pertinente. Elle avait raison : pas une seule fois je n'ai eu à me plaindre du traitement des médias qui n'avaient ni déformé ni exagéré les faits. En y réfléchissant, c'était l'un des aspects les plus humiliants de ces dernières années. Les journaux n'ont pas arrêté de me traîner dans la merde sans jamais mentir une seule fois.

« Je suppose donc, a-t-elle poursuivi, qu'ils ont une nouvelle fois mis en plein dans le mille. Tu es monté sur le toit d'un immeuble avec l'intention de te jeter dans le vide. Et à la place, tu es redescendu avec une gamine, pour changer.

– C'est à peu près ça, oui.

– Et tes filles, alors ?

– Elles sont au courant ?

– Pas encore. Mais elles le seront bien assez vite à l'école. Ça se passe toujours comme ça. Que veux-tu que je leur dise ?

– Je devrais peut-être leur parler. »

Cindy a aboyé une seule fois. Aboiement qui, ai-je supputé, était censé être un rire ironique.

« Raconte-leur ce que tu veux. Dis-leur que papa était triste, mais que maintenant il va mieux.

– Magnifique. Nos filles auraient deux ans, ce serait parfait.

– Je ne sais pas, Cindy. Je veux dire, si je ne peux pas les voir, alors ce n'est pas vraiment mon problème, si ? C'est à toi de régler cette histoire.

– Espèce de salaud. »

Ainsi s'acheva mon premier coup de fil. Lui dire que son refus de me laisser prendre part à l'éducation de mes filles m'interdisait *de facto* toute marge de manœuvre m'a paru relever de la reformulation d'une putain d'évidence, enfin bon. Elle m'a raccroché au nez.

Je ne sais plus ce que je dois à mes filles. J'ai arrêté de fumer il y a des années, parce que je savais que je le leur devais bien. Mais après tout le grabuge que j'ai causé, fumer est devenu le cadet de mes soucis – si bien que je m'y suis remis. C'est ce que j'appelle avoir parcouru du chemin : commencer par arrêter de fumer – pour protéger vos enfants le plus longtemps possible de la perte de leur père – et se retrouver finalement en pleine dispute avec leur mère pour savoir comment leur annoncer votre tentative de suicide. On n'aborde jamais cette question au cours des séances d'information à l'intention des futurs parents. La distance y est pour beaucoup, évidemment. Je me suis de plus en plus éloigné, et les filles m'ont paru de plus en plus petites, jusqu'à ne plus être que des minuscules points, littéralement et métaphoriquement. Vous ne pouvez pas distinguer les visages quand ils ne sont plus que des points minuscules, si bien qu'on n'a plus besoin de se soucier de bonheur. C'est pour cela qu'on peut tuer des fourmis. A tel point qu'au bout d'un certain temps, le suicide devient imaginable, alors qu'il aurait été impensable si vous les aviez eus en face de vous tous les jours vous regardant droit dans les yeux.

Penny était encore en pleurs quand je l'ai appelée.

« Au moins je comprends mieux, a-t-elle dit au bout d'un moment.

– Quoi ?

– Que tu aies quitté le dîner du réveillon pour monter sur ce toit. Et que tu sois ensuite revenu avec ces gens. Je n'arrivais pas à comprendre ce qu'ils venaient faire dans l'histoire.

– Tout ce que tu savais, c'est que d'une façon ou d'une autre ils m'avaient aidé à coucher avec quelqu'un d'autre.

– Exactement. » Elle a lâché un petit rire contrit. Elle est bien, Penny. Elle n'est pas garce pour un sou. Elle est d'un naturel doux, affectueux et a tendance à se dénigrer... Elle ferait une compagne charmante.

« Je suis navré.

– C'est moi qui ai échoué, non ?

– Je crois que mes échecs ont précédé les tiens. Ce qui, entre nous soit dit, ne rime pas à grand-chose. Je veux dire, à rien du tout. Enfin, je veux dire par là qu'il n'y a pas eu d'échecs de ta part. Tu as été formidable avec moi.

– Comment te sens-tu aujourd'hui ? »

Je ne m'étais pas posé la question. Le téléphone m'avait réveillé, j'avais la gueule de bois, et depuis lors, la vie semblait avoir sa propre dynamique. Je n'avais pas pensé une seule fois à me suicider de toute la matinée.

« Je ne vais pas tout de suite remonter sur le toit, si c'est ce que tu veux dire.

– On en parlera avant ?

– De tout ça ?

– Oui. De tout ça.

– Je ne sais pas. Je ne crois pas que ce soit quelque chose qu'on puisse arranger avec des paroles.

– Oh ! Je sais que je ne peux rien y faire. Mais je n'ai pas envie d'apprendre la nouvelle dans les journaux.

– Tu peux trouver mieux, Penny. Mieux que moi.

– Je ne le veux pas.

– Oh ! Donc il y a mieux que moi.

– Je me respecte suffisamment pour penser qu'il doit bien exister un homme quelque part qui préférerait réveillonner avec moi plutôt que d'en finir avec sa vie, oui.

– Alors pourquoi n'essayes-tu pas de le trouver ?

– Que j'essaye ou pas, cela aurait-il la moindre importance pour toi ?

– Accorder de l'importance à ce genre de choses... Je crois que je n'en suis pas là.

– Bravo ! Voilà au moins qui est honnête.

– Tiens ? Moi je pensais que ça coulait de source.

– Alors que veux-tu que je fasse ?

– Je ne suis pas certain qu'il y ait grand-chose à faire.

– Tu m'appelleras, plus tard ?

– Oui, bien sûr. »

Je pouvais au moins le lui promettre.

Tout le monde, manifestement – à part Chris Crichton – sait où j'habite. Ils ont tous le numéro de téléphone de mon domicile, mon numéro de portable, mon e-mail. A ma sortie de prison, j'ai donné mes coordonnées à tous ceux qui ont paru vaguement intéressés – voire très vaguement : j'avais besoin de retrouver du travail, et d'être à nouveau dans le circuit. Aucun de ces enfoirés ne m'a jamais rappelé, bien entendu, mais maintenant ils étaient tous là, agglutinés devant ma porte d'entrée. Quand je dis « tous », je veux dire trois ou quatre pisse-copie à la dégaine pitoyable, essentiellement des jeunots, des petits gars et des nanas à tronche de cake qui se tapent les kermesses scolaires pour les canards locaux et n'en reviennent pas d'avoir autant de bol. Je les ai bousculés pour me frayer un chemin ; j'aurais pourtant facilement pu les contourner – quatre pékins en train de frissonner sur le trottoir en sirotant du café dans leurs gobelets en polystyrène, on ne peut pas non plus parler d'une émeute médiatique. Nous avons tous apprécié ce contact physique. Moi, cela m'a donné l'impression d'être quelqu'un d'important, et eux ont eu le sentiment de se trouver au cœur de l'action. Je me suis fendu d'un large sourire, j'ai dit « bonjour » à la cantonade tout en écartant un type de mon passage d'un coup de mallette.

« Est-ce que c'est vrai que vous avez essayé de vous suicider ? » a demandé une bonne femme particulièrement peu ragoûtante en imper beige.

J'ai esquissé un geste pour attirer leur attention sur ma condition physique impeccable.

« Ma foi, si j'ai essayé, on peut dire que je me suis bien planté, ai-je dit.

– Connaissez-vous Jess Crichton ?

– Qui ça ?

– Jess Crichton, la fille du secrétaire d'Etat de je sais plus quoi. De l'Education.

– Je suis un vieil ami de la famille. Nous avons passé le réveillon tous ensemble. C'est sans doute l'explication de ce malentendu pour le moins ridicule. Il ne s'agissait pas d'un pacte suicidaire. Juste d'une fête bien arrosée. Rien à voir. »

Je commençais à m'amuser un peu. J'en ai presque regretté d'arriver à la Peugeot que je louais (pour une somme exorbitante) en remplacement de la BMW généreusement cédée. D'ailleurs, je n'avais pas vraiment de destination précise. Mais en l'espace de quelques minutes, l'emploi du temps de ma journée s'est rempli : Chris Crichton a appelé sur mon portable pour m'inviter à une petite causerie ; peu après, Jess m'appelait sur ce même portable pour m'annoncer que nous allions tous rendre visite à Maureen. Ça ne m'a pas ennuyé outre mesure. Je n'avais rien d'autre à faire.

Avant de frapper à la porte des Crichton, je suis resté quelques minutes dans la voiture pour procéder à un examen de conscience. Ma dernière confrontation avec un père en colère avait eu lieu peu après le rapport sexuel illégal – et fort peu judicieux, comme il s'est avéré – avec Danielle (1,75 mètre, 90 D) âgée de 15 ans et 250 jours ; et laissez-moi vous dire que ces 115 jours font une sacré différence). La confrontation précédente avait eu lieu chez moi, dans mon bon vieil appartement de Gibson Square – non pas, faut-il le préciser, suite à une chaleureuse invitation de ma part, mais parce que le père de Danielle m'attendait dehors tandis que je tâchais, un soir, de rentrer furtivement chez moi. Le rendez-vous n'avais pas été des plus fructueux, l'une des raisons et pas des moindres étant que j'avais soulevé avec lui la question de la responsabilité parentale et qu'il avait tenté de me frapper. Je persiste à penser que mon argument n'était pas dénué de pertinence. Qu'est-ce qu'une gamine de quinze ans faisait à sniffer de la cocaïne dans les toilettes pour hommes de la boîte de nuit « Les Roberts » à une heure du matin, un mardi ? Il est possible cependant que, si j'avais exprimé mon point de vue avec moins de conviction, il ne se serait peut-être pas aussitôt rendu au commissariat de police et je ne me serais pas retrouvé avec une plainte pour détournement de mineure.

Cette fois-ci, je me suis dit que j'éviterais ce type d'argumentation. Je voyais bien que la question de la responsabilité parentale serait un sujet sensible chez les Crichton, avec une adolescente portée disparue, peut-être morte, et l'autre suicidaire, sans doute tarée. Et puis de toute façon, j'avais la conscience tout à fait tranquille. Le seul contact physique avec Jess s'était résumé à m'asseoir sur sa tête, pour des raisons qui n'étaient absolument pas sexuelles. De fait, elles étaient même résolument altruistes. Pour ne pas dire héroïques.

Chris Crichton, malheureusement, ne s'apprêtait pas à m'accueillir en héros. Je n'ai eu droit ni à une poignée de main ni à une tasse de café ; on m'a fait entrer dans le salon et je me suis fait engueuler comme un misérable assistant parlementaire. Apparemment j'avais fait preuve d'un manque total de discernement – j'aurais dû chercher le nom de famille de Jess, son numéro de téléphone et appeler son père. J'avais également, semble-t-il, fait preuve de « manque de goût » – M. Crichton estimait en effet que la présence de sa fille dans les tabloïds était ma faute, uniquement parce que je suis le genre de personne à me retrouver dans les journaux bas de gamme. Lorsque j'ai tenté de souligner les différentes lacunes de son raisonnement, il a répliqué que j'étais susceptible de tirer des bénéfices substantiels de toute cette affaire. Je me suis tout bonnement levé pour prendre congé, mais à ce moment-là, Jess est apparue.

« Je t'avais demandé de rester dans ta chambre.

– Ouais, je sais. C'est juste que ça fait un moment que je n'ai plus sept ans. On ne t'a jamais dit que tu étais un imbécile ? »

Elle le terrifiait ; cela sautait aux yeux. Il avait juste assez d'estime de soi pour dissimuler sa peur derrière un air froid mâtiné d'une infinie lassitude.

« Je suis un homme d'Etat. Je n'entends que ça.

– Qu'est-ce que ça peut te faire, de savoir où j'ai passé le réveillon ?

– Apparemment, vous l'avez passé ensemble.

– Ouais, par accident, espèce de vieux crétin.

– Voilà comment elle me parle, a-t-il dit en m'adressant un regard lugubre, comme si mes longues relations avec sa fille et lui me permettaient d'intercéder en sa faveur.

« Je parie que vous regrettez votre décision de ne pas l'avoir mise dans le privé, n'est-ce pas ?

– Je vous demande pardon ?

– C'est admirable, bien sûr de l'avoir envoyée à l'école publique du quartier. Mais, vous voyez, on n'a que ce que l'on mérite. Et dans votre cas un peu moins, même.

– L'école de Jess fait un travail formidable dans des conditions très difficiles, a protesté Crichton. Au brevet des collèges, cinquante et un pour cent des élèves de l'année de Jess ont obtenu un C ou une note supérieure, soit onze pour cent de mieux que l'année précédente.

– Très bien. Ce doit être pour vous un grand réconfort. » Nous nous sommes tous les deux tournés vers Jess qui nous a signifié, le majeur levé, ce qu'elle en pensait.

« Le fait est que, vu la situation, vous étiez *in loco parentis* », a repris fièrement le père. J'avais oublié que Jess éprouvait une aversion presque physique pour les mots de plus d'une syllabe, comparable à ce que les racistes éprouvent pour les Noirs : elle les avait en horreur et voulait les envoyer au diable. Elle lui adressa un regard assassin.

« Premièrement, elle a dix-huit ans. Et deuxièmement, je me suis assis sur sa tête pour l'empêcher de sauter. Ce n'était peut-être pas très parental, mais efficace. Je suis navré de ne pas vous avoir adressé un compte rendu complet en fin de soirée.

– Avez-vous couché avec elle ?

– Ça ne te regarde pas, papa ! »

Alors là, non. Pas question. Je n'allais pas me laisser entraîner dans une dispute concernant les droits de Jess sur sa vie sexuelle.

« Certainement pas.

– Ohé ! a dit Jess. Vous n'avez pas besoin de le dire sur ce ton.

– Quel ton ?

– Comme si vous étiez soulagé. D'autres auraient apprécié...

– J'accorde trop d'importance à notre amitié pour vouloir compliquer les choses.

– Ah ! ah !

– Avez-vous l'intention de poursuivre votre relation avec Jess ?

– Précisez votre question.

– Il me semble que c'est d'abord à vous de vous expliquer.

– Ecoutez, l'ami. Je suis venu parce que je sais à quel point vous avez dû être inquiet. Mais si vous continuez à me parler sur ce ton, putain, moi je rentre chez moi. » Le visage de Miss anti-mots compliqués s'est éclairé : l'Anglo-Saxon ripostait contre l'envahisseur romain. Le gros mot lui a rabattu son caquet, à lui aussi.

« Je suis désolé. Mais vous connaissez désormais l'histoire de la famille. Ça ne me facilite pas la tâche.

– Ha ! Et tu crois que c'est facile pour moi ! s'est exclamée Jess.

– C'est dur pour nous tous. » Crichton avait clairement décidé de faire un effort.

« Ouais, je vois bien.

– Alors qu'allons-nous faire ? Je vous en prie, si vous avez une idée ?

– Le fait est, ai-je dit, que j'ai mes propres problèmes.

– C'est vrai, s'est moquée Jess. On se demandait ce que vous faisiez là-haut.

– J'apprécie, Martin. » Crichton avait manifestement appris en cours de communication à utiliser le plus possible les prénoms comme les autres robots de Blair, histoire de bien montrer que nous étions potes. « J'ai un bon pressentiment à votre sujet. Je sais que vous avez fait quelques faux pas dans la vie... »

Jess a émis un petit ricanement.

« Mais je ne pense pas que vous soyez un mauvais bougre.

– Merci.

– On fait partie d'une bande, a dit Jess. Pas vrai, Martin ?

– Oui, Jess, ai-je répondu, en espérant que son père apprécierait mon manque d'enthousiasme. Nous sommes amis pour toujours.

– Quelle sorte de bande ? a demandé Crichton.

– Chacun va veiller sur l'autre. Pas vrai, Martin ?

– Oui, Jess. » Je ne pouvais insuffler davantage de lassitude à mes paroles, sinon elles n'auraient même plus eu l'énergie de sortir de ma gorge et de passer le seuil de ma bouche.

« Vous allez donc finalement vous retrouver *in loco parentis* ?

– Je ne crois pas que ce soit ce genre de bande, ai-je rectifié. La "bande Loco Parentis", c'est pas terrible comme nom. Ça ne fait pas très dur à cuire, si ? Qu'est-ce qu'on ferait ? Casser la figure au gang rival des *Pater Familias* ?

– Toi tu la boucles, et vous, vous la bouclez aussi, nous a intimé Jess à Crichton et à moi.

– Ce que je veux dire, a repris Crichton, c'est que vous n'allez pas disparaître de la circulation.

– Il l'a promis, a dit Jess.

– Et cela doit me rassurer, je suppose.

– Vous pouvez supposer ce que vous voulez, ai-je répliqué. Mais moi je ne rassure personne sur rien.

– Vous avez vous-même des enfants, n'est-ce pas ?

– Si on veut, a dit Jess.

– Je n'ai pas besoin de vous dire en détail tout le mauvais sang que je me suis fait pour Jess. Et combien la donne changerait, pour moi, si je savais qu'un adulte raisonnable veille sur elle. »

Jess a ricané de manière peu coopérative.

« Je sais bien que vous ne seriez pas... Que vous n'êtes pas exactement... Certains journaux à scandale...

– Il a peur que vous couchiez avec des gamines de quinze ans, a expliqué Jess.

– Dites, je ne suis pas en train de passer en entretien d'embauche, ai-je dit. Je ne veux pas de ce poste, et si vous décidez de me le donner, c'est votre problème.

– Tout ce que je veux dire, c'est que, si vous voyez que Jess se fourre dans le pétrin, essayez de l'en empêcher ou bien prévenez-moi.

– Il adorerait, a dit Jess. Mais il n'a pas un rond.

– Quel rapport avec l'argent ?

– Eh ben, une supposition, il doit me surveiller, je vais en boîte, et on ne le laisse pas entrer parce qu'il est fauché... Alors...

– Alors quoi ?

– Je pourrais me retrouver à l'intérieur à faire une overdose. Je serais morte juste parce que tu n'auras même pas voulu cracher un peu de thune. »

J'ai soudain compris où Jess voulait en venir : un salaire hebdomadaire de deux cent cinquante livres pour sévir sur la chaîne câblée la plus médiocre de toute la Grande-Bretagne n'a pas pour seul effet d'éveiller votre esprit mais de stimuler également vos capacités d'empathie et d'imagination. Jess effondrée sans vie dans des toilettes à cause de vingt livres... La situation était trop épouvantable pour être envisagée, si on l'envisageait correctement.

« Combien voulez-vous ? » a lâché Crichton en soupirant, comme si absolument tout – la discussion présente, le réveillon, ma peine de prison – n'était qu'un complot visant à aboutir à cet instant.

« Je ne veux rien, ai-je répondu.

– Oh ! que si, est intervenue Jess. Si, il veut de l'argent.

– Combien coûte une sortie en boîte de nos jours ? a demandé Crichton.

– On peut s'en tirer avec une centaine de livres », a calculé Jess.

Cent livres ? Toute cette humiliation pour le prix d'un simple dîner correct pour deux personnes ?

« Je ne doute pas un seul instant que toi tu t'en "tires" sans effort pour cent livres. Mais lui n'aurait pas à se "tirer" de quoi que ce soit, n'est-ce pas ? A part payer l'entrée, si tu faisais une overdose. Je suppose que si tu te retrouvais entre la vie et la mort dans les toilettes, il ne ferait pas de halte au bar.

– Tu veux dire qu'à tes yeux ma vie ne vaut même pas cent livres sterling ? Bravo, après ce qui est arrivé à Jen. J'avais pourtant l'impression qu'il ne te restait plus beaucoup de filles de rechange.

– Jess, ce n'est pas juste. »

La porte d'entrée a claqué quelque part entre le « pas » et le « juste ». Et Crichton et moi nous sommes retrouvés à nous dévisager en chiens de faïence.

« Je m'y suis mal pris, a-t-il dit. N'est-ce pas ? »

J'ai haussé les épaules. « Il s'agissait d'une extorsion de fonds sous la menace. Ou vous lui donnez tout ce qu'elle veut chaque fois qu'elle le réclame ou elle fiche le camp. Et je comprends que cela puisse paraître un peu... disons... déconcertant. Compte tenu de l'histoire familiale.

– Je lui donnerai tout ce qu'elle veut chaque fois qu'elle réclamera, a-t-il répondu. Je vous en prie, allez la chercher. »

En quittant la maison j'étais plus riche de deux cent cinquante livres ; Jess m'attendait au bout de l'allée.

« Je parie que vous avez obtenu deux fois plus que ce qu'on demandait, a-t-elle dit. Ça marche à tous les coups, il suffit de parler de Jen. »

JESS

Vous n'allez pas me croire – moi-même je ne sais plus –, mais dans mon esprit, ce qui est arrivé à Jen n'avait rien à voir avec le réveillon. Je sentais bien, à force d'en parler avec les autres et de lire les journaux, que personne ne considérait les choses comme moi. Ils disaient tous : Aaaah, je comprends, ta sœur a disparu, alors tu veux sauter du haut d'un immeuble. Mais ce n'est pas ça. Je suis certaine que c'était un ingrédient, si l'on peut dire, mais pas toute la recette. Disons que si je suis un plat de spaghetti bolognaise, alors Jen, c'est les tomates. Ou les oignons. Ou même juste l'ail. En tout cas, ni la viande ni les pâtes.

Face à un truc pareil, tout le monde réagit de manière différente. Certains s'inscrivent à des groupes de soutien ; je le sais, parce que papa et maman essayent toujours de me présenter tel ou tel putain de groupe, souvent parce que la reine a fini par remettre au fondateur une médaille ou je sais pas quoi. Et puis il y a des gens qui vont s'asseoir devant leur télé pour les vingt années à venir. Moi, je me suis mise à glander. Ou plutôt : glander est devenu mon activité à plein temps, tandis que jusqu'alors cela n'avait été qu'un passe-temps : j'avais déjà pas mal glandé avant la disparition de Jen, il faut le reconnaître.

Avant de poursuivre, je vais répondre aux questions que l'on me pose toujours pour ne pas vous laisser gamberger sans être concentré sur ce que je dis. Non, je ne sais pas où elle est. Oui, je pense qu'elle est vivante. Pourquoi ? Parce que la combine de la voiture garée sur le parking m'a tout de suite paru bidon. Qu'est-ce que ça fait d'avoir une sœur qui a disparu ? Je peux vous le dire. C'est comme si vous perdiez un objet de valeur, un porte-monnaie ou un bijou, vous n'arrivez pas à vous concentrer sur autre chose. Et moi j'ai cette impression tout le temps, chaque jour.

Les gens me demandent souvent aussi : où est-elle, à votre avis ? Ce qui n'est pas pareil que : savez-vous où elle se trouve ? Au début, je n'ai pas compris que c'étaient deux questions différentes. Et ensuite, quand j'ai compris, j'ai trouvé que c'était idiot de me demander : où est-elle à votre avis ? Si je le savais, j'irais la chercher. Mais maintenant je comprends que c'est une question plus poétique. En fait, c'est une façon de me demander comment elle était. Est-ce que je crois qu'elle est partie en Afrique aider les gens ? Ou qu'elle participe à une *rave* perpétuelle ? A moins qu'elle n'écrive des poèmes sur une île en Ecosse. Ou voyage dans le *bush* australien ? Moi, voilà ce que je réponds : Je pense qu'elle a un bébé, peut-être en Amérique, qu'elle est dans une petite ville au soleil, je ne sais pas, au Texas ou en Californie, qu'elle vit avec un type qui bosse dur de ses mains, s'occupe d'elle et l'aime. C'est ce que je dis aux gens, sauf qu'évidemment je ne sais pas si je leur parle de Jen ou de moi.

Oh ! encore une chose – surtout si vous lisez ça dans le futur, quand tout le monde nous aura oubliés et aura oublié comment ça s'est terminé pour nous : ce n'est pas la peine d'attendre qu'elle réapparaisse plus tard et vienne à ma rescousse. Elle ne revient pas, d'accord ? Et l'on ne découvre pas non plus qu'elle est morte. Il ne se passera rien de ce côté-là, donc on oublie. Enfin, ne l'oubliez pas, elle, parce qu'elle est importante. Mais n'espérez pas ce type de fin. On n'est pas dans ce genre d'histoire.

Maureen habite à mi-chemin entre la Tour du Saut et Kentish Town, dans une de ces petites rues sinistres pleines de vieilles dames et de professeurs. Je ne suis pas sûre pour les profs, mais il y a plein de vélos dans ce coin – et aussi des poubelles pour recycler les déchets. C'est nul, de recycler, non ? J'en ai parlé avec Martin et il m'a répondu : Si tu le dis. Il avait l'air un peu fatigué. Et je lui ai demandé s'il voulait savoir pourquoi c'était nul, mais il n'a pas bronché. De même qu'il n'avait pas voulu savoir non plus pourquoi la France, c'était nul. Il n'était pas d'humeur causante, je suppose.

Nous étions seuls Martin et moi dans la voiture, parce que JJ ne voulait pas qu'on passe le prendre, alors que c'était pratiquement le chemin. Je pense que JJ aurait sûrement aidé un peu à arrondir les angles de la conversation. Moi je bavardais parce que j'étais nerveuse, ce qui me faisait sûrement dire des bêtises. Enfin, ce n'est peut-être pas le terme exact, parce que dire que la France, c'est nul, ce n'est pas bête. C'est juste un peu brutal, quoi. JJ aurait mis une sorte de rampe pour faire descendre mes phrases en douceur, comme en skate.

J'étais nerveuse parce que je savais qu'on allait voir Matty, et je ne suis pas, comment dire, pas très habile avec les handicapés. Je n'ai rien contre eux, je ne crois pas être une « handicaphobe », et je sais bien qu'ils ont droit à un enseignement, et à des cartes de bus, et tout ; c'est juste que ça me fait bizarre, cette idée de faire comme s'ils étaient pareils que nous, alors qu'en fait ils ne le sont pas. Quand je dis « handicapés » je ne parle pas des gens qui n'ont, disons, qu'une jambe. Eux, ça va. Je parle de ceux à qui il manque une case, qui crient et qui font des drôles de tête. D'accord, moi aussi, je crie et je fais de drôles de tête, mais je sais quand. En tout cas, la plupart du temps. Alors qu'avec eux, on ne peut jamais prévoir, pas vrai ? Ils ne se contrôlent pas.

Pour être honnête, Matty est plutôt tranquille. Dans un sens, il est *tellement* handicapé que ça va, si vous voyez ce que je veux dire. Il reste juste assis à sa place. De mon point de vue, c'est sans doute mieux, mais j'imagine que pour lui, ça ne doit pas être top. Sauf que personne ne sait s'il a un point de vue. Et s'il n'en a pas, bon, bah ! alors, c'est le mien qui compte, pas vrai ? Il est plutôt grand, en chaise roulante, avec des coussins et des machins calés derrière la nuque pour que sa tête ne balance pas. Il ne te regarde pas ni rien, donc ce n'est pas trop flippant. Au bout d'un certain temps, tu finis par oublier qu'il est là, et j'ai mieux tenu le coup que je ne le pensais. Putain, n'empêche, quelle galère ! Cette pauvre vieille Maureen. Moi je vous le dis, personne n'aurait pu me convaincre de redescendre du toit. Pas question.

JJ était arrivé le premier, du coup, quand on est entrés, on aurait dit un peu une réunion de famille, sauf qu'il n'y avait aucune ressemblance entre nous et que personne n'a fait semblant d'être content de revoir les autres. Maureen nous a préparé une tasse de thé, et Martin et JJ lui ont posé des questions polies à propos de Matty. J'ai regardé un peu autour de moi parce que je n'avais pas envie d'écouter. Elle avait vraiment fait le ménage, comme elle avait dit. Il n'y avait presque rien à part la télé et les trucs pour s'asseoir. On aurait cru qu'elle venait juste d'emménager. En fait, j'ai eu l'impression qu'elle avait retiré des machins et décroché des bidules, parce qu'on voyait encore les traces au mur. Et puis Martin m'a demandé : Qu'en penses-tu, Jess ? Et il a fallu que j'arrête de regarder pour participer à la conversation. On avait du pain sur la planche.

JJ

Je ne voulais pas aller chez Maureen avec Martin et Jess parce que j'avais besoin de temps pour réfléchir. J'avais déjà donné dans le passé une ou deux interviews à des journalistes musicaux, mais ils étaient avec des fans du groupe, des mecs sympas complètement médusés que vous leur filiez un CD démo et acceptiez qu'ils vous payent un verre. Mais des gens qui se pointent à votre porte, comme la dame qui voulait réconforter ses lecteurs... C'était autre chose ! Tout ce que je savais, c'est qu'ils avaient réussi à trouver mon adresse en vingt-quatre heures. Et s'ils pouvaient faire ça, alors ils étaient capables de tout. Ils devaient avoir les noms et les adresses de tous les gens qui habitaient en Angleterre, au cas où, un jour, l'un d'entre eux ferait un truc intéressant.

En tout cas, elle m'a rendu complètement parano. Si elle le voulait, elle pouvait se rencarder sur le groupe en cinq minutes. Et ensuite contacter Eddie et Lizzie et découvrir que je n'étais pas en train de crever – ou que si j'étais en train de crever, j'avais gardé l'info pour moi. En plus, elle allait bien voir que la maladie dont je n'étais pas en train de mourir n'existait pas.

Autrement dit, j'avais la trouille au point de penser que j'étais dans la mouise. J'ai pris un bus pour aller chez Maureen, et pendant le trajet, j'ai décidé que j'allais leur dire la vérité, tout leur raconter, et si cela ne leur plaisait pas, qu'ils aillent se faire foutre. Mais je n'avais pas envie qu'ils l'apprennent par les journaux.

Il a fallu un certain temps pour qu'on s'habitue à la respiration du pauvre Matty : il faisait un de ces bruit, on aurait dit que ça lui demandait beaucoup d'efforts. On pensait tous la même chose, je crois : Est-ce qu'on aurait tenu le choc à la place de Maureen ? On se demandait tous si quelque chose aurait pu nous convaincre de redescendre de ce toit.

« Jess, a demandé Martin, tu as voulu qu'on se retrouve. Pourquoi ne pas nous annoncer l'ordre du jour ?

– OK, a-t-elle répondu, et elle s'est raclé la gorge. Nous sommes réunis ici aujourd'hui... »

Martin s'est marré.

« Putain ! merde ! Je n'ai même pas fini ma phrase. Qu'est-ce que j'ai dit de si drôle ? »

Martin a secoué la tête.

« Non, allez-y. Putain ! si je suis si marrante, je veux savoir pourquoi.

– C'est le genre de phrase qu'on entend plutôt à l'église. »

Il y a eu un long silence.

« Ouais, je le savais. C'était justement le genre d'ambiance que je voulais.

– Pourquoi ? a demandé Martin.

– Maureen, vous allez bien à l'église ? a demandé Jess.

– Avant, oui, a répondu Maureen.

– Voilà, j'essayais de mettre Maureen à l'aise.

– Délicate attention.

– Pourquoi faut-il que vous foutiez en l'air tout ce que je fais ?

– Mince, a dit Martin. Je sens presque l'odeur de l'encens.

– Très bien. Vous n'avez qu'à commencer, espèce de putain de...

– Ça suffit, est intervenue Maureen. Pas chez moi. Pas devant mon fils. »

Martin et moi on s'est regardés, on a fait la grimace, retenu nos respirations, croisé les doigts, mais en vain. Jess allait de toute façon mettre les pieds dans le plat.

« Votre fils ? Mais c'est un...

– J'ai pas le CCR », ai-je dit soudain. C'est la seule chose qui me soit venue à l'esprit. Je veux dire, bon, évidemment, il fallait que je le dise, mais j'avais envisagé de me préparer davantage.

Silence complet. J'ai attendu qu'ils me tombent dessus à bras raccourcis.

« Oh ! JJ, s'est exclamée Jess. C'est fantastique ! »

Il m'a fallu une bonne minute pour comprendre que dans l'étrange monde de Jess, on avait non seulement trouvé un remède au CCR pendant les vacances de Noël, mais qu'en plus on me l'avait livré, à la maison, métro Angel, entre le soir du réveillon et le 2 janvier.

« Je ne suis pas certain que ce soit tout à fait ce que JJ essaye de nous dire, a fait Martin.

– Non, en fait, je ne l'ai jamais eu.

– Non ? Les enfoirés !

– Qui ?

– Ces putains de saletés de toubibs. » Chez Maureen, « putains de » saletés est devenu le juron de prédilection de Jess. « Tu devrais leur coller un procès. Tu te rends compte, si tu avais sauté ? Alors qu'ils s'étaient gourés ? »

Putain de bordel. Il fallait vraiment que ce soit si dur ?

« Je ne suis pas non plus certain que ce soit tout à fait ce que JJ essaye de dire, a repris Martin.

– Non, et je vais tâcher d'être aussi clair que possible : le CCR n'existe pas, et quand bien même cette maladie existerait, je ne suis pas atteint, je ne suis pas mourant. Je l'ai inventé, parce que... Je ne sais pas. Parce que je voulais m'attirer votre sympathie, et aussi je me disais que vous ne comprendriez pas ce qui clochait vraiment chez moi. Je suis désolé.

– Espèce de branleur, a dit Jess.

– C'est horrible, a dit Maureen.

– Quel trou du cul », a continué Jess.

Martin a souri. Faire croire aux gens que vous êtes atteint d'une maladie incurable doit être à peu près du même niveau que séduire une gamine de quinze ans, si bien qu'il se réjouissait de ma gêne. Il estimait même sans doute avoir une légère supériorité morale, parce que lui, après l'humiliation, il avait fait quelque chose de décent : il était monté sur un toit et s'était retrouvé les pieds dans le vide. D'accord, il n'avait pas sauté, mais bon, il avait prouvé qu'il n'avait pas pris l'affaire à la légère. Tandis que moi, j'avais d'abord envisagé de me foutre en l'air, et ensuite je m'étais ridiculisé. J'étais devenu un trou du cul encore pire que le soir du réveillon, ce qui était assez déprimant.

« Et alors, pourquoi tu l'as dit ? a demandé Jess.

– Oui, a fait Martin. Qu'essayais-tu de simplifier ?

– C'est juste que... je sais pas. Tout paraissait tellement clair et net avec vous Martin, et la petite... bon. Maureen et... » (J'ai indiqué Matty d'un geste du menton.)

« Pour moi, ce n'était pas clair et net, a dit Jess. Je délirais à propos de Chas et de ses explications.

– Ouais, mais... Sans vouloir te vexer, tu étais chtarbée. Ce que tu racontais n'avait pas grande importance.

– Alors, qu'est-ce qui n'allait pas ? a voulu savoir Maureen.

– Je ne sais pas. La déprime, je suppose que vous appelleriez ça comme ça.

– Oh ! la déprime, cela nous connaît, a dit Martin. Nous sommes tous déprimés.

– Oui, je sais. Mais la mienne avait l'air trop... trop vague, putain. Désolé, Maureen. »

Comment font les gens pour pas dire de gros mots ? Quand on parle, il y a tous ces trous à combler avec des « putain ». Les personnes les plus admirables au monde, je vais vous dire, ce sont les présentateurs des journaux télé. Moi, à leur place, je n'arrêterais pas : « Et les enculés ont dirigé le putain d'avion en plein dans les Twin Towers. » Comment éviter ça, si on est un être humain ? Remarquez, ils ne sont peut-être pas si admirables. Ce sont peut-être juste des zombies robotisés.

« Lance-toi, a dit Martin. Nous sommes des gens compréhensifs.

– D'accord. Pour faire court, tout ce que j'ai toujours voulu, c'était d'être dans un groupe de rock'n roll.

– Rock'n roll ? Comme Bill Haley et les Comets ? a demandé Martin.

– Non, mec. Ce n'est pas... je ne sais pas. Comme les Stones, ou...

– Ils ne sont pas rock'n roll, a protesté Jess. Ils sont rock.

– D'accord, d'accord. Donc je voulais être dans un groupe de rock. Comme les Stones, ou, ou...

– De la musique de vieux croûtons », a dit Jess. Elle n'était pas désobligeante. Elle précisait juste les termes.

« Peu importe. Bon sang. Alors quelques semaines avant Noël, mon groupe a fini par se séparer pour de bon. Et peu après, ma nana s'est tirée. Elle était anglaise. C'est pour ça que je suis ici. »

Il y a eu un moment de silence.

« C'est tout ? a dit Jess.

– C'est tout.

– C'est pathétique. Maintenant, je comprends mieux pourquoi tu as inventé toute cette histoire de maladie. Tu préférerais mourir plutôt que ne pas être dans un groupe qui ressemble aux Rolling Stones ? Moi, je dirais le contraire. Plutôt mourir que d'être dans un groupe comme ça. Les gens les aiment encore en Amérique ? Ici, plus personne.

– C'est Mick Jagger, non, les Rolling Stones ? a demandé Maureen. Ils étaient assez bons, n'est-ce pas ? Ils ont bien réussi.

– Ouais, Mick Jagger n'est pas assis à bouffer des biscuits fourrés rances comme JJ.

– Ils étaient encore frais juste avant Noël, a dit Maureen, je n'ai peut-être pas bien refermé le couvercle de la boîte. »

J'ai commencé à avoir l'impression qu'on s'écartait un peu du sujet.

« Le rapport avec les Stones... Ce n'est pas vraiment important. C'était uniquement une illustration. Je voulais juste parler... des chansons, des guitares, de l'énergie.

– Il a dans les quatre-vingts balais, a dit Jess. Il n'a plus l'énergie.

– Je les ai vus en 90, a dit Martin. Le soir où l'Angleterre a perdu la Coupe du monde contre l'Allemagne par des tirs au but. Un type de Guinness avait emmené tout un groupe de chez nous au concert, et nous avons passé presque toute la soirée l'oreille collée au poste de radio. En tout cas, il avait beaucoup d'énergie, à l'époque.

– A ce moment-là, il n'avait que soixante-dix balais, a fait remarquer Jess.

– Putain ! Mais tu vas la boucler ? Pardon, Maureen. » (A partir de maintenant, partez du principe que chaque fois que je parle, je dis « putain », « bordel » ou « putain de bordel » et « pardon, Maureen », OK.) « J'essaye de vous raconter ma vie.

– Personne ne t'en empêche, a répliqué Jess. Mais tu pourrais rendre le truc un peu plus intéressant. Sinon on s'égare et on se retrouve à parler de biscuits.

– OK. D'accord. Maintenant je n'ai plus rien. Je n'ai aucune qualification. Je n'ai pas le bac. Je n'avais que mon groupe, et il n'existe plus ; je n'en ai pas tiré un centime et tout ce qui m'attend, c'est une vie entière à faire cuire des hamburgers.

– Ah ! a fait Jess.

– Et j'ai peur d'en crever.

– Travailler n'a jamais tué personne, a dit Maureen.

– Je n'ai pas peur de travailler, mais quand on était en tournée et qu'on enregistrait... C'était vraiment moi, et maintenant je me sens vide, frustré, et, et... Vous comprenez quand vous savez que vous êtes bon, vous vous dites que ça suffira, que vous y arriverez, mais quand rien ne marche... Vous faites quoi de toute cette énergie, de tout cet espoir ? Vous les mettez où, hein ? Il y a pas de dérivatif, cela ne va nulle part, et... et c'était... C'était plus fort que moi, mec, même quand les choses allaient plutôt bien, si je n'étais pas sur scène ou en enregistrement à chaque minute de la journée, j'avais l'impression que j'allais exploser, c'était une nécessité vous comprenez ? Maintenant, je n'ai plus d'endroit pour canaliser toute cette énergie. Une de nos chansons... (j'ignore complètement pourquoi je suis parti là-dessus), une de nos chansons, c'était un truc un peu façon Motown qui s'intitulait « I Got Your Back », qu'Eddie et moi on avait composée ensemble, *vraiment* ensemble, ce qui n'était pas le cas habituellement. C'était comme un hommage à notre amitié, comme quoi elle remontait à un bail. Enfin, bref, elle était sur notre premier album, elle durait dans les deux minutes trente, et personne ne l'a vraiment remarquée, je veux dire, les gens qui ont acheté l'album ne l'ont même pas repérée. Mais on s'est mis à la jouer sur scène, et elle a commencé à durer plus longtemps ; Eddie s'est lancé dans un chouette solo de guitare. Pas vraiment un solo de guitare rock. Plutôt quelque chose du genre Curtis Mayfield ou Ernie Isley. Et parfois, quand on jouait près de Chicago et qu'on tapait le bœuf sur scène avec des amis, il pouvait y avoir un solo de saxo, ou de piano, un solo de *pedal steel* même, et au bout d'un an ou deux, ce titre était devenu le *clou du spectacle*, il durait dans les dix, douze minutes. On commençait par ce morceau ou on terminait le concert avec, ou alors on le plaçait au milieu de notre set si on donnait un long concert, et pour moi, c'était devenu le putain de son de la joie pure – pardon, Maureen. La joie pure. La même sensation que le surf ou n'importe quel trip naturel. Tu glissais sur les accords comme sur des vagues. Cette sensation, il m'est arrivé de l'éprouver jusqu'à cent fois dans l'année, et il y a peu de gens qui éprouvent ce genre de chose, ne serait-ce qu'une fois dans leur vie. Et c'est à ça qu'il a fallu que je renonce, mec, la possibilité de créer cette sensation régulièrement, chaque fois que j'en avais envie, parce qu'elle faisait partie de ma journée de travail, et... Vous savez, en y repensant, je comprends mieux pourquoi j'ai inventé cette connerie, pardon, Maureen, comme quoi j'étais en train de crever d'une putain de maladie, encore pardon. Parce que c'est exactement ce que je ressens. Je suis en train de crever d'une maladie qui pompe tout votre sang, toute votre sève, tout ce qui fait qu'on se sent vivant, et...

– Ouais, et ? a coupé Martin. On dirait que tu as oublié de dire pourquoi tu as voulu te suicider.

– Je viens de le dire. A cause de cette maladie qui pompe tout le sang.

– Mais on a tous connu cela un jour ou l'autre, a dit Martin. Ça s'appelle "vieillir". Moi, je l'ai découvert avant même d'aller en prison. Avant même de coucher avec cette gamine. C'est d'ailleurs probablement pour cette raison que j'ai couché avec elle, maintenant que j'y pense.

– Non. J'ai pigé, a dit Jess.

– Ah ouais ?

– Ben oui, j'ai pigé. Tu es foutu. (Elle a adressé à Maureen un geste d'excuse, comme les joueurs de tennis quand la balle s'accroche au filet et retombe du bon côté.) Tu pensais que tu allais devenir quelqu'un, et maintenant, c'est évident, tu n'es personne. Tu n'as pas autant de talent que tu le croyais, et tu n'as pas de plan de rechange, tu ne sais rien faire d'autre, tu n'as pas de diplôme, tu as devant toi quarante ou cinquante ans de vide total. Vraiment total. C'est assez lourd. Pire que ce truc au cerveau, ce que tu as maintenant va mettre plus de temps à te tuer. Tu as le choix entre une lente et douloureuse agonie ou le soulagement d'une mort rapide. »

Elle a haussé les épaules.

Elle avait raison. Elle avait pigé.

MAUREEN

Personne n'aurait rien remarqué si Jess n'était pas allée aux toilettes. Mais on ne peut tout de même pas empêcher les gens d'aller aux toilettes, n'est-ce pas ? J'étais verte. Jamais je n'aurais pensé qu'elle irait se mêler de ce qui ne la regardait pas.

Elle est revenue avec un sourire jusqu'aux oreilles, la petite peste, et un poster dans chaque main.

D'un côté celui de la fille, de l'autre celui du type noir, le footballeur.

« Alors, c'est à qui, ça ? » a-t-elle demandé.

Je me suis relevée et je lui ai crié : « Remets-les à leur place. Ils ne sont pas à toi.

– Je n'aurais jamais cru cela de vous, a-t-elle poursuivi. Réfléchissons un peu. Vous êtes une gouine qui aime les Blacks à grosses cuisses. Plus pervers, c'est difficile. Vous cachez bien votre jeu. »

C'est typique de Jess, me suis-je dit. Il faut toujours qu'elle imagine le pire.

« Est-ce que vous savez au moins qui sont ces gens ? » a-t-elle demandé.

Ce sont les posters de Matty, pas les miens. Il ne sait pas qu'ils lui appartiennent, évidemment, mais ce sont les siens ; je les ai choisis pour lui. Je savais que la fille s'appelait Buffy, parce que c'est marqué sur l'affiche, mais je ne savais pas vraiment qui était Buffy ; je m'étais juste dit que ce serait bien pour Matty d'avoir une jolie jeune femme chez lui, parce qu'il a l'âge, maintenant. Et je savais que le Noir jouait à Arsenal, mais j'ai seulement retenu son prénom, Paddy. J'ai suivi le conseil de John, à l'église, qui se rend chaque semaine à Highbury. Il m'a dit que tout le monde adorait Paddy, alors je lui ai demandé de me rapporter une photo pour mon garçon la prochaine fois qu'il irait à un match. C'est un type sympathique, John, il a acheté une grande photo de Paddy prise juste après un but marqué, il n'a même pas voulu que je le rembourse, mais ensuite les choses sont devenues un peu bizarres. Allez savoir pourquoi, il avait décidé que mon garçon devait avoir entre dix et douze ans, et il avait promis de l'emmener à un match. Parfois, les dimanches matin, quand Arsenal avait perdu le samedi, il me demandait si Matty ne le prenait pas trop mal, et quand il gagnait un match important, il disait : Je parie que votre petit gars est content, etc. Et puis un beau jour, c'était un vendredi matin, je revenais des courses ; je poussais Matty en chaise roulante, et nous sommes tombés sur lui. J'aurais pu me taire, mais parfois il faut reconnaître les choses telles qu'elles sont, vis-à-vis de soi-même et des autres : *Voici Matty. C'est mon garçon*, ai-je dit, et John n'a plus jamais mentionné Arsenal. Cela ne me manque pas, le dimanche matin. Il y a beaucoup de bonnes raisons de perdre la foi.

J'ai choisi les posters comme j'ai choisi les autres choses que Jess a probablement découvertes en farfouillant : les cassettes, les livres, les chaussures de football, les jeux pour ordinateurs et les vidéos. Les journaux intimes et les carnets d'adresses à la mode. (Des carnets d'adresses ! Doux Jésus ! Parmi tout ce bric-à-brac, c'était sans doute ce qui en disait le plus long. Une cassette, je pouvais toujours la lui mettre, en espérant qu'il l'écouterait. Mais comment remplir un carnet d'adresses ? Même moi, je n'en ai pas.) Les stylos fantaisie, l'appareil photo et le baladeur. Beaucoup de montres. Il y a là toute une vie adolescente en souffrance.

Tout a commencé il y a des années, quand j'ai décidé de décorer sa chambre à coucher. Il avait huit ans, et il dormait encore dans sa chambre de bébé – des clowns au rideau, des petits lapins sur la frise au mur, tout ce que j'avais choisi pour lui quand je l'attendais et que je ne savais pas encore. Le papier se décollait, c'était vraiment moche, et je n'avais touché à rien parce que ça me rappelait trop qu'il ne lui arrivait jamais rien, qu'il ne grandissait pas. Par quoi allais-je remplacer les petits lapins ? Il avait huit ans, des trains, des vaisseaux spatiaux, des footballeurs même, voilà ce qui lui conviendrait – mais bien sûr il ignorait ce qu'étaient ces choses, ce qu'elles signifiaient, ce qu'elles faisaient. D'un autre côté, il ignorait aussi ce qu'étaient les lapins ou les clowns. Alors que devais-je faire ? Continuer à faire semblant, évidemment. La seule chose que je pouvais accomplir sans tricher consistait à peindre les murs en blanc, et trouver des rideaux tout simples. Ce serait une façon de dire à tout le monde, lui et moi y compris, que je savais que c'était un légume, que son existence était végétative, et que je n'essayais pas de le dissimuler. Mais alors, où s'arrêter ? Est-ce que cela veut dire qu'on ne peut jamais lui acheter un tee-shirt avec un slogan dessus, ou une photo, parce qu'il ne lira jamais et ne saisira jamais le sens d'une image ? Qui sait d'ailleurs s'il arrive seulement à distinguer les couleurs et les motifs ? Et il va sans dire qu'il est ridicule de lui parler, de lui sourire et de l'embrasser sur la tête. Puisque je ne peux que faire semblant, alors autant le faire correctement.

En définitive, j'ai opté pour les trains sur les rideaux et le héros de *La Guerre des étoiles* sur l'abat-jour. Je me suis mise à acheter des bandes dessinées de temps en temps, juste pour voir ce qu'un garçon de son âge lirait et aurait en tête. Et comme on regardait ensemble la télé le samedi matin, je me suis renseignée sur les chanteurs pop qu'il pourrait aimer, et parfois sur les émissions qu'il aurait regardées. J'ai déjà dit que l'une des pires choses était de ne jamais aller de l'avant ; faire semblant d'aller de l'avant ne change rien. Mais cela aide. Sans cela, que reste-t-il ? Au bout du compte, si étrange que cela puisse paraître, le fait de penser à ces choses m'a aidée à voir Matty. Je suppose que c'est ainsi qu'ils procèdent quand ils cherchent un nouveau personnage pour la série *Eastenders* : ils doivent se dire, bon, qu'est-ce qu'il aime ? Qu'est-ce qu'il écoute, qui sont ses amis, quelle est son équipe de foot préférée ? C'est ce que j'ai fait : je me suis inventé un fils. Il est supporter d'Arsenal, il aime la pêche, bien qu'il n'ait pas encore de canne à pêche. Il aime la pop music, mais pas le genre où les gens chantent à moitié nus en disant plein de gros mots. Parfois, mais c'est rare, les gens me demandent ce qu'il veut pour son anniversaire ou pour

Noël. Alors je réponds, et ils se gardent bien de paraître étonnés. La plupart des membres éloignés de la famille ne l'ont jamais rencontré, et n'ont jamais demandé à le connaître. Tout ce qu'ils savent de lui, c'est qu'il n'a pas toute sa tête, ou qu'il y a quelque chose qui cloche. Ils ne tiennent pas à en savoir davantage, si bien qu'ils ne s'exclament jamais : Tiens, il va à la pêche ? Ou, dans le cas de mon oncle Michael : Ah ! il sait nager sous l'eau et regarder sa montre quand il est tout au fond ? Ils sont bien contents que je leur dise ce qu'il faut acheter. Peu à peu Matty a envahi tout l'appartement. Vous savez comment sont les enfants. Ils en mettent partout.

« Aucune importance, ai-je répondu à Jess. Ça appartient à Matty.

– Ah ! c'est un supporter de...

– Fais ce qu'on te dit, remets-les à leur place, a dit Martin. Sinon tu sors. Tu ne trouves pas que tu as été assez garce comme ça ? »

Un jour, ai-je pensé, je saurai dire cela toute seule.

MARTIN

Personne n'a plus fait allusion aux posters de Matty ce jour-là. Nous étions tous curieux, bien entendu, mais Jess avait fait en sorte que JJ et moi ne puissions plus exprimer notre curiosité : elle se débrouillait toujours pour que l'on se retrouve soit de son côté soit contre elle, or sur cette question, comme sur tant d'autres d'ailleurs, nous étions contre elle – ce qui nous obligeait à garder le silence. Mais comme nous étions contrariés d'être obligés de la boucler, nous sommes devenus agressifs en lui posant toutes sortes de questions avec virulence.

« Tu ne supportes pas ton père, hein ? ai-je commencé.

– Non, bien sûr que non. C'est un branleur.
– Mais tu habites avec lui ?
– Et alors ?
– Comment tu peux supporter ça, mec ? a continué JJ.
– Je n'ai pas les moyens de déménager. En plus, ils ont une femme de ménage, le câble, l'ADSL et tout ça.
– Ah ! Etre jeune, idéaliste et bardé de principes ! me suis-je exclamé. Antimondialiste et pro-femme de ménage, hein ?
– Ouais, c'est ça, je vais me faire sermonner par deux nazes. Et puis, ce n'est pas tout. Il y a l'histoire de Jen. Ils se font du souci. »
Ah ! oui. L'histoire de Jen. JJ et moi avons été momentanément refroidis. Prise sous un certain angle, la conversation pouvait se résumer ainsi : un type ayant récemment été emprisonné pour avoir couché avec une mineure, et un autre ayant inventé une maladie mortelle pour gagner du temps, s'éviter des ennuis et ne pas perdre la face, s'en prenaient à une adolescente en deuil qui ne voulait pas laisser seuls ses parents en deuil. J'ai noté pour plus tard qu'il faudrait que je songe à présenter la chose sous un autre angle.
« Nous avons été navrés d'apprendre ce qui était arrivé à ta sœur, a dit Maureen.
– Ouais, bon, ça ne date pas d'hier, non plus.
– On a quand même été désolés », a dit JJ sur un ton las. Laisser à Jess l'avantage moral signifiait tout simplement qu'elle allait pouvoir nous bassiner jusqu'à ce qu'on l'envoie paître à nouveau.
« Je suis habituée, maintenant.
– Vraiment ? me suis-je étonné.
– Dans un certain sens, oui.
– Ça doit faire drôle.
– Un peu.
– Tu n'es pas tout le temps en train d'y penser ? a demandé JJ.
– On ne pourrait pas parler de ce dont on était censés parler ?
– C'est-à-dire ?
– De ce que l'on va faire. Des journaux, et tout ça.

– Sommes-nous obligés de faire quelque chose ?

– Je crois que oui, a dit JJ.

– Vous savez, ils nous auront vite oubliés, ai-je dit. C'est juste parce qu'il ne se passe putain de rien – pardon, Maureen – en début d'année.

– Et si l'on n'avait pas envie qu'ils nous oublient ? a dit Jess.

– Je ne comprends pas.

– On pourrait ramasser un peu de fric. Et puis ça nous occuperait.

– *Qu'est-ce* qui nous occuperait ?

– Je ne sais pas. Je me dis juste... J'ai le sentiment qu'on est différents. Que les gens nous aimeraient bien, qu'ils s'intéresseraient à nous.

– Tu es dingue.

– Ouais. Exactement. C'est pour cette raison qu'ils s'intéresseraient à moi. Je pourrais même en rajouter un peu, si vous voulez.

– Je suis sûr que ce ne sera pas nécessaire, me suis-je empressé de répondre pour nous trois, et en fait au nom de la population entière de la Grande-Bretagne. Tu es très bien comme ça. »

Jess a souri, surprise par le compliment qu'elle n'avait pas sollicité. « Merci, Martin. Vous aussi. Et vous – ils voudront savoir comment vous avez foutu votre vie en l'air avec la gamine. Et toi, JJ, ils vont vouloir en savoir plus sur les pizzas et tout ça. Et Maureen pourra raconter à tout le monde à quel point c'est difficile de vivre avec Matty. Voyez, on serait comme des superhéros, genre les X-Men. On a tous un superpouvoir secret.

– Ben, voyons, s'est moqué JJ. Moi, j'ai le superpouvoir de livrer des pizzas. Et Maureen a le superpouvoir d'un fils handicapé.

– Bon, d'accord, superpouvoir n'est pas le bon terme. Mais voyez ce que je veux dire, on a tous. Un *truc*.

– Bien sûr. "Truc", *le mot juste*[1], comme toujours. »

Jess s'est renfrognée, mais elle était trop emballée par son idée pour m'adresser l'insulte qu'exigeait et méritait

1. En français dans le texte. *(N.d.T.)*

à ses yeux ma connaissance d'une expression étrangère. « Et on pourrait dire qu'on n'a pas encore décidé si on allait se foutre en l'air ou pas – ça, ils adoreraient.

– Et si on vendait les droits télé de la Saint-Valentin... Ils pourraient peut-être en faire une émission style *Loft Story*. Les gens pourraient voter pour la personne qu'ils voudraient voir sauter », a répliqué JJ.

Jess a paru sceptique. « Je ne suis pas sûre, a-t-elle dit. Mais vous connaissez les journaux et tout ça, Martin. On pourrait se faire de l'argent non ?

– Est-ce qu'il a pu t'effleurer l'esprit que j'ai bien assez de problèmes comme ça avec les journaux ?

– Ah ! il n'y en a vraiment que pour vous, hein ? a dit Jess. Et s'il y a moyen pour nous de rafler quelques billets ?

– Mais c'est quoi, l'histoire ? a demandé JJ. Il n'y a pas d'histoire. On est montés, on est redescendus, point final. Ça ne doit pas manquer, des histoires de ce genre.

– J'y ai réfléchi. Et si l'on avait vu quelque chose ? a dit Jess.

– Quoi par exemple ?

– Et si on avait vu un ange ?

– Un ange, a répété JJ d'une voix plate.

– Ouais.

– Je n'ai pas vu d'ange, a dit Maureen. Quand as-tu vu un ange ?

– Personne n'a vu d'ange, ai-je expliqué. Jess propose que nous inventions une expérience spirituelle pour en tirer des bénéfices financiers.

– C'est horrible, a affirmé Maureen, sans doute parce que c'était le type de réaction que l'on pouvait attendre de sa part.

– Ce n'est pas vraiment une *invention*, a protesté Jess.

– Ah ! bon ? Et dans quelle mesure avons-nous effectivement vu un ange ?

– Comment ça s'appelle, dans les poèmes ?

– Je te demande pardon ?

– Vous savez, en poésie. Et en littérature. Des fois, on dit qu'une chose est *comme* une autre chose, et des fois on dit qu'une chose *est* autre chose. Vous savez, mon amour est comme une putain de saleté de rose, quelque chose dans le genre.

– Comparaisons et métaphores.

– Ouais. Exactement. C'est Shakespeare qui les a inventées, non ? C'est pour ça que c'était un génie.

– Non.

– Alors c'était qui ?

– Laisse tomber.

– Mais alors pourquoi Shakespeare était-il un génie ?

– Une autre fois.

– OK. Bon alors, c'est lequel, quand tu dis que quelque chose *est* autre chose, genre « t'es une bite » même si en fait tu n'es pas vraiment une bite. Un pénis, quoi. Evidemment. »

Maureen était au bord des larmes.

« Jess, nom de Dieu ! ai-je dit.

– Désolée. Désolée. Je ne savais pas si les règles sur les gros mots s'appliquaient aussi dans une discussion sur la grammaire.

– Si. Les règles sont identiques.

– D'accord. Pardon, Maureen. OK. Alors, "tu es un porc", alors que tu n'es pas un porc.

– C'est une métaphore.

– Voilà ! On n'a pas vu littéralement un ange. On l'a vu au sens métaphorique.

– On a vu un ange au sens métaphorique », a répété JJ. (Il arrivait maintenant à adopter à la commande un ton d'incrédulité désabusée.)

« Ouais. Ouais. Je veux dire. On a eu un déclic. Quelque chose nous a sauvé la vie. Pourquoi pas un ange ?

– Parce qu'il n'y en avait pas.

– D'accord, on n'en a pas vu. Mais n'importe qui peut être un ange. N'importe quelle fille, en tout cas. Moi, ou même Maureen.

– N'importe quelle fille pourrait être un ange. » (JJ, de nouveau.)

« Ouais, puisque les anges, c'est forcément des filles.

– As-tu déjà entendu parler de l'ange Gabriel, par exemple ?

– Non.

– Ma foi, il – *il* – était un ange.
– Ah ! ouais ? »
Allez savoir pourquoi, j'ai soudain perdu patience.
« Qu'est-ce que c'est que ces bêtises ? Jess, est-ce que tu t'*entends*, des fois ?
– Qu'est-ce que j'ai dit, encore ?
– Nous n'avons pas vu d'ange. Ni littéralement ni métaphoriquement. Et, soit dit en passant, voir quelque chose au sens métaphorique si cela signifie quelque chose, ce n'est pas la même chose que voir quelque chose. De tes yeux. Et pourtant, si je te suis bien, c'est ce que tu suggères que nous disions. Ce n'est pas enjoliver. C'est raconter des conneries, pardon, Maureen. Franchement, je t'engage à garder cette idée pour toi. A ta place, je ne parlerais d'ange à personne. Pas même à la presse nationale.
– Mais supposons qu'on passe à la télé et qu'on ait l'occasion, je ne sais pas, de diffuser notre message. »
On l'a tous dévisagée.
« Bon sang de bonsoir, mais c'est quoi, notre message ?
– Eh ! ben. À nous de décider, non ? »
Comment voulez-vous argumenter avec un esprit comme celui-ci ? Aucun de nous n'avait la réponse alors nous nous sommes contentés de la ridiculiser avec nos sarcasmes, et l'après-midi s'est achevé sur un accord non formulé, selon lequel, dans la mesure ou les trois quarts d'entre nous n'avaient guère apprécié notre bref instant d'exposition médiatique, nous allions faire en sorte que l'intérêt actuel pour notre santé mentale se dissipe avant de disparaître complètement. Néanmoins, quelques heures après mon retour à la maison, je recevais un coup de fil de Theo me demandant pourquoi je ne lui avais pas dit que j'avais vu un ange.

JESS

Ça ne leur a pas plu. Martin, surtout, a mal réagi. Il est devenu fou furieux. Il m'a appelée à la maison et a piqué sa crise pendant une dizaine de minutes. Mais je savais que ça ne durerait pas, parce que c'est papa qui a décroché, et Martin ne lui a rien dit, à lui. S'il en avait touché deux mots à papa, alors là, toute l'histoire était fichue. Il fallait qu'on tienne le même discours tous les quatre ; tant qu'on disait la même chose, on pouvait prétendre avoir vu tout ce qu'on voulait. Vraiment, l'idée était trop bonne pour qu'on la laisse passer. Et ils le savaient, alors je me suis dit qu'ils finiraient bien par l'accepter – d'ailleurs, d'une certaine manière, c'est ce qui est arrivé. Pour moi, c'était l'occasion de tester vraiment la solidité du groupe. Le choix était simple : est-ce qu'ils étaient dans mon camp ou pas ? Franchement, s'ils avaient décidé que non, je ne vois pas trop ce qui serait resté entre nous. Cela en aurait dit trop long sur leur compte – et rien de très bon, j'aime autant te le dire.

J'avoue, j'ai agi un peu sournoisement. D'abord, j'ai demandé à JJ comment s'appelait la fille qui était passée le voir, le matin. Il m'a dit son nom et le journal pour lequel elle travaillait en bonus. Il a cru que je lui faisais juste la conversation, mais moi je savais que ça pourrait se révéler utile. Je suis rentrée à la maison et j'ai appelé le journal. J'ai dit que je ne voulais parler qu'à elle et à personne d'autre, et quand je me suis présentée, ils m'ont donné son numéro de portable.

Elle s'appelait Linda, et elle était vraiment sympathique. J'ai cru qu'elle allait trouver toute cette histoire un peu bizarre, mais elle a paru très intéressée, et vraiment encourageante. Le seul reproche que je lui ferais c'est qu'elle était trop encourageante pour une journaliste. Elle était trop crédule, elle me faisait trop confiance. Un bon journaliste, on s'attend à ce qu'il vous demande des preuves. Mais elle, j'aurais pu lui raconter n'importe quoi, elle aurait tout gobé. Entre nous, cela dénote un peu un manque de professionnalisme.

Elle n'arrêtait pas : à quoi ressemblait cet ange, Jess ? Elle a souvent répété Jess, pour montrer qu'on était amies.

J'avais préparé la question. Le truc idiot aurait été de dire qu'il – j'avais opté pour le masculin à cause de Gabriel – ressemblait à un ange comme ceux que l'on voit dans les églises, avec des ailes et tout. Ça lui aurait mis la puce à l'oreille.

Il n'était pas du tout comme vous imaginez, j'ai dit. Et Linda a fait : Comment, il n'avait pas d'ailes ni d'auréole, Jess ? Et elle a ri – genre : Quelle demeurée prétendrait avoir vu un ange avec des ailes et une auréole ? Ça m'a prouvé que j'avais pris la bonne décision. J'ai ri à mon tour en disant : Non, il avait l'air moderne, et elle a fait : Vraiment ?

(Je fais toujours ça quand je rapporte ce que quelqu'un a dit. Je dis toujours, genre, j'étais genre, et elle me fait, que je lui fais, et ainsi de suite. Mais quand la conversation dure un peu, c'est pénible, non ? Genre, je dis, genre, elle dit. Donc à partir de maintenant, je vais faire comme dans une pièce de théâtre, d'accord ? Je ne suis pas très calée avec les guillemets, mais des pièces, j'en ai lu à l'école.)

MOI : Ouais. Il était habillé moderne. Il aurait pu être dans un groupe musical.

LINDA : Un groupe ? Quel groupe ?

MOI : Je sais pas. Radiohead, vous voyez le genre ?

LINDA : Pourquoi Radiohead ?

(Tu ne pouvais rien dire sans qu'elle te pose une question. J'avais dit Radiohead parce qu'ils n'ont pas vraiment de look. C'est juste des mecs comme ça, c'est tout.)

MOI : Je ne sais pas. Ou Blur. Ou... Comment s'appelle ce gars ? Dans le film, là ? Pas celui qui est pas marié à Jennifer Lopez, l'autre. Ils ont remporté un oscar parce qu'il était bon en maths, pourtant il faisait juste le ménage. Le type blond. Matt quelque chose.

LINDA : L'ange ressemblait à Matt Damon ?

MOI : Ouais, je crois bien. Un peu.

LINDA : Donc. Un ange très beau qui ressemblait à Matt Damon.

MOI : Il n'est pas si beau que ça, Matt Demon. Mais, ouais.

LINDA : Et quand est-il apparu, cet ange ?

MOI : Quand ?

LINDA : Oui, quand. Je veux dire, vous étiez près de... de sauter ?

MOI : Oh ! tout près. Il est arrivé à la dernière minute.

LINDA : Whouah ! Donc vous étiez au bord ? Tous les quatre ?

MOI : Oui. On avait décidé qu'on allait sauter tous ensemble. Histoire de se tenir compagnie, si vous voulez. Donc on était là à se dire au revoir, tout ça. On s'apprêtait à y aller à la une, à la deux, à la trois, quand on a entendu une voix derrière nous.

LINDA : Vous avez dû avoir la peur de votre vie.

MOI : Oui.

LINDA : C'est un miracle que vous ne soyez pas tombés dans le vide.

MOI : Ouais.

LINDA : Donc, vous vous êtes tous retournés ?

MOI : Ouais. On s'est tous retournés, et il a dit...

LINDA : Excuse-moi, mais comment était-il habillé ?

MOI : Il avait juste une espèce de... Un costume ample, un machin dans ce genre. Un costume blanc. Assez chic, en fait. Apparemment, ça avait dû lui coûter cher.

LINDA : Un costume de créateur ?

MOI : Ouais.

LINDA : Une cravate ?

MOI : Non. Pas de cravate.

LINDA : Un ange relax.

MOI : Ouais. Décontracté chic, en tout cas.

LINDA : Et vous avez su immédiatement que ce n'était pas un humain ?

MOI : Oh oui !

LINDA : Comment ?

MOI : Il était complètement... flou. Comme s'il n'avait pas été bien réglé. Et puis on pouvait voir à travers. Pas son foie ou ces trucs-là. Mais les immeubles, de l'autre côté. En plus, il flottait.

ELLE : A quelle hauteur ?

MOI : Vraiment haut. La première fois que je l'ai vu, je me suis dit, ce type fait au moins cinq mètres. Mais quand j'ai baissé la tête pour regarder ses pieds, ils étaient à un mètre du sol.

ELLE : Donc il mesurait dans les douze pieds ?

MOI : A deux mètres du sol, donc.

ELLE : Alors il mesurait neuf pieds.

MOI : Trois mètres. Enfin bref.

ELLE : Donc il avait les pieds au-dessus de vos têtes.

MOI (*commençant à en avoir ras le bol de ses mesures, mais essayant de ne pas le montrer*) : Au début. Mais ensuite il a dû comprendre qu'il en avait fait un peu trop, et il est un peu redescendu. J'ai eu l'impression que ça faisait un moment qu'il n'avait pas flotté en l'air ; il semblait un peu rouillé.

(J'inventais au fur et à mesure. Vous, vous le savez déjà que je mentais, mais comme je l'avais appelée sans avoir vraiment réfléchi à la suite, je trouvais que je m'en sortais très bien. En tout cas, elle avait l'air d'apprécier.)

ELLE : Incroyable.

MOI : Oui, vraiment.

ELLE : Et alors, qu'a-t-il dit ?

MOI : Il a dit, ne sautez pas. D'une voix très calme. Très douce. Il avait une sorte de sagesse intérieure. On voyait bien que c'était un messager de Dieu.

ELLE : Il vous l'a dit ?

MOI : Pas en ces termes. Mais c'était évident.

ELLE : En raison de sa sagesse intérieure.

MOI : Ouais. Il avait l'attitude de celui qui avait rencontré Dieu personnellement. C'était superchouette.

ELLE : C'est tout ce qu'il a dit ?

MOI : Il a dit : Votre heure n'a pas encore sonné. Redescendez pour répandre cette parole de réconfort et de joie. Et dites-leur que la guerre est une bêtise. Ce que je crois personnellement.

(La dernière phrase, le « Ce que je crois personnellement », ne faisait pas partie du dialogue. Je vous donne juste une information supplémentaire pour que vous compreniez mieux quel genre de fille je suis.)

Elle : Avez-vous l'intention de répandre ce message ?

Moi : Sûr. C'est l'une des raisons qui rendent cette interview importante. S'il y a, parmi vos lecteurs, des chefs d'Etat, des généraux, des terroristes ou je ne sais quoi encore, il faut qu'ils sachent que Dieu n'est pas superheureux, en ce moment. Cet aspect des choses le rend même furax.

Elle : Ça ne manquera pas d'intéresser nos lecteurs, j'en suis certaine. Et vous l'avez tous vu ?

Moi : Ah oui ! On ne pouvait pas le louper.

Elle : Martin Sharp aussi l'a vu ?

Moi : Pour sûr... Plus qu'aucun d'entre nous.

(Je ne savais pas trop ce que ça voulait dire, mais je sentais bien que c'était important pour elle que Martin soit impliqué.)

Elle : Bon, et maintenant ?

Moi : Il va falloir qu'on réfléchisse à ce qu'on va faire.

Elle : Bien sûr. Allez-vous vous adresser à d'autres journaux ?

Moi : Oh oui ! Absolument.

J'étais assez contente de mon coup. J'ai réussi à lui soutirer cinq mille livres. Bon, il a quand même fallu que je lui promette qu'elle pourrait parler à tout le monde.

JJ

Au départ, on s'est dit que ce ne serait pas trop difficile. D'accord, aucun d'entre nous n'était emballé par cette idée d'ange, mais ça ne semblait pas mériter une brouille. On allait serrer les dents, dire qu'on avait vu un ange, empocher le fric, et tâcher d'oublier que cela avait eu lieu. Sauf que le lendemain, quand vous vous retrouvez face à une journaliste et que vous vous entendez confirmer à l'unisson, sans tiquer, que ce putain d'ange ressemblait à Matt Damon, la loyauté vous semble la plus stupide des vertus. Vous ne pouvez pas vous contenter de suivre le mouvement quand vous êtes censé avoir vu un ange. Vous ne pouvez pas juste dire : « Oui, oui, un ange, si, si. » Voir un ange, ce n'est pas anodin, et il faut se comporter en conséquence, être excité, prendre un air illuminé, demeurer bouche bée. Or c'est dur d'être bouche bée quand on serre les dents. Maureen était peut-être la seule qui aurait pu se montrer convaincante, parce qu'elle croyait en ces machins, enfin si on veut. Mais justement parce qu'elle y croyait, c'est elle qui était le plus mal à l'aise avec les mensonges. « Maureen », a dit Jess d'un ton lent et patient, comme si Maureen faisait un simple caprice au lieu de craindre pour l'immortalité de son âme. « C'est pour empocher *cinq mille livres.* »

Le journal s'est arrangé pour qu'un employé du centre de soins vienne garder Matty, et on a retrouvé Linda dans le café où l'on avait pris notre petit déjeuner, le matin du premier de l'an. On s'est fait prendre en photo – surtout des photos de groupe, mais ensuite ils nous ont fait sortir et nous ont pris montrant le ciel du doigt, bouches bées d'étonnement. Finalement, ils ne s'en sont pas servis, sans doute parce que certains en faisaient un peu trop, et qu'une autre refusait totalement de jouer le jeu. Après la séance photos, Linda nous a posé ses questions.

Elle avait Martin dans le collimateur – c'était lui le gros poisson. Si elle arrivait à lui faire avouer qu'un ange l'avait empêché de se suicider – autrement dit si elle arrivait à lui faire cracher : « JE SUIS FOU – C'EST OFFICIEL » – elle aurait droit à la une de son journal. Martin le savait, lui aussi, si bien que sa prestation a été héroïque, si on peut utiliser ce mot pour une ordure d'animateur de *talk-shows* qui ne risque pas d'accomplir réellement le moindre geste d'héroïsme. En l'écoutant expliquer à Linda qu'il avait vu un ange, j'ai pensé à l'acteur Sidney Carton dans *Le Conte des deux villes* qui sacrifie sa tête pour que son pote ait la vie sauve : Martin arborait l'expression du type qui monte à l'échafaud pour défendre une cause supérieure. Sauf que Sidney avait découvert sa noblesse d'âme, et donc était empreint d'une certaine grandeur, tandis que Martin avait juste l'air du type qui en a ras le bol.

Au début, c'est Jess qui parlait, et puis Linda en a eu assez, et elle s'est adressée directement à Martin.

« Donc quand cette silhouette a commencé à planer... Planer ? C'est bien cela ?

– Planer, a confirmé Jess. Comme j'ai dit, au début il planait trop haut parce qu'il manquait d'entraînement, mais ensuite il a trouvé la bonne hauteur. »

Martin a tressailli comme si le fait que l'ange refuse de poser le pied au sol rendait d'une certaine manière les choses encore plus embarrassantes pour lui.

« Donc quand l'ange était en train de planer devant vous, Martin, à quoi avez-vous pensé ?

– Pensé ? a répété Martin.

– Impossible de penser, hein ? a fait Jess. On était trop abasourdis.

– Exact, a approuvé Martin.

– Mais vous avez bien dû vous dire quelque chose, a insisté Linda. Même si c'était juste un : Bon sang, je me demande si je pourrais le faire venir à *De bon matin avec Penny et Martin.* » Elle a ri pour l'encourager.

« En fait, a dit Martin. Cela fait maintenant un certain temps que je ne présente plus cette émission, comme vous le savez sans doute. Cela aurait donc été une perte de temps que de lui poser la question.

– Mais vous avez une émission sur le câble.

– Oui.

– Il aurait pu y passer. » (Nouveau gloussement d'encouragement.)

« Nous invitons essentiellement des personnalités du show business. Comiques, vedettes de feuilletons... Un sportif, de temps en temps.

– Vous voulez me faire croire que vous ne l'auriez pas invité à votre émission ? » (C'était trop tentant, Linda refusait de lâcher le morceau.)

« Je ne sais pas.

– Vous ne savez pas ? a-t-elle relevé avec un brin de condescendance. Enfin, ce n'est pas David Letterman, votre émission. Les gens ne se bousculent pas au portillon pour passer chez vous.

– Nous n'avons pas à nous plaindre. »

Je n'ai pas pu m'empêcher de trouver qu'elle passait à côté de l'essentiel. Un ange – peut-être un émissaire du Seigneur Lui-même, qui sait ? – s'était manifesté à Archway au sommet d'un immeuble pour empêcher un suicide collectif, et elle s'obstinait à vouloir savoir pourquoi il n'avait pas été invité à un *talk-show*. Je ne sais pas, mec. C'est le genre de thème qu'elle aurait pu aborder plus tard vers la fin de l'interview.

« Il aurait été le premier de vos invités dont on aurait déjà entendu parler.

– Parce que vous aviez déjà entendu parler de lui avant ? a demandé Martin. De cet ange en particulier ? L'ange qui ressemblait à Matt Damon ?

– J'ai déjà entendu parler d'*anges*, a-t-elle dit.

– Eh bien, je suis sûr que vous avez déjà entendu parler d'*actrices*, a répliqué Martin. Nous en avons également invité un certain nombre.

– On va où, là ? suis-je intervenu. Vous voulez vraiment écrire un article pour expliquer pourquoi l'ange Matt n'a pas été invité à l'émission de Martin ?

– C'est ainsi que vous l'appelez ? a-t-elle demandé. L'ange Matt ?

– Normalement on dit juste "l'ange", a corrigé Jess. Mais...

– Ça t'ennuierait de laisser Martin répondre à une ou deux questions ?

– Vous lui en avez déjà posé plein, a dit Jess. Maureen n'a pas dit un mot. JJ non plus.

– Martin est le plus connu, a dit Linda. Martin ? C'est ainsi que vous l'appelez ?

– On dit juste "l'ange" », a répondu Martin.

Même le soir où il avait essayé de se suicider, il avait l'air plus joyeux.

« Je peux vérifier quelque chose ? a demandé Linda. Vous l'avez vraiment vu, Martin, n'est-ce pas ? »

Martin s'est tortillé sur sa chaise. On voyait bien qu'il se creusait les méninges pour s'assurer qu'il ne restait pas une porte de sortie qu'il aurait ratée.

« Oh ! oui, a répondu Martin. Je l'ai vu, c'est sûr. Il était... Il était... très impressionnant. »

Et à partir de là, il est entré dans la cage que Linda lui avait ouverte. Le public était maintenant autorisé à le lapider en le traitant de tous les noms. Il n'aurait plus qu'à encaisser les coups comme un monstre de foire.

Mais nous étions tous devenus des monstres de foire. Quand les amis, la famille et les ex ouvriraient leur journal, le lendemain matin, ils aboutiraient forcément à l'une des deux seules conclusions possibles : 1) on avait tous perdu la boule, 2) on était les rois de l'arnaque. Bien sûr, théoriquement, il y avait une troisième conclusion possible : nous disions la vérité. Nous avions vu un ange qui ressemblait à Matt Damon et, pour des raisons qui lui étaient propres, il nous avait dit de redescendre du toit. Je dois avouer que je ne connaissais personne qui marcherait. A part peut-être ma grand-tante Ida qui habite en Alabama et manipule des serpents tous les dimanches matin à son église, mais elle, elle est dingo.

Et je ne sais pas, mec, mais j'ai eu l'impression qu'à partir de là, on allait avoir du mal à remonter la pente. Imaginez une carte où les boulots, les emprunts immobiliers, les relations amoureuses, enfin bref, tous ces trucs qui constituent une vie normale seraient situés à La Nouvelle-Orléans, eh bien, avec les énormités qu'on avait sorties, on s'était propulsés quelque part au nord de l'Alaska. Qui donc donnerait du travail à un type qui voit des anges ? A plus forte raison à un type qui prétend voir des anges, tout ça parce qu'il escompte en tirer quelques billets ? Non, on était rayés de la liste des gens sérieux. Notre sérieux, on l'avait vendu pour mille deux cent cinquante livres sterling, et pour autant que je sache, il allait falloir que ce pécule dure jusqu'à la fin de nos jours, à moins qu'on ne croise Dieu, Elvis ou Lady Di. Et encore, la prochaine fois, on avait intérêt à les voir pour de vrai, et à prendre des photos.

Il y a deux ans, le manager de REM est venu nous voir

et a proposé de nous représenter. On lui a répondu qu'on avait pas besoin de lui, qu'on était très bien comme ça. REM ! C'était il y a vingt-six mois ! On était assis dans ce bureau hyperluxueux et le type essayait de nous convaincre, vous imaginez ? Et je me retrouvais aujourd'hui avec des gens comme Maureen et Jess, à essayer de soutirer quelques misérables biftons à une journaliste qui mourait d'envie de nous les donner à condition qu'on soit prêts à se ridiculiser jusqu'au bout. Un truc que j'ai appris au cours de ces deux dernières années, c'est qu'en insistant bien, il n'y a rien qu'on ne puisse foirer.

Ma seule consolation, c'est que je n'avais ni ami ni famille ici ; personne ne savait qui j'étais, à part de rares fans, peut-être, et j'aime à penser qu'ils n'étaient pas du genre à lire le canard de Linda. Certains gars de la pizzeria pouvaient tomber sur un exemplaire par hasard, mais eux, ils auraient tout de suite flairé le plan thune et le désespoir. Quant à l'humiliation, ils s'en fichaient totalement.

Il ne restait plus que Lizzie ; et si elle voyait une photo de moi, l'air illuminé, tant pis.

Vous savez pourquoi elle m'a largué ? Parce qu'il était clair que je ne serais jamais une star de rock'n roll. Putain ! vous y croyez, vous ? Bien sûr que non, parce que c'est inconcevable, complètement incroyable. « Saloperie, ton nom est Femme. » Voilà où j'en étais de mes pensées, à ce moment-là, comme quoi, vous savez, ça ne lui ferait pas de mal de voir à quel point elle avait fichu ma vie en l'air. D'ailleurs, si je pouvais me rendre temporairement invisible, une des premières choses que je ferais, après avoir braqué une banque et être allé dans les douches des filles de la salle des sports et tous les machins habituels, serait de lui mettre le journal sous le nez et de la regarder lire.

Vous voyez, je ne savais rien de rien, à l'époque. Je croyais savoir des choses, mais je me trompais.

MAUREEN

Après l'interview avec Linda, je ne pensais pas pouvoir un jour retourner à l'église. J'y avais un peu réfléchi, la veille ; ça me manquait atrocement et je me demandais si Dieu se formaliserait vraiment si je m'asseyais tout au fond sans aller à confesse – je m'arrangerais pour filer avant la communion. Mais à partir du moment où j'avais dit à Linda que j'avais vu un ange, j'ai su que je ne pourrais plus y mettre les pieds, je ne pourrais plus jamais y retourner de mon vivant. Je ne savais pas exactement quel péché j'avais commis, mais j'étais certaine qu'inventer des anges relevait du péché mortel.

Je me disais encore qu'une fois les six semaines écoulées, je me suiciderais ; qu'est-ce qui aurait pu me faire changer d'avis ? Certes, j'étais plus occupée que je ne l'avais jamais été, entre les entretiens avec la presse et les réunions, et je suppose que cela m'a changé les idées. Mais toute cette précipitation ressemblait à de l'agitation de dernière minute, comme les derniers préparatifs avant de partir en vacances. Voilà qui j'étais à cette époque : une personne qui allait bientôt se tuer, dès qu'elle en trouverait le temps.

J'allais dire que j'ai vu la première petite lueur au bout du tunnel ce jour-là, lors de l'entretien avec Linda, mais cela ne s'est pas tout à fait passé ainsi. C'était un peu comme si j'avais déjà choisi ce que j'allais regarder à la télé, m'en réjouissais d'avance, puis remarquais qu'il y avait une émission plus intéressante sur une autre chaîne. Je ne sais pas pour vous, mais moi, dès qu'il faut choisir, cela ne se passe pas toujours comme prévu. Il m'arrive de finir par zapper entre deux chaînes, pour finalement ne regarder aucune des deux émissions correctement. J'ignore comment se débrouillent les gens qui ont le câble.

Ce qui s'est passé, c'est qu'après l'entretien, j'ai discuté avec JJ. Il rentrait chez lui, et moi j'allais prendre mon bus, et on a fini par faire le trajet ensemble. Je ne suis pas certaine qu'il en ait vraiment eu envie, parce que nous avions à peine échangé un mot depuis que j'avais giflé cet homme, le soir du réveillon, mais la situation était un peu gênante, vous comprenez, je marchais à cinq pas derrière lui, alors il s'est arrêté pour m'attendre.

« C'était assez dur, hein ? a-t-il dit, et j'ai été étonnée parce que je croyais avoir été la seule à avoir eu cette impression.

– Je déteste les mensonges », ai-je dit.

Il m'a regardée en riant, je me suis souvenue de ses propres mensonges.

« Je ne voulais pas vous blesser, ai-je corrigé. Moi aussi, j'ai menti. A propos de l'ange. Et j'ai menti à Matty aussi en lui faisant croire que j'allais à un réveillon. Et aussi au personnel du centre de soins.

– Dieu vous pardonnera, je crois. » On a continué un peu à marcher et puis, tout d'un coup, sans raison, il m'a demandé : « Qu'est-ce qui pourrait vous faire changer d'avis ?

– A... à quel sujet ?

– A propos de... vous savez. Vouloir en finir. »

Je n'ai pas su lui répondre.

« Imaginez que vous êtes en face de Dieu. Le Grand Homme est assis devant vous, à votre table. Et Il vous dit : OK, Maureen, on vous aime bien, mais on tient vraiment à ce que vous restiez à votre place, sur terre. Qu'est-ce qu'on peut faire pour vous convaincre ? Que pouvons-nous vous offrir ?

– Dieu me pose la question en personne ?

– Ouais.

– S'Il me le demandait personnellement, Il n'aurait pas à m'offrir quoi que ce soit.

– Vraiment ?

– Si Dieu, dans Son infinie sagesse, voulait que je reste sur terre, comment pourrais-je Lui réclamer quoi que ce soit ? »

JJ a ri. « OK, alors pas Dieu.

– Qui, alors ?

– Une espèce de... Je ne sais pas. Une sorte de président, comment dire, cosmique. Ou un Premier ministre. Tony Blair. Quelqu'un qui puisse faire ce que lui dit Tony Blair et lui réclamer quelque chose en échange.

– Peut-il guérir Matty ?

– Non. Il peut seulement *arranger* les choses.

– J'aimerais avoir des vacances.

– Bon Dieu. Vous n'êtes pas difficile. Vous choisiriez de rester en vie en échange d'une semaine en Floride ?

– J'aimerais aller à l'étranger. Je n'y suis jamais allée.

– Vous n'avez jamais quitté ce pays ? »

Il s'est étonné comme s'il y avait de quoi avoir honte. Et c'est vrai, pendant un moment, j'ai eu honte.

« A quand remontent vos dernières vacances ?

– Juste avant la naissance de Matty.

– Et il a quel âge ?

– Dix-neuf ans.

– OK. Bien, puisque je suis votre manager, je demanderai que le Grand Homme vous accorde des vacances une fois par an. Voire deux.

– Vous ne pouvez pas faire ça ! » J'étais vraiment scandalisée. Je me rends bien compte maintenant que j'avais pris ces paroles bien trop au sérieux, mais j'avais l'impression que c'était pour de vrai, et je trouvais que des vacances une fois par an, c'était trop.

« Faites-moi confiance, a dit JJ. Je connais le marché. Cosmic Tony ne bronchera pas. Bon allez, quoi d'autre ?

– Oh ! je ne peux rien demander de plus.

– Disons qu'il vous offre deux semaines de vacances par an. Attendre cinquante semaines chaque année, ça finit par faire long, vous savez ? D'autant que vous n'aurez pas d'autre rendez-vous avec Cosmic Tony. Vous n'avez qu'une seule chance. Tout ce que vous voulez, il faut le demander d'un coup.

– Un emploi.

– Vous voulez travailler ?

– Oui. Bien sûr.

– Dans quelle branche ?

– Peu importe. Vendeuse dans une boutique, peut-être. N'importe quoi pourvu que je sorte de chez moi. »

Je travaillais, avant la naissance de Matty. Dans une papeterie, à Tufnell Park. Cela me plaisait ; j'aimais bien tous les stylos différents, les formats de papier et d'enveloppes. J'aimais bien mon patron. Je n'ai pas retravaillé depuis.

« OK, continuez.

– Peut-être une vie sociale un peu plus riche. Ils organisent parfois des quizzes à l'église. Comme le quiz dans les pubs, sauf que cela n'a pas lieu dans un pub. J'aimerais bien essayer.

– Ouaip, d'accord pour le quiz. »

Je me suis efforcée de sourire, parce que je savais que JJ plaisantait, mais je trouvais cette conversation difficile. Je n'avais pas vraiment d'idées, et cela m'ennuyait. Cela me faisait même peur. Un peu comme si vous découvriez dans votre propre maison une porte que vous n'aviez encore jamais remarquée. Auriez-vous envie de savoir ce qui se trouve derrière ? Il y a des gens qui le voudraient, j'en suis certaine, mais moi, non. Je n'avais pas envie de continuer à parler de moi.

« Et toi ? ai-je demandé à JJ. Que dirais-tu à Cosmic Tony ?

– Oh ! je ne sais pas trop, mec. » Il dit « mec » à tout le monde, même quand vous n'êtes pas un homme. On s'y habitue. « Peut-être, je ne sais pas... revivre ces quinze dernières années, un truc dans le genre. Avoir mon bac. Oublier la musique. Etre content de mon sort, au lieu de passer mon temps à courir après autre chose, vous voyez ?

– Mais Cosmic Tony n'y peut rien.

– Non. C'est vrai.

– Alors en fait tu es moins bien loti que moi. Cosmic Tony peut agir pour moi, mais pas pour toi.

– Non, non, merde, je suis désolé, Maureen. Ce n'est pas ce que je voulais dire. Vous avez... Vous avez une vie vraiment dure, et ce n'est pas du tout votre faute. Alors que tout ce qui m'est arrivé, je l'ai bien cherché, avec ma bêtise et... Ce n'est pas comparable. Vraiment. Je suis désolé d'avoir abordé le sujet. »

Mais moi je n'étais pas du tout désolée. Je préférais nettement penser à Cosmic Tony plutôt qu'à Dieu.

MARTIN

UNE HARPE POUR SHARP : c'était le gros titre du journal de Linda – en première page, avec une photo de moi, le nez sur le trottoir devant une boîte de nuit. Contrairement à ce que Linda avait promis, l'article ne soulignait pas la beauté et le mystère de l'expérience que nous avions vécue sur le toit de l'immeuble ; la journaliste avait choisi un autre angle plus plaisant et divertissant, en l'occurrence, la soudaine démence d'une ancienne vedette de la télévision. Le journaliste que j'étais soupçonnait qu'elle avait parfaitement compris ce qui s'était passé.

« Qu'est-ce que ça veut dire ? m'a demandé Jess au téléphone ce matin-là.

– C'est une ancienne pub pour une bière, ai-je expliqué.

– Qu'est-ce que la bière vient faire là-dedans ?

– Rien. Le nom de la bière était Harp, et je m'appelle Sharp, tu comprends ?

– D'accord. Mais quel rapport avec les harpes ?

– Les anges jouent parfois de la harpe.

– Ah bon ? On aurait dû dire qu'il était harpiste alors, pour que ça passe mieux ? »

Je lui ai indiqué qu'à mon avis, il était fort peu probable qu'ajouter une harpe à l'ange Matt Damon, dont nous avions brossé un portrait complet, contribue à convaincre les gens de son authenticité.

« Bon, et de toute façon, comment se fait-il que l'article ne parle que de vous ? Putain, c'est tout juste si elle fait allusion à nous. »

J'ai reçu bien d'autres coups de fil, ce matin-là – dont un de Theo, qui a annoncé que l'article avait suscité beaucoup d'intérêt – il estimait que je lui apportais enfin des éléments qui pourraient lui fournir une base de travail à partir du moment où je serais à l'aise pour parler en public d'un épisode spirituel de ma vie qui était manifestement du ressort de la sphère privée. Et un autre de Penny qui souhaitait que nous nous retrouvions pour discuter ; et aussi de mes fillettes.

Depuis des semaines, on m'avait interdit de leur parler, mais l'instinct maternel de Cindy lui avait assurément soufflé que le jour où papa se répandait dans les journaux à propos des messagers de Dieu était le moment idéal pour renouer contact.

« Tu as vu un ange, papa ?

– Non.

– Maman dit que si.

– Eh bien, non.

– Pourquoi maman dit que tu en as vu un ?

– Tu ferais mieux de lui poser la question.

– Maman, pourquoi tu as dit que papa avait vu un ange ? »

J'ai attendu patiemment la fin de la courte discussion qui se tenait à l'écart du combiné.

« Elle dit qu'elle n'a pas dit ça. Elle dit que c'est écrit dans le journal.

– J'ai raconté une blague, ma chérie. Pour me faire un peu d'argent.

– Ah !

– Pour t'acheter un joli cadeau d'anniversaire.

– Ah ! Pourquoi gagnes-tu de l'argent en disant que tu as vu un ange ?

– Je te raconterai une autre fois.

– Ah ! »

Ensuite Cindy et moi avons discuté, mais pas très longtemps. Pendant notre brève conversation, j'ai réussi à faire référence à deux types d'animaux domestiques femelles.

Mon patron de « TéléRelax ! » a également appelé. Pour me dire que j'étais viré.

« Vous plaisantez.

– Malheureusement, non, Sharpy. Vous ne me laissez pas le choix.

– Qu'est-ce que j'ai fait, exactement ?

– Avez-vous lu le journal, ce matin ?

– Ça vous pose problème ?

– Vous passez un peu pour un zozo, franchement.

– Et la publicité pour la chaîne ?

– Entièrement négative, si vous voulez mon avis.

– Vous croyez vraiment qu'un peu de publicité, même négative ferait du mal à "TéléRelax !" ?

– Que voulez-vous dire ?

– Personne n'a jamais entendu parler de nous. De vous. »

Un long silence a suivi, au cours duquel on a pu entendre les rouages rouillés des méninges du vieux Declan se mettre en branle.

« Oh ! Je vois. Très astucieux. Je n'y avais pas pensé.

– Je ne vais pas me mettre à genoux, Dec. Mais ça me paraîtrait un peu pervers. Vous m'engagez alors que personne au monde ne daigne plus me donner l'heure. Et vous me virez au moment où ma cote remonte. Combien de vos présentateurs font la une des journaux, aujourd'hui ?

– Bien sûr, vous avez raison. Je comprends votre point de vue. Ce que vous voulez dire, si je vous suis bien, c'est qu'il n'y a pas de bonne ou mauvaise publicité pour une... chaîne de télé *qui se lance*, il n'y a que de la publicité.

– Je n'aurais jamais su exprimer cette idée avec autant d'élégance, Mais en gros c'est cela.

– D'accord. Vous m'avez convaincu, Sharpy. Qui recevons-nous cet après-midi ?

– Cet après-midi ?

– Oui. Nous sommes jeudi.

– Oh !

– Vous aviez oublié ?

– Un peu, oui.

– Alors nous n'avons pas d'invité ?

– Je pense pouvoir faire venir JJ, Maureen et Jess.

– De qui s'agit-il ?

– Des trois autres.

– Les trois autres quoi ?

– Vous avez lu l'article ?

– Seulement celui où vous racontiez avoir vu un ange.

– Ils étaient avec moi.

– Où ? Là-haut ?

– Toute cette histoire d'ange, Declan, vient du fait que

je voulais me suicider. Une fois là-haut, sur le toit, je me suis retrouvé avec trois autres personnes qui avaient toutes eu la même idée que moi et ensuite... Pour faire court, l'ange nous a dit de redescendre.

– Merde !

– Je ne vous le fais pas dire.

– Et vous pensez pouvoir inviter les trois autres ?

– J'en suis sûr.

– Nom de Dieu ! A votre avis, ils vont nous coûter combien ?

– Disons trois cents livres pour les trois ? Plus les frais. L'une d'entre eux est... Elle est mère célibataire. Il faudra faire garder le gamin.

– Allons-y. Hop. Rien à foutre des frais.

– Au poil, Dec.

– Cela me paraît une excellente idée. Cela me plaît. Le vieux Declan n'a pas dit son dernier mot !

– Absolument. Pour l'info, vous avez un sacré blair. Vous êtes le Tony de la Télévision Nouvelle. »

« Ce qu'il faut se dire, leur ai-je expliqué, c'est que personne ne regardera l'émission.

– C'est un vieux truc de pro, ça, non ? a rétorqué JJ en connaisseur.

– Non, croyez-moi. Vraiment personne ne regardera. Je n'ai jamais rencontré quelqu'un qui ait vu mon émission. »

Le quartier général mondial de « TéléRelax ! » – inévitablement désigné par le personnel sous l'hilarant sobriquet de « TéléGrosMax ! » – est une sorte de remise située à Hoxton. Il est composé d'une petite réception, de deux loges et d'un studio où les quatre émissions maison sont intégralement produites. Tous les matins, une certaine Candy-Ann vend des cosmétiques ; moi, je partage le jeudi après-midi avec un type du nom de D.J. Goodnews qui parle aux morts, habituellement de la part de la réceptionniste, du laveur de vitres, du chauffeur de taxi qui la ramène ensuite chez lui, et de quiconque se trouve dans les parages : « La lettre A signifie-t-elle quelque chose pour vous, Asif », etc. Les autres après-midi sont meublés par de vieilles cassettes de courses de lévriers made in

USA – on avait eu l'idée de proposer aux téléspectateurs de parier, mais cela ne s'était jamais fait. Pourtant, à mon humble avis, à partir du moment où l'on ne peut pas parier, les courses de lévriers – surtout si elles datent – perdent beaucoup de leur attrait. Le soir, deux femmes assises en sous-vêtements discutent de sous-vêtements, pendant que les téléspectateurs leur envoient des textos grivois qu'elles ignorent. Voilà, en gros, nous avons à peu près fait le tour. Declan, qui gère la chaîne, est mandaté par un mystérieux homme d'affaires asiatique. Et nous, les employés de « TéléRelax ! », supposons que d'une manière ou d'une autre, selon des modalités bien trop confuses et compliquées pour que nous puissions les déchiffrer, nous sommes impliqués dans le trafic de drogues dures et de pornographie infantile. Selon certaines rumeurs les lévriers de course envoient des messages codés à l'usage des trafiquants : si, par exemple, le chien du couloir extérieur l'emporte, le message est adressé au contact thaïlandais, et il doit envoyer deux kilos d'héroïne et quatre mômes de treize ans le lendemain matin à la première heure. Enfin quelque chose dans le genre.

Les invités de mon émission *Réduit en Sharpy* sont en général de vieux amis qui veulent m'aider, ou bien d'anciennes vedettes embarquées dans une galère semblable à la mienne – passées sous la ligne de flottaison et prenant salement l'eau. Certaines semaines, j'ai des « has been », et tout le monde s'emballe à fond, mais le plus souvent, ce sont plutôt des ex-« has been ». Candy-Ann, D.J Good-News et les deux dames en tenue légère ont déjà été invités à mon émission, plusieurs fois même, afin que les spectateurs apprennent à mieux les connaître. (*Réduit en Sharpy* dure deux heures ; le service publicité a beau faire de son mieux – assuré en l'occurrence par Karen, la réceptionniste –, il est rare que nous soyons interrompus par les messages de nos annonceurs. Le spectateur théorique a donc fort peu de chances de regretter que la discussion ait été trop brève.) Arriver à faire venir des invités de l'envergure de Maureen et de Jess constituait une sorte de gros coup médiatique : il est rare, en effet, que mes invités apparaissent sur mon plateau dans la même décennie qui a vu leur apparition dans les journaux.

J'étais alors assez fier de mon talent d'intervieweur. Je le suis toujours, bien sûr, mais à une époque où apparemment j'étais incapable de faire quoi que ce soit correctement, je m'accrochais à ma compétence en studio comme à une racine d'arbre fichée dans le flanc de la falaise. J'ai réussi, dans mon temps, à faire parler des acteurs ivres et larmoyants à huit heures du matin, et des footballeurs agressivement saouls à huit heures du soir. J'ai obligé des politiciens menteurs à faire des déclarations approchant la vérité, eu affaire à des mères que le chagrin rendait excessivement volubiles, et pas une seule fois je n'ai laissé les choses partir à vau-l'eau. Le canapé du studio d'enregistrement était ma salle de classe ; je n'y tolérais aucun écart. Même au cours de ces mois désespérés à « TéléRelax ! » où je m'adressais à des moins que rien et à des éternels zéros, à des gens n'ayant rien à dire et parfaitement incapables de l'exprimer, l'idée qu'il existait un secteur de ma vie où j'étais compétent me réconfortait. Donc, lorsque j'ai vu Jess et JJ saboter mon émission parce qu'ils avaient décrété qu'elle ne valait pas un clou, mon sens de l'humour m'a fait défaut, je le reconnais, et, je le regrette amèrement bien sûr ; j'aurais aimé trouver en moi les ressources pour me montrer moins pompeux, un peu plus détendu. Certes, je les invitais à parler d'une expérience inoubliable qu'ils n'avaient pas vécue en sachant pertinemment qu'ils ne l'avaient pas vécue. Et j'en conviens, ladite expérience inoubliable était grotesque dès le départ. Pourtant, malgré ces handicaps, j'avais espéré un plus haut niveau de professionnalisme.

Je ne tiens pas à noircir le trait ; pour conduire une interview télé, il ne faut pas être un as en sciences ; vous discutez hors antenne avec vos invités, vous vous entendez en gros sur la marche à suivre, vous leur rappelez leurs anecdotes hilarantes et, dans le cas présent, les faits avérés concernant les mensonges dont nous allions nous entretenir, tels que Jess les avait fournis lors de son interview originelle – c'est-à-dire que l'ange ressemblait à Matt Damon, qu'il flottait au-dessus de l'immeuble et qu'il arborait un costume ample de couleur blanche. Ne déconnez pas sur ces points, leur ai-je dit, sinon cela va être le carnage. Et donc que s'est-il passé ? Dès le début ? Je demande à JJ comment l'ange était habillé, et il me dit que l'ange portait un tee-shirt du film *L'Amour à tout prix* avec Sandra Bullock – film que, coup de chance, Jess avait vu à la télé, et qu'elle a pu raconter en long et en large.

« Si nous pouvions nous en tenir au sujet, ai-je dit. Beaucoup de gens ont vu *L'Amour à tout prix*. En revanche très peu ont déjà vu un ange.

– Allez vous faire foutre. Personne ne regarde. C'est vous qui l'avez dit.

– Ce n'était qu'un de mes vieux trucs de pro.

– On va avoir des ennuis, alors. Parce que je viens juste de dire "Allez vous faire foutre". Vous allez recevoir un paquet de plaintes.

– Je pense que nos téléspectateurs sont assez intelligents pour savoir que des expériences extrêmes produisent parfois des écarts de langage extrêmes.

– Bien. AllezvousfairefoutreAllezvousfairefoutreAllez vousfairefoutre. (Elle s'est excusée d'un geste auprès de Maureen, puis face à la caméra, auprès du bon peuple outragé de la Grande-Bretagne). En tout cas, regarder un film naze avec Sandra Bullock, ce n'est pas une expérience très extrême.

– Nous parlions de l'ange, pas de Sandra Bullock.

– Quel ange ? »

Et ainsi de suite jusqu'à ce que Declan débarque sur le plateau, accompagné de la dame aux cosmétiques, et nous fasse déguerpir. Nous nous sommes retrouvés dans la rue, et, en ce qui me concerne, sans emploi.

JESS

Quelqu'un devrait écrire une chanson qui s'intitulerait « Ils vous foutent en l'air, vos vieux ». Ça donnerait un truc du genre : « Ils vous foutent en l'air, vos vieux. Vous flippez à cause d'eux. » Parce que c'est vrai, quoi. Surtout mon père. Il n'aimerait pas que je le dise, mais sans moi et Jen, personne n'aurait jamais entendu parler de lui. Parce que, attention, il n'est pas non plus le grand patron de l'Education – le grand patron c'est le ministre. Qui a tout un tas de sous-titres, et mon père est ce que l'on appelle secrétaire d'Etat, ce qui me fait bien marrer, parce qu'il est plus près de la secrétaire que du chef d'Etat. Enfin bref, c'est une espèce de mauvais, un politicien looser, en fait. Ce ne serait pas grave en soi, si c'était parce ce qu'il l'avait ouvert sur l'Irak, par exemple, mais pas du tout ; il dit ce qu'on lui dit de dire, et cela ne le fait pas plus avancer.

Nous avons tous en général une corde qui nous lie à quelqu'un ; elle peut être courte ou longue. Mais on ne connaît jamais la longueur. Ce n'est pas nous qui décidons. La corde qui rattache Maureen à Matty mesure à peu près quinze centimètres, et lui bouffe la vie. La corde de Martin l'enchaîne à ses filles et, comme un chien stupide, il croit qu'elle n'existe pas. Il part en courant quelque part – pourchasser une gamine en boîte de nuit, en haut d'un immeuble, peu importe – et brusquement il est arrêté net, il s'étrangle, il ne comprend pas, et le lendemain, il recommence. Je crois que JJ est amarré à Eddie, le gars dont il n'arrête pas de parler, celui qui était dans le groupe avec lui.

Et moi je me rends compte que je suis liée à Jen, et pas à ma mère ou à mon vieux – pas à mon foyer où la corde devrait normalement être fixée. Jen croyait être attachée à eux, j'en suis sûre. Elle se sentait en sécurité uniquement parce qu'elle avait des parents. Alors elle a marché,

marché et continué à marcher jusqu'à tomber d'une falaise, ou se retrouver dans le désert, ou au Texas avec son mécano. Elle croyait qu'elle serait retenue par la corde, sauf qu'il n'y en avait pas. Elle l'avait appris à ses dépens. Maintenant, moi je suis amarrée à Jen, mais Jen n'est pas solide comme une maison. Elle flotte, elle tournoie dans le vide, personne ne sait où elle est ; d'une certaine façon, elle ne sert à rien.

Bref, je ne dois rien à maman ou papa. Maman le comprend très bien. Cela fait une paye qu'elle n'attend plus rien de moi. C'est toujours confus dans sa tête à cause de Jen, et elle déteste papa. Avec moi, elle a carrément renoncé, donc de ce côté-là c'est un peu la Berezina. Mais papa est persuadé qu'il a encore voix au chapitre, ce qui est risible. Exemple : il n'a pas arrêté de me montrer les articles où on le pressait de donner sa démission, étant donné l'état lamentable dans lequel se trouvait sa fille. Comme si c'était mes affaires. Et moi je lui ai dit : Et alors ? Vas-y, démissionne si tu veux ! Je m'en tape. C'est à un conseiller d'orientation qu'il devrait parler, pas à sa fille.

En tout cas, on n'y est pas restés longtemps, dans les journaux. On s'est refait du blé une fois dans un nouveau *talk-show* sur Channel 5. On avait l'intention de bien faire les choses mais la bonne femme qui nous interviewait m'a salement énervée, et je lui ai balancé qu'on avait tout inventé pour encaisser du fric. Alors elle nous a demandé de dégager, et tous ces pauvres vioques d'abrutis du public nous ont hués. Et voilà, plus personne n'a voulu nous adresser la parole. Fini le public à divertir. Il ne restait plus que nous à divertir. Ce qui n'a pas été trop dur – parce que j'avais plein d'idées sur la question.

Par exemple, c'est moi qui ai eu l'idée qu'on se réunisse régulièrement pour boire un café – soit chez Maureen, soit quelque part à Islington, si l'on pouvait trouver quelqu'un pour garder Matty. Cela nous était égal de dépenser un peu de l'argent en baby-sitting – si on peut appeler ça comme ça ; on a dit que c'était pour que Maureen souffle un peu. En fait, on n'avait pas envie d'aller tout le temps chez elle. C'est pas pour dire, mais un type comme Matty te casse vraiment l'ambiance.

Martin n'a pas aimé mon idée, évidemment. D'abord, il a voulu savoir ce que signifiait « régulièrement », parce qu'il n'avait pas envie de s'engager. Alors moi, je lui ai répondu : Ben voyons, pas d'enfants, pas de femme, pas de petite copine, pas de boulot, ce doit être dur de trouver le temps. Il a dit que ce n'était pas une question de temps, mais une question de choix, alors j'ai été obligée de lui rappeler qu'il avait donné son accord pour faire partie de la bande. Il m'a rétorqué : Et alors ? Moi, j'ai dit : Alors, à quoi cela rime de donner son accord ? Et il a dit : Cela ne rime à rien. Cela m'a fait rire parce que c'était plus ou moins ce que moi j'avais dit sur le toit là-haut, le soir du réveillon. Je lui ai fait : Euh, vous êtes bien plus âgé que moi, mon jeune esprit n'est pas encore complètement formé. Et il a continué : Ça, tu l'as dit !

Ensuite on n'a pas réussi à se mettre d'accord sur l'endroit. Moi, j'avais envie d'aller à Starbucks, parce que j'aime bien les « frappuccinos » et tout ça, mais JJ a dit que les grandes chaînes, ça ne le branchait pas trop. Martin avait lu dans un magazine « in » qu'il y avait un petit café snobinard entre Essex Road et Upper Street où ils faisaient pousser eux-mêmes leurs grains de café pendant que tu poireautais, enfin une histoire dans le genre. Donc pour lui faire plaisir, on s'est donné rendez-vous là-bas.

De toute façon, l'endroit venait juste de changer de nom et d'atmosphère. Le côté snobinard n'avait pas marché, si bien que c'était plus du tout snobinard. Avant il s'appelait « Tres Marias » (le nom d'un barrage au Brésil), mais le patron s'était dit que c'était un nom trompeur, parce que les clients ne voyaient pas trop le rapport entre une Marie et du café. Alors trois, je t'en parle même pas. Et puis, il n'y avait même pas une seule Marie. Alors maintenant ça s'appelait « Captain Coffee », comme ça tout le monde savait ce qu'on y trouvait. Apparemment, cela n'avait pas changé grand-chose. L'endroit avait beau ne plus être classe, il était toujours aussi vide.

On est entrés, et le patron qui portait un vieil uniforme de l'armée nous a salués d'un « Captain Coffe à votre service ». J'ai trouvé ça drôle, mais Martin s'est exclamé : « Mon Dieu », il voulait décamper, mais le Captain ne nous a pas laissés filer (c'est vous dire à quel point il était désespéré). Il nous a dit que pour notre première visite, il nous offrait le café à l'œil, plus une pâtisserie si on voulait. Alors on est restés. L'autre problème, c'est que l'endroit était minuscule. Il y avait trois tables, chacune placée à quinze centimètres du comptoir, ce qui permettait au Captain, accoudé au comptoir, d'écouter tout ce qu'on disait.

Et vu qui on était, et ce qui nous était arrivé, on voulait discuter de trucs personnels, alors c'était gênant de l'avoir si près.

Martin a dit : On finit nos cafés, et on s'en va, et il s'est levé. Mais le Captain Coffe est intervenu : Qu'est-ce qui se passe, maintenant ? Alors je lui ai expliqué : Voilà, on a besoin de parler en privé. Il a répondu qu'il comprenait parfaitement, et qu'il attendrait dehors jusqu'à ce qu'un autre client arrive. Et j'ai dit : Mais vraiment, tout ce qu'on dit est personnel, pour des raisons que je ne peux pas expliquer. Et il a dit que ce n'était pas grave, qu'il attendrait quand même dehors, à moins qu'un client n'arrive. C'est ce qu'il a fait, et c'est pour cela qu'on a fini par organiser nos rendez-vous au Starbucks. C'était dur de se concentrer sur notre triste sort alors que cet idiot en uniforme était dehors, le nez collé à la vitre, pour vérifier qu'on ne lui piquait pas des gâteaux – des « biscotti », comme il les appelait. Les gens disent toujours que les endroits comme Starbucks sont impersonnels et tout ça, mais si c'est justement ce que tu cherches, hein ? Je serais perdue, moi, si JJ et les gens comme lui l'emportaient, s'il y avait plus rien d'impersonnel dans le monde. Je suis contente de savoir qu'il existe de grands endroits sans fenêtres où l'on vous fiche la paix. Il faut avoir rudement confiance pour aller dans de petits endroits fréquentés par des habitués, comme les petites librairies, les petits magasins de disques, les petits restaurants et les petits cafés. Moi je me sens mieux au Virgin Megastore, à Borders, Starbucks ou Pizza Express, où tout le monde s'en fiche et personne ne sait qui tu es. Ma mère et mon vieux sont toujours en train de dire que ces endroits sont sans âme. Alors moi, je réponds : Bah oui, évidemment, c'est fait exprès.

Le groupe de lecture, c'était une idée de JJ. Il a dit que cela se faisait beaucoup en Amérique, de lire des livres et d'en parler ; Martin a expliqué qu'ici aussi ça commençait à devenir à la mode, mais moi je n'en avais jamais entendu parler, donc ça ne pouvait pas non plus être très à la mode, sinon ils en auraient parlé dans *Dazed and Confused*. L'essentiel c'est de parler d'Autre Chose, et de ne pas passer son temps à se demander qui c'est, l'idiot, et qui c'est, l'enfant gâtée, or c'était ainsi que se finissaient habituellement les après-midi au Starbucks. Nous avons décidé qu'on lirait les livres de gens qui s'étaient suicidés. Ils étaient comme nous, il fallait qu'on découvre ce qui s'était passé dans leur tête. Martin a affirmé qu'il pensait qu'on pourrait en apprendre davantage de gens qui ne s'étaient *pas* suicidés, justement – que l'on ferait mieux d'étudier ce qu'il y avait de si bien à rester en vie, et non à se tuer. Mais on s'est rendu compte qu'il y avait des milliards d'écrivains qui ne s'étaient pas suicidés, et seulement trois ou quatre qui s'étaient suicidés, alors on a pris l'option la plus évidente, on a choisi la plus petite pile de livres. Pour l'achat du matériel, on a voté l'utilisation des fonds gagnés grâce à nos apparitions dans les médias.

On s'est aperçus rapidement que ce n'était pas du tout le choix le plus évident. Putain, l'enfer ! Essayez donc de lire des livres écrits par des gens qui se sont suicidés ! On a commencé par Virginia Woolf ; j'ai juste lu deux pages du livre qui parlait d'un phare, mais ça m'a suffi pour savoir pourquoi elle s'était tuée : elle n'avait pas réussi à se faire comprendre. Il suffit de lire une phrase pour s'en rendre compte. Je me suis un peu identifiée à elle, parce que des fois je souffre de ça, mais son erreur a été de vouloir partager son problème avec le public. Je veux dire, d'une certaine façon elle a eu de la chance, parce qu'elle a laissé une sorte de souvenir derrière elle afin que les gens découvrent les difficultés qu'elle a rencontrées, mais cela ne lui a pas porté chance. Et puis elle n'a pas eu de bol non plus, si on réfléchit, parce qu'à l'époque n'importe qui pouvait faire publier un livre, vu qu'il n'y avait pas trop de concurrence. Tu pouvais te pointer chez un éditeur et dire je veux que ce soit publié, et ils étaient tout de suite d'accord. Tandis que maintenant, ils te diraient de fiche le camp, et personne ne te comprendrait. Et ils te conseilleraient la méthode Pilates ou d'apprendre à danser la salsa.

JJ a été le seul à trouver le livre génial, alors je l'ai un peu chambré, et il m'a chambrée à son tour parce que cela ne m'avait pas plu. Il m'a demandé : C'est parce que ton père lit des livres ? C'est pour ça que tu es si abrutie ? Là, c'était facile de répondre, parce que papa, il ne lit pas de livres, pas de chance. J'ai attaqué à mon tour : Et toi, c'est parce que tu n'es pas allé à l'école ? C'est pour ça que tu trouves tous les bouquins géniaux, même quand c'est de la merde ? Parce qu'il y a des gens comme ça. Avec eux, tu ne peux rien dire sur les livres, juste parce qu'il s'agit de livres. Tu n'as pas le droit de critiquer, comme Dieu. En tout cas, ça ne lui a pas trop plu, ce qui veut dire que j'avais touché un point sensible. Il a dit qu'il voyait bien ce qui allait se passer à notre club de lecture, j'allais tout détruire. Et il s'est demandé comment il avait pu être assez bête pour espérer autre chose ? Et moi j'ai fait : je ne vais rien détruire du tout. Si un livre c'est de la merde, je le dis. Et il a répondu : Ouais, mais tu vas nous dire qu'ils sont tous nuls, avec ton putain d'esprit de contradiction, pardon, Maureen. Et j'ai fait : Ouais, et toi tu vas dire qu'ils sont tous géniaux, parce que tu n'es qu'un pauvre type. Et il a dit : Ils sont tous géniaux, et il a cité tous ces auteurs dont on devait parler à notre club de lecture – Sylvia Plath, Primo Levi, Hemingway. Alors j'ai répliqué : Bah, alors, ça ne sert à rien ce club de lecture si tu sais à l'avance qu'ils sont tous géniaux ? Et pourquoi tu ris ? Qu'est-ce qu'il y a de marrant ? Et il m'a répondu : On n'est pas à la *Star Academy*, mec. Tu ne votes pas pour le meilleur. Ils sont tous bons, on le sait, et on va discuter des thèmes qu'ils abordent. Et j'ai continué : Eh bien, s'ils sont tous comme elle, je peux te dire qu'ils ne sont pas tous géniaux, et que ce n'est pas acquis du tout. En fait, c'est le contraire qui est acquis. JJ est parti en vrille, le ton est monté. Là-dessus, Martin est intervenu et on a décidé de laisser tomber les livres pour l'instant – autrement dit pour toujours. C'est là qu'on a eu l'idée d'essayer les suicidés dans la musique. Maureen n'avait jamais entendu parler de Kurt Cobain. Vous y croyez, vous ?

Moi, je réfléchis. Je sais que personne ne me croit, mais pourtant je réfléchis. C'est juste que j'ai une façon de penser différente. Avant de penser, il faut que je sois en colère, voire un peu violente, ce qui est embêtant pour les autres, je l'admets, mais tant pis pour eux. Enfin bref, ce soir-là, dans mon lit, j'ai pensé à JJ et à ce qu'il avait dit, que je détestais les livres parce que papa en lisait. C'est vrai, ce que je lui ai répondu : il ne lit pas, enfin pas vraiment, même si à cause de son travail, il est obligé de faire croire le contraire.

Jen était une vraie lectrice, elle. Elle adorait ses livres, alors que moi ils me faisaient peur. J'avais déjà peur quand elle était là, et maintenant c'est pire. Il y avait quoi, dedans ? Qu'est-ce qu'ils lui disaient quand elle était malheureuse et n'écoutait qu'eux et personne d'autre – ni ses copines, ni sa sœur, personne ? Je suis sortie du lit pour aller dans sa chambre où rien n'avait changé depuis le jour où elle était partie. (Les gens font toujours ça dans les livres, et on se dit : Ouais, c'est ça, comme si tu n'avais pas besoin de récupérer une chambre d'amis ou un débarras pour mettre toutes tes affaires. Mais je voudrais vous voir, vous, entrer comme ça et tout jeter.) Et ils sont tous là : *Le Maître des illusions, Catch-22, Ne tirez pas sur l'oiseau moqueur, L'Attrape-cœur, No Logo, La Cloche de détresse* (coïncidence ou pas, c'est un des livres que JJ voulait nous faire lire), *Crime et Châtiment, 1984, Les bons endroits où aller quand tu veux disparaître*... Non, c'était une blague pour le dernier.

Je ne pense pas que je serai un jour une grande lectrice, parce que la fille douée de la famille, c'était elle, pas moi. Mais je suis sûre que j'aurais pu mieux faire si elle ne m'avait pas refroidie en disparaissant. Ce n'était pas la première fois que je venais dans sa chambre, et ce ne serait pas la dernière, je le savais. J'ai tous ses livres sous le nez, et ce qui m'horripile le plus est de savoir qu'il y en a peut-être un qui pourrait m'aider à comprendre. Je ne veux pas dire une phrase qu'elle aurait soulignée, et qui me donnerait un indice de l'endroit où elle est – même si, il y a longtemps, j'ai cherché. J'ai feuilleté ses livres pour voir si elle n'aurait pas mis un point d'exclamation en face d'un mot comme « pays de Galles », ou entouré « Texas ». Je veux juste dire que si je lisais tout ce qu'elle a aimé, et tout ce qui a retenu son attention pendant ses derniers mois, alors j'aurais une idée de son état d'esprit avant de partir. Même aujourd'hui, je ne sais toujours pas si ce sont des livres sérieux ou tristes, ou d'épouvante. Vous devez penser que j'aimerais le savoir, hein, vu comment j'aimais Jen et tout ça. Eh bien, non. Je ne peux pas. Je ne peux pas, parce que je suis trop paresseuse, trop bête, et que je ne peux même pas faire cet effort. J'ai ces livres constamment sous mon nez, et un jour, je le sais, j'en ferai un grand tas et j'y mettrai le feu.

Alors, vous voyez, vraiment, je suis pas une grande lectrice.

JJ

Notre programme culturel reposait entièrement sur mes épaules, parce que les autres ne connaissaient rien à rien. Maureen empruntait des livres tous les quinze jours à la bibliothèque, mais pas des trucs dont on pouvait discuter si vous voyez ce que je veux dire ; à moins que vous ne vouliez discuter pour savoir si l'infirmière devait épouser le méchant riche ou le gentil pauvre. Et Martin n'était pas grand fan de littérature. Il avait beaucoup lu en prison, mais surtout des biographies de gens qui avaient échappé à l'adversité, comme Nelson Mandela et d'autres. A mon avis, Nelson Mandela n'aurait pas considéré Martin comme un compagnon. Il suffisait d'étudier de près leurs vies respectives pour comprendre qu'ils avaient fini en prison pour des raisons bien différentes. Quant à Jess, pas la peine de chercher à savoir ce qu'elle pensait des livres, croyez-moi. Vous trouveriez ça affligeant.

Pourtant, à sa façon, elle avait vu juste. Comment aurait-il pu en être autrement ? J'ai passé toute ma vie avec des gens qui ne lisaient pas – mes parents, ma sœur, la plupart des gens du groupe, surtout la section rythmique. A force, vous finissez par être drôlement sur la défensive. Combien de fois accepterez-vous de vous faire traiter de tapette avant d'exploser ? Ça ne me gêne pas de me faire traiter de tapette, certains de mes meilleurs amis, etc., mais pour moi, être une tapette signifie aimer les mecs, et non aimer Don De Lillo – qui est certes un mec, à ce que l'on dit, mais ce sont ses bouquins que j'apprécie, pas son cul. Pourquoi la lecture fait-elle tellement flipper les gens ? D'accord, je n'ai pas toujours été très convivial sur la route, mais j'aurais fait de la Gameboy pendant des heures, tout le monde m'aurait fichu la paix. Dans mon milieu, exploser des putains de monstres de l'espace est socialement acceptable, mais pas lire *La Pastorale américaine*.

Eddie était le pire de tous. Comme dans un vieux couple : quand je prenais un bouquin, c'était comme si je lui disais chaque soir que j'avais la migraine. Et de la même façon que dans un mariage, peu à peu, cela a empiré ; quand j'y repense, avec le temps, tout a empiré. On a compris que le groupe n'allait pas cartonner, que notre amitié ne tiendrait peut-être pas le coup, alors on a paniqué tous les deux. Et plus je lisais, plus Eddie paniquait ; j'ai l'impression qu'il s'était persuadé que la lecture m'aiderait à trouver une nouvelle carrière. Ouais, comme si ça se passait de cette manière dans la vie. « Hé, vous aimez Updike ? Vous devez être un mec cool. Voici un job à 100 000 dollars dans notre agence de publicité. » Toutes ces années passées à discuter de tout ce qu'on avait en commun, et les derniers mois à remarquer à quel point on était différents, cela nous a brisé le cœur à tous les deux.

Ce long détour barbant pour vous expliquer pourquoi j'ai pété les plombs avec Jess ; si j'avais quitté un groupe d'illettrés agressifs, ce n'était pas pour retomber dans un autre. Quand tu es malheureux, j'ai l'impression que tout – lire, manger, dormir – possède comme un double fond qui te rend encore plus malheureux.

Allez savoir pourquoi, j'ai cru que pour la musique ce serait plus facile, ce qui, compte tenu du fait que je suis musicien, n'était pas très malin. Je n'ai pas beaucoup investi dans les livres ; alors que j'ai investi toute ma vie dans la musique. Je me disais qu'avec Nick Drake, je ne pouvais pas me planter, surtout dans une pièce remplie de gens qui ont le blues. Si vous l'avez jamais entendu... C'est comme s'il avait fait réduire toute la mélancolie du monde, mec, tous les bleus à l'âme et les rêves foirés que vous avez laissé échapper, et qu'il avait empli un flacon de ce concentré puis refermé le bouchon. Quand il se met à jouer et à chanter, il retire le bouchon, et vous sentez l'arôme qui se dégage. Vous êtes cloué à votre siège, comme s'il y avait un mur du son, pourtant c'est tranquille, calme, et vous retenez votre respiration de peur de mettre en fuite ce moment. On l'écoutait chez Maureen, parce qu'on ne pouvait pas passer notre musique à Starbucks, et là il y avait en plus le bruit de la respiration de Matty qui était à lui tout seul une espèce d'instrument flippant. Donc j'étais assis à me dire : cela changera *à jamais* la vie de ces gens, mec.

A la fin de la première chanson, Jess a commencé à se mettre les doigts dans la gorge en faisant la grimace.

« *Le mollasson*, je te dis même pas, a-t-elle déclaré. C'est un *poète* ou quoi ? » Dans sa bouche, c'était une insulte : je passais mes journées avec une fille persuadée que les poètes étaient des créatures qui vivaient dans les tréfonds de votre côlon.

« Ça ne me dérange pas, a dit Martin. S'il jouait dans un bar à vin, je ne déguerpirais pas.

– Moi si », a dit Jess.

Je me suis demandé s'il serait possible de filer un coup de poing aux deux en même temps, mais j'ai écarté l'idée en me disant que tout serait terminé trop vite, et qu'ils ne souffriraient pas assez. J'aurais voulu continuer à les tabasser, ce qui impliquait que je me les cogne l'un après l'autre. Je traversais une crise musicale – un peu comme les crises qu'on peut piquer au volant, mais en plus juste. Quand vous en piquez une bonne au volant, il y a une petite voix au fond de vous qui vous dit que vous êtes un couillon. Mais quand vous faites une crise musicale, c'est la volonté de Dieu qui vous porte, et Dieu exige que ces gens meurent.

C'est alors qu'un étrange phénomène s'est produit, si tant est qu'on puisse qualifier d'étrange une réaction émue à *Five Leaves Left*.

« Vous n'avez donc pas d'oreilles ? s'est brusquement exclamée Maureen. Vous n'entendez pas à quel point il est malheureux, comme ses chansons sont magnifiques ? »

On l'a observée, puis Jess m'a dévisagé.

« Ah ! ah ! a dit Jess. Tu as les mêmes goûts que Maureen. » (Elle a chanté la dernière partie comme une fillette, sur l'air de na-na-na-na-nère.)

« Ne te fais pas plus bête que tu ne l'es, a repris Maureen. Parce que tu es déjà bien assez bécasse comme ça. » (Elle était remontée à bloc. En pleine crise musicale, elle aussi.) « Ecoute donc un moment et arrête de faire la pipelette. »

Jess a bien vu que ce n'était pas de la blague, elle s'est tue, et on a écouté le reste de l'album en silence. En regardant attentivement Maureen, on voyait que ses yeux brillaient un peu.

« Quand est-il mort ?

– En 1974. Il avait vingt-six ans.

– Vingt-six ans. » Elle est restée muette un moment, songeuse, et j'ai vraiment espéré qu'elle avait du chagrin pour lui et sa famille. L'autre possibilité, c'était qu'elle l'enviait d'avoir su s'épargner d'inutiles années. Vous voulez faire réagir les gens, mais parfois les choses vous dépassent, vous voyez ce que je veux dire ?

« Les gens ne veulent pas l'entendre, si ? » a-t-elle demandé.

Personne n'a bronché parce qu'on ne savait pas vraiment où elle en était.

« Je ressens cela chaque jour, et les gens ne veulent pas le reconnaître. Ils veulent que j'aie les sentiments que Tom Jones vous inspire. Ou bien cette Australienne, qui jouait avant dans *Neighbours*. Mais c'est ce que je ressens, et on ne passera jamais ce que je ressens à la radio, parce que les gens tristes n'ont pas leur place. »

On n'avait jamais entendu Maureen parler de la sorte. On ignorait même qu'elle en était capable. Même Jess n'a pas voulu l'interrompre.

« C'est drôle, car les gens pensent que c'est à cause de Matty que je ne cadre pas dans le tableau. Mais Matty, ce n'est pas si terrible. C'est beaucoup de travail, mais... C'est l'humeur dans laquelle me plonge Matty qui fait que je ne me sens pas à ma place. On se trompe sur le poids des choses. Il faut tout le temps deviner si les choses sont lourdes ou légères, surtout ce qui se trouve en vous. Vous vous trompez, et les gens, ça les rebute. A force, j'en ai marre. »

Et d'un coup Maureen et moi avons été sur la même longueur d'ondes, parce qu'elle avait pigé, et aussi parce qu'elle avait senti la rage musicale, et alors fait attention à trouver les bons mots.

« Vous avez besoin de vacances. »

Je l'ai dit pour être sympathique, et puis je me suis rappelé Cosmic Tony, et je me suis rendu compte que maintenant Cosmic Tony avait de l'argent.

« Hé ! Des vacances ? Pourquoi pas ? ai-je dit. Si on emmenait Maureen en vacances. »

Martin a éclaté de rire.

« Ouais, c'est ça, a dit Jess. On est quoi ? Des bénévoles dans un foyer de petits vieux ?

– Maureen n'est pas vieille, ai-je rétorqué. Vous avez quel âge, Maureen ?

– Cinquante et un an, a-t-elle précisé.

– D'accord, pas un foyer de petits vieux. Un foyer pour gens barbants.

– Et qu'est-ce qui fait de toi la personne la plus fascinante du monde ? a demandé Martin.

– Pour commencer, je n'ai pas sa tronche. Et puis attendez, je croyais que vous étiez dans mon camp ? »

Et imperceptiblement, au milieu des rires et dans le mépris général, Maureen s'est mise à pleurer.

« Je suis navré, Maureen, a dit Martin. Je ne voulais pas

être goujat. Mais je n'ai pas pu nous imaginer tous les quatre assis autour de la piscine à prendre le soleil sur nos chaises longues.

– Non, non, a dit Maureen. Je ne l'ai pas mal pris. Enfin pas trop mal. Je sais que personne ne veut partir en vacances avec moi, c'est comme ça. J'ai eu les larmes aux yeux parce que JJ l'a proposé. Cela faisait bien longtemps... que personne n'avait... C'était gentil de sa part, voilà tout.

– Eh ! merde, putain ! » a dit paisiblement Martin. Comme vous le savez, « Eh merde, putain » peut avoir tout un tas de sens différents. Mais là, il n'y avait pas la moindre ambiguïté. On avait tous compris. Ce que Martin voulait dire en lâchant : « Eh merde, putain », dans ce contexte précis, si je peux expliquer une obscénité par une autre, c'est qu'il l'avait dans le cul. En effet, quel salopard pouvait sortir à Maureen un truc du genre : « Ouais, bon, c'est l'intention qui compte, hein ? En espérant que ça vous suffira. »

Cinq jours plus tard, on était dans l'avion, destination Ténériffe.

MAUREEN

Ce sont eux qui ont pris la décision, pas moi. J'avais l'impression de ne pas avoir mon mot à dire, pas vraiment, même si un quart de l'argent m'appartenait. J'avais été la première à proposer des vacances à JJ quand nous avions parlé de Cosmic Tony et, quand ils ont décidé de voter, j'ai estimé que je n'avais pas à m'exprimer. Je me suis abstenue, je crois que c'est ainsi qu'on dit.

Toutefois, on ne peut pas dire qu'il y ait eu polémique. Tout le monde était pour. La seule question, c'était de savoir si nous partions maintenant ou cet été, à cause du climat, mais le sentiment général était que, compte tenu des circonstances, il valait mieux partir maintenant, avant la Saint-Valentin. Pendant un moment, ils ont cru qu'on allait pouvoir s'offrir les Caraïbes, ou la Barbade, jusqu'à ce que Martin fasse remarquer que notre argent ne suffirait même pas à couvrir les frais de garde de Matty.

« Dans ce cas, allons-y sans Maureen », a dit Jess, et j'ai été vexée avant de réaliser qu'elle plaisantait.

Je ne me souviens plus quand j'ai pleuré de joie pour la dernière fois. Je ne le dis pas pour me faire plaindre ; mais cela m'a fait tout drôle. Quand JJ a dit qu'il avait une idée, et nous a expliqué ce que c'était, je ne me suis pas autorisée un seul instant à penser que cela finirait par aboutir.

C'était amusant ; jusqu'alors, nous n'avions jamais vraiment été gentils les uns avec les autres. On aurait pu imaginer que cela aurait pu aller de soi, étant donné la manière dont nous nous étions rencontrés. On aurait pu penser : voilà quatre personnes qui se sont réunies parce qu'elles sont malheureuses, et qui veulent s'entraider. Mais pas du tout, il nous avait fallu attendre ce moment précis, sauf si l'on comptait la fois où Martin et moi nous étions assis sur la tête de Jess. Et encore, il avait fallu se montrer cruel par gentillesse, et non pas être gentil tout simplement. Jusqu'alors, c'était l'histoire de quatre personnes qui s'étaient rencontrées parce qu'elles étaient malheureuses et qui depuis ne cessaient de s'insulter. Du moins, trois d'entre elles.

J'ai sangloté dans mon coin ce qui a mis tout le monde mal à l'aise, moi comprise.

« Putain ! s'est exclamée Jess. C'est juste une semaine aux Canaries toutes pourries. J'y suis déjà allée. Il n'y a que des clubs et des plages. »

J'ai voulu dire à Jess que je n'avais même pas vu une plage anglaise depuis que Matty avait quitté l'école ; ils les emmenaient chaque année à Brighton, et je les avais accompagnés une fois ou deux. Mais je n'ai rien dit. Je ne connais peut-être pas le poids de beaucoup de choses, mais j'avais une idée du poids de celle-ci, si bien que j'ai gardé cette information pour moi. Vous savez que les choses ne vont pas bien pour vous quand vous ne pouvez même pas raconter aux gens les faits les plus simples de votre vie, simplement parce qu'ils penseront que vous leur demandez de vous plaindre. Je suppose que c'est pour cette raison que nous finissons par nous éloigner des autres ; tout ce que vous avez envie de leur raconter finit par les angoisser.

J'aimerais décrire chaque instant du voyage, parce qu'il m'a paru tellement excitant, mais ce serait certainement une erreur. Si vous êtes comme tout le monde, vous savez déjà à quoi ressemble un aéroport, ses bruits, ses odeurs, et si je vous raconte tout, ce sera juste une autre façon de dire que cela faisait dix ans que je n'avais pas vu la mer. J'ai obtenu un passeport d'un an au bureau de poste, et rien que cela a causé trop d'excitation, parce que j'ai croisé quelques personnes de la paroisse dans la file d'attente qui savent que je ne suis pas une grande voyageuse. L'une d'elles était Bridgid, la femme qui ne m'a pas invitée à la soirée du réveillon que j'avais inventée ; un beau jour, me suis-je dit, je lui dirai qu'elle m'a aidé à faire mon premier voyage à l'étranger. Avant de me lancer là-dedans, il faudra quand même que je soupèse bien le poids des choses.

Vous savez certainement qu'on est assis par rangées de trois. Ils m'ont laissée m'installer à côté du hublot, parce qu'ils avaient déjà tous pris l'avion. Au début, Martin s'est assis au milieu et JJ, côté couloir. Quelques minutes plus tard, Jess a voulu échanger sa place avec JJ, parce qu'elle s'était disputée avec sa voisine à propos du petit sachet de cacahuètes qu'ils vous donnent, et le ton est monté. Vous savez certainement que le décollage fait un bruit épouvantable, et que parfois il y a des secousses en l'air. Evidemment, j'ignorais cela et j'en ai eu l'estomac tout retourné, et il a fallu que Martin me tienne la main et me réconforte.

Vous savez sans doute aussi qu'en regardant le monde rapetisser par le hublot on ne peut s'empêcher de réfléchir à l'ensemble de sa vie, en partant du début jusqu'au voyage et à tous les gens que l'on a connus. Vous savez que ces pensées vous incitent à éprouver de la reconnaissance envers Dieu pour avoir créer ce monde, et de la colère pour ne pas vous aider à mieux le comprendre. Vous vous retrouvez donc dans une confusion terrible, et vous éprouvez le besoin d'en parler à un prêtre. J'ai décidé qu'à mon retour, je ne prendrais pas le siège près du hublot. J'ignore comment se débrouillent les gens de la « jet set » qui prennent l'avion une ou deux fois par an. Vraiment, je ne sais pas.

Ne pas être dans l'avion avec Matty, c'était comme avoir une jambe en moins. Cela m'a fait vraiment bizarre. Mais j'ai également apprécié le sentiment de légèreté que cela m'a procuré. Donc, ce n'était sans doute pas du tout comme être amputé d'une jambe, parce que je ne pense pas que les unijambistes apprécient la légèreté que leur état leur donne. J'allais dire qu'il est bien plus facile de se déplacer sans Matty, alors que c'est franchement difficile de se déplacer sur une seule jambe, n'est-ce pas ? Pour être plus juste, je devrais peut-être dire que prendre l'avion sans Matty, c'était comme avoir une troisième jambe en moins. Parce qu'une troisième jambe serait lourde, j'imagine, et gênerait vos pas ; on serait soulagé de se la faire enlever. Là où il m'a manqué le plus, c'est quand l'avion a eu des secousses ; j'ai cru que j'allais mourir. Je ne lui avais pas dit au revoir. Et là, j'ai paniqué.

Nous ne nous sommes pas fâchés le premier soir. Tout le monde était encore content, même Jess. L'hôtel était bien, propre, avec toilettes et salle de bains dans chaque chambre – je ne m'y attendais pas. Et lorsque j'ai ouvert les volets, la lumière s'est déversée dans la chambre comme un torrent d'eau brisant un barrage, j'ai failli en tomber à la renverse. Mes genoux ont flanché et il a fallu que je m'appuie contre le mur. Il y avait la mer aussi, mais elle n'était pas féroce et puissante comme la lumière ; elle s'étalait tranquillement, toute bleue, en faisant de minuscules bruits comme des murmures. Certains voient cela tous les jours, ai-je songé, mais je me suis sermonnée ; ce genre de réflexion pouvait m'empêcher de découvrir ce que je voulais. Le moment était venu d'éprouver de la reconnaissance, et non de convoiter la femme de mon voisin ou sa vue sur la mer.

Nous avons mangé dans un restaurant sur le front de mer, non loin de l'hôtel. J'ai pris un beau poisson, les hommes ont mangé des calamars et du homard, Jess un hamburger, et j'ai bu deux ou trois verres de vin. Je ne vous dirai pas à quand remonte la dernière fois où j'ai mangé dans un restaurant, ni bu du vin au repas, parce que j'apprends à me retenir. Je n'en ai même pas parlé aux autres, c'était déjà pesant pour moi, alors pour eux, ce serait trop lourd. Enfin, de toute façon, ils savaient que cela faisait belle lurette que je n'avais rien fait du tout, à part ce que je fais chaque jour de ma vie. Pour eux, cela coulait de source.

Je voudrais néanmoins dire ceci, et je me fiche de l'impression que cela risque de laisser : c'est le meilleur repas que j'ai jamais mangé de ma vie, et peut-être la soirée la plus agréable de ma vie. Est-ce si horrible d'être aussi d'enthousiaste ?

MARTIN

La première soirée ne s'est pas trop mal passée, il me semble. On m'a reconnu une ou deux fois, et j'ai fini par mettre la casquette de base-ball de JJ, bien enfoncée sur les yeux, ce qui m'a démoralisé. Je ne suis pas du genre à porter des casquettes de base-ball, et j'abhorre les gens qui n'enlèvent pas leur chapeau à table. Nous avons pris des fruits de mer vraiment pas fameux dans une espèce de piège à touristes sur le front de mer, et la seule raison pour laquelle je ne me suis plaint de rien, c'est Maureen : elle paraissait littéralement transportée par son carrelet réchauffé au micro-onde et son vin blanc tiède. Lui gâcher son plaisir eût été malvenu.

Maureen n'était jamais sortie de chez elle, alors que,

moi, j'étais parti en vacances à peine quelques mois plus tôt. A ma sortie de prison, Penny et moi avions passé plusieurs jours à Majorque. Nous étions logés dans une villa à l'extérieur de Deya, et j'ai cru que ce seraient les plus beaux jours de ma vie, puisque je venais d'en connaître les pires. Mais évidemment, cela ne s'est pas du tout passé ainsi ; décrire la prison comme le pire moment que vous ayez jamais vécu revient à décrire un terrible accident de voiture comme les dix secondes les plus horribles de votre vie. Cela paraît logique, évident, véridique. Pourtant c'est faux, car le pire vient après, quand vous sortez de l'hôpital pour découvrir que votre femme est morte, ou que vous vous êtes fait amputer d'une jambe, et donc que le pire est devant vous. Je sais, c'est une façon bien sombre d'évoquer un petit séjour sur une île de la Méditerranée tout à fait agréable, mais c'est à Majorque que j'ai compris que le pire était à venir, que tout ne faisait que commencer. La prison fut une expérience humiliante, terrifiante, abêtissante et sauvagement destructrice, à tel point que l'adjectif « abrutissant » paraît faiblard. Vous savez ce que c'est, un quiz ? Moi non plus, je ne le savais pas, avant ma première nuit au prison. Un quiz, ce sont des tarés défoncés qui se hurlent des questions les uns aux autres à travers les cellules ; elles portent toutes sur ce que les participants aimeraient infliger aux nouveaux venus impopulaires et/ou célèbres. Dès ma première soirée, j'ai fait l'objet d'un quiz ; je ne me fatiguerai pas à énumérer les propositions les plus imaginatives ; sachez juste que je n'ai pas très bien dormi cette première nuit, et que pour la première fois de ma vie j'ai eu de terribles fantasmes de revanches violentes. Je me suis concentré sur le jour de ma sortie, pourtant, si ce jour s'accompagna d'un formidable soulagement, celui-ci ne dura guère.

Les criminels purgent leur peine, mais avec tout le respect que je dois à mes camarades de l'Aile B, je n'étais vraiment pas un criminel ; j'étais un animateur télé qui avait fait un faux pas et, paradoxalement, cela signifiait que je ne purgerais jamais ma peine. C'était une question de classe sociale, désolé, mais il est inutile de prétendre le contraire. Les autres détenus, voyez-vous, finiraient par retourner à leur vie antérieure de larcins et de trafics, voire à leur métier de couvreur ou à ces activités qui étaient les leurs avant que leurs carrières fussent interrompues ; la prison ne constituerait pas un obstacle, pas plus professionnellement que socialement. Il était même possible que leurs perspectives et leur statut social s'en trouvent améliorés.

En revanche, une fois que vous avez fait de la taule, vous ne réintégrez plus la classe moyenne. C'est fini, vous êtes hors circuit. Vous ne retournez pas voir la directrice des programmes de la journée en lui disant que vous êtes prêt à reprendre vos fonctions à *De bon matin*. Vous n'allez pas frapper à la porte de vos amis en leur annonçant que vous êtes de nouveau disponible pour les dîners en ville. Il est inutile de dire à votre ex que vous voulez revoir vos enfants. Par contre, je ne suis pas certain que la femme de Joe le Balèze empêcherait son mari de voir ses enfants, ni qu'au pub ses potes resteraient dans un coin à marmonner leur désapprobation. Je parie qu'ils lui payeraient un coup et lui trouveraient une nana pour fêter son retour. J'ai longtemps réfléchi là-dessus, et j'ai acquis une position assez radicale sur la question de la réforme pénale. Je suis arrivé à la conclusion suivante : quiconque gagne plus de, disons, soixante-quinze mille livres par an ne devrait jamais être envoyé en prison, car le châtiment sera toujours plus sévère que le crime. Il faudrait imposer au coupable de consulter un thérapeute, ou de verser un peu d'argent au profit d'une œuvre de charité.

C'est au cours de ces vacances avec Penny que j'ai pour la première fois pris pleinement conscience des ennuis dans lesquels je m'étais fourré et dont je ne sortirais jamais. La villa au bout de la route appartenait à des gens que nous connaissions tous les deux, un couple ayant sa propre société de production qui, en des temps plus fastes, nous avait proposé du travail. Nous sommes tombés sur eux un soir dans un bar des environs, et ils ont fait semblant de ne pas nous reconnaître. Plus tard, la femme a pris Penny à part au supermarché local, pour lui expliquer qu'ils se faisaient du souci pour leur fille, une adolescente de quatorze ans particulièrement peu avenante qui, pour être tout à fait honnête, avait peu de chances de perdre sa virginité avant un bon nombre d'années, et en tout cas pas avec moi. Cela ne tenait pas debout, évidemment. Avec moi, elle n'avait rien à craindre, pas plus pour sa fille que pour son porte-monnaie. C'était sa manière de me dire, comme tant d'autres l'ont fait depuis, que j'avais été banni des Jardins d'Islington, que j'étais condamné à errer à tout jamais dans les bureaux des sociétés de télévision câblées les plus ringardes.

Voilà pourquoi ce premier dîner à Ténériffe m'a déprimé. Mes compagnons et moi n'étions pas du même monde. Ces gens m'adressaient la parole uniquement parce que nous partagions la même galère, mais il ne faisait pas bon naviguer sur cet esquif. L'embarcation – ce petit navire minable – n'était pas en état de prendre la mer. Et soudain j'ai su qu'il allait prendre l'eau et couler à pic. C'était un petit bateau destiné à voguer sur le lac de Regent's Park, et putain, nous tentions de rallier Ténériffe à son bord. Il fallait être vraiment stupide pour penser qu'il resterait à flot encore très longtemps.

JESS

Je ne pense pas que le lendemain tout ait été ma faute. J'accepte ma part de responsabilité, mais quand les choses partent en vrille, on ne fait que les empirer si on réagit de manière excessive, non ? Et je pense que certaines personnes ont réagi de manière excessive. Parce que mon père est au New Labour, il a toujours un laïus sur la tolérance entre peuples de cultures différentes, et ce qui s'est passé, je crois, c'est qu'il y a des gens, autrement dit Martin, qui n'ont pas été tolérants avec ma culture – qui est plus une culture de picole, de défonce et de baise. Je pense être respectueuse de sa culture à lui. Je ne lui dis pas qu'il devrait se bourrer plus souvent, se faire exploser la tête et se taper plus de filles. Alors lui, de son côté, il devrait se montrer plus respectueux de ma culture. Si j'étais juive, il ne me dirait pas de manger du porc, alors pourquoi me demander de ne pas faire certaines choses ?

Il y a eu seulement sept ans entre le premier et le dernier album des Beatles. C'est rien, sept ans, quand tu vois à quel point leurs coupes de cheveux et leur musique ont évolué. Aujourd'hui, certains groupes peuvent passer sept ans à ne rien faire. En tout cas, au bout de leurs sept ans, ils ne pouvaient probablement plus se voir en peinture, et on peut facilement comprendre qu'ils n'avaient plus les mêmes envies. John voulait être dans un sac ou je ne sais pas quoi, Paul voulait être à sa ferme, et on voit mal comment on peut entretenir une amitié quand les gens sont si différents, et que, dans la bande, il y en a un dans un sac. Bon d'accord, nous ça ne faisait même pas sept semaines qu'on se connaissait, mais on était d'emblée différents, tandis que John et Paul, au départ, ils aimaient la même musique, avaient fréquenté la même école, etc. On n'avait rien en commun, on n'était même pas tous du même pays. Donc, d'un certain côté, ce n'est pas étonnant que nos sept années aient été écourtées à trois semaines environ.

Ce qui s'est passé, c'est qu'on a pris notre petit déjeuner ensemble, et après chacun était libre de faire ce qu'il voulait jusqu'au soir, où l'on devait se retrouver au bar de l'hôtel pour boire un cocktail, et trouver un endroit où dîner. Là-dessus, JJ et moi on est allés se baigner à la piscine de l'hôtel, pendant que Maureen est restée assise à nous regarder. Ensuite, j'ai décidé de partir toute seule.

Notre hôtel était situé au nord de l'île, dans un endroit pas mal, qui s'appelle Puerto de la Cruz. J'étais déjà venue une fois, mais au sud, un coin vraiment dément, sans doute trop pour Maureen. Comme c'était ses vacances à elle, cela me gênait pas trop. N'empêche, je voulais quand même acheter du shit, et c'était plus dur d'en trouver ici que là-bas. Voilà comment je me suis retrouvée embringuée dans des ennuis que Martin a traités avec beaucoup d'irrespect, je trouve.

J'ai commencé à chercher dans les bars des gens susceptibles de me vendre du shit et, arrivée au deuxième, j'ai vu une nana qui ressemblait comme deux gouttes d'eau à Jen. Je n'exagère pas ; quand elle m'a regardée et ne m'a pas reconnue, j'ai cru qu'elle déconnait, jusqu'à ce que je remarque que ses yeux n'étaient pas tout à fait assez grands, et qu'elle était décolorée ; Jen ne se serait jamais teint les cheveux, même pour se déguiser. Enfin bref, la fille n'a pas apprécié que je la dévisage, alors j'en suis venue aux mots, et comme elle était anglaise, elle les a compris malheureusement. Du coup elle ne m'a pas ratée, elle non plus, et vous me connaissez, je ne me suis pas laissé faire. Comme le ton montait, au bout d'un moment, on nous a demandé de sortir. Pour être honnête, je dirais qu'il avait beau être assez tôt, j'avais déjà un ou deux Bacardi Breezers dans le nez, et je crois que cela m'a rendue agressive. Mais elle a refusé de se battre avec moi. Et puis, cela a mal fini comme d'habitude : le frère de la fille-qui-n'était-pas-Jen, le bar, le mec, le fric, la dope, quelques Extas, j'avais prévu de pas y toucher tout de suite, finalement je me suis envoyé presque tout d'un coup, des gens qui venaient d'un endroit qui s'appelle Nantwich, le mec et je me suis retrouvée à flipper dans mon coin. J'ai vomi, dormi sur la plage, me suis réveillée, l'angoisse, suis retournée à l'hôtel dans une voiture de police. Je crois que c'était la première fois que je rencontrais quelqu'un de Nantwich, mais à part que c'était en plein jour, c'était une soirée assez typique. J'ai dit à la police que Maureen et Martin étaient mes parents, et Martin n'avait pas l'air content. Mais je ne vois pas pourquoi il s'est cru obligé de quitter l'hôtel. Cela aurait fini par se calmer.

Le lendemain matin, j'étais dans un sale état, surtout parce que je m'étais couchée le ventre vide, même si je suis sûre que les Extas, les Breezers et le shit n'ont pas arrangé les choses. J'avais le moral à zéro. Ce sentiment atroce quand tu te rends compte qu'il n'y a rien à faire, tu ne changeras pas. Bien sûr, tu peux bien t'inventer un personnage, comme j'ai fait quand je suis devenue une héroïne de Jane Austen le soir du réveillon, cela donne un peu de répit. Mais impossible de tenir longtemps, et ça repart : tu te retrouves à vomir devant une boîte merdique, et à chercher la bagarre. Mon père se demande pourquoi je choisis d'être comme ça, mais en vérité ne tu choisis rien du tout, et c'est justement ça qui te donne envie de te foutre en l'air. Quand j'essaye d'imaginer une vie où je ne serais pas malade devant une boîte minable, je n'y arrive pas ; je ne visualise rien. Me voilà, ma voix, mon corps, ma vie, mon destin. Jess Crichton, voilà votre vie. Et voici des gens de Nantwich qui sont venus parler de vous.

Une fois j'ai demandé à mon père ce qu'il ferait s'il ne travaillait pas dans la politique. Il a répondu qu'il ferait de la politique. Ce qu'il voulait dire, je crois, c'est qu'il pourrait être n'importe où dans le monde, faire n'importe quel boulot, il trouverait quand même le moyen de revenir par la fenêtre, à la manière des chats qui sont censés retrouver leur ancienne maison après un déménagement. Il serait au conseil municipal, ou il distribuerait des tracts, ce genre de choses. Tout ce qui a un lien avec cet univers, il le ferait. Il semblait un peu triste en me répondant ; il m'a dit que, finalement, c'était un manque d'imagination.

Et moi, c'est pareil : je souffre d'un manque d'imagination. Je pourrais faire ce que je veux, chaque jour de ma vie, or ce que j'ai envie de faire, manifestement, c'est m'exploser la tête et déclencher des bagarres. Me dire que je peux faire ce que je veux, c'est comme enlever le bouchon de la baignoire et dire à l'eau qu'elle peut aller où elle veut. Essayez, vous verrez.

JJ

J'avais passé une bonne première journée. Dans la matinée, j'avais lu *Un week-end dans le Michigan* au bord de la piscine, et c'est un putain de bon bouquin. Ensuite j'avais commandé un sandwich, et ensuite... Bon, à la vérité, je me suis dit que l'heure avait sonné de redémarrer ma libido qui était en assistance respiratoire sans montrer le moindre signe extérieur de vie depuis quatre ou cinq mois. Vous avez lu ce livre qu'un type a écrit avec sa paupière ? Il fallait qu'il cligne de l'œil chaque fois que la personne qui l'aidait effleurait la bonne lettre de l'alphabet. Véridique. Bref, ma putain de libido n'aurait même pas été capable d'écrire ce livre-là. Mais, assis en maillot de bain au bord de la piscine, avec le soleil qui réchauffait des parties de mon corps congelées depuis un bail – congelées de toutes les manières possibles –, j'ai senti des signes de vie ; faibles, mais indéniables.

Je ne suis pas sorti dans le but explicite de passer à l'action. J'ai juste eu envie d'aller faire une balade, découvrir les environs, renouer peut-être avec cet aspect de la vie. Je suis d'abord retourné m'habiller dans ma chambre. Je ne suis pas du genre à me promener torse nu. Je pèse cinquante-huit kilos et demi tout mouillé, je suis maigre comme un clou, blanc comme un linge. Avec une dégaine pareille, on ne se balade pas comme les types bronzés avec les tablettes de chocolat. Même une nana qui adore le look blanc-bec maigrichon, dans ce contexte, elle change son fusil d'épaule. Si vous étiez fan de Dolly Parton et qu'on vous balançait son album plein pot au milieu d'un concert de hip hop, elle vous paraîtrait nulle. En fait, vous ne seriez même pas capable de l'*entendre*. En enfilant mon jean noir délavé et mon vieux tee-shirt des Drive-By Truckers, je me donnais les moyens d'être entendu par les personnes qu'il fallait.

Et tenez-vous bien : non seulement j'ai été entendu, si je puis user d'un euphémisme, mais en plus j'ai été entendu par une fille qui avait vu le groupe, et nous avait trouvés bons. Vous imaginez la probabilité ? Bon, d'accord, elle ne se souvenait pas précisément de nous, et il a fallu que je lui souffle qu'elle avait bien aimé notre concert, mais bon. Quand même. Ce qui s'est passé, c'est que j'ai découvert une piscine d'eau salée vraiment cool en ville, conçue par un artiste local, et je me suis arrêté devant pour prendre une bière et un sandwich. Et, assise seule à la table d'à côté, il y avait une Anglaise qui lisait *Bel Canto*, alors je lui ai dit que moi aussi je l'avais lu, et on a commencé à bavarder, et je me suis installé à sa table. ensuite on a parlé musique, parce que *Bel Canto*, c'est sur la musique, si on veut – sur l'opéra, en tout cas (certains considèrent que c'est de la musique). Là-dessus, elle m'a dit qu'elle préférait le rock'n roll à l'opéra. Alors je lui ai demandé quels groupes elle aimait. Elle a énuméré toute une liste de noms, dont les Clockers avec qui nous étions partis en tournée, il y a quelques années. Elle les avait vus sur scène à Manchester où elle habite, et elle pensait être arrivée assez tôt pour avoir vu la première partie. Alors là, je lui ai révélé que c'était nous. Et elle a dit : Ah ! oui, je me souviens, vous étiez cool. Je sais, je sais, mais j'étais à une période de ma vie où je prenais ce qui se présentait.

On a passé tout l'après-midi ensemble, j'ai séché le dîner en famille, et on a passé la soirée ensemble, et on a terminé la nuit ensemble, à mon hôtel, parce qu'elle partageait sa chambre avec une copine. C'est la première fois que je m'en payais une tranche depuis ma dernière nuit avec Lizzie qui, de toute façon, ressemblait plutôt à de la nécrophilie.

Kathy et moi, on a pris notre petit déjeuner ensemble le lendemain matin, dans la salle à manger de l'hôtel, d'accord, l'hôtel n'avait pas assez d'étoiles pour offrir un *room service* mais j'avais assez hâte surtout de tomber sur le reste de la bande. Je me disais qu'ils allaient me féliciter – OK, peut-être pas Maureen, mais Martin, sûrement, parce que, question jolies filles, il avait l'œil. J'étais même convaincu que Jess serait impressionnée à sa façon. Je les imaginais tous les trois à l'autre bout de la pièce, deux d'entre eux chuchotant des blagues salaces, et moi, me sentant de nouveau bien dans mes pompes.

Maureen est arrivée la première. Je lui ai fait un signe de reconnaissance amical, mais mon geste a été mal interprété, et elle est venue s'asseoir à notre table. Elle a regardé Kathy d'un air soupçonneux.

« Tiens, quelqu'un ne vient pas prendre son petit déjeuner ? » (Ce n'était pas de l'impolitesse. Elle était juste déconcertée.)

« Non, c'est... » (Je ne savais plus su quoi dire.)

« Je suis Kathy, a dit Kathy, elle aussi déconcertée. Une amie de JJ.

– L'ennui, c'est que ce n'est pas une table pour cinq, a dit Maureen.

– Si les autres descendent, Kathy et moi, on ira ailleurs.

– C'est qui, "les autres" ? » a demandé Kathy. (La question était légitime.)

« Martin et Jess, a expliqué Maureen. Mais Jess est rentrée hier soir dans une voiture de police. Alors elle fait peut-être la grasse matinée.

– Ah ! » Bien sûr, j'avais envie de savoir pourquoi Jess avait été ramenée par la police, mais pas tout de suite.

« Qu'est-ce qu'elle avait fait ? a demandé Kathy.

– Dites plutôt : qu'est-ce qu'elle n'avait pas fait ? » a corrigé Maureen. La serveuse est arrivée, a rempli nos tasses de café, et Maureen est allée chercher ses croissants au buffet.

Kathy m'a regardé. Elle avait une ou deux questions à me poser, c'était évident.

« Maureen est... » Je ne savais pas comment finir ma phrase. Je n'ai d'ailleurs pas eu beaucoup à chercher, parce que Jess est entrée et s'est assise à notre table.

« Putain ! a-t-elle dit en guise d'introduction. Putain ! ce que je me sens mal. En temps normal, je dégueule un bon coup, et je me sens mieux. Mais hier soir, j'ai vidé mes tripes. Il ne reste plus rien.

– Je suis Kathy, a dit Kathy.

– Hello ! a dit Jess. Je suis tellement mal, je n'avais même pas remarqué que je ne te connaissais pas.

– Je suis une amie de JJ, a dit Kathy, et les yeux de Jess se sont éclairés d'une manière inquiétante.

– Quel genre d'amie ?

– On s'est juste rencontrés hier.

– Et vous prenez le petit déjeuner ensemble ?

– Boucle-la, Jess.

– Qu'est-ce que j'ai dit ?

– C'est ce que tu *vas* dire.

– Qu'est-ce que je vais dire ?
– Aucune idée.
– As-tu fait la connaissance de nos parents, Kathy ? »
Kathy a lancé un coup d'œil nerveux en direction de Maureen.
« Tu es plus courageux que moi, JJ, a poursuivi Jess. Moi je n'oserais jamais ramener à table, au petit déjeuner, quelqu'un avec qui je n'ai passé qu'une nuit. Hé ! tu es vraiment moderne, mec.
– C'est ta mère ? » a demandé Kathy. Elle essayait de paraître décontractée, mais je sentais bien qu'elle paniquait un peu.
« Bien sûr que non. On n'est même pas de la même nationalité. Jess fait sa...
– Il t'a fait croire qu'il était musicien ? a repris Jess. Je parie que oui. Il fait le coup à chaque fois. C'est le seul moyen qu'il a trouvé pour se faire des petites amies. On lui dit d'arrêter pourtant, parce qu'à la fin les filles découvrent toujours le pot aux roses, et ensuite elles sont déçues. Je parie qu'il t'a dit qu'il était chanteur, hein ? »
Kathy a acquiescé de la tête en me dévisageant.
« Quel baratineur. Chante pour elle, JJ. Tu devrais l'entendre. Ah ! putain.
– Kathy a vu mon groupe », me suis-je défendu. Mais je me suis souvenu que c'est moi qui avais soufflé à Kathy qu'elle avait vu le groupe, ce qui ne revient pas tout à fait au même ; Kathy s'est retournée pour me dévisager, et j'ai bien vu qu'elle se rappelait la même chose. Aïe.
Maureen est revenue s'asseoir avec ses croissants.
« Qu'allons-nous faire si Martin descend ? Il n'y a pas de place.
– Oh ! non, s'est écriée Jess. Aaaargh ! A l'aide ! On paniquera, et voilà.
– Je ferais peut-être bien d'y aller, a dit Kathy en se levant après avoir avalé une gorgée de café. Anna va se demander ce qui m'est arrivé.
– On peut s'installer à une autre table, ai-je proposé, mais je savais que c'était fini à cause d'une force malfaisante incontrôlable.
– A plus tard », a dit Jess d'un ton enjoué.

Je n'ai plus jamais revu Kathy. A sa place, je me repasserais mentalement le dialogue, en prenant des notes, et en demandant à des amis de rejouer la scène pour trouver un indice susceptible de m'aider à comprendre ce qui s'était passé au cours de ce petit déjeuner.

Avec Jess, on ne sait jamais si elle est perspicace ou si c'est du bol. Quand on la ramène à tort et à travers comme elle fait tout le temps, à force, on finit par faire mouche, des fois. Ne me demandez pas pourquoi, mais elle a vu juste : sans musique, il n'y aurait pas eu de Kathy. Elle devait être ma petite gâterie, la première depuis la séparation du groupe – ma première en tant que musicien sans travail, car j'étais déjà dans le groupe quand j'ai perdu mon pucelage, et depuis, j'ai toujours été dans un groupe. Donc, après son départ, j'ai commencé à m'inquiéter vraiment : comment j'allais faire maintenant ? Est-ce que dans quarante ans je serais dans un asile de vieux à raconter à une petite vieille édentée que le manager de REM avait voulu nous faire signer ? Quand deviendrais-je une vraie personne – quelqu'un avec un boulot, une personnalité à laquelle les autres réagissent ? Putain ! ça ne sert à rien d'abandonner un truc s'il n'y a rien pour le remplacer. Supposons que j'aie continué à parler des livres qu'on lisait tous les deux, et qu'on n'ait jamais abordé la musique... Est-ce qu'on aurait quand même fini au pieu ? Je ne crois pas. J'avais l'impression que sans ma vie d'avant, je n'avais plus de vie du tout. Et ce qui, au départ, devait m'aider à reprendre du poil de la bête a finalement réussi à me mettre le moral à zéro. Putain ! j'étais désespéré.

MAUREEN

Le petit déjeuner avait beau être compris, nous n'avons pas fait grand cas de l'absence de Martin. Je commençais à m'habituer à l'idée qu'une ou deux fois par jour, il se passerait quelque chose qui m'échapperait. Je n'avais pas compris ce qui était arrivé à Jess, la veille au soir, ni pourquoi il y avait une femme inconnue – une jeune fille, en fait – installée à notre table. Et maintenant, je ne comprenais pas où Martin était passé. Mais ce n'était pas si important. Parfois, lorsque vous regardez un thriller avec des policiers et des voleurs à la télévision, au début, vous ne comprenez rien, mais vous savez que c'est normal, et vous regardez quand même, parce qu'à la fin on vous expliquera certaines choses, si vous êtes très attentif. J'essayais de considérer la vie avec Jess, JJ et Martin comme un thriller ; quand je ne comprenais pas tout, je me disais de ne pas paniquer, et d'attendre que quelqu'un me fournisse un indice. Et puis de toute façon, je voyais bien maintenant que, même si je ne comprenais presque rien, ce n'était pas grave. Je n'avais pas vraiment saisi pourquoi il avait fallu dire que nous avions vu un ange, ni comment, grâce à cela, nous nous étions retrouvés à la télévision. Mais toute cette histoire était du passé, apparemment, alors pourquoi en faire un drame ? Je dois avouer que j'étais tracassée par le nombre de places autour de cette table, mais je n'étais pas déconcertée. Je ne voulais pas me montrer impolie vis-à-vis de Martin, c'est tout.

Après le petit déjeuner, j'ai voulu téléphoner au centre de soins, mais je n'y suis pas arrivée. Et j'ai dû demander à JJ de m'aider. Il m'a expliqué qu'il y avait tout un tas de numéros supplémentaires à composer, et d'autres à laisser tomber, et je ne sais quoi encore. Le téléphone, ce n'était pas du sans-gêne, puisque les autres m'avaient dit que je pouvais appeler une fois par jour sans me soucier de la dépense ; sinon, avaient-ils précisé, je n'arriverais pas à me détendre.

Ah ! ce coup de téléphone... Il a tout changé. Il a suffi de trois petites minutes. Il s'est passé davantage de choses dans ma tête pendant cet appel que là-haut, sur le toit de l'immeuble. Et je n'ai même pas reçu de mauvaises nouvelles, d'ailleurs, en fait, il n'y avait pas de nouvelles du tout. Matty allait bien. Comment eût-il pu en être autrement ? Il avait besoin de soins, on lui prodiguait ces soins, et il n'y avait pas grand-chose d'autre à ajouter. J'ai essayé de faire durer la conversation et l'infirmier – un homme très compréhensif – a essayé lui aussi, que Dieu le bénisse. Mais ni lui ni moi ne savions trop quoi dire. Matty ne fait rien pendant la journée, et il n'avait rien fait ce jour-là non plus. Il avait pris l'air sur sa chaise roulante, et nous en avons parlé, mais nous avons surtout discuté du temps, et du jardin.

Je l'ai remercié, j'ai raccroché, puis j'ai réfléchi un moment et j'ai essayé de ne pas m'apitoyer sur mon sort. L'amour, l'affection, toutes ces choses que seule une mère peut apporter... Pour la première fois de ma vie, je me suis rendu compte que tout cela ne lui servait à rien de toute façon. Ma position était exactement la même que celle du personnel du centre de soins. J'étais peut-être un peu plus compétente, car j'avais davantage de pratique. Mais deux semaines m'auraient suffi pour leur apprendre tout ce qu'ils devaient savoir.

Ce qui signifiait qu'après ma mort, Matty serait en de bonnes mains. Cette certitude venait de faire disparaître une peur qui m'obsédait depuis sa naissance. Et, je ne savais plus si j'avais envie ou pas de me suicider. Et si toute ma vie n'avait été qu'une perte de temps.

Je suis descendue, et j'ai aperçu Jess dans le couloir.

« Martin a payé sa note et quitté l'hôtel », a-t-elle annoncé.

Je lui ai souri poliment mais sans m'arrêter. J'ai continué à marcher, cela m'était égal que Martin ait quitté l'hôtel. Sans le coup de fil, je m'en serais souciée, car il était responsable de notre argent. Même s'il était parti avec, cela n'aurait pas été très grave, si ? Que je reste ou que je rentre à la maison, que je mange ou pas, ce que j'aurais fait ou pas n'aurait rien changé pour personne. Je me suis promenée presque toute la journée. Arrive-t-il que les gens soient tristes, en vacances, parfois ? Je peux facilement l'imaginer, avec tout ce temps pour réfléchir.

Le reste de la semaine, j'ai essayé de ne pas importuner les autres. De toute façon, Martin avait fichu le camp, et JJ semblait s'en moquer. Jess n'appréciait pas trop, et une fois ou deux elle a voulu que nous mangions ensemble, ou que j'aille m'asseoir avec elle sur la plage. Mais je me suis contentée de sourire en disant : Non merci. Je ne lui ai pas dit : Mais tu es toujours tellement grossière avec moi ! Pourquoi veux-tu me parler, maintenant ?

J'ai emprunté un livre dans la petite vitrine de la réception avec une couverture rose brillante. *Les Griffes de l'ennui* : l'histoire un peu nunuche d'une fille seule dont le chat se transforme en un beau jeune homme. Le jeune homme veut l'épouser, mais elle hésite parce que c'est un chat, et elle met un certain temps à se décider. Parfois je lisais, parfois je dormais. Je ne m'ennuie jamais quand je suis seule.

La veille du départ, je suis allée à la messe pour la première fois depuis au moins six mois. Il y avait une vieille église charmante dans le bourg – bien plus jolie que la mienne à la maison, un bâtiment moderne et carré. (Je me suis souvent demandé si Dieu aurait réussi à trouver la nôtre, mais je suppose que, depuis le temps, Il a dû finir par tomber dessus.) Cela m'a été plus aisé que je ne l'aurais cru d'entrer et de prendre place, mais c'est surtout parce que je ne connaissais personne. Mais ensuite, tout m'a semblé difficile, les gens avaient l'air vraiment étranger, et très souvent je ne savais pas où nous en étions à cause de la langue.

Mais on s'habitue. C'est comme si j'étais entrée dans une pièce plongée dans l'obscurité – d'ailleurs il faisait sombre, à l'intérieur, bien plus que dans nos églises. Au bout d'un certain temps, on commence à distinguer des choses, et ce que je voyais, c'étaient mes voisins. Du moins la version espagnole de mes voisins. Il y avait une femme qui ressemblait à Bridgid, connaissait tout le monde, et n'arrêtait pas de regarder partout en souriant et en faisant des petits signes de la tête. Il y avait un gaillard pas très stable sur ses jambes même à cette heure de la journée, et c'était Pat.

Et puis je me suis vue. Elle avait mon âge, elle était dans son coin, et elle avait un fils adulte en chaise roulante qui ne savait pas quel jour on était. Je les ai observés pendant un petit moment, et la femme m'a surprise en train de les regarder, et manifestement elle m'a trouvée malpolie. Mais ça m'a paru tellement étrange, cette coïncidence, jusqu'à ce que j'y réfléchisse. Je me suis dit que je pourrais sans doute entrer dans n'importe quelle église du monde et tomber sur une femme entre deux âges, sans mari à l'horizon, accompagnant un jeune gars en chaise roulante. Les églises ont sans doute été inventées pour cette raison, entre autres.

MARTIN

Je n'ai jamais été très porté sur l'introspection, et je ne le dis pas pour m'excuser. Certains pourraient avancer qu'une grande partie des ennuis de ce monde sont provoqués par l'introspection. Je ne parle pas des fléaux tels que la guerre, la famine, la maladie, la violence – non. Je fais plutôt allusion aux rubriques ennuyeuses des journaux, aux invités larmoyants des *talk-shows* à la télé, etc. Aujourd'hui, je comprends mieux pourquoi elle est difficile à éviter quand on n'a rien d'autre à faire que de rester assis à ruminer sur son propre sort. J'aurais pu essayer de penser aux autres, vous me direz, mais ceux à qui j'ai voulu penser étaient des gens que je connaissais. Et le fait de penser à eux me ramenaient pile là où je ne voulais pas me retrouver.

Donc, je le reconnais, j'ai fait une erreur en quittant l'hôtel pour être seul. Parce que Jess a beau m'irriter au plus haut point, et Maureen me déprimer, elles occupaient une partie de moi qui ne devrait jamais rester inhabitée ou désœuvrée. Plus encore : avec elles, j'avais le sentiment d'être un homme à peu près accompli. J'avais réalisé certaines choses, il m'était donc possible d'en réaliser d'autres. Elles, en revanche, n'avaient strictement rien fait, et il n'était pas difficile d'imaginer qu'elles continueraient sur leur lancée. Avec elles, je devenais d'un leader international qui gérait une multinationale le soir, et une troupe de scouts le week-end.

J'ai pris une chambre qui ressemblait plus ou moins à la précédente, si ce n'est que je me suis offert un balcon avec vue sur la mer. Et je suis resté sur mon balcon pendant deux bonnes journées, à regarder la mer, dans l'introspection. On ne peut pas dire que j'ai beaucoup avancé ; mes conclusions, ce premier jour, étaient que j'avais à peu près toujours tout fichu en l'air, que je ferais mieux de mourir, et que si je mourais, il n'y aurait personne pour me pleurer ou regretter ma mort. Et, je me suis soûlé.

La deuxième journée n'a été guère plus constructive ; en concluant, la veille, que je ne manquerais à personne, j'ai compris tardivement que je n'étais pas complètement responsable de mes malheurs : je ne pouvais pas voir mes enfants à cause de Cindy – Cindy qui était également responsable de la fin de mon mariage. Je n'avais commis qu'une erreur ! Bon, d'accord, neuf. Neuf erreurs sur, disons, une centaine d'occasions ! J'avais eu 91 pour cent de réussite, et j'avais tout de même raté l'examen ! On m'avait envoyé en prison : a) à cause d'un guet-apens, b) en raison de l'attitude dépassée de la société vis-à-vis de la sexualité adolescente. J'avais perdu mon boulot à cause de l'hypocrisie et du manque de loyauté de mes patrons. Tant et si bien qu'à la fin de la seconde journée, j'avais envie de tuer des gens, plutôt que de me tuer. Ce doit certainement être plus sain, non ?

Jess m'a retrouvé le troisième jour. J'étais assis à une terrasse à lire un *Daily Express* vieux de deux jours. Je buvais un café au lait, et elle est venue s'asseoir à ma table.

« On parle de nous là-dedans ?

– J'espère bien, ai-je répondu. Mais pour l'instant, je n'ai lu que la page des sports et l'horoscope. Je n'ai pas encore regardé la première page.

– Très drôle. Je peux m'asseoir ?

– Non. »

Elle s'est assise, évidemment.

« Bon, alors, c'est quoi, toute cette histoire ?

– Quelle histoire ?

– Cette... grosse bouderie.

– Tu crois que je boude ?

– Vous appellez ça comment, vous ?

– Du ras le bol.

– Qu'est-ce qu'on a fait ?

– Pas "on". Pas *vous*[1]. *Toi*[1], au singulier.

– A cause de l'autre soir ?

– Oui, à cause de l'autre soir.

– Vous n'avez pas apprécié que je vous appelle papa, c'est ça ? Vous savez, vous avez l'âge pourtant.

– J'en suis conscient.

– Ouais. Bon, bah, alors, faut vous en remettre. Relax, max.

– Je m'en suis remis. Et je me relaxe.

– On ne dirait pas.

– Jess, je ne fais pas la tête. Tu crois vraiment que j'ai changé d'hôtel parce que tu as dit que j'étais ton père ?

– Moi, c'est ce que j'aurais fait.

– Parce que tu le détestes ? Ou parce que tu aurais honte de ta fille ?

– Les deux. »

Cela se passe toujours ainsi avec Jess. Quand elle croit que vous vous repliez sur vous, elle fait semblant d'être réfléchie (quand je dis réfléchie, je veux dire par là qu'elle se déteste, ce qui est à mon sens la seule conclusion possible à toute réflexion prolongée de sa part). J'ai décidé que je ne tomberais pas dans le panneau.

« Je ne me ferai pas avoir. Fiche le camp !

– Mais j'ai fait quoi, là ? Putain !

1. En français dans le texte. *(N.d.T.)*

– Tu veux essayer de me faire croire que tu es un être humain qui éprouve des remords.

– Qu'est-ce que ça veut dire "remords" ?

– Cela signifie que tu regrettes.

– Regrette quoi ?

– Va-t'en.

– Pourquoi ?

– Jess, je suis en vacances. Et surtout, en vacances de toi.

– Alors vous préférez que je me soûle et que je me drogue ?

– Oui. C'est ce que je veux de tout cœur.

– Ouais, c'est ça. Et après, je vais me faire passer un savon.

– Non. Pas de savon. Va-t'en, c'est tout.

– Je m'ennuie.

– Eh bien, va chercher JJ et Maureen.

– Ils sont ennuyeux.

– Et moi, non ?

– Vous avez rencontré qui, comme gens connus ? Eminem ?

– Non.

– Vous l'avez rencontré, mais vous voulez pas me le dire.

– Oh, bon sang ! »

J'ai payé l'addition et je me suis levé. Jess m'a suivi.

« Et si on se faisait un billard ?

– Non.

– L'amour ?

– Non.

– Je ne vous plais pas ?

– Non.

– Il y a pourtant des hommes à qui je plais.

– Tu n'as qu'à baiser avec eux. Jess, je suis navré de te le dire, mais je crois que c'est terminé entre nous.

– Pas si je vous suis partout, toute la journée.

– Et tu penses qu'à long terme ça va marcher ?

– Je me fiche du long terme. Mon vieux a dit que vous deviez vous occuper de moi, vous vous rappelez. Moi, je pensais que vous seriez content. Je pourrais remplacer vos filles. Et comme ça, vous pourriez retrouver la paix intérieure, vous voyez ? Il y a plein de films, comme ça. »

Elle a formulé cette dernière observation d'un ton neutre, comme si d'une certaine manière cela garantissait la véracité du scénario qu'elle avait imaginé plutôt que le contraire.

« Mais les relations sexuelles que tu me proposais ? Tu penses que c'est de cette manière que je vais trouver la paix ?

– Ce serait une possibilité, comment dire, différente. Une autre option. »

Nous sommes passés devant un affreux café qui s'appelait « New York City ».

« C'est là que je me suis fait jeter », a fièrement annoncé Jess. Je suis interdite de séjour ici, à cause de la bagarre, l'autre soir. »

Comme pour illustrer son propos, le propriétaire à la mine patibulaire s'avança sur le seuil, arborant une expression meurtrière.

« J'ai envie de pisser. Ne bouge pas. »

Je suis entré au « New York City », j'ai trouvé des W.-C. quelque part dans le Lower East Side, j'ai placé les pages télé de l'*Express* sur le siège, et j'ai tiré le verrou de la porte. Je l'ai entendue hurler à travers les murs, pendant plus d'une heure, mais ses cris se sont finalement arrêtés ; elle était partie sans doute, mais je suis resté à l'intérieur, au cas où. J'avais fermé la porte à clé à onze heures du matin, il était trois heures de l'après-midi quand je suis ressorti. Je n'avais pas vu le temps passer. Des vacances, quoi !

JJ

Mon dernier groupe s'est séparé après un concert au « Hope and Anchor », à quelques rues seulement de mon appartement. On savait qu'on allait se séparer avant de monter sur scène, mais on n'en avait pas parlé. On avait joué la veille à Manchester devant un public vraiment clairsemé et, en tournant à Londres, on était tous un peu à cran, mais surtout moroses et somnolents. Comme lorsqu'on quitte une femme qu'on aime – le mal au bide, le fait de savoir que rien de ce que l'on pourra dire ne changera quoi que ce soit – ou alors, pas plus de cinq minutes. Avec un groupe, c'est encore plus bizarre, parce que tu sais que, contrairement à ce qui se passe avec une fille, tu garderas le contact. J'aurais pu me retrouver dans un bar avec les trois autres le lendemain soir, le groupe n'en aurait pas moins cessé d'exister. Il ne s'agissait pas juste de nous quatre ; c'était une maison, et on habitait dedans, et on l'avait vendue donc elle ne nous appartenait plus. C'est une métaphore, évidemment, parce que personne ne nous en aurait donné un centime de notre fichue baraque.

Enfin bref, après le concert au « Hope and Anchor » – d'une triste intensité, comme le dernier coup désespéré avant la séparation –, on est retournés dans nos loges merdiques, on s'est assis côte à côte, et c'est Eddie qui a annoncé : « On dirait bien que c'est fini. » Et là, il a fait un geste qui ne lui ressemblait pas du tout : il a tendu les deux mains, a pris la mienne et celle de Jesse, et les a serrées dans les siennes, Jesse a pris celle de Billy de manière qu'on soit tous unis une dernière fois, et Billy a dit : « Va te faire foutre, espèce de tapette », et il s'est levé d'un bond, ce qui en dit long sur les batteurs.

Je ne connaissais mes compagnons de vacances que depuis quelques semaines, mais la même atmosphère menaçante régnait sur le trajet de l'hôtel à l'aéroport. On sentait la rupture, et personne ne parlait. Pour les mêmes raisons qu'avec mon groupe, on avait poussé les choses aussi loin que possible, et on se retrouvait dans une impasse. Voilà pourquoi tout finit par se briser : les groupes, les amis, les couples, les soirées, les mariages, tout.

C'est drôle, mais quand le groupe s'est séparé, ce qui m'a rendu malade, c'est que je me faisais du souci pour les autres. Je me demandais ce qu'ils allaient devenir, par exemple. Aucun de nous n'était vraiment surdiplômé. Billy savait à peine lire et écrire. Eddie était trop bagarreur pour garder un job, et Jesse tirait vraiment beaucoup sur les pétards... Le seul pour qui je ne m'en faisais pas, c'était moi. Je saurais toujours me débrouiller. J'étais plutôt futé, stable, j'avais une petite amie, et la musique aurait beau me manquer chaque jour de ma putain de vie, je parviendrais quand même à faire quelque chose, à être quelqu'un même sans elle. Résultat des courses ? La semaine d'après, Billy et Jesse font un concert avec un groupe qui venait de perdre sa section rythmique, Eddie se met à bosser avec son père, et moi je me retrouve livreur de pizzas sur le point de sauter du haut d'un putain d'immeuble.

Donc cette fois-ci, j'étais bien décidé à ne pas trop m'inquiéter pour mes camarades. Ils allaient s'en sortir, je me suis dit. Ce n'était pas gagné, mais ils avaient tenu le coup jusqu'à maintenant, plus ou moins, et de toute façon ce n'étaient pas mes affaires.

Dans le taxi qui nous conduisait à l'aéroport, on a parlé de ce qu'on avait fait, de ce qu'on avait lu, de ce qu'on ferait en premier en arrivant à la maison, ce genre de choses, et dans l'avion on a tous dormi, parce qu'il était tôt. Ensuite on a pris le métro de Heathrow à King's Cross, puis, un bus. Et c'est là qu'on a commencé à admettre qu'on n'allait peut-être plus trop passer de temps ensemble.

« Pourquoi ? a demandé Jess.

– Parce que nous n'avons rien en commun, a répondu Martin. Les vacances l'ont prouvé.

– Moi, je trouve qu'elles se sont plutôt bien passées.

– Nous ne nous sommes pas adressé la parole, a rétorqué Martin en ricanant.

– Evidemment, vous étiez caché dans les toilettes presque tout le temps.

– Et pourquoi, à ton avis ? Parce qu'on est des âmes sœurs ? Ou parce que notre relation n'est peut-être pas très satisfaisante ?

– Ah ouais ! Et c'est quoi, pour vous, une relation très satisfaisante ?

– Et pour toi ? »

Jess a réfléchi un moment avant de hausser les épaules et de répondre :

« Etre avec vous. »

Un long silence a suivi, on a alors compris que, pour Jess, c'était sans doute vrai. Heureusement, Martin a pris la parole juste au moment où l'on commençait à se dire que c'était peut-être vrai pour nous aussi.

« Ah ! bon ? Très bien. Mais cela ne devrait pas.

– Vous êtes en train de me larguer, c'est ça ?

– Appelle cela comme tu veux. Jess, nous avons tenu jusqu'à la fin des vacances. Le moment est venu pour chacun de poursuivre sa route.

– Et la Saint-Valentin, alors ?

– Nous pouvons nous retrouver pour la Saint-Valentin, si tu le souhaites ; c'était convenu.

– Là-haut, sur le toit ?

– Tu crois vraiment que tu pourrais encore sauter ?

– Je ne sais pas. Ça change d'un jour à l'autre.

– J'aimerais que nous nous retrouvions, a déclaré Maureen.

– La Saint-Valentin doit être un jour assez important, pour vous, Maureen », a dit Jess. Un ton banal, mais Maureen a bien perçu la méchanceté cachée sous ces mots. Elle n'a pas jugé bon de relever. A peu près tout ce que disait Jess pouvait lui être renvoyé en pleine figure, mais aucun de nous n'avait l'énergie de la défendre. On a regardé par la vitre la circulation sous la pluie, et en arrivant à Angel je leur ai dit au revoir et je suis descendu. Alors que le bus s'éloignait, j'ai vu Maureen offrir à la cantonade, Jess y compris, des pastilles à la menthe, et ce geste avait de quoi vous fendre le cœur.

La semaine suivante, je n'ai rien fait, en gros. J'ai beaucoup lu, je me suis baladé dans Islington pour voir s'il n'y avait pas une annonce d'un sale boulot pour moi. Un soir, j'ai craqué un billet de dix livres pour aller voir un groupe qui s'appelait Fat Chance, en concert à l'Union Chapel. Ils avaient commencé à peu près à la même période que nous, et maintenant ils étaient dans une maison de disques correcte, et bénéficiaient du bouche à oreille. Moi je les ai trouvés nuls. Ils sont restés plantés à jouer leurs chansons, il y a eu des applaudissements, un rappel, puis tout le monde est reparti, et l'expérience n'a enrichi personne.

A la sortie, j'ai été reconnu par un type qui devait avoir dans les quarante ans.

« Ça va, JJ ? m'a-t-il dit.

– On se connaît ?

– Je vous ai vu l'année dernière au "Hope and Anchor". J'ai entendu dire que le groupe s'était séparé. Tu habites par ici ?

– Ouais, pour l'instant.

– Tu fais quoi ? Tu te lances en solo ?

– Ouais, exact.

– Cool. »

On s'est retrouvés à huit heures le soir de la Saint-Valentin. Tout le monde était à l'heure. Jess voulait qu'on se réunisse plus tard, genre minuit, pour donner un peu plus de grandeur tragique à l'événement, elle était la seule à trouver que c'était une bonne idée, et puis Maureen n'avait pas envie de prendre son bus trop tard. Quand je l'ai croisée dans les escaliers, je lui ai dit que ça me faisait plaisir de savoir qu'elle avait l'intention de rentrer chez elle, ensuite.

« Où irais-je, sinon ?

– Non, je voulais juste dire... La dernière fois, vous n'aviez pas l'intention de rentrer à la maison, vous comprenez ? Du moins, pas en bus.

– En bus ?

– La dernière fois, vous vouliez plutôt prendre la voie express. » J'ai fait courir mes doigts dans le vide, puis les ai fait plonger comme s'ils sautaient du haut d'un immeuble. « Mais ce soir, on dirait que vous avez choisi une autre voie.

– Ah, oui ! C'est vrai, je vais un peu mieux, a-t-elle dit. Mentalement, je veux dire.

– C'est épatant.

– Je ressens encore les bienfaits des vacances, je crois

– Super. »

Ensuite, elle n'a plus voulu discuter parce que le chemin était encore long, ici aussi, et elle était essoufflée.

Martin et Jess sont arrivés quelques minutes plus tard. On s'est dit bonjour, et on est restés là, debout.

« Au fait, quel était le but de cette rencontre ? a demandé Martin.

– On devait se retrouver pour voir comment chacun se sentait, a expliqué Jess.

– Ah ! » On a regardé nos pieds. « Et comment nous sentons-nous ?

– Maureen va bien, ai-je annoncé. Pas vrai, Maureen ?

– Oui. Je disais à JJ que je ressentais encore les bienfaits des vacances.

– Quelles vacances ? Les dernières ? » Martin l'a dévisagée en secouant la tête, à la fois étonné et admiratif.

« Et vous, Mart ? ai-je demandé. Vous allez comment ? » (J'avais déjà une petite idée de la réponse.)

« Oh, *comme ci, comme ça*[1].

– Branleur », a déclaré Jess.

De nouveau on a regardé nos pieds.

« J'ai lu quelque chose qui pourrais vous intéresser, a déclaré Martin.

– Ah ! ouais ?

– Je me disais que... Ce serait peut-être bien d'en parler ailleurs. Dans un pub, par exemple.

– Moi, je n'ai rien contre, ai-je dit. De toute façon, on devrait fêter ça, non ?

– Fêter ça ? a répété Martin comme si j'étais cinglé.

– Ouais. Je veux dire, on est en vie, et, et... »

Bon, pour la suite de la liste, j'ai un peu séché. Mais le seul fait d'être vivant me semblait mériter une tournée. Sauf, bien sûr, si ce n'était pas ce que vous souhaitiez... Eh ! merde. De toute façon, j'avais envie de boire un coup. A défaut on pouvait au moins célébrer ça, j'avais envie de boire un coup. Un désir très humain et très ordinaire avait émergé du brouillard de dépression et d'indécision.

« Maureen ?

– Oui, ça ne me gêne pas.

1. En français dans le texte. *(N.d.T.)*

– Je n'ai pas l'impression que quelqu'un va sauter, ai-je dit. En tout cas, pas ce soir. Je me trompe ? Jess ? »

Elle n'écoutait pas.

« Putain ! a-t-elle dit. Oh ! merde. »

Elle regardait fixement l'endroit où Martin avait découpé le grillage, le soir du réveillon. Un type était assis, exactement à la même place, et il nous observait. Il devait avoir quelques années de plus que moi, et il avait l'air franchement effrayé.

« Hé, mec, ai-je dit doucement. Hé ! Ne bouge pas. »

J'ai avancé de quelques pas.

« S'il te plaît, ne t'approche pas », a-t-il dit. Il était pris de panique, au bord des larmes, il tirait comme un furieux sur sa clope.

« On est tous passés par là, ai-je repris. Viens de l'autre côté, tu pourras te joindre à nous. On fête nos retrouvailles. » J'ai fait encore deux pas. Il n'a rien dit.

« Ouais, a dit Jess. Regarde, nous, on tient le coup. Tu as l'impression que tu ne tiendras jamais jusqu'au bout de la soirée, mais en fait, si.

– Je ne veux pas, a dit le gars.

– Raconte-nous ton problème, ai-je dit en m'avançant encore. Je veux dire, on est tous des experts en la matière. Maureen, ici... »

Mais je me suis arrêté net. Il a balancé sa cigarette dans le vide puis, avec un gémissement, a sauté. Au bout d'un moment, on a entendu le bruit sourd de son corps qui s'écrasait sur le trottoir tout en bas. Et depuis, je l'entends chaque jour, ce gémissement et ce bruit sourd, sans savoir lequel est le plus effrayant.

Troisième partie

MARTIN

Le type qui a sauté a laissé deux marques profondes et apparemment contradictoires sur nous. Un, il nous a permis de comprendre que nous étions incapables de nous suicider. Deux, cette information nous a rendus suicidaires de nouveau.

Ce n'est pas un paradoxe pour qui connaît un tant soit peu la perversité de la nature humaine. Il y a longtemps, j'ai travaillé avec un alcoolique – un homme dont je tairais le nom, car vous avez certainement entendu parler de lui. Il m'a dit que le jour le plus terrifiant de sa vie avait été celui de sa première tentative pour cesser de boire. Il avait toujours cru qu'il pourrait arrêter de picoler – il suffisait de se décider – et donc qu'il avait toujours ce choix en réserve, quelque part au fond d'un tiroir à chaussettes, dans un coin de sa tête. Mais quand il a découvert qu'il lui fallait boire, qu'en fait, il n'avait jamais eu le choix... Eh bien, il a voulu mettre fin à ses jours, si je puis me permettre de confondre nos problèmes.

C'est en voyant ce gars sauter dans le vide que j'ai vraiment compris ce que mon collègue avait voulu dire. Jusqu'alors, sauter avait toujours été une possibilité, une échappatoire, de l'argent mis de côté pour les jours difficiles. Et brusquement, il n'y avait plus d'argent – ou plutôt, cet argent ne nous avait jamais appartenu. Il était au type qui avait sauté, et aux gens comme lui. Parce que balancer les pieds au-dessus du précipice, ce n'est rien tant qu'on n'est pas prêt à avancer de cinq centimètres supplémentaires, or aucun d'entre nous n'en avait été capable. Nous pouvions nous raconter des histoires – oh, j'aurais sauté si elle – ou il – n'avait pas été là, ou si quelqu'un ne s'était pas assis sur ma tête – mais dans la réalité, nous étions tous encore vivants, et nous avions eu beaucoup d'occasions de ne plus l'être. Pourquoi étions-nous redescendus ce soir-là ? Parce que nous avions décidé qu'il fallait retrouver un crétin prénommé Chas qui finalement n'avait pas tellement fait avancer les choses. Je ne suis pas certain que nous aurions pu convaincre notre pote – celui qui a sauté – de renoncer pour aller chercher Chas. Il avait d'autres projets en tête. Je me demande quel score il aurait obtenu sur l'Echelle des Intentions de Suicide d'Aaron T. Beck. Un bon score, je pense, à moins qu'Aaron T. Beck se soit trompé dans les grandes largeurs. Parce que là, personne ne peut prétendre que l'intention n'y était pas.

Nous avons déguerpi immédiatement après l'avoir vu sauter. Nous avons décidé que mieux valait ne pas moisir ici, et ne pas avoir à expliquer notre rôle, ou plutôt notre absence de rôle, dans le décès du pauvre bougre. Après tout, nous avions des antécédents à la Tour du Saut et en avouant cela, nous ne ferions que brouiller les pistes. Si l'on apprenait que nous avions été là-haut, alors l'histoire pourtant si claire (à savoir : un malheureux se jette du toit d'un immeuble) serait brouillée, le public n'y comprendrait plus rien. Et nous ne le souhaitions pas.

Nous avons dévalé les marches au pas de charge dans les limites imposées par nos poumons encrassés et nos jambes variqueuses, et chacun est reparti de son côté. Nous étions trop tendus pour aller boire un verre dans les environs immédiats ou pour prendre un taxi ensemble, aussi nous sommes-nous dispersés à peine arrivés sur le trottoir. (Quel genre d'ambiance y avait-il, au pub le plus proche de la Tour du Saut ? me suis-je demandé en rentrant chez moi. Y croisait-on tout un tas de gens malheureux sur le point de monter ? Ou bien des gens mi-désorientés mi-soulagés, qui venaient juste de redescendre ? Peut-être un mélange improbable des deux ? Le patron appréciait-il le caractère unique de sa clientèle ?

Exploitait-il leur humeur à des fins mercantiles – en offrant par exemple une *Miserable Hour*, par exemple ? Sait-il que les Montants – les gens très malheureux, donc – se mélangent aux Descendus ? Se peut-il que les Montants fassent connaissance entre eux ? Une relation amoureuse y avait-elle jamais vu le jour ? Le pub aurait-il pu être à l'origine d'un mariage, voire même d'un enfant ?)

Nous nous sommes retrouvés le lendemain après-midi au Starbucks, et tout le monde avait le cafard. Quelques jours auparavant, juste après les vacances, il était parfaitement clair que nous n'avions plus vraiment besoin les uns des autres ; à présent, en revanche, il était difficile d'imaginer qui pourrait offrir une meilleure compagnie. J'ai regardé les clients du café : de jeunes mères avec poussettes et landaus, des jeunes gens en costumes ou tailleurs avec téléphones portables et calepins, des étudiants étrangers... J'ai essayé de m'imaginer engageant la conversation avec l'un d'entre eux. Impossible. Qui aurait envie d'entendre parler de gens qui se jettent du sommet des immeubles-tours ? Qui, à part mes compagnons de table ?

« Je n'ai pas arrêté de penser à ce type. Putain ! je n'ai pas pu fermer l'œil de la nuit, a déclaré JJ. Qu'est-ce qui a pu se passer dans sa tête, mec ?

– C'était certainement juste, bon..., a commencé Jess. La reine du mélo. Enfin, le roi du mélo, quoi. C'est l'impression qu'il donnait.

– Quelle perspicacité, Jess, ai-je dit. En effet, bien que nous ne l'ayons vu qu'avant qu'il se donne la mort, il ne semblait pas avoir de véritables problèmes. Rien de sérieux comparé aux tiens, en tout cas.

– Ce sera dans le journal local, a dit Maureen. C'est ce qu'ils font habituellement. Avant, je lisais ce genre d'articles. Surtout quand on arrivait à la période du nouvel an. Pour comparer ma situation à la leur.

– Et alors ? Cela donnait quoi ?

– Oh ! a répondu Maureen. Je ne m'en sortais pas trop mal. Parfois, je ne les comprenais pas.

– Sur quel plan ?

– L'argent.

– Moi, je dois de l'argent à plein de gens, a fièrement annoncé Jess.

– Tu devrais peut-être envisager de te tuer, ai-je dit.

– Ce n'est grand-chose. Juste une vingtaine de livres par-ci par-là.

– Peu importe. Une dette est une dette. Et si tu ne peux pas l'honorer... Il faut peut-être que tu songes à te retirer dignement.

– Hé, vous deux, a dit JJ. Si on essayait de se concentrer, hein ?

– Sur quoi ? C'est bien ça justement le problème, nous n'avons rien sur quoi nous concentrer.

– Concentrons-nous sur ce type.

– Nous ne savons rien de lui.

– Non, mais, je ne sais pas, il me paraît important. On allait faire la même chose que lui.

– Ah ! bon ?

– Moi, oui, a déclaré Jess.

– Peut-être, mais tu n'as pas sauté.

– Vous vous êtes assis sur moi.

– Mais depuis, tu n'as pas refait de tentative.

– Bah, on est allés à cette soirée. Et puis on est partis en vacances. Et bon. Une chose en entraînant une autre...

– C'est horrible, hein, le temps file à une vitesse ! Il va falloir que tu trouves un moment dans ton agenda. Sinon, la vie sera toujours là pour contrarier tes projets.

– Fermez-la ! a rétorqué Jess

– Hé, calmez-vous, vous deux... »

Je m'étais encore laissé entraîner dans une prise de bec indigne avec Jess. J'ai décidé de me comporter avec plus de noblesse.

« Comme JJ, j'ai passé une longue nuit à méditer.

– Branleur.

– Et j'en ai conclu que nous n'étions pas des gens sérieux. Nous ne l'avons jamais été. Nous ne sommes pas passés loin comparé à certains, mais pas si près que ça non plus comparé à d'autres. Et maintenant, nous sommes coincés.

– Je suis d'accord. On a merdé, a reconnu JJ. Désolé, Maureen.

– Quelque chose m'échappe, a dit Jess.

– Et voilà. C'est nous tout craché, ça.

– Quoi ?

– Ça. » J'ai fait un geste de la main pour indiquer ce qui nous entourait, notre petit groupe, la pluie dehors ; tout cela semblait en dire long sur la situation dans laquelle nous nous étions embourbés. « C'est ainsi. Il n'y a pas de porte de sortie. Même la porte de sortie n'est pas une porte de sortie pour nous.

– Des conneries, tout ça, a dit Jess. Et je ne suis pas désolée, Maureen.

– L'autre soir, je m'apprêtais à vous parler de ce que j'avais lu dans un magazine. A propos du suicide. Vous vous souvenez ? Enfin, bref, le type estimait que la période critique durait quatre-vingt-dix jours.

– Quel type ? a demandé JJ.

– Le suicidologue.

– C'est un boulot, ça ?

– Tout est un boulot.

– Bon, et alors ? a demandé Jess.

– Donc, sur les quatre-vingt-dix jours, quarante-six se sont déjà écoulés.

– Et que se passe-t-il au bout des quatre-vingt-dix jours ?

– Il ne se *passe* rien, ai-je dit. C'est juste que... que les choses sont différentes. Elles changent. La configuration précise qui vous a amenés à considérer que la vie était insupportable... eh bien, elle s'est modifiée. Comme l'astrologie, mais en vrai.

– Pour vous, rien ne changera, a déclaré Jess. Vous serez toujours le type qui s'est fait virer de la télé, qui a couché avec une mineure et qui a fait de la prison. Personne n'oubliera jamais cela.

– Oui. Bon. D'accord, je suis sûr que ce délai ne s'appliquera pas à mon cas, ai-je concédé. Si cela peut te faire plaisir.

– Pour Maureen, ça ne changera pas grand-chose non plus, a poursuivi Jess. Ni pour JJ. Pour moi, si, par contre. Je suis assez changeante, moi.

– En tout cas, et voilà où je voulais en venir, la date

limite est de nouveau repoussée. Parce que... Ecoutez, je ne sais pas trop pour vous. Mais j'ai réalisé ce matin que, pour l'instant, je n'étais pas prêt à tenir le coup tout seul. C'est drôle, parce qu'en fait, je n'apprécie aucun d'entre vous vraiment ; mais j'ai l'impression que vous êtes, je ne sais pas... Ce dont j'ai besoin. Vous savez, parfois on sait qu'il faudrait manger plus de légumes. Ou boire plus d'eau. Eh bien, là, c'est pareil. »

J'ai interprété le silence gêné qui a suivi comme une déclaration de solidarité peu enthousiaste, j'en conviens.

« Merci, mec, a dit JJ. Très touchant. Elle se finit quand la période des quatre-vingt-dix jours ?

– Le 31 mars.

– Drôle de coïncidence, non ? a fait remarquer Jess. Trois mois pile.

– Où veux-tu en venir ?

– Ce n'est pas scientifique, si ?

– Quoi, parce que quatre-vingt-huit jours le seraient davantage ?

– Plus scientifique, ouais.

– Non, je pige, a dit JJ. Trois mois, ce n'est pas mal. Presque une saison.

– Presque, en effet, puisque l'année comprend quatre saisons et douze mois, ai-je dit.

– On sera donc ensemble jusqu'à la fin de l'hiver. Super. C'est en hiver qu'on déprime, a dit JJ.

– Manifestement, oui, ai-je approuvé.

– Mais il faut faire quelque chose, a dit JJ. On ne va pas rester assis à attendre que les trois mois passent.

– Typiquement américain, a dit Jess. Qu'est-ce que tu veux faire ? Bombarder un petit pays pauvre quelque part ?

– Pourquoi pas, cela me changerait les idées, un petit bombardement.

– Que veux-tu faire ? ai-je demandé à JJ

– Je ne sais pas, mec. Mais passer trois mois à broyer du noir et à se lamenter sur notre sort, ça ne va pas nous avancer à grand-chose.

– Jess a raison, ai-je dit. C'est vraiment typique d'un Américain, ça. "Nous avancer !" Aide-toi toi-même...

Quand on veut, on peut, c'est ça ? Y compris devenir président.

– C'est quoi, votre problème, bande de nazes ? Je ne parle pas de devenir président. Je parle de trouver un boulot, comme serveur, quoi.

– Génial, a dit Jess. On ne va pas se suicider parce qu'on nous a refilé un pourboire de cinquante pence.

– Pas de risque dans ce pays de merde, a répliqué JJ. Désolé, Maureen.

– Tu peux toujours rentrer dans le tien, de pays, a dit Jess. Cela te changerait. Et puis, les immeubles sont plus haut, là-bas, non ?

– Donc, ai-je dit. Encore quarante-quatre jours à tirer. »

Il y avait autre chose dans l'article que j'ai lu : l'interview d'un homme qui avait survécu après avoir sauté du Golden Gate Bridge, à San Francisco. Il disait que deux secondes après avoir sauté, il s'était rendu compte qu'il n'y avait rien dans sa vie qui ne puisse être résolu – aucun problème hormis le pétrin dans lequel il venait de se fourrer en sautant du pont, justement. J'ignore pourquoi je n'en ai pas parlé aux autres ; c'est un élément crucial, tout de même. Mais pour l'instant, je voulais le garder pour moi. Je pourrais l'utiliser à bon escient plus tard, une fois l'histoire terminée. Si elle se terminait jamais.

MAUREEN

C'était dans le journal local, la semaine suivante. J'ai découpé l'article, et je l'ai gardé. Je le lisais de temps en temps pour essayer de mieux comprendre le pauvre homme. Je n'arrivais pas à penser à autre chose. Il s'appelait David Fawley, il avait sauté parce qu'il avait des problèmes avec sa femme et ses enfants. Elle avait rencontré un autre homme, était partie s'installer avec lui, et avait emmené les petits. Fawley habitait à deux rues d'ici, ce qui m'a paru très étrange, une coïncidence, jusqu'à ce que je réalise que les gens dont parlaient mon journal local vivaient dans le voisinage, sauf si quelqu'un venait inaugurer une école ou autre chose. Glenda Jackson était venue une fois à l'école de Matty, par exemple.

Martin avait raison. En le voyant sauter, j'ai compris que je n'étais pas prête le soir du réveillon. Les préparatifs allaient de soi, car ils me fournissaient une occupation – pour une fois j'avais attendu avec impatience le soir du réveillon. Mais dès que j'avais rencontré des gens avec qui parler, j'avais préféré discuter plutôt que sauter. Ils m'auraient laissée faire, je crois, s'ils avaient connu la raison pour laquelle je me trouvais sur ce toit. Ils ne m'en auraient pas empêchée. Mais j'étais tout de même redescendue pour aller à la soirée. Ce pauvre David, lui, avait refusé de nous parler, c'est ce que j'avais remarqué. Il était venu pour sauter, pas pour bavarder. Moi, je croyais être venue pour sauter, mais je m'étais quand même retrouvée à papoter.

A la réflexion, David et moi, nous étions à l'opposé l'un de l'autre. Il s'était suicidé parce que ses enfants étaient partis, et moi je voulais le faire parce que mon fils était toujours là. Ce cas de figure ne doit pas être si rare. Il doit y avoir des gens qui se suicident parce que leur mariage est fini, et d'autres parce qu'ils ne voient pas comment sortir du leur. Je me suis demandé si c'était valable pour tout le monde, si à chaque situation malheureuse correspondait une situation malheureuse opposée. Mais je ne voyais pas comment l'appliquer aux gens endettés, par exemple. On ne met pas fin à ses jours parce qu'on a trop d'argent. Les cheikhs avec leur pétrole ne se suicident pas très souvent, je crois. Ou alors, si cela arrive, personne n'en parle jamais. En tout cas, il y avait peut-être quelque chose à creuser dans cette histoire d'opposés. J'avais quelqu'un, David n'avait personne. Il avait sauté. Pas moi. Quand on parle de suicide, il vaut mieux n'avoir personne si vous voyez ce que je veux dire. Aucune attache ne vous retient.

J'ai prié pour l'âme de David, même si je savais que cela ne lui serait pas très utile car il avait commis un grand péché, et mes prières allaient tomber dans l'oreille d'un sourd. Ensuite, une fois Matty endormi, je l'ai laissé seul cinq minutes pour aller au bout de la rue voir l'immeuble où David avait habité. J'ignore pourquoi j'ai fait cela, et ce que j'espérais y trouver, mais il n'y avait rien, évidemment. Juste une rue avec de grandes maisons transformées en appartements. C'est tout ce que j'ai découvert : il vivait dans un appartement. Ensuite, il a fallu que je rentre à la maison.

Ce soir-là, j'ai regardé à la télévision l'histoire d'un inspecteur de police écossais qui ne s'entendait pas très bien avec son ex-femme, ce qui m'a de nouveau fait penser à David, parce que lui non plus ne devait pas très bien s'entendre avec son ex-femme à mon avis. D'ailleurs ce n'était pas le sujet principal du film, l'inspecteur n'avait pas vraiment de temps pour discuter avec son ex, car il passait le plus clair de son temps à essayer de découvrir qui était l'assassin d'une femme dont le cadavre avait été retrouvé devant la maison de son ancien mari dans le but de faire croire que c'était lui l'assassin. (Un autre ancien mari, donc.) Si bien que sur un film d'une heure, une dizaine de minutes étaient consacrées aux disputes avec l'ex-femme, tandis que cinquante étaient réservées à chercher qui avait placé le corps dans la poubelle. Ou plutôt quarante, si on enlève les publicités. Je le sais, car je m'intéressais davantage aux disputes qu'au cadavre, or j'ai trouvé que les disputes ne revenaient pas très souvent.

Finalement, une dizaine de minutes sur une heure, cela m'a paru correct. Compte tenu du genre, c'était sans doute ce qui convenait, puisqu'il était inspecteur. Il était plus important pour lui et pour les téléspectateurs qu'il consacre le plus clair de son temps à résoudre des meurtres. Mais je pense que, même en dehors d'une émission télévisée, consacrer une dizaine de minutes sur une heure à vos problèmes, c'est la bonne mesure. David Fawley, en revanche, était au chômage, il y avait donc de fortes chances pour qu'il ait passé soixante minutes sur soixante à penser à son ex-femme. Et une fois arrivé là, vous finissez forcément à la Tour du Saut.

Je suis bien placée pour le savoir. Je ne me dispute jamais, mais il m'est souvent arrivé, dans ma vie, de penser exclusivement à Matty soixante minutes sur soixante. Je n'avais rien d'autre à penser, mais ces derniers temps, j'ai eu l'esprit occupé ailleurs. Grâce aux autres, à ce qu'ils m'avaient dit de leur vie. Mais, en général, la plupart du temps, c'était juste mon fils et moi, ce qui n'était pas bon du tout.

Bref, ce soir-là, j'étais prise dans un méli-mélo de pensées. Je suis restée allongée au lit, à moitié endormie, à penser à David et à l'inspecteur écossais, à notre décision d'aller chercher Chas, et finalement ces pensées se sont démêlées. Le lendemain matin au réveil, je me suis dit que ce serait une bonne idée de savoir où habitaient la femme et les enfants de Martin, pour aller leur parler et voir s'il y avait une chance que la famille se réconcilie. Si oui, Martin se tracasserait peut-être moins, et il aurait quelqu'un, ce qui est toujours mieux que personne, et moi, j'aurais quelque chose pour m'occuper entre quarante et cinquante minutes par heure, ce qui pourrait être utile à tout le monde.

Mais je faisais une inspectrice déplorable. Je savais que la femme de Martin s'appelait Cindy, alors j'ai cherché Cindy Sharp dans l'annuaire, sans la trouver, et après, je ne savais plus quoi faire. J'ai donc demandé à Jess, car je me suis dit que mon projet ne plairait pas à JJ. Et en cinq minutes, elle a trouvé tous les renseignements utiles. Sur un ordinateur. Mais ensuite elle a voulu m'accompagner voir Cindy, et j'ai accepté. Je sais, je sais. Mais je voudrais vous y voir, vous : essayez donc de dire non à Jess.

JESS

J'ai allumé l'ordinateur de papa, j'ai tapé « Cindy Sharp » dans le moteur de recherche Google, et j'ai trouvé une interview qu'elle avait donnée à un magazine féminin quand Martin était allé en prison. « Cindy Sharp évoque pour la première fois la tragédie » et tout ça. Tu pouvais même cliquer sur une photo d'elle avec ses deux filles. Cindy ressemblait à Penny, en plus vieille et en un peu plus grosse, vu qu'elle avait eu des enfants. Et je parie que la gamine de quinze ans ressemblait à Penny, mais en plus mince et avec de plus gros seins. C'est vraiment des branleurs, les mecs comme Martin ! Ils prennent les femmes pour des putain d'ordinateurs portables, genre : l'ancienne m'a lâché, mais de toute façon, maintenant on peut en trouver des plus minces qui font plus de trucs.

Bon, j'ai lu l'interview, on disait qu'elle habitait dans un village qui s'appelait Torley Heath, à soixante-dix kilomètres environ de Londres. Et si elle avait l'intention d'empêcher les gens comme nous de venir frapper à sa porte pour la convaincre de se remettre avec son mari, elle faisait une grosse erreur, parce que l'article indiquait l'emplacement exact de sa maison dans le village – face à une boutique à l'ancienne, à deux numéros de l'école. La journaliste disait cela pour bien nous montrer que Cindy avait une vie idéale. Sauf que son ex-mari était en prison pour avoir couché avec une gamine de quinze ans.

On a décidé de pas en parler à JJ. On était presque sûres qu'il trouverait une raison à la con pour nous en empêcher. Il nous dirait : « Ce ne sont pas vos affaires » ou : « Vous allez fiche en l'air sa dernière chance. » Maureen et moi on pensait avoir un argument solide. C'était le suivant : Cindy détestait peut-être Martin parce que c'était un tombeur de première qui se tapait toutes les filles qui passaient. Mais maintenant, avec ses idées de suicide, il ne risquait pas d'aller draguer, en tout cas pas pendant un bon bout de temps. Donc, en gros, si elle ne voulait pas le reprendre, cela signifiait qu'elle le détestait assez pour souhaiter sa mort. Et pour en arriver là il faut vraiment beaucoup de haine, quand même. Bon, d'accord, il n'avait jamais dit qu'il voulait retourner avec elle, mais il avait besoin d'un environnement domestique rassurant, un endroit comme Torley Heath. Il valait mieux ne rien faire dans un endroit où il n'y avait rien à faire, plutôt que ne rien faire à Londres où le danger vous guettait à chaque coin de rue (adolescentes, boîtes de nuit, immeubles-tours). Enfin, c'était notre avis.

On est donc parti en excursion. Maureen avait préparé des sandwichs à l'ancienne infâmes, avec des œufs et des trucs de ce genre dedans, je n'ai pas pu y toucher. On a pris le métro jusqu'à Paddington, puis le train jusqu'à Newbury, et ensuite un bus qui nous a déposées à Torley Heath. J'avais peur que Maureen et moi, on n'ait pas grand-chose à se raconter, et que l'on s'ennuie tellement que je finisse par faire une bêtise. Mais ça s'est bien passé, essentiellement parce que j'ai fait de gros efforts. J'ai décidé que j'allais jouer à la journaliste, et que j'allais passer la journée à en apprendre le plus possible sur la vie de Maureen, même si c'était ennuyeux et déprimant. Mais en fait c'était si ennuyeux et déprimant que je me déconnectais chaque fois qu'elle me répondait pour réfléchir à la question suivante. Elle m'a regardée d'un drôle d'air à deux reprises je suppose que j'ai dû lui poser la même question plusieurs fois. Par exemple, à un moment donné, je me suis reconnectée pour entendre : Machin machin machin a rencontré Franck. Alors j'ai dit : Vous l'avez rencontré quand, Franck ? Mais en fait, je crois qu'elle venait juste de m'expliquer que c'est à ce moment-là qu'elle avait rencontré Franck. Si un jour je veux faire des entretiens, il faudra que je fasse des progrès là-dessus. Mais bon, il ne faut pas se leurrer, je n'interrogerai pas des gens qui n'ont rien fait à part avoir un fils handicapé. Donc, ce sera plus facile de se concentrer, puisqu'ils me parleront de leur nouveau film et d'autres choses vraiment intéressantes.

Enfin bref, l'important, c'est qu'on a fait un voyage

entier jusque dans un bled paumé sans que je lui demande une fois si elle s'était fait prendre en levrette ni quoi que ce soit. Et là, je me suis rendu compte que j'avais parcouru un sacré chemin depuis le soir du réveillon. J'avais mûri. Et je me suis dit que, d'une certaine manière, notre histoire touchait à sa fin, et que ce serait un *happy end*. Parce que j'avais mûri, et aussi que nous étions arrivés au stade où on s'entraidait pour régler nos problèmes. On ne restait pas juste assis à broyer du noir. C'est bien à ce moment-là que les histoires se terminent, non ? Quand les gens montrent qu'ils ont appris des choses, et que les problèmes sont réglés. J'en ai vu des tonnes, des films comme ça. Aujourd'hui, on s'occupait de Martin, ensuite, ce serait le tour de JJ, puis le mien et enfin celui de Maureen. Et on se retrouverait sur le toit dans quatre-vingt-dix jours – et que je te sourie, et que je te serre dans mes bras – en sachant qu'on était passés à autre chose.

L'arrêt de bus était juste devant la boutique du village dont ils parlaient dans l'article. On est donc descendues, et on a regardé de l'autre côté de la route. Il y avait un petit cottage avec un muret. On voyait à l'intérieur de la propriété deux petites filles, emmitouflées sous des bonnets et des écharpes, qui jouaient avec un chien. J'ai demandé à Maureen si elle connaissait le nom des petites de Martin. Elle a dit : Oui, elles s'appellent Polly et Maisie – ce qui ne m'a pas étonnée. Je voyais bien Martin et Cindy appeler leurs enfants Polly et Maisie, des prénoms snob et ringards, histoire que tout le monde puisse faire comme si Mr Darcy ou je ne sais qui habitait à côté. Du coup, j'ai crié : Ohé, Polly ! Maisie ! Elles se sont tournées vers nous, et se sont approchées. Et voilà : du bon boulot de détective.

On a frappé à la porte, et c'est Cindy qui est venue ouvrir. Elle m'a regardée comme si elle me reconnaissait à moitié, alors je me suis présentée : Je m'appelle Jess. Je fais partie des Quatre de la Tour du Saut, et j'ai été, comment dire, associée à votre mari dans les journaux. Ce qui était un mensonge, d'ailleurs. (C'est à elle que je disais cela, pas à vous. Je regrette vraiment de pas savoir manier les guillemets. Je comprends l'intérêt de la chose maintenant.)

– Ex-mari, m'a-t-elle répondu, ce qui était à la fois un début peu amical et peu engageant.

MOI : Justement, c'est ça, le problème.

ELLE : Ah ! bon ?

MOI : Oui. Parce que ce n'est pas une fatalité, qu'il soit votre ex.

ELLE : Oh ! que si.

Et nous n'étions même pas encore entrées chez elle.

A ce moment-là, Maureen est intervenue : Pensez-vous que nous pourrions entrer pour vous parler ? Je m'appelle Maureen. Je suis également une amie de Martin. Nous avons fait le voyage de Londres par le train.

Et le bus, ai-je ajouté. Je voulais juste qu'elle sache qu'on avait fait un effort.

Et Cindy a répondu : Je suis navrée, entrez. Et ce n'était pas : Je suis navrée, allez vous faire foutre. Pourtant, j'ai bien cru que c'était ce qu'elle allait dire. Elle s'excusait de ne pas avoir été polie et de nous avoir fait attendre sur le seuil de sa porte. Alors là, j'ai cru que tout allait être facile, qu'il me suffirait de dix minutes pour la convaincre de reprendre Martin.

On est donc entrées dans le cottage, c'était charmant, mais pas tiré d'un magazine de décoration contrairement à ce que j'aurais pensé. Les meubles n'allaient pas vraiment ensemble, c'était vieux, et cela sentait un peu le chien. Elle nous a fait entrer dans le salon, où un type était assis près du feu. L'air sympathique, plus jeune qu'elle, et je me suis dit : en voilà un qui prend ses aises. Il avait un walkman sur les oreilles et avait retiré ses chaussures. Quand tu rends visite à quelqu'un, tu n'écoutes pas de la musique au walkman en chaussettes, si ?

Cindy s'est approchée de lui, lui a tapé l'épaule et a dit : Nous avons des visiteurs, et il a fait : Oh ! je suis désolé. J'écoutais Stephen Fry lire *Harry Potter*. Les enfants adorent, j'ai pensé que cela méritait qu'on y jette une oreille. Vous connaissez ? Alors moi, j'ai répondu : Ça ne va pas ! Je n'ai plus neuf ans ! Et il n'a pas su quoi répondre. Il a ôté ses écouteurs et a appuyé sur un bouton de son appareil.

C'est avec le chien de Paul que les filles sont en train de jouer, a expliqué Cindy. Et j'ai eu envie de dire : Bah, oui, et alors ? Mais je n'ai rien dit.

Cindy lui a expliqué que nous étions des amies de Martin. Il a demandé si elle préférait qu'il s'en aille, et elle a répondu : Non, bien sûr que non, quoi qu'elles aient à dire, je veux que tu l'entendes. Alors j'ai fait : Eh bien, on est venu dire à Cindy qu'elle devrait se remettre avec Martin, vous n'avez peut-être pas envie d'entendre ça. Et une fois encore, il n'a pas su quoi répondre.

Maureen m'a regardée, et s'est lancée : Nous sommes inquiètes pour lui. Et Cindy a répondu : Oui, je ne peux pas dire que ça m'étonne. Là-dessus, Maureen raconte l'histoire du type qui s'est fichu en l'air, parce que sa femme et ses enfants l'avaient quitté. Et Cindy répond : Vous savez que c'est Martin qui nous a quittés ? Ce n'est pas *nous* qui sommes parties. Alors là, j'ai fait : Ouais, c'est pour ça qu'on est venues. Parce que si vous l'aviez quitté, tout ce voyage n'aurait servi à rien. Mais, bon. On est venues jusqu'ici pour vous dire qu'il avait changé d'avis. Et Maureen a dit : Je crois qu'il a compris qu'il a fait une erreur. A quoi Cindy répond : Je n'ai pas douté un seul instant qu'à terme, il s'en rendrait compte, tout comme je savais d'avance qu'à ce moment-là, ce serait trop tard. Alors là, je suis intervenue : Il est jamais trop tard pour apprendre. Et elle a répondu : Pour lui, si. Alors j'ai dit qu'elle lui devait une dernière chance. Elle a eu un sourire en disant qu'elle n'était pas d'accord, et j'ai dit que je n'étais pas d'accord avec le fait qu'elle ne soit pas d'accord. Alors elle a répondu qu'au moins nous étions d'accord sur une chose : nous n'étions pas du même avis. Alors j'ai attaqué : Vous préférez qu'il meure, c'est ça ?

Elle n'a rien répondu pendant quelques instants, et je me suis dit que c'était gagné. Mais, elle a repris : J'ai envisagé de me suicider il y a un certain temps, quand tout allait vraiment mal. Mais ce n'était pas une option possible, parce qu'il y avait les filles. C'est très significatif que Martin ait, lui, cette possibilité. Il n'a pas le sens de la famille. Il a toujours détesté le mot « famille ». J'ai donc décidé que ça ne me regardait pas. S'il est libre de coucher à droite à gauche, alors il est également libre de se suicider. Vous ne croyez pas ? Je comprends pourquoi vous dites ça, ai-je répondu. Ce qui était une erreur, parce que ça n'aidait pas mon argumentation. Il vous a dit que je l'empêchais de voir les filles ? a demandé Cindy. Et Maureen a répondu : Il en a parlé, en effet. Et Cindy a dit : Eh bien, c'est faux. Je ne veux pas qu'il les voie ici, c'est tout. Il pourrait les emmener passer un week-end à Londres, mais il refuse. Ou prétend qu'il va le faire, mais trouve des excuses pour se défiler. Il ne veut pas être ce genre de père, vous comprenez. Cela demande trop d'efforts. Il veut rentrer du travail, leur lire une histoire – et encore, certains soirs, mais pas tous – et assister à leur fête de Noël. Il ne veut pas de tout le reste. Ensuite, elle a ajouté : Je ne vois pas pourquoi je vous raconte cela. Et là, j'ai fait : C'est un vrai branleur, non ? Et elle a ri. Il a commis beaucoup d'erreurs, a-t-elle ajouté. Et il continue d'en faire.

Le type, là, Paul, est alors intervenu : Si c'était un ordinateur, on dirait qu'il y a une erreur de programmation, et j'ai répondu : En quoi ça vous regarde vous ? Et Cindy a dit : Ecoutez, jusqu'à maintenant, j'ai été très patiente. Deux inconnues frappent à ma porte et me disent de reprendre mon ex-mari, un homme qui a failli me détruire ; je les invite à entrer et j'écoute ce qu'elles ont à me dire. Mais je vis désormais avec Paul, il fait partie de ma famille, c'est un beau-père formidable pour les filles. Voilà en quoi cela le regarde.

Paul s'est alors levé et a dit : Je crois que je vais monter avec mon *Harry Potter*, et il a failli trébucher sur mes pieds. Cindy s'est précipitée en disant : Attention, chéri, et c'est là que j'ai compris qu'il était aveugle. Aveugle ! Putain ! C'est pour ça qu'il avait un chien. C'est pour ça qu'elle m'avait dit que c'était son chien à lui (parce que j'avais répondu : Ça ne va pas ! Je n'ai plus neuf ans ! Oh ! mon Dieu, oh ! mon Dieu). On avait fait tout ce trajet pour dire à Cindy qu'elle devait quitter un aveugle pour retourner avec un type qui se tapait des mineures et la traitait comme une merde. Cela n'aurait rien dû changer, pourtant. Ils la ramènent tout le temps, comme quoi ils veulent être traités comme les autres. Donc, je vais laisser tomber le côté aveugle. Je dirai juste qu'on avait fait tout ce trajet pour dire à Cindy qu'elle devait quitter un type sympa avec elle et avec ses enfants, pour retourner avec un salaud. Même présenté comme ça, de toute façon, ce n'est pas terrible.

N'empêche, je vais vous dire ce qui m'a vraiment énervée. Maureen et moi, nous étions la seule preuve des liens de Martin avec Cindy. Nous et ses fillettes ; et encore, pour les fillettes, il faudrait un test ADN. Enfin bref, ce que je veux dire, c'est que du point de vue de Cindy, il aurait aussi bien pu ne jamais avoir existé. Ils étaient tous passés à autre chose. Cindy avait refait sa vie. En venant ici, j'avais cru, moi aussi, avoir mûri, mais j'avais juste réussi à prendre un train puis un bus avec Maureen sans lui poser de questions sur sa sexualité. Après avoir vu Cindy, j'avais nettement moins l'impression d'avoir parcouru un long chemin. Cindy, elle, s'était débarrassée de Martin, avait déménagé, rencontré un autre homme. Son passé, c'était du passé, alors que le nôtre, je ne sais pas... On était encore empêtrés dedans. On l'avait encore chaque jour sous le nez en se réveillant. Comme si Cindy habitait un endroit moderne, genre Tokyo, alors que nous, on vivait dans un endroit vieillot, comme Rome, par exemple. Ce n'était pas tout à fait cela, parce ça doit être trop cool d'habiter Rome, entre les fringues, les glaces, les beaux mecs – aussi cool que Tokyo. Or là, où nous on habitait, ce n'était pas cool. Donc, si l'on veut vraiment comparer, on pourrait dire : elle habitait dans un loft au dernier étage d'un immeuble grand standing, alors que nous, on était dans une bicoque pourrie qui aurait dû être démolie depuis des années. Il y avait des trous dans nos murs, n'importe qui pouvait passer la tête et nous faire des grimaces. Maureen et moi, on essayait de convaincre Cindy de quitter son loft pour venir s'installer dans le taudis avec nous. Ce n'était pas une offre très alléchante, je m'en rendais bien compte maintenant.

Alors que nous partions, Cindy nous a dit : J'aurais eu

davantage de respect pour lui s'il me l'avait lui-même demandé. Et j'ai répondu : Demandé quoi ? Alors elle a dit : Si je peux l'aider, je le ferai. Mais je ne sais pas quelle aide il souhaite.

Et là, j'ai compris qu'on s'était trompées sur toute la ligne, cet après-midi, et qu'il y avait une solution bien plus évidente.

JJ

Le seul ennui, c'est que l'Américain, chantre du « Aide-toi toi-même », n'avait pas l'ombre d'un putain de début d'idée de comment s'aider lui-même. Et franchement, plus je réfléchissais à la théorie des quatre-vingt-dix jours, moins je voyais comment elle pouvait s'appliquer à mon cas. En ce qui me concernait, j'étais foutu pour bien plus que quatre-vingt-dix jours. Je renonçais à être musicien, mec, et abandonner la musique, ce n'était pas comme arrêter la cigarette. Cela irait de mal en pis, jour après jour, et ce serait de plus en plus dur. Le premier jour de boulot au Burger King ne serait pas si horrible, parce que je me dirais, bon, euh... Putain ! je ne sais pas ce que je me dirais, mais je trouverais bien un truc. Le cinquième jour, j'aurais le moral à zéro et la trentième année... Faudra pas venir me parler quand j'en serai à ma trentième année de hamburgers. Ce jour-là, je serai vraiment grognon. Et j'aurai soixante et un an.

Et ensuite, quand j'aurai bien ruminé tout ça, je me lèverai mentalement parlant, et je me dirai : OK, mec, laisse tomber, je me fous en l'air. Là-dessus, je repenserai au gars qu'on a vu sauter en direct, et je m'assiérai, et je me sentirai vraiment minable, pire que la première fois que j'aurai relevé la tête. S'aider soi-même : un beau tissu de conneries, tiens. S'aider, s'aider, je ne pouvais même pas m'offrir un verre.

Quand on s'est retrouvés la fois d'après, Jess nous a raconté qu'avec Maureen elles étaient allées voir Cindy à la campagne.

« Mon ex s'appelait Cindy », a dit Martin. Il sirotait son café au lait en lisant le *Telegraph*, sans vraiment écouter la conversation.

« Ouais, tu parles d'une coïncidence », s'est moquée Jess.

Martin a continué à boire son café à petites gorgées.

« Pauvre tache », a dit Jess.

Martin a posé le *Telegraph* et l'a regardée.

« Quoi ?

– Je parlais de votre Cindy, gros nigaud. »

Martin l'a dévisagée.

« Vous n'avez jamais rencontré ma Cindy. Enfin, mon ex "ma Cindy". Mon ex, quoi.

– Si vous aviez écouté ! Maureen et moi, on est allées à Pétaouchnok pour parler avec elle.

– Torley Heath, a précisé Maureen.

– C'est là qu'elle habite ! » s'est exclamé Martin, scandalisé.

Jess a soupiré.

« Vous êtes allées voir Cindy ? »

Jess s'est emparée du *Telegraph* et a fait mine de le feuilleter, singeant son manque d'intérêt quelques instants plus tôt. Martin lui a arraché le journal des mains.

« Bon sang ! Pourquoi avez-vous fait cela ?

– On a pensé que ça pourrait vous aider.

– Comment ?

– On a lui demandé si elle était d'accord pour vous reprendre. Mais elle a dit non. Elle est maquée avec un aveugle. Elle s'en sort bien. Pas vrai, Maureen ? »

Maureen a eu la bonne idée d'observer la pointe de ses chaussures.

Martin a regardé fixement Jess.

« Vous êtes cinglées ou quoi ? a-t-il dit. De quel droit avez-vous pris cette initiative ?

– De quel droit ? Mon droit. On est dans un pays libre, non ?

– Et qu'auriez-vous fait si elle avait fondu en larmes et avait dit : "J'aimerais tellement qu'il revienne" ?

– Je vous aurais aidé à faire vos valises. Et vous auriez eu intérêt à filer doux.

– Mais... (Il a bafouillé, puis s'est interrompu.) Bon sang de bonsoir !

– De toute façon, ça ne risque pas d'arriver. Elle pense que vous êtes un vrai salaud.

– Si vous aviez écouté ce que j'ai dit à propos de mon ex, vous auriez évité un voyage inutile. Vous avez cru qu'elle voudrait de moi ? Que je me remettrais avec elle ? »

Jess a haussé les épaules. « Ça valait la peine d'essayer.

– Vous, a dit Martin en s'adressant à Maureen. Il n'y a rien par terre, alors regardez-moi dans les yeux. Vous l'avez accompagnée ?

– C'est même elle qui a eu l'idée, a précisé Jess.

– Vous êtes donc encore plus dingue qu'elle.

– Nous avons tous besoin d'aide, s'est défendue Maureen. Aucun de nous ne sait ce qu'il veut. Vous m'avez aidée. J'ai voulu vous rendre la pareille. J'ai cru que ce serait la meilleure façon de le faire.

– Pourquoi cela marcherait-il maintenant, alors que cela n'a pas marché avant ? »

Maureen a gardé le silence, alors j'ai déclaré :

« Lequel d'entre nous ne tenterait pas de nouveau un truc qui a foiré dans le passé ? Maintenant qu'on connaît l'autre possibilité. Et qu'on sait qu'elle n'équivaut à rien, putain.

– Toi, JJ, qu'est-ce que tu voudrais retrouver ? a demandé Jess.

– Tout, mec. Le groupe. Lizzie.

– C'est idiot. Le groupe ne valait rien. Enfin, s'est-elle empressée d'ajouter en voyant mon expression. Pas rien. Mais pas... tu vois. »

J'ai hoché la tête. Je voyais.

« Et Lizzie, elle t'a plaqué. »

Ça aussi, je le savais. Ce que je n'ai pas dit, parce que c'était vraiment trop ringard, c'est que s'il y avait moyen de rembobiner, je rembobinerais jusqu'aux dernières semaines du groupe, et jusqu'aux dernières semaines avec Lizzie, même si tout était déjà foutu. A l'époque, je faisais encore de la musique, et j'étais encore avec elle – il y avait pas de quoi se plaindre, pas vrai ? D'accord, tout était en train de crever. Mais ce n'était pas encore complètement mort.

Je ne sais pas pourquoi, mais cela m'a libéré de dire ce que je voulais vraiment, même si c'était impossible à obtenir. En inventant Cosmic Tony pour Maureen, j'avais imposé des limites à ses superpouvoirs en me disant que c'était le meilleur moyen de savoir ce que Maureen voulait vraiment. Il s'était avéré qu'elle avait besoin de vacances, et on a pu l'aider. Cosmic Tony était donc un gars qui gagnait à être connu. Mais s'il n'y a pas de limites, alors on peut découvrir toutes sortes de trucs, mec. Comme par exemple, je ne sais pas, ce qui cloche chez vous, au départ. On passe tous tellement de temps à ne pas dire ce qu'on veut parce qu'on sait qu'on peut pas l'obtenir. Et puis parce que cela paraît maladroit, ingrat, déloyal ou puéril, voire banal. Ou parce qu'on a tellement envie de faire croire que les choses vont bien qu'avouer le contraire passe pour une mauvaise manœuvre. Allez-y, dites ce que vous voulez. (Peut-être pas à voix haute, si cela risque de vous attirer des ennuis.) « J'aurais préféré ne jamais l'épouser. » « J'aimerais qu'elle soit encore vivante. » « Ne jamais avoir eu d'enfants avec elle. » « Avoir un max de fric. » « Que tous les Albanais rentrent en Albanie, putain ! » Peu importe ce que c'est, reconnaissez-le, au moins vis-à-vis de vous-même. La vérité vous libérera. Ou vous vaudra un bon coup de poing dans le nez. Survivre, quelle que soit votre vie, suppose que vous mentiez, or le mensonge corrode l'âme. Alors juste un instant, cessez de mentir.

« Je veux retrouver mon groupe, ai-je dit. Et ma copine. Je veux récupérer mon groupe et ma copine. »

Jess m'a regardé. « Tu viens de le dire.

– Mais je ne l'ai pas assez dit. Je veux récupérer mon groupe et ma copine. JE VEUX RÉCUPÉRER MON GROUPE ET MA COPINE. Martin, qu'est-ce que vous voulez, vous ? »

Il s'est levé. « Je veux un autre cappuccino, a-t-il dit. Pas vous ?

– Allez, faites pas la chochotte. Qu'est-ce que vous voulez ?

– A quoi cela me servira-t-il de vous le dire ?

– Je ne sais pas. Dites-le, on verra bien. »

Il a haussé les épaules et s'est rassis.

« Vous avez trois souhaits, ai-je dit.

– D'accord. J'aurais souhaité que mon mariage marche.

– Ça, il n'y avait aucune chance, a cru bon de préciser Jess. Vu que vous étiez incapable de garder votre bite dans votre pantalon. Pardon, Maureen. »

Martin l'a ignorée.

« Evidemment, j'aurais souhaité ne jamais coucher avec cette fille.

– Ouais, bon..., a commenté Jess.

– La ferme ! ai-je déclaré.

– Je ne sais pas, a dit Martin. J'aimerais juste ne pas être le salaud que je suis.

– Vous voyez, ce n'était pas si difficile, si ? »

Je plaisantais un peu, mais personne n'a ri.

« Pourquoi ne souhaitez-vous pas simplement avoir couché avec la fille sans vous faire attraper ? a demandé Jess. Moi, c'est ce que je demanderais, à votre place. Je crois que vous essayez encore de nous raconter des bobards. Vous souhaitez des choses qui vous feront passer pour un type bien.

– Et alors, cela ne résoudrait pas vraiment le problème, si ? Je serais toujours salaud. Et je me ferais encore pincer pour autre chose.

– Alors, pourquoi ne pas juste souhaiter ne vous être jamais fait pincer pour rien ? Pourquoi ne pas souhaiter que... C'est quoi, le dicton à propos du beurre ?

– De quoi parles-tu ?

– Une histoire d'argent et de beurre.

– Avoir le beurre et l'argent du beurre ? »

Jess a paru sceptique. « Vous êtes sûr que c'est ça ? Comment tu peux acheter du beurre si d'abord tu n'as pas l'argent ?

– L'idée, a dit Martin, c'est de vouloir gagner sur les

deux tableaux. De garder l'argent et d'avoir le beurre. Le beurre étant considéré comme une denrée à vendre. Que tu achètes avec l'argent. L'argent du beurre.

– C'est dément.

– Si on veut.

– Mais alors comment on fait pour avoir les deux à la fois ?

– Justement, c'est impossible. D'où l'expression.

– Mais à quoi bon avoir l'argent, si tu n'as pas pu choper le beurre ?

– J'ai l'impression qu'on s'écarte un peu du sujet, ai-je dit. L'idée, c'est de faire un souhait qui nous rendrait plus heureux. Et je vois bien pourquoi Martin aimerait, disons, être dans la peau de quelqu'un d'autre.

– J'aimerais que Jen revienne, a déclaré Jess.

– Ouais, bon, ça se comprend. Quoi d'autre ?

– Rien. C'est tout. »

Martin a ricané. « Tu ne souhaiterais pas être un peu moins garce ?

– Si Jen revenait, je le serais.

– Ou moins dingue ?

– Je ne suis pas dingue. Juste un peu... perturbée. »

Un ange est passé. Il était clair, autour de la table, que cette affirmation ne faisait pas l'unanimité.

« Il te reste deux souhaits. Tu les laisses tomber ? ai-je demandé.

– Non. Je veux profiter des trois... Un stock inépuisable de shit, peut-être ? Et, je sais pas... Oooh ! Cela ne me déplairait pas de savoir jouer du piano. » Martin a soupiré. « Bon sang ! C'est ton seul problème ? Ne pas savoir jouer du piano ?

– Si j'étais moins perturbée, j'aurais le temps de jouer du piano. »

On en est restés là.

« Et vous, Maureen ?

– Je l'ai déjà dit quand vous m'avez expliqué que Cosmic Tony pouvait seulement arranger les choses.

– Dites-le à tout le monde.

– J'aimerais qu'on trouve un moyen d'aider Matty.

– Vous pouvez faire mieux », a annoncé Jess.

On a tressailli.

« Comment ?

– Non, enfin bon, vous voyez, je me demandais juste ce que vous alliez dire. Vous auriez pu souhaiter qu'il soit né normal. Cela vous aurait épargné toutes ces années à nettoyer sa merde. »

Maureen s'est tue pendant un moment.

« Mais je serais qui, alors ?

– Hein ?

– J'ignore qui je serais.

– Vous seriez toujours Maureen, espèce de vieille chouette.

– Ce n'est pas ce qu'elle veut dire, suis-je intervenu. Elle veut dire qu'on est tous constitués de ce qui nous est arrivé. Alors si tu enlèves ce qui nous est arrivé, tu ne sais...

– Non, putain, je ne sais pas, a dit Jess.

– S'il n'y avait pas eu l'histoire de Jen, et les autres trucs...

– Comme Chas, et tout ça ?

– Exactement. Des événements de cette ampleur. Eh bien, qui serais-tu ?

– Je serais quelqu'un de différent.

– Exactement.

– Putain ! ce serait excellent. »

On a arrêté le jeu des trois souhaits sur ces paroles.

MARTIN

C'était censé être le beau geste de la fin, une façon de clore le tout, comme si c'était possible, comme si tout avait toujours une fin. C'est ça, avec les jeunes, maintenant, n'est-ce pas ? Ils voient trop de *happy ends*. Il faut toujours que tout finisse bien, que tout soit emballé avec un sourire, une petite larme et un geste d'adieu. Chacun aura appris quelque chose, trouvé l'amour, compris ses erreurs, découvert les joies de la monogamie, de la paternité, du devoir filial ou de la vie elle-même. De mon temps, les gens se faisaient flinguer à la fin des films après avoir appris que la vie était creuse, lamentable, brutale et brève.

C'était quelques semaines après la discussion des trois souhaits au Starbucks. Pour une fois, Jess avait réussi à ne pas trop la ramener – un authentique exploit pour une fille dont la technique conversationnelle consistait à décrire tout ce qui lui arrivait en temps réel – voire avec un léger temps d'avance, en utilisant le plus de mots possible, à la manière d'un commentateur sportif à la radio. A la réflexion, il est vrai qu'elle avait dévoilé son jeu sans le vouloir – encore eût-il fallu que l'un d'entre nous çonne qu'elle avait du jeu, mais comme personne ne pensait qu'elle trafiquait quelque chose...

Un après-midi, Maureen a dit qu'il fallait qu'elle rentre s'occuper de Matty, et Jess a étouffé un ricanement en faisant remarquer sur un ton énigmatique qu'elle le verrait bien assez tôt.

Maureen l'a regardée.

« Je le verrai d'ici une vingtaine de minutes si je n'attends pas le bus trop longtemps, a-t-elle dit.

– Ouais, mais après, a dit Jess.

– Bien assez tôt, mais une autre fois ? me suis-je étonné.

– Ouais.

– Je le vois tout le temps », a dit Maureen.

Et cette discussion est passée aux oubliettes, comme l'essentiel de ce que dit Jess. Une semaine plus tard environ, elle a commencé à témoigner un intérêt (jusque-là bien dissimulé) pour Lizzie, l'ex-petite copine de JJ.

« Elle habite où, Lizzie ? a-t-elle demandé à JJ.

– King's Cross. Et avant que tu me poses la question : non, ce n'est pas une pute.

– Elle fait quoi, alors ? Pute ? Ah ! ah ! Je plaisante.

– Ouais. Excellent, comme blague.

– Mais alors où est-ce qu'on peut habiter, à King's

Cross, si on n'est pas pute ? » JJ a levé les yeux au ciel. « Je ne te dirai pas où elle habite, Jess. Tu me prends pour un idiot ou quoi ?

– Je ne veux pas lui parler, à cette salope.

– Pourquoi salope ? ai-je demandé à Jess. Pour autant que nous sachions, elle n'a couché qu'avec un seul homme de toute sa vie.

– C'est quoi, le mot, déjà ? Le mot à la con, là... Pardon, Maureen.

– "Métaphoriquement" », ai-je répondu. Quand quelqu'un vous dit "le mot à la con", et que vous savez immédiatement que la personne cherche un synonyme de "métaphoriquement", vous êtes en droit de vous demander si vous ne connaissez pas trop bien cette personne. Vous êtes même en droit de vous demander s'il est bien raisonnable de la connaître tout court.

« Voilà, exactement. C'est une salope métaphorique. Elle a largué JJ et elle est sûrement avec un autre.

– Peut-être, a dit JJ. Je ne suis pas persuadé que le fait de m'avoir largué puisse condamner quelqu'un au célibat éternel. »

A partir de là, la conversation a suivi son cours, et nous avons abordé la question des châtiments qu'il convenait d'infliger à nos ex – la mort était-elle une trop douce pénitence ? Nous n'avons plus évoqué Lizzie, nous éloignant imperceptiblement du sujet, comme cela arrivait alors si souvent, à l'époque. Mais tout était déjà bel et bien là, si nous avions voulu fouiner dans la chambre d'ado jonchée de cochonneries qu'était l'esprit de Jess.

Le grand jour venu, je déjeunais avec Theo – même si, bien évidemment, au moment du repas, j'ignorais encore que ce serait le grand jour. Me restaurer en compagnie de Theo était déjà en soi un événement tout à fait significatif. Je ne lui avais pas parlé en tête à tête depuis ma sortie de prison.

Il voulait me voir car il avait, disait-il, une proposition « substantielle » de la part d'un éditeur réputé. Une proposition pour une autobiographie.

« Combien ?

– Ils n'ont pas encore abordé l'aspect financier.

– Qu'il y a-t-il alors de "substantiel" ?

– Disons que la proposition ne manque pas de substance.

– Ce qui signifie ?

– Que c'est une vraie proposition, qu'elle n'est pas imaginaire.

– Et qu'est-ce que "vrai" signifie, en vrai ? Vraiment ?

– Tu deviens très compliqué, Martin. Si je peux me permettre. Tu n'es pas mon meilleur client, entre une chose et l'autre. Et je me suis beaucoup démené pour ce projet. »

Tout d'un coup, je me suis aperçu que j'avais de la paille sous les pieds. Nous mangions dans un restaurant baptisé « La Ferme », où l'on ne servait que des produits de la ferme. Fabuleux, non ? La viande ! La salade verte ! Les pommes de terre ! Quel concept ! Je suppose que la paille était nécessaire, sinon l'idée aurait pu paraître un peu légère. J'aimerais pouvoir dire que les serveuses étaient joviales et bien charpentées, qu'elles avaient les joues rouges et portaient des tabliers, mais bien évidemment elles étaient renfrognées, minces, pâles et vêtues de noir.

« Mais qu'est-ce que tu as eu à faire, Theo ? Si, comme tu le dis, on t'a téléphoné pour te proposer de publier mon autobiographie de manière aussi indescriptible que substantielle ?

– Je les ai appelés en leur suggérant que cela pourrait les intéresser.

– Bien. Et ils ont paru intéressés ?

– Ils ont rappelé.

– Avec une proposition substantielle. »

Theo m'a gratifié d'un sourire condescendant.

« Tu ne connais pas grand-chose au monde de l'édition, si ?

– Non, pas grand-chose. Hormis ce que tu m'en as dit au cours de ce déjeuner, que des gens ont appelé pour te faire des propositions substantielles. C'est la raison pour laquelle nous sommes ici, apparemment.

– Ne mettons pas la charrue avant les bœufs. »

Theo commençait à m'agacer.

« Entendu. On oublie la charrue. Parle-moi des bœufs.

– Non, tu comprends... Même "les bœufs", comme tu

dis, sont tributaires de la charrue… C'est une question de *tactique*.

– Si je te demande de me parler des bœufs, nous en sommes déjà à mettre la charrue, c'est ce que tu veux dire ?

– Doucement, Martin.

– Epargne-moi ça, Theo.

– Cela ne sert à rien de se précipiter, si je peux me permettre. Dans ce genre d'affaires, il faut avancer doucement, imperceptiblement. »

Je n'ai plus jamais entendu parler de cette fameuse proposition, et je n'ai jamais compris quel avait été le but de ce déjeuner.

Jess nous avait convoqués pour une réunion extraordinaire, à seize heures, dans le vaste sous-sol invariablement vide du Starbucks d'Upper Street, le genre de salle avec canapés et tables basses comme dans votre salon (à condition que celui-ci soit dépourvu de fenêtres, et que vous ne buviez que dans des gobelets en papier que vous ne jetteriez jamais).

« Pourquoi au sous-sol ? ai-je demandé quand elle m'a appelé.

– Parce qu'il y a des choses dont je voudrais parler en privé.

– Quel genre ?

– Sexuelles.

– Mon Dieu ! Les autres seront là, n'est-ce pas ?

– Vous croyez que j'ai des choses sexuelles à vous raconter en privé, à vous et à personne d'autre ?

– J'espérais que non.

– Ouais, genre, comme si je n'arrêtais pas de fantasmer sur vous.

– A tout à l'heure, d'accord ? »

J'ai pris le bus 19 du West End jusqu'à Upper Street parce que j'avais fini par me retrouver sans le sou. Epuisées, les petites sommes que nous avions réussi à extorquer ici et là, aux *talk-shows* et autre sous-secrétaire d'Etat à l'Education. Et je n'avais plus d'emploi. Certes, Jess nous avait expliqué que le taxi était le moyen de locomotion le moins cher (puisqu'on vous emmène où vous voulez gratuitement, et que c'est seulement une fois arrivé qu'il faut de l'argent). Mais j'ai décidé que répercuter mon indigence sur un taxi n'était pas une si bonne idée. Le chauffeur et moi passerions pratiquement à coup sûr le trajet à pester contre l'injustice de mon incarcération... « Quoi de plus normal que de vouloir faire ça ? »... « Entièrement sa faute à la petite, faut voir comment elles s'attifent »... et ainsi de suite. Cela fait maintenant déjà un certain temps que je préfère aux chauffeurs des « taxis noirs » ceux des « minicabs », qui ont tendance à connaître aussi peu les habitants de Londres que la géographie de la ville. Dans le bus, on m'a reconnu deux fois ; sur les deux personnes, il y en a une qui a voulu me lire un passage pertinent de la Bible pour me placer sur le chemin de la rédemption.

Au moment où j'arrivais au Starbucks, un couple plutôt jeune est entré juste avant moi, et est descendu directement au sous-sol. Au départ, je m'en suis réjoui, évidemment, Jess serait obligée de nous faire ses révélations sexuelles à mi-voix, voire de s'abstenir ; mais en faisant la queue pour mon thé au lait, je me suis rendu compte que j'étais idiot tant Jess était immunisée contre la gêne. Alors là, mon ventre a commencé à faire ce qu'il fait depuis que j'ai quarante ans. Il ne se *noue* pas, non. Les ventres des vieux ne se *nouent* plus. C'est plutôt comme si une paroi de mon estomac était une langue et l'autre une pile électrique. Dans les moments de tension, les deux parois entrent en contact avec des conséquences désastreuses.

La première personne que j'ai vue au pied des escaliers, c'est Matty, dans sa chaise roulante. Il était flanqué de deux infirmiers costauds qui l'avaient certainement porté jusqu'en bas. L'un d'eux discutait avec Maureen. Tandis que j'essayais de réfléchir à ce qui avait bien pu amener Matty au Starbucks, deux fillettes blondes ont fondu sur moi en criant : « Papa ! Papa ! » Et même à ce moment-là, je ne me suis pas tout de suite rendu compte qu'il s'agissait de mes filles. Je les ai prises dans mes bras en essayant de ne pas pleurer, et j'ai levé la tête. Penny était là, me souriant, et Cindy était attablée dans un coin éloigné, sans me sourire. JJ avait le bras passé autour du couple entré juste avant moi. Jess se tenait aux côtés de son père et d'une femme qui devait être sa mère, ai-je supposé – incontestablement l'épouse d'un sous-secrétaire d'Etat travailliste. Elle était grande, habillée avec élégance et défigurée par un sourire hideux qui n'avait manifestement aucun rapport avec ce qu'elle ressentait, un vrai rictus de soir d'élections. Elle portait au poignet un de ces brins de ficelle rouge comme en a Madonna, elle était donc, contrairement aux apparences, une femme possédant une vie spirituelle intense. Connaissant Jess et son sens du mélo, je n'aurais pas été surpris de voir sa sœur, mais j'ai bien vérifié, elle n'était pas là. Jess portait une jupe et une veste, et il fallait être vraiment près pour être effrayé par la quantité de mascara qu'elle s'était appliquée.

J'ai reposé les filles et les ai conduites vers leur mère. En chemin, j'ai fait signe à Penny pour qu'elle ne se sente pas délaissée.

« Hello ! » Je me suis penché pour embrasser Cindy sur la joue. Elle s'est habilement dérobée.

« Mais qu'est-ce qui t'amène ici ? ai-je demandé.

– La fille cinglée semble penser que cela pourrait t'être utile d'une façon ou d'une autre.

– Tiens donc ! Elle l'a expliqué ? »

Cindy a ricané. Je savais qu'elle ricanerait à la moindre de mes paroles, que ce serait son seul mode de communication, aussi me suis-je agenouillé pour parler aux fillettes.

Jess a tapé dans ses mains et s'est avancée au centre de la salle.

« J'ai trouvé ça sur Internet, a-t-elle déclaré. Cela s'appelle une *intervention*. Ils font tout le temps ça, en Amérique.

– Tout le temps, a renchéri JJ. On ne fait que ça.

– Voyez, si quelqu'un est fout... perturbé à cause de la drogue, de l'alcool ou d'autre chose, alors ses amis, sa famille, ses proches se retrouvent, vont le voir et lui font, genre : Reprends-toi, putain. Désolée, Maureen. Désolée, maman, papa, désolée, les fillettes. Bon, ici ce n'est pas tout à fait pareil. En Amérique, ils ont quelqu'un de qualifié, un... Merde ! j'ai oublié le nom. Sur le site où je suis allée, il s'appelait Steve. »

Elle a fouillé dans la poche de sa veste pour en sortir un bout de papier.

« Un médiateur. Normalement, il faut un médiateur qualifié, alors que nous on n'en a pas. Vraiment, je n'ai pas su à qui demander. Je ne connais personne de qualifié. Et puis aussi, cette intervention est un peu à l'envers. Parce qu'on va vous demander d'intervenir. C'est nous qui venons vers vous, et non pas le contraire. On vous dit : A l'aide, on a besoin de vous. »

A ce moment-là, les deux infirmiers qui accompagnaient Matty ont pâli, ce qui n'a pas échappé à Jess.

« Pas vous, les gars, a-t-elle dit. Vous, vous n'avez rien à faire. Franchement, vous êtes juste là pour étoffer un peu l'équipe de Maureen, parce que bon. Je veux dire, elle n'a pas... Elle n'a personne, en fait. Et je me suis dit que vous deux et Matty, ce serait mieux que rien, vous comprenez ? Cela aurait été un peu dur pour vous, Maureen, d'assister à toutes ces retrouvailles en restant plantée toute seule dans votre coin. »

Jess avait peut-être beaucoup de défauts, mais elle avait une qualité indéniable : quand elle tenait un bon sujet, elle ne le lâchait pas. Maureen a esquissé un sourire reconnaissant.

« Enfin bon. Je vais faire les présentations. Dans le coin de JJ, on a son ex, Lizzie, et son pote Ed qui était avec lui dans son groupe foireux. Ed est venu d'Amérique exprès. Moi, j'ai mon père et ma mère, et c'est rare de les avoir ensemble dans la même pièce, ah ! ah ! Martin a son ex-femme, ses filles, et son ex-copine. Ou peut-être pas ex, qui sait ? A la fin, il aura peut-être récupéré sa femme *et* sa copine. »

Tout le monde a ri en regardant Cindy. Puis s'est arrêté en comprenant que leurs rires auraient des conséquences.

« Et Maureen a son fils Matty avec elle, et les deux gars du centre de soins. Donc, voilà comment je vois les choses. On parle un peu avec nos proches, on se raconte les dernières nouvelles. Et ensuite on permute, on va parler aux autres participants. C'est un peu un mixte entre le truc à l'américaine et la réunion de parents d'élèves. Les amis et la famille sont dans un coin en attendant que les gens viennent les voir.

– Pourquoi ? ai-je demandé. Quel est l'intérêt de tout cela ?

– Je ne sais pas. On verra bien. C'est amusant. Et puis, on peut apprendre des choses, non ? Sur les autres... Et sur nous-mêmes... »

Et la voilà repartie avec sa manie du *happy end*. C'est vrai, j'avais appris des choses sur les autres, mais seulement du factuel. Oui, je pouvais donner à Ed le nom du groupe dans lequel il avait joué, oui je pouvais dire aux Crichton le prénom de leur fille disparue ; mais je doutais fort qu'ils trouvent cela utile ou réconfortant.

Et puis enfin, que peut-on vraiment apprendre, à part les tables de multiplication et le nom du Premier ministre espagnol ? J'aurais aimé apprendre à ne pas coucher avec une gamine de quinze ans, mais cela, je l'avais appris il y a longtemps – des dizaines d'années avant de réellement passer à l'acte. Le problème, c'est qu'elle m'a dit qu'elle avait seize ans. Donc, ai-je appris à ne pas coucher avec des mineures ou des jeunes femmes séduisantes ? Non. Et pourtant, presque tous ceux que j'ai interviewés m'ont confié que dans tout ce qu'ils avaient fait – lutter contre le cancer, gravir un sommet ou jouer un tueur en série dans un film – ils avaient appris quelque chose sur eux-mêmes. Je hoche toujours la tête en souriant d'un air songeur, alors que chaque fois j'ai envie de ruer dans les brancards et de leur dire : « Franchement, que vous a appris le cancer ? Que vous n'aimez pas être malade ? Que vous ne voulez pas mourir ? Que les perruques irritent le cuir chevelu ? Soyez précis, je vous écoute. » Je les soupçonne de se raconter des histoires pour donner de la valeur à leur expérience, alors qu'elle fut une perte de temps total, un vrai gâchis.

Au cours de ces derniers mois, j'ai fait de la prison, j'ai perdu jusqu'à ma dernière molécule d'amour-propre, j'ai été séparé de mes enfants et j'ai très sérieusement envisagé de me tuer. Tout cela doit bien correspondre d'un point de vue psychologique à un cancer, non ? C'est tout de même autre chose que de jouer dans un foutu film. Alors comment se fait-il que je n'aie rien appris, que dalle ? J'aurais dû en tirer quoi, comme leçon ? C'est vrai, j'ai appris que j'étais attaché à ma propre estime, et que je regrettais sa disparition. J'ai également appris que la prison et la pauvreté, ce n'était vraiment pas mon truc. Mais, sincèrement je n'avais pas besoin de faire ce grand détour pour comprendre tout cela. Je suis peut-être étroit d'esprit, mais je persiste à penser que les gens en apprendraient plus sur leur propre compte sans avoir le cancer. Ils auraient davantage de temps, et bien plus d'énergie.

« Alors, a poursuivi Jess. Qui va aller où ? »

A ce moment-là, plusieurs jeunes punks français sont arrivés, leurs tasses de café à la main. Ils se sont dirigés vers une table libre à côté de la chaise roulante de Matty.

« Hé ! a crié Jess. Vous allez où, comme ça ? Remontez tout de suite. Allez, tout le monde là-haut ! »

Ils l'ont dévisagée en silence.

« Allez, allez, on ne va pas y passer la journée. Hop, hop, hop. *Schnell. Plus vitement*[1]. » Elle les a poussés vers l'escalier et ils ont rebroussé chemin sans demander leur reste. Jess n'était qu'une créature incompréhensible et agressive de plus issue d'un pays incompréhensible et agressif. Je me suis assis à la table de mon ex-femme, et j'ai adressé un petit signe de la main à Penny. C'était une sorte de geste à usage multiple, utile dans les soirées très fréquentées, une espèce de croisement entre « Je vais juste chercher un verre » et « Je t'appellerai », avec aussi un zeste de : « On peut avoir l'addition, s'il vous plaît ? » Penny a hoché la tête, comme si elle comprenait. Et là, de manière tout à fait déplacée, je me suis frotté les mains, comme si je me réjouissais à l'avance de toute cette connaissance de moi-même, délicieuse et nourrissante, que j'allais m'envoyer.

1. En français dans le texte. *(N.d.T.)*

MAUREEN

Je croyais que je n'aurais rien à raconter. En effet, je ne pouvais vraiment pas dire grand-chose à Matty. Et je ne voyais pas non plus ce que je pourrais bien raconter aux deux gars du centre de soins. Je leur ai demandé s'ils voulaient une tasse de thé, mais ils m'ont dit que non ; ensuite j'ai demandé s'ils avaient eu du mal à faire descendre Matty dans les escaliers, et ils m'ont dit que non, qu'ils étaient deux. J'ai dit que moi, même dix de ma carrure, je n'aurais pas pu et ils ont ri. Et puis nous sommes restés à nous regarder en silence. Ensuite, le petit, celui qui venait d'Australie et était taillé comme le robot que Matty avait eu quand il était enfant – la tête et le corps carrés – m'a demandé de lui expliquer le but de cette petite réunion. Il ne m'était pas venu à l'esprit qu'ils ne le savaient pas.

« J'ai essayé de comprendre, mais je ne vois pas du tout.

– Oui, ai-je dit. Cela doit vous paraître bien étrange.

– Alors, allez-y, dites-nous. Éclairez notre lanterne. Steve pense que vous avez des problèmes d'argent.

– Certains d'entre nous en ont. Moi non. »

Je n'ai jamais vraiment eu de soucis d'argent. Je touche une allocation pour m'occuper de Matty, et j'habite dans la maison de ma mère et puis, de toute façon, elle m'avait laissé un petit pécule. Quand vous n'allez jamais nulle part et que vous ne faites strictement rien, la vie est bon marché.

« Mais vous avez tous des ennuis, a dit le gars tout carré.

– Oui, ai-je répondu. Mais chacun a des ennuis différents.

– Ouais, bon, lui, je sais qu'il est dans le pétrin, a dit l'autre, Stephen. C'est le type qui s'est fait virer de la télé.

– En effet, ai-je répondu.

– Alors dites, comment le connaissez-vous ? Je ne vous vois pas fréquentant les mêmes boîtes de nuit. »

J'ai fini par tout leur raconter. Ce n'était pas prévu. C'est juste sorti comme ça. Et à partir du moment où j'ai commencé, j'ai eu l'impression que ce n'était pas si grave de leur raconter tout cela. En arrivant à la fin de mon histoire, je me suis pourtant reproché d'avoir parlé, et pourtant ils avaient été à l'écoute et s'étaient montrés compatissants.

« Vous ne direz rien, au centre, n'est-ce pas ? leur ai-je demandé.

– Pourquoi leur dirions-nous ?

– Parce que s'ils apprenaient que j'avais eu l'intention de leur laisser Matty, ils pourraient refuser de le reprendre. Et imaginer que chaque fois que j'ai appelé pour que vous passiez le chercher, j'envisageais de me suicider. »

Nous avons donc conclu un marché. Ils m'ont donné le nom d'un autre centre, dans le secteur, un établissement privé qui, selon eux, était mieux que le leur, et je leur ai promis que si je décidais un jour d'en finir pour de bon, j'appellerais là-bas.

« Ce n'est pas qu'on ne veuille pas savoir, a dit Sean le carré. Et ce n'est pas non plus qu'on craigne que le centre se retrouve coincé avec Matty sur les bras. C'est juste qu'on ne veut pas se dire que vous êtes dans le pétrin chaque fois que vous appelez. »

Je ne sais pas pourquoi, mais cela m'a mis du baume au cœur. Deux hommes que je ne connaissais pas me disaient de ne pas les appeler si j'avais des envies de suicide, j'avais envie de les serrer dans mes bras. Je déteste que les gens me plaignent, vous comprenez. Je veux bien qu'ils m'aident, même si leur aide consiste à dire qu'ils ne m'aideront pas (j'espère ne pas paraître trop irlandaise en disant cela). Ce qui est amusant, c'est que c'est exactement ce que Jess recherchait en organisant cette réunion. Mais elle ne s'attendait pas à ce qu'il m'arrive quoi que ce soit. Elle avait appelé ces deux gars pour s'occuper de Matty, et grâce à eux, je me sentais beaucoup mieux.

Stephen, Sean et moi avons observé les autres pendant quelques instants, pour voir comment cela se passait. C'était JJ qui s'en sortait le mieux, parce que lui et ses amis n'avaient pas encore vraiment commencé à se battre. Martin et son ancienne femme contemplaient en silence leurs fillettes qui dessinaient. Du côté de Jess et de ses parents, le ton montait. Ce qui aurait pu être bon signe, s'ils s'étaient disputés pour de bonnes raisons, mais par moments, on entendait Jess crier plus fort que les autres : « Je n'ai jamais touché à ces fichues boucles d'oreilles. » Ce qui ne semblait pas très constructif. Dans la salle, tout le monde a entendu, Martin, JJ et moi avons échangé un regard. Aucun d'entre nous ne connaissait l'histoire des boucles d'oreilles, nous ne pouvions pas juger, mais nous avions peine à croire que des boucles d'oreilles soient la source des problèmes de Jess.

Penny me faisait de la peine, toute seule dans son coin, je suis donc allée la voir pour lui demander si elle avait envie de se joindre à nous.

« Je suis certaine que vous avez encore plein de choses à vous raconter, a-t-elle dit.

– Non, ai-je répondu. Nous avons terminé, en fait.

– En tout cas, vous avez le plus beau type de toute la salle. » Elle parlait de Stephen, le grand infirmier, et en l'observant de loin, j'ai compris ce qu'elle voulait dire. Il était blond, avec de beaux cheveux longs, il avait des yeux d'un bleu vif, et un sourire éclatant. C'était triste que je ne l'aie pas remarqué, mais je ne pense plus à ces choses-là depuis longtemps.

« Alors, venez donc lui parler. Il sera ravi de faire votre connaissance », ai-je dit. Je n'en étais pas sûre, mais quand vous n'avez rien d'autre à faire que de rester debout à côté d'une chaise roulante, on peut imaginer que vous apprécierez de faire la connaissance d'une jolie jeune femme qui passe à la télévision. Et vraiment, je n'y suis presque pour rien, parce que je n'ai rien fait de plus que ce que j'ai dit ; mais c'est drôle, tant de choses se sont produites uniquement parce que Penny a traversé la salle pour aller parler à Stephen.

JESS

Tout semblait se dérouler à peu près bien pour tout le monde, sauf pour moi. Je me faisais chier. Ce n'était pas juste, parce que j'avais passé un temps fou à organiser cette intervention-réunion de parents d'élèves. J'étais allée sur Internet, et j'avais trouvé l'adresse e-mail du gars qui avait managé le groupe de JJ. C'est lui qui m'avait donné le numéro de téléphone de Ed. J'étais restée debout jusqu'à trois heures du matin pour pouvoir l'appeler au moment où il rentrait chez lui, après le boulot. Quand je lui ai raconté dans quel état JJ était, il a dit qu'il allait venir, et ensuite, c'est lui qui a appelé Lizzie pour la tenir au courant. Elle aussi était partante. Du côté de Cindy et des fillettes, il y a eu tout un tas de complications, et putain, avec elle, il a fallu carrément une semaine à temps plein. Et j'avais quoi comme récompense ? Que dalle. Pourquoi m'étais-je fourré dans la tête que parler à mes parents servirait à quoi que ce soit, putain ? Je leur parle tous les jours, putain, et c'est toujours pareil. Alors pourquoi m'étais-je dit que ce serait différent, cette fois-ci ? Parce que Matty, Penny et les autres étaient là ? Qu'on était au Starbucks ? J'avais espéré qu'ils écouteraient, surtout quand j'avais annoncé qu'on se réunissait tous parce qu'on avait besoin de leur aide ; mais quand maman a remis sur le tapis l'histoire des boucles d'oreilles, j'ai compris que j'aurais aussi bien pu choisir quelqu'un au hasard dans la rue et lui demander de m'adopter.

Cette histoire de boucles d'oreilles, elle ne la laissera jamais tomber. Elle en parlera encore sur son lit de mort. C'est sa façon à elle de dire des gros mots. Quand elle m'énerve, je n'arrête pas de dire « putain » ; et elle, quand je l'énerve, elle n'arrête pas de dire « boucles d'oreilles ». De toute façon, elles ne lui appartenaient pas, ces boucles d'oreilles ; c'était celles de Jen, et comme je n'arrête pas de le lui dire, je n'y ai pas touché. Elle pense que pendant ces horribles semaines au début, où on ne faisait rien d'autre qu'attendre à côté du téléphone que la police nous dise que le corps avait été retrouvé, les boucles d'oreilles étaient sur la table de chevet de Jen. Maman dit qu'elle s'est assise chaque soir sur le lit, qu'elle a une mémoire photographique, et qu'elle voit encore les boucles d'oreilles à côté d'une tasse à café vide et d'un livre de poche. Ensuite, quand on a commencé à reprendre lentement un semblant de vie normale – le boulot, les cours – les boucles d'oreilles avaient disparu. Evidemment, c'est moi qui les avais piquées puisque, paraît-il, j'étais une voleuse. Il m'arrive de voler, je l'avoue, mais surtout de l'argent, et à eux. Ces boucles d'oreilles appartenaient à Jen, pas à mes parents, et puis de toute façon elle les avait achetées pour trois fois rien à Camden Market.

Je ne suis pas sûre de ce que j'avance, et n'allez pas croire que je m'apitoie sur mon sort. Mais les parents ont toujours leur chouchou, pas vrai ? Ce n'est pas possible autrement. Comment Mr et Mrs Minogue pourraient ne pas préférer Kylie à l'autre ? Jen n'avait jamais rien volé, elle passait son temps à lire, elle était bonne élève, elle discutait avec papa de remaniements ministériels et de tous ces trucs politiques, elle n'a jamais vomi devant le ministre des Finances, ou je sais plus qui. Tiens, justement quand j'ai vomi, par exemple. Eh ben, c'était la faute au falafel. J'avais séché les cours, on s'était fumé peut-être deux pétards, je m'étais envoyé des Breezers, je ne pouvais pas appeler cela un après-midi d'enfer. Franchement, je ne me l'étais pas donnée à fond. Là-dessus, juste avant de rentrer à la maison, je prends un falafel. En ouvrant la porte d'entrée, j'ai bien senti que le falafel me restait sur l'estomac, je sais que c'est à cause de lui que j'ai été malade. Je n'avais aucune chance d'arriver jusqu'aux toilettes. Papa était dans la cuisine avec le type des Finances. J'ai visé l'évier, mais je n'ai pas réussi à l'atteindre. Résultat des courses ? Du falafel aux Breezers partout par terre. Je n'aurais pas été malade s'il n'y avait pas eu le falafel. Mais papa ne m'a pas crue. Est-ce qu'il aurait cru Jen dans les mêmes circonstances ? Oui. Tout ça parce qu'elle ne buvait pas et ne fumait pas de shit. Je ne sais pas. Voilà à quoi se résume toute l'histoire : des falafels et des boucles d'oreilles. Tout le monde sait parler, et pourtant, personne ne sait quoi dire.

Après avoir remis sur le tapis l'histoire des boucles d'oreilles, ma mère a fini par me demander : Qu'est-ce que tu veux ? Alors moi, je lui fais : Tu écoutes, des fois ? Et elle me dit : Quelle partie étais-je censée écouter ? Alors je lui ai répondu : Dans mon discours tout à l'heure j'ai dit qu'on avait besoin de votre aide. Et elle me rétorque : Je ne comprends pas. Que veux-tu que nous fassions de plus !

Et là, je n'ai pas su répondre. Je suis logée, nourrie, blanchie chez eux, ils me donnent de l'argent de poche, payent mes études, tout ça. Quand je parle, ils écoutent. Moi, j'avais pensé que si je leur disais qu'ils devaient m'aider, ils m'aideraient. Je ne m'étais pas rendu compte que je n'avais rien à dire, qu'ils n'avaient rien à dire, et qu'ils ne pouvaient rien faire.

Et donc à l'instant où maman m'a demandé en quoi ils pouvaient m'aider, j'ai pensé au type qui s'était jeté dans le vide. Bon, ce n'était pas aussi affreux, ni aussi flippant, il y a pas eu mort d'homme, et puis on était à l'intérieur d'un café, et tout. Mais parfois les choses restent dans un coin de votre tête, elles forment une sorte de réserve, en cas de coup dur. Par exemple, on se dit, un jour, si je n'en peux plus, je me foutrai en l'air. Un jour, si je déconne grave, je laisserai tomber, et je demanderai à mes parents de payer ma caution. Enfin bref, ma réserve mentale, maintenant elle était épuisée. Le plus marrant, c'est que pendant tout ce temps, il n'y avait jamais rien eu, dans cette réserve.

Donc j'ai fait ce que je fais d'habitude dans ce genre de situation. J'ai dit à ma mère d'aller se faire foutre, à mon père pareil, et je suis partie alors qu'ensuite j'étais censée discuter avec les amis et les proches. Sauf qu'arrivée en haut des escaliers, je me suis sentie toute bête, mais c'était trop tard pour faire demi-tour. Alors j'ai tracé sans me retourner dans Upper Street, je me suis engouffrée dans le métro, et je suis montée dans la première rame qui s'est présentée. Personne ne m'a couru après.

JJ

En voyant Ed et Lizzie dans la salle du sous-sol, j'ai senti monter en moi un espoir incontrôlable. Du genre : ça y est, mec ! Ils sont venus à ma rescousse ! Le groupe se prépare pour un concert, ce soir, et après, je repars avec Lizzie dans ce chouette appartement qu'elle a loué pour nous ! Voilà ce qu'elle avait fait, pendant tout ce temps ! chercher un appartement, et s'occuper de la décoration ! Et... Qui est ce vieux qui parle avec Jess ? Ce ne serait pas le responsable d'une maison de disques, par hasard ? Ed nous aurait-il décroché un nouveau contrat ? Eh bien, la réponse est non. Le vieux, c'est le père de Jess. Et plus tard, j'ai appris que Lizzie avait un nouveau copain, un mec qui avait une maison à Hampstead, et sa propre agence de design.

Je suis vite redescendu de mon nuage. Ils n'avaient pas l'air enthousiastes, j'ai donc tout de suite su qu'il n'y avait rien de nouveau pour moi, pas d'annonce extraordinaire concernant mon avenir. Mais je sentais toute leur affection, et leur inquiétude et, franchement, j'en ai eu les larmes aux yeux ; je les ai longuement serrés dans mes bras pour qu'ils ne me voient pas en train de m'écrouler. Ils s'étaient pointés au Starbucks parce qu'on le leur avait demandé, sans savoir exactement pourquoi.

« Alors, mec ? a commencé Ed. J'ai entendu dire que tu n'allais pas très bien.

– Ouais, bon, ai-je dit. Il va bien se passer un truc. » J'ai voulu faire une allusion à Mr Micawber, chez Dickens, mais je n'avais pas envie qu'Ed me prenne la tête avant même qu'on ait commencé parler.

« Il ne se passera rien, ici, a-t-il dit. Il faut que tu rentres au bercail. »

Je n'avais pas envie de lui expliquer l'histoire des quatre-vingt-dix jours, alors j'ai changé de sujet.

« Mais tu as un de ces looks ! » me suis-je exclamé. Il portait une veste en daim qui avait dû lui coûter très cher, et un pantalon en velours côtelé blanc. Il avait toujours les cheveux longs, mais ils avaient un éclat particulier, ils étaient tout brillants. Il ressemblait à l'un de ces enfoirés qui sortent avec les filles de *Sex and the City*.

« Je n'ai jamais vraiment voulu avoir le look que j'avais avant. J'avais cette allure parce que j'étais dans la dèche. Et puis, dans les hôtels qu'on fréquentait, il n'y avait jamais une douche correcte. »

Lizzie a souri poliment. C'était dur de les avoir les deux, là – un peu comme à l'hôpital quand on reçoit en même temps la visite de sa première et de sa deuxième femme.

« Je n'aurais jamais cru que tu serais du genre à baisser les bras, a déclaré Ed.

– Hé, fais attention à ce que tu dis. Ici, tu es au QG du club de ceux qui baissent les bras.

– Ouais. Mais d'après ce que j'ai compris, les autres avaient de bonnes raisons. Alors que toi, tu n'as rien, mec.

– Ouaip. C'est à peu près ce que je pense aussi.

– Ce n'est pas ce que je voulais dire.

– Vous voulez un café ? » a proposé Lizzie.

Je ne voulais pas qu'elle s'en aille.

« Je t'accompagne, ai-je dit.

– On n'a qu'à y aller ensemble », dit Ed. Donc on est tous remontés, Lizzie et moi sans échanger un mot, Ed parlant pour trois, et j'ai eu l'impression que les deux dernières années de ma vie se résumaient à faire la queue pour un café au lait.

« Pour les gens comme nous, a dit Ed après avoir commandé, le rock'n roll c'est comme la fac. On est des ouvriers, nous. On ne fait pas les cons comme les étudiants, sauf si on est dans un groupe. Ça dure quelques années, et puis le groupe commence à faire chier, se taper la route, ça fait chier aussi, et ne jamais avoir un rond, ça fait chier grave. Alors tu prends un boulot. C'est la vie, mec.

– Donc quand tout commence à faire chier... C'est comme avoir son diplôme. C'est la remise des diplômes.

– Exactement.

– A ton avis, ils auront quand leur diplôme, Dylan, Springsteen ?

– Peut-être quand ils seront dans un motel où il n'y a pas d'eau chaude avant six heures du soir. »

C'est vrai que sur notre dernière tournée, on était descendus dans un motel de ce genre en Caroline du Sud. Mais je me souviens, au concert, ça avait chauffé ; Ed, lui, se rappelait plutôt les douches pas chauffées.

« Enfin Springsteen, je connais. Je l'ai vu sur scène quand le E Street Band s'est reformé. Et, si je puis me permettre, sénateur JJ, vous n'êtes pas Springsteen.

– Merci, vieux.

– Merde, JJ. Que veux-tu que je te dise ? D'accord, tu es Springsteen. Tu es l'un des artistes qui ont le plus cartonné de toute l'histoire de la musique. Tu as fait la couverture du *Time* et de *Newsweek* la même semaine. Tu remplis des putains de stades soir après soir. Voilà. Ça va mieux, maintenant ? Bordel. Il est temps que tu mûrisses, mec.

– Tiens donc ! Et toi tu as mûri, peut-être ? Tout ça parce que ton vieux a eu pitié de toi et t'a refilé un boulot consistant à brancher illégalement la télé câblée chez les gens. »

Quand Ed est sur le point de cogner, ses oreilles deviennent rouges. Cette information ne sert à personne au monde à part moi ; en effet, pour des raisons évidentes, il a tendance à ne pas nouer de liens très intimes avec ceux sur qui il cogne, si bien que personne n'est au courant pour ses oreilles – apparemment, les gens ne restent pas assez longtemps dans les parages. Je suis sans doute le seul à savoir exactement à quel moment esquiver.

« Tu as les oreilles rouges, j'ai dit.

– Ta gueule.

– Tu as fait tout ce trajet pour me dire ça ?

– Ta gueule.

– Arrêtez, tous les deux », est intervenue Lizzie. Je n'en suis pas sûr à cent pour cent, mais il me semble que la dernière fois qu'on s'est retrouvés tous les trois ensemble, elle avait dit la même chose.

Le serveur nous regardait avec attention dernière son comptoir. Je le connaissais, on se disait bonjour, il n'était pas méchant. C'était un étudiant, on avait causé musique une ou deux fois. Il adorait les White Stripes, et moi j'avais essayé de lui faire écouter Muddy Waters et Wolf. On lui fichait un peu la trouille.

« Ecoute, ai-je dit à Ed. Je viens souvent ici. Si tu veux te battre, allons dehors.

– Merci, a dit le fan des White Stripes. Je veux dire, bon, cela ne m'ennuierait pas s'il n'y avait personne, parce que tu es un habitué, et ici, on soigne les habitués. Mais... »

Il a indiqué la file d'attente derrière nous.

« Non, non, je comprends, mec, ai-je dit. Merci.

– Je peux laisser vos cafés ici, sur le comptoir ?

– Bien sûr. Il n'y en a pas pour longtemps. D'habitude, il se calme après m'en avoir collé une bonne.

– Ta gueule. »

Et on est tous sortis. Il faisait froid, sombre et humide, mais les oreilles de Ed brillaient comme deux petits lumignons dans l'obscurité.

MARTIN

Je n'avais pas revu Penny et je ne lui avais pas reparlé depuis que les journaux avaient publié le récit de notre improbable rencontre avec l'ange. Je n'avais eu pour elle que des pensées affectueuses, mais elle ne m'avait pas vraiment manqué, ni du point de vue sexuel ni socialement. Ma libido était en congé exceptionnel (et il fallait se préparer à l'éventualité d'une retraite anticipée et d'une désertion prolongée du lieu de travail) ; ma vie sociale se cantonnait à JJ, Maureen et Jess, ce qui pourrait prouver que cela n'allait guère beaucoup mieux dans ce domaine – surtout parce qu'ils semblaient me suffire. Et pourtant, quand j'ai vu Penny flirter avec l'un des infirmiers de Matty, j'ai senti monter en moi une colère irrépressible.

Il n'y a rien de paradoxal à cela, pour qui connaît un tant soit peu la perversité de la nature humaine. (Il me semble avoir déjà utilisé cette formule, aussi commence-t-elle peut-être à perdre de son poids et de sa pertinence. La prochaine fois, je n'invoquerai que la perversité et l'inconsistance, en laissant de côté la nature humaine.) La jalousie peut s'emparer d'un homme à tout instant, et cet infirmier était grand, jeune, bronzé... et blond. J'aurai pu tomber sur lui seul au Starbucks, ou n'importe où à Londres, il m'aurait quand même rendu fou de rage.

Certes, rétrospectivement il paraît clair que je cherchais un alibi pour m'échapper du giron familial. Comme je m'y attendais, notre réunion m'avait appris bien peu de choses sur mon compte. Ni le mépris affiché par mon ex-femme ni les crayons de couleur de mes filles n'étaient à la hauteur des espoirs que Jess avait placés dans cette petite confrontation.

« Merci, ai-je dit à Penny.

– Oh ! je t'en prie. Je n'avais rien de prévu, et puis Jess avait l'air de penser que cela pourrait t'aider.

– Non, ai-je repris, soudain moralement désavantagé. Je ne te remercie pas d'être venue. Je te remercie de flirter sous mes yeux. Autrement dit, merci pour rien.

– Je te présente Stephen, a dit Penny. Il s'occupe de Matty, et il était tout seul alors je suis venue le saluer.

– Salut », a dit Stephen. Je l'ai fusillé du regard.

« Je suppose que tu te trouves assez génial, ai-je dit.

– Je vous demande pardon ? a-t-il demandé.

– Martin ! s'est exclamée Penny.

– Tu m'as très bien entendu, ai-je dit. Pauvre crétin. »

J'ai eu l'impression qu'à l'autre bout de la salle, là où mes filles faisaient leur coloriage, il y avait un autre Martin – un Martin plus gentil, plus doux – qui nous observait avec une fascination consternée, et je me suis demandé si je ne pourrais pas le rejoindre.

« Va-t'en avant de te ridiculiser », a déclaré Penny. Ce qui en dit long sur sa générosité d'esprit : elle voyait le ridicule poindre au loin en menaçant de me tomber dessus, mais estimait que je pouvais encore me mettre à l'abri ; des observateurs moins partiaux auraient fait remarquer que le ridicule m'avait déjà aplati comme une crêpe. Peu importe au fond, puisque je n'ai pas bougé.

« C'est facile d'être infirmier, non ?

– Pas vraiment », a dit Stephen. Il venait de commettre l'erreur élémentaire qui consistait à me répondre, comme si je lui avais posé la question sans arrière-pensée, sans fiel. « D'accord, c'est gratifiant, mais... On travaille beaucoup d'heures, c'est mal payé, il y a les horaires de nuit. Certains patients sont difficiles. » Il a haussé les épaules.

« Certains patients sont difficiles, ai-je répété d'une petite voix idiote et pleurnicharde. Mal payé. Horaires de nuit. Mon pauvre biquet.

– Sean, a dit Stephen à son collègue. Je vais monter. Ce type pousse le bouchon un peu loin.

– Tu vas rester ici et écouter ce que j'ai à te dire. J'ai eu l'obligeance d'écouter ta petite conférence de héros national. Alors maintenant tu vas m'écouter. »

Je ne pense pas que cela l'ennuyait de rester deux minutes de plus. Mon attitude grossière et excentrique a suscité une grande fascination autour de nous, je l'ai bien remarqué. Et j'espère ne pas paraître immodeste en affirmant que ma célébrité, ou du moins ce qu'il en restait, jouait un rôle déterminant dans la réussite du spectacle : d'habitude, les personnalités de la télé ne se tiennent mal qu'en boîte de nuit en compagnie d'autres célébrités. Si bien que ma décision, à jeun, de passer ma colère sur un infirmier dans une salle au sous-sol d'un Starbucks ne manquait pas d'audace – je serais même tenté de la qualifier de franchement novatrice. Et puis Stephen voyait bien que ce n'était pas à lui personnellement que je m'en prenais, de la même façon que je ne m'en serais pas pris à lui si j'avais décidé de chier sur ses pompes. Les manifestations extérieures d'une combustion interne ne visent jamais personne en particulier.

« Je déteste les gens comme toi, lui ai-je dit. Tu pousses cinq minutes un môme handicapé en chaise roulante et tu réclames une médaille. Dis, c'est vraiment si dur que ça ? »

Je dois ajouter à mon grand regret que j'ai pris les poignées du fauteuil de Matty et que je me suis mis à le pousser d'avant en arrière. Soudain, l'idée de placer la main sur ma hanche, tout en continuant mes simagrées, m'a paru du meilleur effet, je suggérais ainsi que pousser des gens en fauteuil roulant était une activité d'efféminé.

« Maman, regarde papa ! s'est écriée une de mes filles aux anges (je suis navré de dire que j'ignore laquelle des deux). Il est amusant, tu ne trouves pas ?

– Voilà, ai-je dit à Penny. C'est mieux, là ? Tu me trouves plus séduisant maintenant ? »

Penny me dévisageait, consternée. Cela répondait à ma question.

« Hé ! vous tous, ai-je crié, alors que j'étais déjà le centre de l'attention. Ne suis-je pas génial ? Ne suis-je pas génial ? Tu trouves ça dur, Blondinet ? Je vais te dire ce qui est, vraiment dur, mon grand. Quelque chose de dur, c'est... »

Et là, j'ai calé. Panne sèche. Aucun exemple de difficulté rencontrée dans ma vie professionnelle ne me venait à l'esprit. Et mes difficultés récentes étaient liées au fait que j'avais couché avec une mineure, autrement dit, elles n'allaient pas attirer la sympathie du public.

« Ce qui est dur, c'est... » Il me manquait un petit quelque chose pour terminer ma phrase. N'importe quoi aurait fait l'affaire, même si je ne l'avais pas vécu moi-même. Un accouchement ? Un tournoi d'échecs ? Mais je suis resté sec.

« Vous avez fini, l'ami ? »

J'ai acquiescé d'un hochement de tête qui devait signifier que j'étais trop en colère et trop dégoûté pour poursuivre. Après quoi, j'ai choisi la seule voie envisageable : j'ai pris la porte à la suite de Jess et de JJ.

MAUREEN

Jess fichait le camp tout le temps, où qu'elle se trouve, alors cela ne me gênait pas trop qu'elle soit sortie. Mais quand JJ est parti à son tour, et puis Martin... Franchement, c'était un peu gênant. Et même malpoli, d'autant que tout le monde avait fait des efforts pour venir. Et je ne sais pas ce qui a pris à Martin, vraiment, pousser Matty comme ça dans un sens et dans l'autre, en demandant s'il était génial. Comment aurait-il pu l'être ! Il avait l'air cinglé, oui ! JJ, lui, au moins, avait emmené ses invités en s'en allant – il ne les avait pas plantés là, comme Jess et Martin. Mais plus tard, j'ai appris qu'il les avait fait sortir pour se bagarrer avec eux, donc ce n'était pas vraiment de la politesse, je pense. D'un côté, il était avec eux, mais d'un autre, il était avec eux parce qu'il voulait leur casser la figure. Cela reste tout de même assez impoli, mais peut-être pas aussi impoli que les autres. Les invités abandonnés, les infirmiers, les parents de Jess, les amis et la famille de Martin sont restés un petit moment, et quand nous avons fini pour comprendre que personne ne reviendrait, pas même JJ et ses amis, personne ne savait plus quoi faire.

« C'est fini, vous pensez ? a demandé le père de Jess. Enfin, je ne veux pas... Je ne voudrais pas me montrer peu amical. Je sais tout le mal que Jess s'est donné pour organiser cette rencontre. Mais... Il ne reste plus personne, en fait. Tenez-vous à ce que nous restions, Maureen ? Est-ce que nous pouvons faire quelque chose pour vous, tant que nous sommes tous ensemble ? Car à l'évidence, s'il y avait quoi que ce soit... Qu'est-ce que Jess espérait, selon vous ? Peut-être pourrions nous l'aider à accomplir quelque chose *in absentia* ? »

Je savais ce que Jess voulait. Elle souhaitait que sa maman et son papa viennent arranger les choses à la manière dont les mamans et les papas sont censés tout arranger. J'avais coutume de faire ce rêve, il y a longtemps, au début, quand je me suis retrouvée seule avec Matty, et je pense que tout le monde rêve de cela. Tous ceux dont la vie a pris un mauvais pli, en tout cas.

Alors j'ai dit au père de Jess que sa fille souhaitait juste que les gens se comprennent mieux, et que j'étais navrée si cela n'avait pas été le cas.

« C'est à cause de ces sales boucles d'oreilles », a-t-il dit, alors je lui ai demandé de quoi il s'agissait, et il m'a raconté l'histoire.

« Elles avaient une importance particulière pour elle ? ai-je demandé.

– Pour Jen ? Ou Jess ?

– Pour Jen.

– Je ne sais pas vraiment, a-t-il répondu.

– C'étaient ses préférées », a précisé Mrs Crichton. Elle avait un drôle de visage. Elle souriait tout le temps, mais on aurait dit qu'elle venait juste de découvrir le sourire – elle n'avait pas l'expression qui allait avec. Ses rides étaient de celles que l'on se creuse à force de se mettre en colère pour des boucles d'oreilles volées. Elle avait une bouche pincée très fine.

« Elle est revenue les chercher », ai-je expliqué. Je ne sais pas pourquoi j'ai dit cela, et j'ignore si c'était vrai ou pas. Mais cela m'a paru être la meilleure chose à dire. Et donc la plus véridique à mes yeux.

« Qui ? » a demandé Mrs Crichton. Son visage a changé. Il faisait des choses dont il n'avait pas l'habitude, parce qu'elle a pris soudain un air désespéré, anxieux d'entendre ce que j'avais à dire. Je pense qu'elle n'était pas accoutumée à écouter avec autant d'attention. Cela m'a plu d'avoir réussi à lui apprendre une nouvelle expression, et c'est pour cette raison que j'ai continué, du moins en partie. J'avais le sentiment de diriger une tondeuse à gazon, de tracer un sentier à des endroits où l'herbe était trop haute.

« Jen. Si elle aimait ses boucles d'oreilles, elle est certainement revenue les chercher. Vous savez comment sont les filles à cet âge.

– Mon Dieu ! s'est exclamé Mr Crichton. Je n'y avais jamais pensé.

– Moi non plus. Mais... C'est tout à fait plausible. Parce que, tu te souviens, Mark. Il y a deux ou trois autres choses qui ont disparu à la même période. C'est à ce moment-là que nous n'avons pas retrouvé l'argent. »

Pour l'argent, j'étais moins sûre. Il pouvait y avoir une autre explication, me semblait-il.

« Et à l'époque, je t'ai dit que des livres avaient disparu, tu te souviens ? Et nous savons que cela ne peut pas être Jess. »

Ils ont ri tous les deux, comme s'ils aimaient bien Jess, et le fait qu'elle préfère se jeter d'un toit plutôt qu'ouvrir un livre.

Je sentais quelle différence cela faisait à leurs yeux, cette possibilité que Jen soit rentrée chez elle pour reprendre ses boucles d'oreilles. Cela signifiait qu'elle avait fugué vers le Texas, l'Ecosse ou Notting Hill Gate, et non qu'elle avait été assassinée ou s'était suicidée. Cela signifiait qu'ils pouvaient imaginer l'endroit où elle se trouvait, la vie qu'elle y menait. Se demander si elle avait eu un bébé qu'ils n'avaient jamais vu, et ne verraient peut-être jamais. Ou si elle avait décroché un emploi dont ils n'entendraient jamais parler. Cela signifiait que dans leur esprit ils pouvaient continuer à être des parents ordinaires. Exactement comme moi quand j'achetais à Matty des posters et des CD : pendant un court instant, à mes yeux, j'étais une mère ordinaire.

Il était possible de détruire toute cette histoire en une seconde, si on le voulait ; les lacunes étaient évidentes, parce que cela ne rimait à rien, en fait. Jen aurait pu revenir parce qu'elle tenait à mourir avec ses boucles d'oreilles. Elle aurait pu ne pas revenir du tout. Et puis, revenue cinq minutes ou pas, elle n'avait toujours pas réapparu. Mais je sais que parfois il suffit de peu pour avoir la force de continuer. Cela paraît sans doute bizarre, compte tenu de l'objectif de cette réunion au Starbucks. Et pourtant, jusqu'à maintenant, j'ai eu la force de continuer, même si, pour cela, il a fallu que je monte à la Tour du Saut. Parfois une légère impulsion suffit. On se dit que notre fille est peut-être venue récupérer ses propres boucles d'oreilles, et la vie vous paraît de nouveau supportable pour un certain temps.

Mais il s'agissait de Mr et Mrs Crichton, et non de Jess. La petite ignorait tout de cette nouvelle théorie. Or c'était Jess qui avait besoin d'un monde différent. C'était elle qui s'était retrouvée sur le toit avec moi. Mr et Mrs Crichton avaient leur métier, leurs amis et tout le reste, ils n'avaient pas vraiment besoin de cette histoire de boucles d'oreilles. C'était un peu du gâchis.

On aurait pu penser tout cela, mais on se serait trompé. Ils avaient besoin de cette histoire – cela se lisait sur leur visage. Je ne connais qu'une personne au monde qui n'a pas besoin d'histoires, c'est Matty. (Et encore, il en a peut-être quand même besoin. J'ignore comment cela fonctionne, là-dedans. Continuez à lui parler, disent-ils, alors je continue ; mais personne ne sait si ce que je lui raconte sert à quelque chose.) Il y a beaucoup de façons de mourir, sans se donner la mort. On peut laisser mourir des parties de soi. La mère de Jess avait laissé son visage dépérir, et ce visage était revenu à la vie sous mes yeux.

JESS

La première rame qui est arrivée allait vers le sud. Je suis descendue à London Bridge, et j'ai marché. Si vous m'aviez vue, appuyée contre le mur en contemplant l'eau, vous vous seriez dit : Ah ! elle réfléchit. Mais pas du tout. D'accord, il y avait des mots dans ma tête, mais cela ne veut pas dire qu'on réfléchit. Ce n'est pas parce qu'on a plein de monnaie dans la poche qu'on est riche. Les mots dans la tête, c'étaient les boules, enfoiré, salope, merde, putain, branleur. Ils tournaient à toute allure, trop vite en fait pour que j'arrive à en faire des phrases. On ne peut donc pas vraiment dire que je réfléchissais, si ?

Donc j'ai regardé le fleuve et ensuite je suis allée acheter du tabac, du papier et des allumettes dans une boutique, près du pont. Puis je suis retournée où j'étais, et je me suis roulé quelques clopes, histoire de m'occuper un peu. Je ne sais pas pourquoi je ne fume pas plus, franchement. J'oublie, je crois. Si quelqu'un comme moi oublie de fumer, le commerce de la cigarette est mal barré. Non, mais regardez, moi par exemple. Vous pourriez parier que je fume comme un pompier, et pourtant, ce n'est pas le cas. Résolution du nouvel an : ne plus fumer. C'est forcément meilleur pour la santé que de se jeter du toit d'un immeuble.

Enfin bref, j'étais là, assise le dos au mur, à me rouler des clopes, lorsque j'ai aperçu un des profs de la fac. Un vieux, un de ces types des Beaux-Arts qui roulent leur bosse depuis les années soixante. Il enseigne la typographie et j'ai assisté à ses cours, et puis j'en ai eu marre. Je n'ai rien contre lui, Colin. Déjà, il n'a pas de queue de cheval grisonnante et il ne porte pas un jean délavé. Et il n'a jamais voulu devenir notre pote, ce qui doit vouloir dire qu'il a ses amis à lui. Il y en a certains, je ne suis pas sûre qu'on puisse en dire autant.

Pour dire les choses honnêtement, je dois reconnaître qu'il m'a sûrement vue avant que je le voie, parce que j'étais occupée à rouler la feuille de papier, et quand j'ai levé les yeux, il s'approchait déjà de moi. Et pour dire les choses très honnêtement, je devrais aussi avouer qu'une partie de mes pensées, autrement dit ces jurons que je répétais dans ma tête, n'était peut-être pas uniquement dans ma tête, si vous voyez ce que je veux dire. Certains sortaient de ma bouche, simplement parce qu'ils débordaient. Ils s'écoulaient comme d'un robinet pour tomber dans un seau (= ma tête), et j'avais oublié de fermer le robinet une fois le seau rempli.

Voilà à quoi ça ressemblait, de mon point de vue. De son point de vue à lui, il y avait une fille assise sur le trottoir, en train de se rouler des clopes et de marmonner une flopée de gros mots, ce qui n'est quand même pas terrible. Il s'est approché, s'est accroupi pour se mettre à ma hauteur, et a commencé à me parler doucement. Il a dit : Jess ? Vous vous souvenez de moi ?

Je l'avais vu à peine deux mois plus tôt. Evidemment que je me souvenais de lui. Et j'ai répondu : Non. En riant. C'était une blague, mais le message n'a pas dû passer, parce qu'il a continué sur le même ton : Je suis Colin Wearing, j'étais votre professeur d'arts plastiques. Et je fais : Ouais, ouais. Et il se défend d'un : Non, c'est vrai. Et là je comprends qu'il a pris mon « Ouais, ouais » pour un « Ouais, c'est ça », alors que ce n'était pas ce genre de « Ouais, ouais ». Ce que j'avais essayé de lui dire, c'était juste une blague comme avant, mais je n'ai fait qu'empirer les choses. Comme si je pensais qu'il essayait de se faire passer pour Colin Wearing, ce qui pour le coup aurait été assez dingue. Donc la conversation part en vrille. Comme un chariot avec une roue foireuse au supermarché ; je n'arrête pas de me dire, ce ne doit quand même pas être si difficile de faire avancer ce truc tout droit, pourtant tout ce que je dis prend la mauvaise direction.

Et il me dit : Que faites-vous ici ? Et je lui explique que je me suis disputée avec ma putain de mère à propos de boucles d'oreilles. Et il m'a demandé : Et maintenant, vous ne pouvez plus retourner chez vous ? Et j'ai dit que je pouvais si je voulais. Il suffisait que je reprenne le métro vers le nord, que je descende à Angel, puis que je saute dans un bus. Mais je n'avais pas envie. Alors il m'a dit : Je ne crois pas que vous devriez rester assise ici. Vous avez quelque part où aller ? Et c'est là que j'ai compris qu'il croyait que j'étais devenue folle, alors je me suis relevée d'un bond, ce qui l'a fait sursauter. Je l'ai traité de tous les noms, et je me suis tirée.

Mais c'est là que j'ai *réfléchi*, au lieu de juste jurer. Et la première chose qui m'est venue à l'esprit, c'est que ce serait facile, pour moi, de devenir folle. Je ne dis pas que ce serait facile, facile – non, pas du tout. Juste que j'avais beaucoup de points communs avec ces gens que l'on voit assis sur les trottoirs, qui marmonnent et se roulent des clopes. Certains semblent détester leur prochain, et moi je détestais tout le monde. Leurs familles et leurs potes ont dû en avoir assez d'eux, et en gros, c'est ce qui m'était arrivé. Qui sait si Jen n'est pas folle ? C'est peut-être dans les gènes, enfin, vu la fonction de mon père, ça fait peut-être partie de ces choses qui sautent une génération.

Je ne savais pas trop où me mèneraient ces réflexions, mais j'ai soudain compris que j'étais encore plus dans la panade que je ne le croyais. Je sais que ça paraît idiot, puisque j'avais envisagé de me tuer, mais c'était pour rire, et si j'avais sauté, ç'aurait aussi été pour rire. Et si j'avais un avenir sur cette planète, pourtant ? Alors quoi ? Combien de personnes pouvais-je encore énerver, et de combien d'endroits pouvais-je encore partir en claquant la porte, avant de me retrouver seule au bord de la Tamise, à jurer, et pas qu'intérieurement ? Plus beaucoup. C'était ça, la réponse.

Donc je devais y retourner – au Starbucks, à la maison, peu importe, du moment que j'évitais cette fuite en avant permanente. Quand on tombe sur un mur en brique, il faut bien rebrousser chemin.

A moins d'escalader le mur, ou de trouver une brèche dans le mur... Et c'est ce qui m'est arrivé. J'ai rencontré ce type avec un chien superchouette et, à la place, je suis partie avec lui et on a couché ensemble.

JJ

Alors je suis resté planté là sur le trottoir en disant à Ed de me cogner dessus si ça pouvait le soulager.

« Je te frappe si tu me frappes », a-t-il dit.

Un vendeur de magazines pour sans-abri nous observait.

« Colle-lui une beigne, m'a-t-il dit.

– Toi, putain, tu la boucles, a dit Ed.

– J'essayais juste de faire avancer les choses, a dit le SDF.

– Tu as traversé l'Atlantique en apprenant que JJ avait des ennuis, est intervenue Lizzie. Et maintenant, regarde-toi, à la première anicroche, tu veux lui taper dessus.

– On ne peut rien contre le cours des choses, a déclaré Ed.

– Ah ! oui. C'est du genre "Nous, on est des hommes" ? C'est tout ce que tu as trouvé ! » s'est moquée Lizzie, appuyée contre la vitrine d'un magasin de vieilleries pas chères, avec l'attitude de la fille qui s'ennuie, mais je savais que c'était bidon. Elle était en colère, mais ne voulait pas le montrer.

« Il est dans mon camp, a dit Ed. Alors on s'en fiche, de ce que tu penses. Lui, il comprend.

– Non, je ne comprends pas, ai-je dit. Lizzie a raison. Pourquoi avoir fait tout ce chemin si c'est pour me cogner ?

– C'est typiquement un truc à la Butch Cassidy et le Kid, a dit Lizzie. Vous avez envie de coucher ensemble, mais vous ne pouvez pas parce que vous êtes tellement hétéros. »

Cette remarque a beaucoup fait rire le sans-abri. Il s'est bidonné comme une hyène. « Vous avez lu la critique de *Butch Cassidy* par Pauline Kael ? Bon Dieu ! elle détestait », a-t-il dit.

Ni Lizzie ni Ed ne savaient qui était Pauline Kael, mais moi, je possédais des recueils de ses critiques. Je les laissais dans les toilettes parce que c'est génial pour piocher dedans quand on est aux chiottes. En tout cas, je ne m'attendais pas à entendre son nom dans la bouche de ce type, à cet instant précis. Je l'ai regardé.

« Oui, je connais Pauline Kael, a-t-il affirmé. Je n'ai pas toujours été un sans-abri, vous savez.

– Je ne veux vraiment, vraiment, pas coucher avec lui, a dit Ed. Et j'ai vraiment envie de lui allonger une mandale. Mais il faut qu'il frappe le premier.

– Vous voyez ? a dit Lizzie. Erotisme homo, avec un zeste de sado-masochisme. Allez, embrasse-le qu'on en finisse.

– Embrasse-le, a répété le sans-abri à l'intention d'Ed.

Embrasse-le ou colle-lui une beigne. Mais un peu d'action, que diable ! »

Les oreilles de Ed n'auraient pas pu être plus rouges, au point que je me suis demandé si elles n'allaient pas s'enflammer et finir carbonisées. Au moins, là, je pourrais dire que j'avais vu quelque chose de nouveau.

« Tu veux ma mort ? ai-je dit à Lizzie.

– Pourquoi ne vous remettez-vous pas ensemble ? a demandé Lizzie. Vous pourriez partager le micro et tripoter ces grands machins qui font office de pénis électriques.

– Ah ! c'est pour ça que tu ne voulais pas qu'il soit dans un groupe, a dit Ed. Tu étais jalouse.

– Qui a dit que je ne voulais pas qu'il soit dans un groupe ? lui a demandé Lizzie.

– Là tu te fourres le doigt dans l'œil, Ed, ai-je rectifié. Elle n'est même pas allée jusque-là. Elle m'a largué justement parce que je n'étais plus dans le groupe. Je ne l'intéressais plus quand elle a compris que je ne serais jamais une star et que je ne rapporterais jamais des millions.

– Tu le penses vraiment ? » a demandé Lizzie.

J'ai soudain vu les morceaux de ma vie se recoller sous mes yeux. Tout avait été un terrible malentendu qui allait se dissiper dans les rires et les larmes. Lizzie n'avait jamais voulu qu'on se quitte. Ed n'avait jamais voulu qu'on se sépare. J'étais sorti dans la rue pour recevoir une dérouillée et, à la place, j'allais obtenir ce que j'avais toujours souhaité.

« Il y aura pas de baston, alors ? a dit le SDF d'un air triste.

– A moins qu'on te colle tous les deux une raclée, a répondu Ed.

– Laissez-moi au moins écouter la fin, repris le sans-abri. Ne retournez pas à l'intérieur. Putain, j'ai jamais droit à la fin des histoires, moi, je suis tout le temps coincé dehors. »

Ce serait un *happy end*, je le sentais. Il nous concernerait tous les quatre. Pour notre concert de réconciliation, on pourrait dédier un morceau au sans-abri. Hé ! il pourrait même organiser nos tournées. Et porter un toast à notre mariage. « Tout le monde devrait se réconcilier », ai-je dit, et je le pensais vraiment. L'heure de mon grand discours de clôture avait sonné. « Tous les groupes qui se sont séparés, tous les couples... Il y a déjà trop de malheur dans le monde ; s'il faut en plus que les gens se séparent toutes les dix secondes... »

Ed m'a dévisagé comme si j'étais devenu fou.

« Tu plaisantes ? » a demandé Lizzie.

Je m'étais peut-être trompé sur l'humeur du moment. Le monde n'était pas encore prêt pour mon grand discours de clôture.

« Naaaaan, ai-je dit. Bon, je veux dire, c'est juste... une idée comme ça. Une théorie que je creuse actuellement. Il reste encore des zones d'ombre.

– Regardez son visage, a dit le sans-abri. Oh ! lala ! Il est rudement sérieux.

– Comment ça se passe pour les groupes nés de la séparation d'autres groupes ? a demandé Ed. Par exemple, si Nirvana se remettait ensemble, alors les Foo Fighters devraient se séparer. Ils ne seraient pas très contents.

– Ça dépend qui, ai-je fait remarquer.

– Et ceux qui convolent en secondes noces ? Il existe plein de gens qui se remarient et sont heureux.

– Il n'y aurait pas eu Clash, parce qu'il aurait fallu que Joe Strummer reste dans son premier groupe.

– Et qui a été ta première petite copine ?

– Kathy Gorecki ! s'est moqué Ed. Ah !

– Tu serais encore avec elle, a affirmé Lizzie.

– Ouais, bon. (J'ai haussé les épaules.) Elle était sympa. On n'aurait pas eu une mauvaise vie.

– Mais elle n'a jamais cédé d'un pouce ! s'est exclamé Ed. Tu n'as même jamais pu glisser une main dans son soutif.

– Je suis sûr que depuis le temps, j'y serais arrivé. On aurait été ensemble depuis quinze ans.

– Oh ! mec, a dit Ed avec ce ton qu'on prend quand Maureen dit un truc déchirant. Je ne peux pas te taper dessus, mec. »

On a marché un peu jusqu'à un pub. Ed m'a payé une Guinness, Lizzie a acheté au distributeur un paquet de cigarettes qu'elle a déposé sur la table pour que chacun se serve. On est restés silencieux. Ed et Lizzie me dévisageaient comme s'ils attendaient que je reprenne ma respiration.

« Je n'avais pas compris que tu allais si mal, a dit Ed au bout d'un moment.

– Le coup du suicide, ça ne t'a pas mis la puce à l'oreille ?

– Si. Je savais que tu avais voulu te tuer. Mais je ne savais pas que tu allais mal au point de vouloir te rabibocher avec Lizzie et de relancer le groupe... Là, c'est un niveau de détresse complètement différent, bien au-delà du suicide. »

Lizzie s'est retenue de rire avec un reniflement bizarre. Moi, j'ai bu une longue gorgée de ma Guinness.

Et soudain, l'espace d'un bref instant, je me suis senti bien. Il faut dire que j'adore la Guinness fraîche ; et que j'adore Ed et Lizzie. Ou que je les ai adorés, ou bien aimés, ou aimés et détestés en même temps, enfin bref. Ou peut-être que pour la première fois depuis des mois, j'admettais enfin clairement une chose que je savais planquée tout au fond de mes tripes, ou dans un petit coin de ma tête – en tout cas à un endroit où j'avais pu l'ignorer. J'ai enfin reconnu que j'avais voulu me tuer non parce que je détestais vivre, mais parce que j'adorais vivre. A vrai dire, je crois que beaucoup de candidats au suicide pensent la même chose – il me semble que Maureen, Jess et Martin ressentent la même chose. Ils aiment la vie, mais tout est sens dessus dessous, et c'est pour cela que je les ai rencontrés, et c'est pour cette raison qu'on est tous encore là. On est montés sur ce toit parce qu'on ne savait pas comment retourner dans la vie, et le fait d'en être exclus comme ça... Putain, mais ça te fout en l'air, mec ! C'est une sorte de geste de désespoir, et pas de nihilisme. C'est de l'euthanasie, pas du meurtre. J'ignore pourquoi tout d'un coup cela m'a paru évident. Peut-être parce que j'étais dans un pub avec des gens que j'aimais et une vraie Guinness. Je sais, je me répète mais putain ! j'adore la Guinness (comme à peu près tout ce qui est alcoolisé) – je l'aime comme elle le mérite, comme l'une plus belles créations de Dieu. Il y avait eu cette scène ridicule dans la rue, et même elle, elle avait été assez cool, parce que parfois ce sont des moments de ce genre, vraiment compliqués, *captivants*, qui vous aident à comprendre que les moments les plus difficiles contiennent pourtant des éléments qui vous rendent vivants. Et puis il y a la musique, les filles, la dope, les sans-abri qui ont lu Pauline Kael, les pédales wah-wah, les chips anglaises aux goûts différents et puis je n'ai toujours pas lu *Martin Chuzzlewit*, et... Il y a tant de choses en ce bas monde.

Je ne sais pas ce que cette brusque révélation a changé. Je n'en étais pas non plus à, comment dire, vouloir croquer la vie à pleines dents et à jurer de plus jamais la lâcher. D'une certaine façon, cela n'arrange pas les choses, mais les empire. C'est quand vous arrêtez de faire semblant que tout est nul, et qu'il vous tarde d'en sortir (ce que je me raconte depuis un bail), que les choses deviennent plus douloureuses, et non pas le contraire. Se dire que la vie, c'est de la merde, possède un effet anesthésiant, et c'est quand vous arrêtez de prendre de l'Advil que vous réalisez à quel point vous avez mal, et *où* vous avez mal, d'autant que ce genre de douleur ne fait du bien à personne.

Cela tombait plutôt bien que je sois avec mon ex et mon ancien pote parce que c'était le même genre de truc. Je les adorais, et je les adorerais toujours, mais je n'avais plus de place pour eux, donc je n'avais plus d'endroit pour mettre tous les sentiments que j'éprouvais. Je ne savais pas quoi faire d'eux, et eux ne savaient pas quoi faire de moi et avec la vie, c'était exactement pareil.

« Je n'ai jamais dit que je ne voulais plus te voir parce que tu ne serais jamais une rock star, a repris Lizzie après un certain temps. On est bien d'accord là-dessus, hein ? »

J'ai secoué la tête. Non, pas d'accord. Vous êtes témoins : pas une seule fois, dans cette histoire, je n'ai pensé qu'il pouvait y avoir le moindre malentendu là-dessus. Elle m'avait largué parce que j'étais un musicien raté.

« Alors, qu'est-ce que tu as dit ? Vas-y, redis-le. Et cette fois, je vais bien écouter.

– De toute façon, ça ne changera rien puisqu'on est tous passés à autre chose, tu es d'accord ?

– Oui, enfin si on veut. » (Je n'allais tout de même pas admettre que moi, j'étais resté immobile, pour ne pas dire reparti en arrière.)

« Bien. Ce que j'ai dit, c'est que je ne pouvais pas être avec toi si tu n'étais pas musicien.

– Pourtant, à l'époque, ce n'était pas si important pour toi. En fait, tu n'étais pas vraiment fan de musique.

– Tu ne m'écoutes pas, JJ. Tu es un musicien. Je ne parle pas seulement de ce que tu as fait. Je parle de ce que tu es. Je ne sais pas si tu connaîtras un jour le succès. Je ne sais même pas si tu es un bon musicien. Tout ce que je savais c'est que tu ne serais d'aucune utilité à personne en arrêtant la musique. Regarde ce qui s'est passé. Le groupe se sépare, et cinq minutes plus tard tu te retrouves sur le toit d'un immeuble. Tu as ça dans la peau. Sans la musique, tu es mort. Ou tout comme.

– Donc... D'accord. Cela n'a rien à voir avec le fait de ne pas avoir du succès.

– Mais tu me prends pour qui ? »

Je ne parlais pas d'elle ; je parlais de moi. Je n'avais encore jamais envisagé les choses sous cet angle. Je croyais que toute cette histoire tenait à mon échec, mais en fait, non. Et c'est à ce moment-là que j'ai eu envie de pleurer comme une madeleine. Parce qu'elle avait raison. Et des fois, la vérité, ça vous fait cet effet. J'ai eu envie de pleurer parce que j'allais refaire de la musique, et cela m'avait tellement manqué. Et j'ai eu envie de pleurer parce que je savais que je ne connaîtrais jamais le succès ; Lizzie venait donc de me condamner à trente-cinq années de pauvreté, d'errances, de désespoir, sans sécu, sans eau chaude dans les motels et des tas de mauvais hamburgers. Mais au moins les hamburgers, j'allais les manger au lieu de les faire cuire.

MARTIN

Je suis rentré à pied à la maison, j'ai débranché le téléphone et j'ai passé les quarante-huit heures suivantes les rideaux tirés, à boire, dormir et regarder le plus d'émissions possible sur les brocantes. J'ai été alors à deux doigts de connaître le sort de Marie Prevost, actrice de Hollywood découverte après sa mort dans un sale état, son cadavre ayant été en partie dévoré par son teckel. Je me souviens que, pendant ces deux jours, une de mes sources de consolation a été de savoir que je n'avais pas de teckel, ni aucun autre animal domestique, d'ailleurs. Je mourrais probablement seul, et le temps qu'on me retrouve, mon cadavre serait certainement dans un état avancé de décrépitude, mais en un seul morceau, à l'exception des bouts tombés de cause naturelle. Donc, tout allait bien.

La situation est la suivante. L'origine de mes problèmes se situe dans ma tête, si tant est que ma tête soit le siège de ma personnalité. (Cindy et d'autres ne manqueront pas de dire que ma personnalité *et* l'origine de mes problèmes se situeraient tous deux plutôt sous la ceinture, mais laissez-moi terminer.) La vie m'avait offert beaucoup d'opportunités et je les avais toutes gâchées méthodiquement les unes après les autres, par une série de mauvaises décisions catastrophiques, chacune me paraissant être sur le moment une excellente idée – à la fois pour moi et ma tête. Pourtant, le seul outil dont je disposais pour corriger la tournure désastreuse que prenait ma vie était précisément cette même tête, responsable du bordel initial. Quelles étaient mes chances de réussite ?

Quelques semaines après le numéro de Jess façon « Jerry Springer Show », j'ai relu des notes prises pendant ces deux jours. Il serait inexact de dire que j'avais été ivre au point d'oublier que je les avais écrites, d'autant qu'elles traînaient au beau milieu de l'appartement. Mais il m'a fallu une quinzaine de jours avant de trouver le courage de les lire. Et après cette lecture, j'ai failli tirer de nouveau les rideaux et ressortir le Glenmorangie.

L'objet de cet exercice consistait à analyser – avec la seule tête dont je disposais – pourquoi je m'étais comporté de manière si absurde cet après-midi-là en dressant une liste de toutes les explications possibles à ce comportement. A la décharge de ma tête, si je puis me permettre – ou pour rendre à César ce qui est à César, comme disent les ténors du commentaire sportif – celle-ci (ma tête) avait pu au moins reconnaître l'absurdité de ce comportement. Elle (ma tête, toujours) n'avait pas pu y faire grand-chose, sans doute parce que c'est ainsi et pas autrement. Toutes les têtes ressemblent-elles à cela ou seulement la mienne ?

Enfin bref, au dos d'un certain nombre d'enveloppes non ouvertes (essentiellement des factures) s'affichait la preuve inexorable, et ô combien déprimante, de la circularité du comportement humain. « POURQUOI SE DÉFOULER SUR L'INFIRMIER ? » avais-je griffonné. Et dessous :

1. ENFOIRÉ ? LUI ? MOI ?
2. A DRAGUÉ PENNY ?
3. JEUNE ET BEAU – ÉNERVANT ?
4. INDISPOSÉ PAR LES GENS ?

Cette dernière explication, qui a pu me paraître lumineuse au moment où je l'ai couchée sur le papier, semblait à présent d'une candeur vertigineuse, et tellement vague.

Sur une feuille, j'avais gribouillé : « RECOURS POSSIBLES » (Notez, je vous prie, le passage des chiffres aux lettres, il indique sans doute la nature scientifique de ma démarche) :

a) ME TUER ?

b) DEMANDER À MAUREEN DE NE PLUS FAIRE APPEL À CET INFIRMIER.

c) NE PAS.

Le c) s'arrêtait là, soit parce que à ce moment-là j'étais tombé ivre mort, soit parce que « Ne pas » était une formule concise et la seule solution efficace à tous mes problèmes. En y réfléchissant, les choses n'auraient-elles pas mieux marché pour moi si je *n*'étais *pas*... si je *n*'avais *pas*... s'il *n*'y avait *pas* eu.

Aucune de ces notations ne m'inspirait confiance quant à mes capacités de réflexion. Je voyais bien qu'elles étaient l'œuvre de cette même personne qui avait voulu récemment convaincre un groupe de gens triés sur le volet – dont ses propres fillettes – que tous les infirmiers étaient efféminés et hautains. Le terme ENFOIRÉ fournirait au psychologue de la partie adverse la preuve suffisante pour arriver à cette conclusion. De même, le type qui avait passé le réveillon du premier de l'an à se demander s'il allait sauter du toit d'un immeuble était exactement le genre de type susceptible d'inscrire « ME TUER ? » dans une liste des « Choses à faire ». Si tourner en rond avait été un sport olympique, j'aurais décroché plus de médailles d'or que Carl Lewis.

J'avais clairement besoin de deux têtes, deux précautions valant mieux qu'une, comme chacun sait. L'ancienne, pour mémoriser le nom des gens et leurs numéros de téléphone, ainsi que ma marque de céréales préférées, la nouvelle, afin d'observer et d'interpréter le comportement de la première, à la manière d'un spécialiste de la vie des animaux. Demander à ma tête actuelle d'expliquer son propre fonctionnement est aussi vain que de composer votre propre numéro sur votre téléphone : dans les deux cas, cela sonnera occupé. Ou bien vous tomberez sur votre propre message enregistré si vous possédez un répondeur.

Il m'a fallu un temps honteusement long pour me rendre compte qu'il y avait d'autres personnes qui avaient une tête, et que celles-ci pouvaient parfaitement expliquer quel avait pu être le but de mon explosion. Ceci explique, je suppose, tout le concept de l'amitié. Moi, mes amis, je les avais apparemment tous perdus en allant en prison, mais je connaissais plein de gens qui ne se seraient pas fait prier pour me dire mes quatre vérités. En fait, ma propension à laisser tomber les gens, et à me les aliéner, allait ici plutôt me rendre service. Des amis ou des maîtresses auraient essayé de présenter cet épisode sous un jour favorable, mais comme je n'avais que des ex (ex-amis, ex-maîtresses) j'étais dans une position idéale. Je ne connaissais que des gens qui allaient m'étriper à cœur joie.

Et je savais par qui commencer. D'ailleurs, mon premier coup de fil a eu un tel succès que je n'ai pas eu vraiment besoin de poursuivre. Mon ex-femme a été impeccable – directe, éloquente, lucide –, au point que j'ai fini par plaindre tous ceux qui vivaient avec quelqu'un qui les aimait, alors que ne pas vivre avec quelqu'un qui vous méprisait était évidemment la meilleure solution. Quand vous avez une Cindy dans votre vie, vous n'avez même plus à chercher des propos aimables : vous entrez immédiatement dans le vif du sujet : les choses désagréables ; or les choses désagréables représentent une partie essentielle du processus d'apprentissage.

« Où étais-tu ?

– A la maison. Soûl.

– Tu as écouté tes messages ?

– Non. Pourquoi ?

– Oh ! je t'ai laissé quelques pensées à propos de l'autre après-midi.

– Ah ! tant mieux, c'est exactement ce dont je voulais parler. A ton avis que s'est-il passé ?

– Je dirais que tu es déséquilibré. Déséquilibré et pernicieux. Tu es un branleur déséquilibré et pernicieux. »

C'était un bon début, mais on pouvait aller plus loin, me semblait-il.

« Ecoute, j'apprécie ce que tu dis, mais sans vouloir paraître impoli, je trouve que le côté branleur déséquilibré est moins intéressant que le côté pernicieux. Tu pourrais développer ce second aspect ?

– Tu devrais peut-être payer quelqu'un pour le faire, a répliqué Cindy.

– Tu veux dire, un psychologue ? »

Elle a ricané. « Un psychologue ? Non, je pensais plutôt à une des femmes qui te pissent dessus si tu les payes suffisamment. Ce n'est pas ce que tu désires ? »

J'ai réfléchi. Je ne voulais écarter aucune hypothèse *a priori*.

« Non, je ne crois pas, ai-je répondu. Cela ne m'a jamais tenté.

– Je parlais de façon métaphorique.

– Je suis navré. Je ne comprends vraiment pas.

– Tu as manifestement une si piètre image de toi que tu te moques d'être humilié. C'est le problème de ces types.

– Le problème de qui ?

– De ces hommes qui ont besoin que des femmes... Ce n'est pas grave, laisse tomber. »

Je commençais vaguement à comprendre où elle voulait en venir. C'était vrai : cela faisait du bien de se faire traiter de tous les noms. Ou plutôt : cela paraissait justifié.

« Tu sais pourquoi tu t'en es pris à ce pauvre garçon, non ?

– Non ! Tu vois, c'est précisément pour cela que je t'ai appelée. »

Si Cindy avait su tous les dégâts qu'elle aurait pu faire en s'arrêtant là, elle n'aurait pas pu résister à la tentation. Heureusement, elle était résolue à aller jusqu'au bout.

« Voyons, il avait quinze ans de moins que toi, et il était très beau. Mais ce n'est pas ça. En un après-midi, il avait accompli davantage de choses que toi en une vie entière. »

Oui ! Oui !

« Tu te pavanes à la télévision et tu te tapes des lycéennes, tandis qu'il s'occupe d'handicapés pour un salaire minime. Ça ne m'étonne pas que Penny ait été séduite. Pour elle, moralement, c'était comme passer du monstre de Frankenstein à Brad Pitt.

– Merci. C'est génial.

– Et n'essaye pas de me raccrocher au nez. Ce n'est que le début. J'ai douze années à te raconter.

– Oh ! je te rappellerai pour entendre la suite, promis. Mais pour l'instant, ça me suffit amplement. »

Vous voyez ? Tout le monde devrait au moins avoir une ex-femme.

MAUREEN

C'est bizarre d'expliquer ce qui s'est passé à la fin de la journée de la médiation, parce que cela paraît tiré par les cheveux. Mais je pense que je suis la seule à y voir une coïncidence. Je sais, j'ai déjà dit que j'apprenais à mesurer le poids des choses – c'est-à-dire ce qu'il faut dire et ne pas dire quand vous sentez la pitié des gens. Si je vous dis qu'il ne s'était rien passé dans ma vie avant ma rencontre avec les trois autres, je ne veux pas que vous pensiez que je grogne. C'est une simple constatation. Quand vous passez tout votre temps dans une pièce silencieuse, et que quelqu'un arrive par-derrière en poussant un cri, vous sursautez. Quand vous passez tout votre temps avec des nains, et qu'un policier d'un mètre quatre-vingts apparaît, il vous paraît un géant. Quand il ne se passe rien, et que soudain quelque chose se produit, alors cet événement est particulier, et ressemble presque à une action divine. Le néant déforme ce quelque chose, cet événement.

Voici ce qui s'est passé. Stephen et Sean m'ont aidée à ramener Matty à la maison ; nous avons hélé un taxi, et nous nous sommes tassés de notre mieux à l'intérieur, les deux infirmiers et moi serrés sur une banquette. Et cela, c'était déjà quelque chose. Quelques mois auparavant, je l'aurais raconté à Matty (s'il n'avait pas été avec nous) en rentrant à la maison. Bien entendu, s'il n'avait pas été là, il n'y aurait rien eu à raconter. Je n'aurais pas eu besoin de Stephen et de Sean, et nous ne nous serions pas retrouvés dans un taxi. J'aurais pris le bus toute seule, et encore... il aurait fallu que j'aille quelque part. Vous voyez ce que je veux dire avec mon rien et mon quelque chose.

Une fois tous installés, Stephen a dit à Sean : Tu as trouvé quelqu'un d'autre ? et Sean a dit : Non, et je crois que je ne trouverai personne. Stephen a continué : Alors, on ne sera que trois ? On va se faire massacrer. Sean s'est contenté de hausser les épaules, et pendant un certain temps nous avons regardé les rues qui défilaient derrière la vitre. J'ignorais de quoi ils voulaient parler.

Puis Sean a repris : Vous êtes forte au quiz, Maureen ? Ça vous dirait de faire partie de notre équipe ? Peu importe si vous n'y connaissez rien. Il nous faut quelqu'un à tout prix.

D'accord, ce n'est sans doute pas l'histoire la plus extraordinaire que vous ayez jamais entendue. Quand j'écoute Jess, JJ et Martin, ce genre de choses leur arrive tout le temps. Ils rencontrent quelqu'un dans un ascenseur ou dans un bar, et la personne dit : « Vous voulez boire un verre ? » Ou même : « Voulez-vous faire l'amour ? » Et peut-être se disaient-ils justement qu'ils en avaient envie, si bien que la proposition tombe exactement au bon moment, ce qui est la plus singulière des coïncidences. Mais à mon avis, ils ne voient pas les choses ainsi comme la plupart des gens. C'est la vie, et c'est tout. Une personne tombe par hasard sur une autre, la première veut quelque chose, ou connaît quelqu'un qui veut quelque chose. Résultat ? Des choses se produisent. Ou, encore, pour l'exprimer d'une autre manière : si vous ne sortez pas de chez vous et ne rencontrez jamais personne, il ne se passe rien. Et c'est normal. Sur le moment, je suis restée bouche bée. J'avais souhaité participer à un quiz, et ces gens avaient besoin d'une partenaire pour leur équipe. J'en ai frissonné.

Au lieu de rentrer directement à la maison, nous avons déposé Matty au centre de soins. Sean et Stephen n'étaient pas de service, mais ils étaient amis avec tous ceux qui travaillaient ce jour-là, alors ils ont juste dit à leurs collègues que Matty restait pour la soirée, et personne n'a bronché. Nous sommes convenus de nous retrouver au pub pour le quiz, et je suis rentrée me changer à la maison.

Je ne sais pas quelle partie de l'histoire vous raconter ensuite. Il y a eu une autre coïncidence, alors j'ignore si je dois la placer ici, au chapitre des coïncidences, ou plus tard, après vous avoir raconté le quiz. Si je sépare les coïncidences, si je les éloigne l'une de l'autre, elles vous paraîtront peut-être plus crédibles. D'un autre côté, cela m'est égal je me moque que vous me croyez, parce que c'est la vérité. Mais je n'arrive toujours pas à me décider pour savoir si ce sont des coïncidences ou pas : obtenir ce que l'on veut n'est peut-être jamais une coïncidence. Si vous voulez un sandwich au fromage et que vous l'obtenez, ce n'est pas une coïncidence, n'est-ce pas ? Si vous cherchez du travail et que vous en trouvez un, ce n'est pas non plus une coïncidence. Ce ne sont des coïncidences que si vous pensez n'avoir aucune prise sur votre vie. Donc je vais vous raconter tout de suite : l'autre membre de l'équipe était un monsieur d'un certain âge qui s'appelait Jack. Il vendait des journaux pas loin d'Archway, et il m'a proposé du travail.

Ce n'est pas grand-chose, – juste trois matinées par semaine. Et ce n'est pas très bien payé – 4,75 livres de l'heure. Il m'a dit qu'il me prendrait d'abord à l'essai. Mais il n'est plus tout jeune, et il veut pouvoir se remettre au lit à neuf heures après avoir ouvert la boutique, trié les journaux et affronté l'affluence du matin. Il m'a proposé du travail de la même façon que Stephen et Sean m'ont demandé si je voulais me joindre à leur équipe – comme une blague, en désespoir de cause. Entre la série de questions sur la télé et celles sur le sport, Jack m'a demandé ce que je faisais. Je lui ai répondu que je ne faisais rien à part m'occuper de Matty. Là-dessus, il m'a demandé : « Vous ne cherchez pas du travail, par hasard ? » Et de nouveau, j'ai eu un frisson.

Nous n'avons pas gagné le quiz. Nous sommes arrivés quatrième sur onze équipes, mais les garçons étaient plutôt satisfaits du résultat. Et je connaissais des choses qu'ils ignoraient. Je savais que le patron de Mary Tyler Moore s'appelait Lou Grant, par exemple. Que le fils de John Major avait épousé Emma Noble, et que Catherine Cookson avait écrit sur Tilly Trotter et Mary Ann Shaughnessy. Trois points qu'ils n'auraient pas obtenus sans moi – c'est peut-être pour cela qu'ils m'ont proposé de revenir. Apparemment, le quatrième équipier n'était pas fiable parce qu'il venait juste de se trouver une petite amie. Je leur ai dit qu'ils ne trouveraient personne de plus fiable que moi.

Il y a deux mois, j'ai emprunté à la bibliothèque un livre qui racontait l'histoire d'une jeune fille qui tombait amoureuse de son frère perdu de vue depuis longtemps. Mais évidemment, il s'avérait à la fin qu'il n'était pas son frère, qu'il lui avait menti parce qu'il la trouvait belle. Et qu'il n'était pas pauvre non plus. Il était même très riche. Par-dessus le marché, ils découvraient que la moelle osseuse du chien du jeune homme correspondait à la moelle osseuse du chien de la jeune fille atteint de leucémie, si bien que le chien de l'un sauvait la vie du chien de l'autre.

Franchement, ce n'était pas aussi bien qu'il y paraît. C'était un peu trop mélo. Bref, là où je veux en venir, c'est que j'ai peur de ressembler un peu à ce livre, entre le travail et l'équipe de quiz. Et si vous avez vous aussi cette impression, alors je voudrais souligner deux choses. Premièrement, j'aimerais faire remarquer que les soins de Matty coûtent plus que 4,75 livres de l'heure, si bien qu'en fait j'aurais moins de revenus qu'avant. Or une histoire dans laquelle les revenus baissent à la fin n'est pas vraiment un conte de fées. Deuxièmement, je voudrais dire que le quatrième équipier viendra certaines fois, donc je n'y serai pas non plus toutes les semaines.

Au pub, j'ai bu du gin et des bitter lemon ; on ne m'a même pas laissé payer une seule tournée ; ils ont dit que j'étais une pro et que je méritais bien ça. C'est peut-être l'alcool qui m'a mise de si belle humeur, mais à la fin de la soirée, j'ai su que le 31 mars, date à laquelle on devait se retrouver, je ne voudrais pas me jeter du haut de l'immeuble, que cette envie m'avait passé, du moins pour un certain temps. Et ce sentiment que j'étais capable de m'en sortir, j'avais envie de m'y accrocher le plus longtemps possible. Et je tiens bon jusqu'à maintenant.

Le matin qui a suivi le quiz, je suis retournée à l'église. Je n'avais pas remis les pieds dans une église depuis les vacances, et cela faisait des mois et des mois que je ne fréquentais plus ma paroisse. Depuis mes projets pour le nouvel an en fait, quand je m'apprêtais à commettre la pire des fautes. Je pouvais désormais retourner voir le prêtre et demander l'absolution, parce que je n'avais plus l'intention de commettre le moindre péché. C'était par un calme vendredi matin, il n'y avait vraiment pas grand monde. La vieille Italienne qui ne manque jamais une messe était là, ainsi que deux dames africaines que je n'avais jamais vues. Il n'y avait pas d'hommes, ni aucun jeune. J'étais crispée avant d'entrer dans le confessionnal, mais cela s'est bien passé. Vraiment. J'ai dit franchement à quand remontait ma dernière confession, et j'ai avoué le péché de désespoir. Il m'a donné les quinze dizaines du rosaire à réciter – ce que j'ai trouvé un peu sévère, même pour un péché mortel, mais je ne me plaindrai pas. On peut parfois oublier que Dieu est infiniment miséricordieux. Remarquez, si j'avais sauté, son pardon n'aurait pas été si infini. Mais je n'ai pas sauté.

Le père Anthony a dit ensuite : « Pouvons-nous vous aider ? Soulager votre fardeau ? Car n'oubliez pas, Maureen, que vous faites partie d'une communauté ici, à la paroisse. »

Et j'ai répondu : « Merci, mon père, mais j'ai des amis qui m'aident. » Je ne lui ai pas dit à quelle sorte de communauté ces amis appartenaient. Je ne lui ai pas dit que c'étaient tous de terribles pécheurs.

Vous vous souvenez du psaume 50 ? « Invoque-Moi au jour de la détresse : Je te délivrerai, et tu Me glorifieras. » J'étais montée à la Tour du Saut parce que je L'avais invoqué sans cesse sans recevoir de délivrance ; mes jours de détresse avaient beaucoup trop duré, me semblait-il, et ne paraissaient pas près de s'achever. Mais Il m'avait entendue finalement et m'avait envoyé Martin, JJ et Jess, puis Stephen, Sean et les quiz, puis Jack, le marchand de journaux. Autrement dit, Il m'avait prouvé qu'Il écoutait. Comment aurais-je pu continuer à douter de Lui, avec toutes ces preuves ? Alors, j'ai intérêt à Le glorifier du mieux possible.

JESS

Donc le type au chien n'avait pas de nom. Enfin, il a dû en avoir un à un moment donné, mais il m'a dit qu'il ne s'en servait plus, parce qu'il n'était pas d'accord avec l'usage des noms. D'après lui, ils t'empêchaient de devenir celui que tu voulais être. Une fois qu'il m'a expliqué le truc, j'ai compris à peu près ce qu'il voulait dire. Supposons que tu t'appelles Tony ou Joanna. Bon, hier, tu étais Tony ou Joanna, et demain pareil. Donc tu es niqué, en fait. Parce que ces gens pourront toujours te dire : Ça, c'est du Joanna tout craché. Alors que mon mec, là, il pouvait être cent personnes différentes le même jour. Il m'a dit que je pouvais l'appeler comme je voulais, donc au début je l'ai appelé Chien, parce qu'il avait un chien, et ensuite PasDeChien, parce qu'on est allés boire un verre dans un pub, et qu'il a laissé son chien dehors. Si bien qu'en une heure seulement, il a eu deux personnalités complètement différentes, vu que Chien et PasDeChien, c'est un peu le contraire, non ? Un type avec chien, c'est pas pareil qu'un type sans chien. Le type avec chien a une image différente du type sans chien. Et tu ne peux pas dire : Ah ! ça, c'est typique de PasDeChien, de laisser des merdes de chien dans le jardin des gens. Ça ne tiendrait pas debout. Comment PasDeChien pourrait-il avoir un chien qui laisse des crottes dans le jardin des gens – d'ailleurs, comment pourrait-il avoir un chien tout court ? Son idée, c'est qu'on peut tous être Chien et PasDeChien le même jour. Papa, par exemple, pourrait être PasPapa quand il est au boulot, parce que, quand il est au boulot, il est PasPapa. Je sais, cela peut paraître vachement compliqué, mais si tu y réfléchis sérieusement, ça tient la route.

Et le même jour, il a été Fleur, parce qu'il m'a cueilli une fleur quand on a traversé le petit parc près du pont de Southwark. Puis Cendrier, parce que sa bouche sentait le cendrier, or Fleur est aussi le contraire de Cendrier. Tu commences à comprendre. Les êtres humains sont des millions de choses en un jour, et sa méthode en tient bien plus compte que la conception occidentale de l'identité. Après, je ne lui ai donné qu'un seul autre nom – un nom cochon – qui restera donc secret. Quand je dis que c'était cochon, je veux dire que ça va te paraître cochon si je le dis hors contexte, tu vois. En fait, c'est cochon uniquement si tu ne respectes pas le corps des mecs, et dans ce cas, c'est toi la cochonne, pas moi.

Donc, ce type... Quand même le mode de pensée occidental a un avantage, c'est que si quelqu'un a un nom, tu sais comment l'appeler. Ce n'est pas grand-chose par rapport aux millions de gros inconvénients, le plus gros étant que les prénoms, c'est fasciste, cela t'empêche de t'exprimer en tant qu'être humain, et te transforme en une seule chose. Mais comme je parle beaucoup de lui, je crois que je vais lui donner un seul nom. PasDeChien fera l'affaire, parce que c'est inhabituel, et puis comme ça tu sauras de qui je parle. C'est mieux que Chien, parce que sinon tu risques de croire que je te parle d'un putain de chien, alors que pas du tout.

Donc PasDeChien m'a ramenée chez lui après qu'on eut pris un verre. Franchement, je ne pensais pas qu'il avait un domicile, vu le chien et le reste. Il avait la dégaine du mec entre deux appartements, mais manifestement je l'avais rencontré au bon moment. Ce n'était pas non plus un endroit classique. Il habitait une boutique derrière la station Rotherhithe. Même pas une boutique aménagée – juste un magasin, mais qui ne vendait plus rien. Cela avait dû être l'épicerie du coin, donc il y avait des rayonnages, des comptoirs et une grande vitrine qu'il avait recouverte d'un drap. Le chien de PasDeChien avait sa piaule à lui, derrière, dans ce qui avait dû être la réserve. Les boutiques, en fait, c'est assez confortable si tu es prêt à accepter de pas avoir tout le confort. Tu peux mettre tes fringues sur les étagères, la télé à la place de la caisse, ton matelas par terre, et tu es peinard. Et dans les magasins, il y a des toilettes et de l'eau, mais pas de baignoires ni de douches.

En arrivant, on a tout de suite couché ensemble, histoire de pas tourner autour du pot. Jusqu'alors, il y avait qu'avec Chas que je l'avais vraiment fait, et ce n'était pas une réussite. Mais avec PasDeChien, c'était bien. Il y a plus de choses qui ont marché, si tu vois ce que je veux dire. Parce qu'avec Chas, de son point de vue, cela n'avait pas vraiment été ça, et du mien, non plus, alors tu parles. Enfin bref, cette fois-ci, tout a bien marché pour PasDe-Chien, et du coup pour moi aussi, et j'ai mieux compris pourquoi les gens avaient envie de remettre le couvert. On te dit toujours que la première fois est importante, mais en fait c'est la deuxième qui compte vraiment. Enfin, en tout cas, la deuxième personne.

Regarde comme j'ai été bête, la première fois, à sanglo-ter, à être obsédée par ce qui s'était passé. Tu vois, si j'avais fait la même chose la deuxième fois, là je me serais dit que j'avais un problème. Mais vraiment, je m'en foutais de savoir si je reverrais PasDeChien ou pas. Je suppose qu'il y a du progrès, là, non ? Les choses devraient être davantage comme ça, non, si tu veux avancer dans la vie ?

Après, il a allumé sa petite télé en noir et blanc. On est restés allongés sur le matelas à regarder ce qu'il y avait, et on s'est mis à bavarder. J'ai fini par lui parler de Jen, de la Tour du Saut et des autres. Il n'a pas paru surpris, ni touché, ni ému, ni rien. Il a juste hoché la tête, et ensuite il m'a dit : Moi, j'essaye tout le temps de me foutre en l'air. Alors j'ai dit : Tu ne dois pas très bien t'y prendre. Alors il me fait : De toute façon, ça n'est pas l'idée. Et moi je m'étonne : Ah ! bon ? Et il m'a expliqué que l'idée c'était de s'offrir constamment aux dieux de la Vie et de la Mort, des dieux païens qui n'avaient rien à voir avec l'église. Et si le dieu de la Vie voulait de toi, alors tu vivais. Si le dieu de la Mort te voulait, tu mourrais. Il en a conclu que le soir du réveillon, j'avais été choisie par le dieu de la Vie, c'est pour ça que je n'avais pas sauté. Et moi je lui ai dit : Je n'ai pas sauté parce que des gens m'ont plaquée au sol. Il m'a expliqué que le dieu de la Vie s'était exprimé à travers eux, et cela m'a paru limpide. Parce que s'ils n'avaient pas été guidés par des forces invisibles, pourquoi se seraient-ils donné la peine de le faire ? Et ensuite, il m'a expliqué que les gens qui avaient la cervelle en compote, comme George Bush, Tony Blair ou le jury de la *Star Academy*, ne s'offraient absolument jamais aux dieux de la Vie et de la Mort, et par conséquent ne pouvaient pas prouver qu'ils avaient le droit de vivre. Et donc qu'on n'avait pas à obéir à leurs lois, ni à respecter leurs décisions (comme le jury de la *Star Academy*). Donc on n'est pas obligé de bombarder des pays s'ils nous demandent de le faire. Et s'ils nous disent que c'est la Grosse Michèle ou je sais pas qui qui a remporté la *Star Academy*, on n'est pas obligés de les écouter. On peut dire : Non, elle n'a pas gagné.

Tout ce qu'il disait était tellement juste que je me suis mise à regretter les dernières semaines, parce que JJ, Maureen et Martin avaient beau avoir été sympas avec moi, enfin si on veut, on ne pouvait pas vraiment dire que c'était des gens très intelligents. Ils n'avaient pas de réponses, au sens où PasDeChien a des réponses. Mais on peut voir ça sous un autre angle : sans les autres, je n'aurais jamais rencontré PasDeChien, parce que je ne me serais pas donné la peine d'organiser la médiation, et je ne me serais pas enfuie.

Je suppose que là aussi c'est le dieu de la Vie qui parle, si tu y réfléchis.

Quand je suis rentrée à la maison, maman et papa ont voulu me parler. Au début, je n'avais pas envie. Mais ils ont beaucoup insisté. Maman m'a préparé une tasse de thé, m'a fait asseoir à la table de la cuisine, et m'a dit qu'elle voulait me présenter ses excuses à propos des boucles d'oreilles parce qu'elle savait qui les avait volées. Alors j'ai fait : C'est qui ? Et elle m'a dit : Jen. Et je l'ai regardée dans le blanc des yeux. Et elle a répété : Oui, c'est vrai. Jen. Alors j'ai dit : Tu peux m'expliquer, là ? Et elle s'est embarquée dans une histoire, comme quoi Maureen avait remarqué un truc qui crevait les yeux. C'était les boucles d'oreilles préférées de Jen, si elles avaient disparu et que rien d'autre n'avait disparu, alors cela ne pouvait pas être une coïncidence. Sur le coup, je n'ai pas bien compris ce que ça changeait, vu que Jen n'était toujours pas revenue. Mais quand j'ai vu que ça changeait tout pour elle, à quel point elle était plus calme, j'ai arrêté de me poser des questions. Le principal, c'est qu'elle voulait être plus gentille avec moi.

Et là, j'ai été encore plus reconnaissante à PasDeChien. Parce qu'il m'avait indiqué une façon de penser, limpide et profonde, qui me permettait de voir les choses comme elles étaient vraiment. Donc même si maman ne voyait pas les choses comme elles étaient (elle ignorait, par exemple, que les jurés de la *Star Academy* ne pouvaient pas prouver qu'ils avaient le droit de vivre), elle acceptait une idée qui pouvait marcher pour elle et la rendre moins pénible.

Et maintenant, grâce aux leçons de PasDeChien, j'avais la sagesse de l'accepter, et de ne pas lui dire que c'était débile ou inutile.

MARTIN

Qui, pourriez-vous vous demander, aurait l'idée d'appeler son fils Pacino ? Réponse : les parents de Pacino, Harry et Marcia Cox.

« Je peux te demander d'où vient ton prénom ? » ai-je dit à Pacino lors de notre première rencontre.

Il m'a regardé d'un air ahuri. Je dois néanmoins souligner que, peu importe la question posée, Pacino prend toujours un air ahuri. C'est un gaillard mastoc avec des dents de lapin et un strabisme. Son manque d'intelligence était donc particulièrement injuste. En effet, si quelqu'un avait bien besoin de compenser son manque de charisme et de beauté, c'était Pacino.

« Comment ?

– D'où vient ton prénom ?

– D'où qu'y vient, mon prénom ?

L'idée que les prénoms puissent avoir une origine était clairement une nouveauté pour lui ; j'aurais pu aussi bien lui demander d'où lui venaient ses orteils.

« Il y a un acteur de cinéma connu qui s'appelle Pacino. »

Il m'a regardé.

« Ah ! bon ?

– Tu n'as jamais entendu parler de lui ?

– Nan.

– Donc tu ne sais pas si c'est de lui que tu tiens ton prénom ?

– Je sais pas.

– Tu n'as jamais posé la question ?

– Nan. Je pose pas de questions sur les prénoms, moi.

– D'accord.

– Et vot'nom, y vient d'où ?

– Martin ?

– Ouais.

– D'où vient-il, mon nom ?

– Ouais. »

Je l'ai regardé bouche bée. Déconcerté. Hormis la réponse évidente – je tenais mon prénom de mes parents, tout comme Pacino le tenait des siens (encore que cette information l'eût peut-être sidéré) – j'aurais seulement pu lui répondre que le mien était d'origine française – tout comme le sien était d'origine italienne. Moyennant quoi j'aurais eu toutes les peines du monde à expliquer pourquoi son prénom, contrairement au mien, était comique.

« Vous voyez ? C'est une question dure. C'est pas parce que je peux pas y répondre que je suis con.

– Non. Bien sûr que non.

– Sinon, vous aussi vous êtes con. »

C'était une hypothèse que je ne pouvais pas écarter *a priori*, je le sentais bien. Pour toutes sortes de raisons, je commençais à me sentir con. Pacino était en cinquième dans un collège public de mon quartier, et je devais l'aider en lecture. Je m'étais porté volontaire après ma discussion avec Cindy ; j'avais vu une petite annonce dans le journal local : Pacino était mon premier arrêt sur la route conduisant à ma fierté retrouvée. La route est longue, je sais, mais j'avais secrètement espéré que Pacino ne soit pas situé trop loin de l'arrivée. Mettons que l'estime de soi se situe à Sydney, et que j'ai commencé mon périple à la station de métro Holloway Road, alors Pacino serait mon escale de nuit, là où l'avion refait le plein. J'étais assez réaliste pour savoir qu'il ne me ferait pas parcourir tout le trajet d'un coup. Mais donner gratuitement une heure de son temps à un gamin stupide et moche devait tout de même bien correspondre à plusieurs centaines de *miles* ? Dès la première séance, je me suis rendu compte qu'il était plus proche de Caledonian Road que de Singapour, et qu'il me faudrait encore plus d'une vingtaine de stations de métro pour arriver seulement à ce foutu aéroport de Heathrow.

Nous avons commencé par un livre épouvantable sur le football qu'il voulait absolument lire. L'histoire, imprimée en gros caractères, traitait d'une fille unijambiste qui surmontait son handicap ainsi que le sexisme de ses camarades pour devenir capitaine de l'équipe de l'école. Il faut bien avouer, à la décharge de Pacino, qu'en voyant la tournure que prenaient les événements, il a su se montrer résolument dédaigneux.

« Elle va marquer le but décisif au match important, c'est ça ? m'a-t-il demandé, un peu dégoûté.

– Je crains que ce ne soit le cas, oui.

– Mais elle n'a qu'une jambe.

– Effectivement.

– En plus, c'est une gonzesse.

– Oui, absolument.

– Mais alors, c'est quoi, comme école ?

– On pourrait effectivement se poser la question.

– Je pose la question.

– Tu veux connaître le nom de l'établissement ?

– Ouais. Je veux me pointer là-bas avec mes potes et me foutre de leur gueule. Ça leur apprendra à prendre dans leur équipe une gonzesse qu'a qu'une jambe.

– Je ne suis pas persuadé que l'école existe réellement.

– Parce que c'est même pas une histoire vraie ?

– Non.

– Bah ! Dans ce cas je vais pas m'embêter avec.

– Alors choisis un autre livre. »

Il est retourné voir les étagères de la bibliothèque en traînant des pieds, mais n'a trouvé aucun livre susceptible de l'intéresser.

« A quoi t'intéresses-tu, en fait ?

– A rien.

– Rien du tout ?

– J'aime bien les fruits. Ma maman dit que pour manger des fruits, je suis champion.

– Bien. C'est déjà un point de départ. »

Il nous restait encore quarante-cinq minutes avant la fin de l'heure.

Que faire ? Comment apprendre à s'aimer suffisamment pour vouloir vivre un peu plus longtemps ? Et pourquoi l'heure passée avec Pacino ne convenait-elle pas ? Je lui en ai voulu, en partie. Il ne *voulait* pas apprendre, et n'était pas non plus le genre de gamin auquel j'avais pensé. J'avais espéré quelqu'un de remarquablement intelligent, mais désavantagé par son milieu. Un enfant à qui il n'aurait manqué qu'une heure d'étude surveillée pour devenir une sorte de prodige de la classe ouvrière. Je voulais que mon heure hebdomadaire fasse la différence entre un futur accro à l'héroïne et un futur étudiant de lettres à Oxford. Voilà le genre d'élève que je voulais. A la place on m'avait refilé un benêt dont l'activité de prédilection consistait à engloutir des fruits. Parce que, attendez, pourquoi avait-il besoin de lire ? Il existe un symbole international pour les toilettes hommes, et il pourrait toujours demander à sa mère de lui déchiffrer le programme télé.

C'était peut-être là le but de l'opération : sa dimension vaine et laborieuse. C'est peut-être en ayant conscience de faire une action clairement dénuée de valeur qu'on réussit à améliorer l'estime de soi ; bien plus que si vous apportez une aide incontestable aux gens. Je finirais peut-être par avoir une meilleure opinion de moi-même que l'infirmier blond. Je pourrais alors me moquer à nouveau de lui mais en étant dans mon bon droit, cette fois. C'est une monnaie comme une autre, l'estime de soi. Vous pouvez passer des années à économiser, et tout claquer en une soirée, si vous le voulez. Moi, en quelques mois, j'avais jeté par la fenêtre l'équivalent de quarante et quelques années, si bien qu'il fallait que j'économise de nouveau. J'estime que Pacino équivalait à environ dix pence par semaine ; imaginez le temps qu'il me faudra avant que je puisse me refaire une soirée en ville.

Et voilà. Maintenant, je peux finir cette phrase : « Il est difficile d'apprendre à lire à Pacino. » Ou même : « Il est difficile d'essayer de se reconstruire pièce par pièce, sans mode d'emploi, et sans avoir la moindre idée de l'endroit où se trouvent toutes les pièces importantes. »

JJ

Lizzie et Ed m'ont acheté une guitare, un harmonica et un porte-harmonica dans un magasin cool de Denmark Street ; en allant à l'aéroport, Ed a proposé de me payer mon billet de retour.

« Je ne peux pas encore rentrer au pays, mec. »

Je voulais juste lui faire mes adieux, mais le trajet en métro était tellement long qu'on a fini par parler d'autre chose que du magazine stupide qu'il achèterait au kiosque.

« Il y a rien, pour toi, ici. Rentre à la maison, monte un groupe.

– J'en ai un ici.

– Où ?

– Tu sais, les types, là.

– Tu les considères comme un groupe ? Ces ratés et ce putain de... vicelard qu'on a croisé au Starbucks ?

– J'ai déjà eu un groupe de ratés et de vicelards.

– Il y n'a jamais eu de vicelards dans mon groupe.

– Et Dollar Bill, alors ? »

Dollar Bill était notre premier bassiste. Il était plus âgé

que nous. On avait été obligés de le virer après un incident avec le fils du concierge de l'école.

« Putain, Dollar Bill, au moins il savait jouer. Tes petits camarades, là, qu'est-ce qu'ils savent faire ?

– Ce n'est pas le même genre de groupe.

– C'est pas un groupe du tout, oui ! Alors quoi, c'est pour toujours ? Tu vas traîner avec cette bande jusqu'à ce qu'ils meurent ?

– Non, mec. Jusqu'à ce qu'ils aillent mieux, c'est tout.

– Mieux ? Mais cette nana est tarée. Le mec ne pourra plus jamais montrer sa tronche en public. Et putain, la vieille a un môme qui peut à peine respirer. Alors quand est-ce qu'ils iront mieux ? Tu aurais plutôt intérêt à ce qu'ils aillent moins bien, oui. Qu'ils sautent de leur putain de building, comme ça tu rentreras aux States. C'est le seul *happy end* possible pour toi.

– Et toi, alors ?

– Quel rapport avec moi, bordel ?

– Ce sera quoi, ton *happy end* ?

– Qu'est-ce que tu racontes ?

– Je veux savoir quel genre de *happy end* peut espérer le reste de la population. Dis-moi ce que ça change. Martin, Maureen et Jess sont foutus, mais toi... Toi, tu as un boulot, tu branches la télé câblée chez les gens. Tu vas où, avec ça ?

– Je vais où je vais.

– C'est-à-dire...

– Putain ! Mais je t'emmerde.

– J'essaye juste de te faire comprendre.

– Ouais. Ça y est, j'ai pigé. J'ai autant de chances de connaître un *happy end* que tes petits camarades. Merci. Ça ne t'ennuie pas que j'attende d'être rentré à la maison pour me foutre une balle dans la tête ? Tu préfères que je le fasse ici ?

– Hé ! Ce n'est pas ce que je voulais dire. »

Mais, en fait, je crois que si. Quand vous en êtes au point où j'en étais là-haut, le soir du réveillon, vous vous dites que les autres sont à des millions de kilomètres, qu'il y a un océan entre eux et vous. Mais non. Il n'y a pas de mer. Ils sont tous sur la terre ferme, à portée de main.

Attention, je ne dis pas que le bonheur est à portée de main. Qu'il suffit d'ouvrir les yeux... Et toutes ces bêtises. Je ne dis pas plus que les gens suicidaires sont proches de ceux qui tiennent le coup ; je vous dis juste que les gens qui tiennent le coup ne sont pas si loin d'être suicidaires. Je ne devrais peut-être pas trouver ça si réconfortant.

On arrivait au terme des quatre-vingt-dix jours, et je suppose que le suicidologue de Martin connaissait son affaire. Les choses avaient changé. Elles n'avaient pas changé très vite, et pas de manière exceptionnelle, et peut-être même qu'on n'avait pas fait grand-chose pour qu'elles changent. Dans mon cas, il n'y avait pas vraiment eu d'amélioration. Je pouvais affirmer en toute honnêteté que le 31 mars mes perspectives d'avenir seraient encore moins enviables qu'elles ne l'avaient été le soir du réveillon.

« C'est bon, ça va aller ? a demandé Ed quand on est arrivés à l'aéroport.

– Qu'est-ce qui va aller ?

– Je ne sais pas. La vie.

– Je ne vois pas pourquoi ça n'irait pas.

– Vraiment ? Merde, mec. Tu dois bien être le seul. Je veux dire, on comprendrait tous que tu te foutes en l'air. Sérieux. Personne n'irait dire : Quel dommage. Il a tout gâché. Parce que tu gâches quoi ? Rien. Ce ne sera pas une grande perte.

– Merci, mec.

– De rien. Je te le dis comme je le pense ».

Il souriait, je souriais, et on se parlait comme on s'était toujours parlé à propos de tout ce qui clochait dans nos vies ; juste un peu plus méchamment que d'habitude, je dirais. A la grande époque, il m'avait dit que de toute façon la fille qui venait de me briser le cœur en pinçait pour lui. Et moi, que la chanson sur laquelle il avait bossé pendant des mois, c'était de la merde en barre. Sauf que là, les enjeux étaient plus importants. Il avait raison, n'empêche, il n'avait sans doute jamais été aussi près de la vérité. Ce ne serait pas une grande perte. Le truc, c'est de savoir que tu as encore droit à tes soixante-dix ans sur terre.

Chanteur de rue, c'est pas si grave. Bon, c'est grave, mais pas horrible. Bon, d'accord c'est horrible, mais pas... Je reviendrai là-dessus avec une formule à la fois pertinente et positive une autre fois. Le premier jour dehors, putain, je me suis senti bien, parce que cela faisait si longtemps que je n'avais pas touché une guitare. Le deuxième jour s'est pas mal passé, parce que j'étais un peu moins rouillé, je sentais que les trucs revenaient, les accords, les chansons, la confiance. Les jours d'après, j'imagine que j'ai ressenti ce qu'on ressent quand on joue dans la rue – et c'était plus agréable que de livrer des pizzas.

Et les gens donnent du fric, je vous assure. J'ai récupéré dix livres en jouant « Losing My Religion » pour tout un groupe de jeunes Espagnols devant le musée de cire de Madame Tussaud. Et juste un peu moins le lendemain, grâce à un groupe de Suédois je crois (« William, It Was Really Nothing », devant la Tate Modern). Si je pouvais tuer ce type, là, jouer dans la rue serait le meilleur job que je puisse espérer trouver. Ou du moins le meilleur dans la branche jouer de la guitare dans la rue. Ce type se fait appeler Jerry Lee Trottoir, et son truc c'est de se coller juste à côté de vous, et de jouer exactement la même chose que vous, mais avec deux mesures de décalage. Donc je commence « Losing My Religion » et il se met à jouer « Losing My Religion ». Je m'arrête, parce que c'est horrible, et il s'arrête. Et là, tout le monde rit, parce que putain ! qu'est-ce que c'est drôle, ah ! ah ! ah ! Donc, je change de secteur, et lui, il me suit. Et peu importe la chanson que je joue – ce qui, il faut bien le reconnaître, est assez impressionnant. Je pensais que j'allais lui en boucher un coin en jouant « Skyway » des Replacements que j'avais travaillé uniquement pour l'embêter (dix-neuf personnes au monde doivent connaître ce morceau). Mais il l'a jouée. Ah oui ! Et évidemment, tout le monde lui file des pièces, parce que c'est un génie. Et manifestement, moi j'en suis pas un. Je lui ai balancé un pain, une fois, à Leicester Square. Bilan, tout le monde s'est mis à me huer, parce que les gens l'adorent.

Mais j'imagine que des collègues de travail avec qui on ne s'entend pas, tout le monde connaît ça. Et si vous êtes à court de métaphore ambulante pour décrire la stupidité et la futilité de votre vie au boulot, et je suis conscient que ce n'est pas le cas de tout le monde, alors vous admettrez que Jerry Lee Trottoir est assez dur à battre.

MAUREEN

Pour fêter le Quatre-Vingt-Dixième Jour, nous nous sommes retrouvés au pub, en face de la Tour du Saut. L'idée était de boire un verre ou deux, de monter sur le toit de l'immeuble, de réfléchir un peu à tout cela, puis de redescendre manger un curry à l'Indian Ocean sur Holloway Road. Pour le curry, je n'étais pas convaincue, mais les autres avaient dit qu'ils choisiraient quelque chose qui me conviendrait.

Mais je n'avais pas envie de retourner là-haut, pourtant.

« Pourquoi ? a demandé Jess.

– Parce que des gens s'y suicident, ai-je répondu.

– Sans blague, a dit Jess.

– Ah ! parce que toi tu as apprécié le jour de la Saint-Valentin, hein ? a lancé Martin à Jess.

– Non, je n'ai pas vraiment *apprécié*, mais bon, vous voyez.

– Non, je ne vois pas, a répondu Martin.

– C'est la vie, quoi.

– C'est ce qu'on dit toujours pour les choses désagréables. "Ah ! ce film montre quelqu'un qui se fait arracher les yeux avec un tire-bouchon. Mais c'est la vie." » Moi, je vais vous dire ce qu'est la vie aussi : aller chier. Personne n'a envie de voir ce genre de scène. Les films ne les montrent jamais. Tiens, si on allait voir des gens qui chient, ce soir ?

– Je ne vois pas qui nous laisserait regarder ? a dit Jess. Les gens s'enferment à clé.

– Mais toi, tu regarderais s'ils ne fermaient pas à clé ?

– S'ils ne fermaient pas à clé, ce serait déjà davantage la vie, justement, non ? Donc oui, je regarderais. »

Martin a grogné et a levé les yeux au ciel. On aurait pu croire qu'il était bien plus intelligent que Jess, mais, apparemment, il n'avait jamais le dernier mot dans une discussion avec elle. Et là, elle l'avait de nouveau coincé.

« Mais si les gens ferment la porte des cabinets, c'est qu'ils veulent préserver leur intimité, a dit JJ. Et ils veulent peut-être aussi préserver leur intimité quand ils envisagent de se suicider.

– Donc tu penses qu'on devrait les laisser faire ? a rétorqué Jess. Parce que moi, je ne trouve pas que ce soit la bonne attitude. Ce soir, on pourra peut-être aider quelqu'un.

– Ce n'est pourtant pas du tout ce que dit ton ami ? Alors, si j'ai bien compris, tu considères maintenant que, question suicide, c'est le marché qui décide », a dit Martin.

Nous venions de parler d'un homme sans nom qui s'appelait PasDeChien. Il avait dit à Jess que vouloir se suicider était parfaitement sain, et que tout le monde devrait en passer par là.

« Je n'ai jamais rien dit de...

– Je suis navré. Je paraphrasais. Je croyais que nous n'avions pas le droit d'intervenir.

– Non, non. On peut intervenir. Ça fait partie du processus, vous comprenez ? Il suffit d'y penser, et ensuite, advienne que pourra. Si on empêche quelqu'un de sauter, les dieux auront parlé.

– Et si j'étais un dieu, a déclaré Martin, tu es exactement le genre de personne dont je me servirais comme haut-parleur.

– Vous me dites des trucs cochons, là ?

– Non, je te fais un compliment. »

Jess a paru contente.

« Donc, on va chercher quelqu'un ? a-t-elle repris.

– Comment tu fais pour chercher quelqu'un, toi ? a demandé JJ.

– Bah ! je suis sûre qu'on peut trouver quelqu'un ici. »

Nous avons cherché dans le pub. Il n'était que sept

heures passées et il n'y avait pas grand monde. Dans un coin, du côté des toilettes hommes, deux jeunes gens en costume examinaient un téléphone portable en rigolant. A la table la plus proche du bar, trois jeunes femmes regardaient des photos en riant. A côté de nous, un jeune couple riait sans raison. Et un type entre deux âges assis au bar lisait le journal.

« Trop de rigolade, a dit Jess.

– Tous ceux qui trouvent les textos marrants ne sont pas des candidats au suicide, a expliqué JJ. Ce sont des gens trop creux.

– Moi, je suis déjà tombée sur des textos rigolos, a protesté Jess.

– Justement, a dit Martin. Cela prouve plutôt la théorie de JJ.

– La ferme, a dit Jess. Et le mec qui lit le journal ? Il est tout seul. On ne pourra pas trouver mieux. »

JJ et Martin se sont regardés, puis ont éclaté de rire.

« Trouver mieux ? s'est exclamé Martin. Tu veux dire que nous devons dissuader quelqu'un dans cette salle, même si l'idée de se tuer ne l'a même pas effleuré ?

– Ouais, bon, les crétins qui ricanent, là-bas, ne monteront pas à la Tour du Saut. Lui, il a l'air plus profond.

– Il lit la page tiercé du *Sun*, putain ! a dit Martin. Son copain va débouler dans cinq minutes, et ils vont s'envoyer quinze pintes et un curry.

– Espèce de snob !

– Tiens donc ! Et qui disait qu'il faut être profond pour se tuer ?

– Nous tous, a répondu JJ. Non ? »

Nous avons tous bu deux verres chacun. Martin a pris des grands whiskies avec de l'eau, JJ des pintes de Guinness, Jess du Red Bull et de la vodka, et moi du vin blanc. Trois mois plus tôt, j'aurais sûrement été pompette, mais on dirait que je bois plus maintenant et quand on s'est levés, j'ai juste ressenti une impression de douce chaleur. Le dimanche précédent, nous étions passés à l'heure d'été, et si en bas il faisait déjà assez sombre, tout en haut de l'immeuble, on avait l'impression qu'il restait encore, quelque part, de la lumière dans la ville. Nous nous sommes appuyés contre le mur à côté de l'endroit où Martin avait découpé le grillage, et nous avons regardé la Tamise au sud.

« Bon, a dit Jess. Il y a des volontaires pour le grand saut ? »

Personne n'a répondu, car ce n'était plus une question sérieuse, alors nous nous sommes contentés de sourire.

« C'est quand même une bonne chose, non ? Qu'on soit tous encore là ? a déclaré JJ.

– Ben, oui, a dit Jess.

– Non, a repris JJ. Ce n'était pas une remarque de pure forme. »

Jess l'a insulté, avant de lui demander ce qu'il voulait dire par là.

« Tu vois, je veux vraiment savoir, a répondu JJ. J'ai vraiment envie de savoir si... Je ne sais pas.

– Si c'est mieux que nous soyons ici plutôt que le contraire ? a demandé Martin.

– Ouais. C'est ça. Je suppose.

– C'est mieux pour vos fillettes, a dit Jess.

– Certainement, a dit Martin. Je ne les ai pas revues pour autant, mais enfin.

– C'est mieux pour Matty, a dit JJ, mais je n'ai rien répondu, et tout le monde s'est rappelé que ce n'était pas vraiment mieux pour Matty.

– En tout cas, nous sommes tous entourés de gens qui nous sont chers, a affirmé Martin. Et ils préfèrent que nous soyons vivants plutôt que morts. Quitte à choisir.

– Vous croyez ? a demandé Jess.

– Tu me demandes si je pense que tes parents veulent que tu vives ? Oui, Jess, tes parents veulent que tu vives. »

Jess a fait une grimace incrédule.

« Comment se fait-il qu'on n'y ait pas pensé plus tôt ? a demandé JJ. Le soir du réveillon. Pas une seule fois je n'ai pensé à mes parents.

– Parce que, à ce moment-là, la situation était pire, je suppose, a répondu Martin. La famille, c'est comme, je ne sais pas, la gravité. Elle est plus forte à certains moments qu'à d'autres.

– Ouaip. C'est ça, la gravité. C'est ce qui fait que, certains matins, on flotte dans l'air. Alors qu'à d'autres, on peut à peine lever les pieds, s'est moquée Jess.

– Bon, alors les marées. On ne remarque pas la marée descendante, alors que... Enfin, bref. Vous voyez ce que je veux dire.

– Si un gars débarquait là ce soir, qu'est-ce que vous lui diriez ? a demandé JJ.

– Je lui parlerais des quatre-vingt-dix jours, a répondu Jess. Parce que c'est vrai, non ?

– Ouais, a dit JJ. C'est vrai qu'aucun d'entre nous n'a envie de se tuer ce soir. Mais bon... S'il nous demandait pourquoi. S'il nous disait : "Alors, dites-moi, qu'est-ce qui vous est arrivé de bien depuis que vous avez décidé de ne pas sauter ?", vous lui répondriez quoi ?

– Je lui parlerais de mon travail avec le marchand de journaux ai-je répondu. Et des quiz. »

Les autres ont regardé leurs pieds. Jess paraissait sur le point de l'ouvrir, mais JJ lui a fait les gros yeux, et elle s'est retenue.

« Ouais, c'est vrai, vous vous en sortez pas mal, a conclu JJ au bout d'un certain temps. Mais moi, p... ! je fais la manche dans la rue avec ma gratte. Pardon, Maureen.

– Et moi, je n'arrive pas à faire progresser en lecture le gamin le plus bouché du monde, a dit Martin.

– Ne soyez pas trop sévère avec vous-même, a dit Jess. Il y a plein d'autres trucs que vous n'arrivez pas à faire. Avec vos gamines par exemple. Sentimentalement, aussi et...

– Ah oui, alors que toi, Jess... Tu ne connais pas l'échec. Tout te sourit, p... !

– Pardon, Maureen, a dit JJ.

– Oui, excusez-moi, Maureen.

– Il y a quatre-vingt-dix jours, je ne connaissais pas PasDeChien, a dit Jess.

– Ah oui ! J'oubliais, a dit Martin. PasDeChien : l'unique exploit dont nous pouvons tous nous enorgueillir. L'équipe de quiz de Maureen mise à part, bien entendu. »

Je n'ai pas voulu reparler des journaux. Je sais, ce n'est

pas grand-chose, mais j'aurais eu l'air d'insister lourdement.

« Allons parler à notre candidat suicidaire de PasDeChien. Vous savez, notre amie Jess, ici présente, a fait la connaissance d'un type qui ne croit pas aux prénoms, et pense que nous devrions sans cesse vouloir nous suicider. Voilà qui devrait lui remonter le moral.

– Ce n'est pas ce qu'il pense. Là, vous vous f... de sa g..., p... ! Il fallait vraiment que tu remettes tout ça sur le tapis, JJ ? On allait passer une bonne soirée, et maintenant, tout le monde est déprimé, p... !

– Ouais, a dit JJ. Je suis désolé. Je me demandais, c'est tout. Pourquoi on est tous encore ici.

– Merci, a dit Martin. Merci pour cette contribution. »

Au loin, on apercevait les lumières de la Grande Roue au-dessus de la Tamise, l'Œil de Londres.

« On n'est pas obligés de décider tout de suite, si ? a demandé JJ.

– Bien sûr que non, a répondu Martin.

– Alors, si on se donnait encore six mois ? Histoire de voir comment ça se passe ?

– Ce machin est vraiment en train de tourner ? a demandé Martin. Je n'arrive pas à le savoir. »

Nous avons regardé la Grande Roue pendant un long moment. Martin avait raison. On aurait dit qu'elle ne bougeait pas. Pourtant, elle devait tourner, non ?

Dans la même collection

Svetlana Alexievitch, *Ensorcelés par la mort.* Traduit du russe par Sophie Benech.

Vladimir Arsenijević, *A fond de cale.* Traduit du serbo-croate par Mireille Robin.

Trezza Azzopardi, *La Cachette.* Traduit de l'anglais par Edith Soonckindt.

Kirsten Bakis, *Les Chiens-Monstres.* Traduit de l'anglais (Etats-Unis) par Marc Cholodenko.

Sebastian Barry, *Les Tribulations d'Eneas McNulty.* Traduit de l'anglais (Irlande) par Robert Davreu.

Saul Bellow, *En souvenir de moi.* Traduit de l'anglais (Etats-Unis) par Pierre Grandjouan.

Saul Bellow, *Tout compte fait. Du passé indistinct à l'avenir incertain.* Traduit de l'anglais (Etats-Unis) par Philippe Delamare.

Alessandro Boffa, *Tu es une bête, Viskovitz.* Traduit de l'italien par Nathalie Bauer.

Joan Brady, *L'Enfant loué.* Traduit de l'anglais par Pierre Alien. Prix du Meilleur Livre Etranger 1995.

Joan Brady, *Peter Pan est mort.* Traduit de l'anglais par Marc Cholodenko.

Joan Brady, *L'Emigré.* Traduit de l'anglais par André Zavriew.

Peter Carey, *Jack Maggs.* Traduit de l'anglais (Australie) par André Zavriew.

Peter Carey, *Oscar et Lucinda.* Traduit de l'anglais (Australie) par Michel Courtois-Fourcy.

Peter Carey, *L'Inspectrice.* Traduit de l'anglais (Australie) par Marc Cholodenko.

Peter Carey, *Un écornifleur* (Illywhacker). Traduit de l'anglais (Australie) par Jean Guiloineau.

Peter Carey, *La Vie singulière de Tristan Smith.* Traduit de l'anglais (Australie) par André Zavriew.

Peter Carey, *Ma vie d'imposteur.* Traduit de l'anglais (Australie) par Elisabeth Peellaert.

Peter Carey, *Véritable histoire du Gang Kelly.* Traduit de l'anglais (Australie) par Elisabeth Peellaert. Prix du Meilleur Livre Etranger 2003.

Sandra Cisneros, Caramelo. Traduit de l'anglais (Etats-Unis) par Rémy Lambrechts.

Martha Cooley, *L'Archiviste.* Traduit de l'anglais (Etats-Unis) par André Zavriew.

Fred D'Aguiar, *La Mémoire la plus longue*. Traduit de l'anglais (Etats-Unis) par Gilles Lergen.
Junot Diaz, *Comment sortir une Latina, une Black, une blonde ou une métisse*. Traduit de l'anglais (Etats-Unis) par Rémy Lambrechts.
Edward Docx, *Le Calligraphe*. Traduit de l'anglais par Marie-Claire Pasquier.
Albert Drach, *Voyage non sentimental*. Traduit de l'allemand par Colette Kowalski.
Stanley Elkin, *Le Royaume enchanté*. Traduit de l'anglais (Etats-Unis) par Claire Maniez et Marc Chénetier.
Nathan Englander, *Pour soulager d'irrésistibles appétits*. Traduit de l'anglais (Etats-Unis) par Elisabeth Peellaert.
Jeffrey Eugenides, *Les Vierges suicidées*. Traduit de l'anglais (Etats-Unis) par Marc Cholodenko.
Dario Fo, *Le Pays des Mezaràt*. Traduit de l'italien par Nathalie Bauer.
Erik Fosnes Hansen, *Cantique pour la fin du voyage*. Traduit du norvégien par Alain Gnaedig.
Erik Fosnes Hansen, *La Tour des faucons*. Traduit du norvégien par Johannes Kreisler.
Erik Fosnes Hansen, *Les Anges protecteurs*. Traduit du norvégien par Lena Grumbach et Hélène Hervieu.
William Gaddis, *JR*. Traduit de l'anglais (Etats-Unis) par Marc Cholodenko.
William Gaddis, *Le Dernier Acte*. Traduit de l'anglais (Etats-Unis) par Marc Cholodenko.
William Gaddis, *Agonie d'agapè*. Traduit de l'anglais par Claro.
Eduardo Galeano, *Mémoire du feu*, tome I, *Les Naissances*. Traduit de l'espagnol par Claude Couffon.
Eduardo Galeano, *Mémoire du feu*, tome II, *Les Visages et les Masques*. Traduit de l'espagnol par Véra Binard.
Eduardo Galeano, *Mémoire du feu*, tome III, *Le Siècle du vent*. Traduit de l'espagnol par Véra Binard.
Natalia Ginzburg, *Nos années d'hier*. Traduit de l'italien par Adrienne Verdière Le Peletier. Nouvelle édition établie par Nathalie Bauer.
Paul Golding, *L'Abomination*. Traduit de l'anglais par Robert Davreu.
Nadine Gordimer, *Le Safari de votre vie*. Nouvelles traduites de l'anglais par Pierre Boyer, Julie Damour, Gabrielle Rolin, Antoinette Roubichou-Stretz et Claude Wauthier.
Nadine Gordimer, *Feu le monde bourgeois*. Traduit de l'anglais par Pierre Boyer.
Nadine Gordimer, *Personne pour m'accompagner*. Traduit de l'anglais par Pierre Boyer.
Nadine Gordimer, *L'Ecriture et l'existence*. Traduit de l'anglais par Claude Wauthier.
Nadine Gordimer, *L'Arme domestique*. Traduit de l'anglais par Claude Wauthier et Fabienne Teisseire.
Nadine Gordimer, *Vivre dans l'espoir et dans l'Histoire*. Traduit de l'anglais par Claude Wauthier et Fabienne Teisseire.
Nadine Gordimer, *La Voix douce du serpent*. Traduit de l'anglais par Pierre Boyer, Julie Damour, Dominique Dussidour, Claude Wauthier.

Nadine Gordimer, *Le Magicien africain*. Traduit de l'anglais par Pierre Boyer, Julie Damour, Fabienne Teisseire et Claude Wauthier.

Arnon Grunberg, *Douleur fantôme*. Traduit du néerlandais par Olivier Van Wersch-Cot.

Arnon Grunberg, *Lundis bleus*. Traduit du néerlandais par Tina Hegeman.

Allan Gurganus, *Bénie soit l'assurance*. Traduit de l'anglais (Etats-Unis) par Simone Manceau.

Allan Gurganus, *Et nous sommes à Lui*. Traduit de l'anglais (Etats-Unis) par Elisabeth Peellaert.

Allan Gurganus, *Lucy Marsden raconte tout*. Traduit de l'anglais (Etats-Unis) par Elisabeth Peellaert.

Allan Gurganus, *Les Blancs*. Traduit de l'anglais (Etats-Unis) par Simone Manceau et Elisabeth Peellaert.

Oscar Hijuelos, *Les Mambo Kings*. Traduit de l'anglais (Etats-Unis) par Pierre Alien et Jean Clem.

Nick Hornby, *Haute Fidélité*. Traduit de l'anglais par Gilles Lergen.

Nick Hornby, *Carton jaune*. Traduit de l'anglais par Gabrielle Rolin.

Nick Hornby, *A propos d'un gamin*. Traduit de l'anglais par Christophe Mercier.

Nick Hornby, *La bonté : mode d'emploi*. Traduit de l'anglais par Isabelle Chapman.

Nick Hornby, *Conversations avec l'ange*. Traduit de l'anglais par Marie-Claire Pasquier.

Neil Jordan, *Lignes de fond*. Traduit de l'anglais (Irlande) par Gabrielle Rolin.

Nicholas Jose, *Pour l'amour d'une rose noire*. Traduit de l'anglais par Anne Rabinovitch.

Ryszard Kapúsciński, *Imperium*. Traduit du polonais par Véronique Patte.

Ryszard Kapúsciński, *Ebène*. Traduit du polonais par Véronique Patte.

Ryszard Kapúsciński, *La Guerre du foot*. Traduit du polonais par Véronique Patte.

Wolfgang Koeppen, *Pages du journal de Jacob Littner écrites dans un souterrain*. Traduit de l'allemand par André Maugé.

Jerzy Kosinski, *L'Ermite de la 69e Rue*. Traduit de l'anglais (Etats-Unis) par Fortunato Israël.

Barry Lopez, *Les Dunes de Sonora*. Traduit de l'anglais (Etats-Unis) par Suzanne V. Mayoux.

James Lord, *Cinq femmes exceptionnelles*. Traduit de l'anglais (Etats-Unis) par Pierre Leyris et Edmonde Blanc.

Patrick McCabe, *Le Garçon boucher*. Traduit de l'anglais (Irlande) par Edith Soonckindt.

Norman Mailer, *Oswald. Un mystère américain*. Traduit de l'anglais (Etats-Unis) par Pierre Grandjouan.

Norman Mailer, *L'Evangile selon le fils*. Traduit de l'anglais (Etats-Unis) par Rémy Lambrechts.

Norman Mailer, *L'Amérique*. Traduit de l'anglais (Etats-Unis) par Anne Rabinovitch.

Salvatore Mannuzzu, *La Procédure*. Traduit de l'italien par André Maugé.

Salvatore Mannuzzu, *La Fille perdue*. Traduit de l'italien par Nathalie Bauer.

Valerie Martin, *Mary Reilly*. Traduit de l'anglais (Etats-Unis) par Annie Saumont.

Paolo Maurensig, *Le Violoniste*. Traduit de l'italien par Nathalie Bauer.

Piero Meldini, *L'Antidote de la mélancolie*. Traduit de l'italien par François Maspero.

Jess Mowry, *Hypercool*. Traduit de l'anglais (Etats-Unis) par Pierre Alien.

Péter Nádas, *La Fin d'un roman de famille*. Traduit du hongrois par Georges Kassai.

Péter Nádas, *Le Livre des mémoires*. Traduit du hongrois par Georges Kassai. Prix du Meilleur Livre Etranger 1999.

Péter Nádas, *Amour*. Traduit du hongrois par Georges Kassai et Gilles Bellamy.

V. S. Naipaul, *L'Inde. Un million de révoltes*. Traduit de l'anglais par Béatrice Vierne.

V. S. Naipaul, *La Traversée du milieu*. Traduit de l'anglais par Marc Cholodenko.

V. S. Naipaul, *Un chemin dans le monde*. Traduit de l'anglais par Suzanne V. Mayoux.

V. S. Naipaul, *La Perte de l'Eldorado*. Traduit de l'anglais par Philippe Delamare.

V. S. Naipaul, *Jusqu'au bout de la foi. Excursions islamiques chez les peuples convertis*. Traduit de l'anglais par Philippe Delamare.

V. S. Naipaul, *La Moitié d'une vie*. Traduit de l'anglais par Suzanne V. Mayoux.

Tim O'Brien, *A la poursuite de Cacciato*. Traduit de l'anglais (Etats-Unis) par Yvon Bouin.

Tim O'Brien, *A propos de courage*. Traduit de l'anglais (Etats-Unis) par Jean-Yves Prate. Prix du Meilleur Livre Etranger 1993.

Tim O'Brien, *Au lac des Bois*. Traduit de l'anglais (Etats-Unis) par Rémy Lambrechts.

Tim O'Brien, *Matou amoureux*. Traduit de l'anglais (Etats-Unis) par Rémy Lambrechts.

Jayne Anne Phillips, *Camp d'été*. Traduit de l'anglais (Etats-Unis) par André Zavriew.

Salman Rushdie, *Est, Ouest*. Traduit de l'anglais par François et Danielle Marais.

Salman Rushdie, *Franchissez la ligne...* Traduit de l'anglais par Philippe Delamare.

Salman Rushdie, *Furie*. Traduit de l'anglais par Claro.

Salman Rushdie, *Haroun et la mer des histoires*. Traduit de l'anglais par Jean-Michel Desbuis.

Salman Rushdie, *La Honte*. Traduit de l'anglais par Jean Guiloineau.

Salman Rushdie, *La Terre sous ses pieds*. Traduit de l'anglais par Danielle Marais.

Salman Rushdie, *Le Dernier Soupir du Maure*. Traduit de l'anglais par Danielle Marais.

Salman Rushdie, *Le Sourire du jaguar*. Traduit de l'anglais par Anne Rabinovitch.

Salman Rushdie, *Les Enfants de minuit.* Traduit de l'anglais par Jean Guiloineau.

Salman Rushdie, *Les Versets sataniques.* Traduit de l'anglais par A. Nasier.

Paul Sayer, *Le Confort de la folie.* Traduit de l'anglais par Bernard Hoepffner.

Donna Tartt, *Le Maître des illusions.* Traduit de l'anglais (Etats-Unis) par Pierre Alien.

Donna Tartt, *Le Petit Copain.* Traduit de l'anglais (Etats-Unis) par Anne Rabinovitch.

Pramoedya Ananta Toer, *Le Fugitif.* Traduit de l'indonésien par François-René Daillie.

Dubravka Ugrešić, *L'Offensive du roman-fleuve.* Traduit du serbo-croate par Mireille Robin.

Dubravka Ugrešić, *Dans la gueule de la vie.* Traduit du serbo-croate par Mireille Robin.

Sandro Veronesi, *La Force du passé.* Traduit de l'italien par Nathalie Bauer.

Serena Vitale, *Le Bouton de Pouchkine.* Traduit de l'italien par Jacques Michaut-Paternò. Prix du Meilleur Livre Etranger 1998.

Edith Wharton, *Les Boucanières.* Traduit de l'anglais (Etats-Unis) par Gabrielle Rolin.

Edmund White, *Ecorché vif.* Traduit de l'anglais (Etats-Unis) par Elisabeth Peellaert et Marc Cholodenko.

Edmund White, *Fanny.* Traduit de l'anglais (Etats-Unis) par Anne Rabinovitch.

Edmund White, *La Bibliothèque qui brûle.* Traduit de l'anglais (Etats-Unis) par Philippe Delamare.

Edmund White, *La Symphonie des adieux.* Traduit de l'anglais (Etats-Unis) par Marc Cholodenko.

Edmund White, *L'Homme marié.* Traduit de l'anglais (Etats-Unis) par Anne Rabinovitch.

Jeanette Winterson, *Ecrit sur le corps.* Traduit de l'anglais par Suzanne Mayoux.

Jeanette Winterson, *Le Sexe des cerises.* Traduit de l'anglais par Isabelle Delors-Philippe.

Jeanette Winterson, *Art et mensonges.* Traduit de l'anglais par Isabelle Delors-Philippe.

Tobias Wolff, *Un mauvais sujet.* Traduit de l'anglais (Etats-Unis) par Anouk Neuhoff.

Tobias Wolff, *Dans l'armée de Pharaon.* Traduit de l'anglais (Etats-Unis) par Rémy Lambrechts.

Tobias Wolff, *Portrait de classe.* Traduit de l'anglais (Etats-Unis) par Elisabeth Peellaert.

Tobias Wolff, *Retour au monde.* Traduit de l'anglais (Etats-Unis) par Rémy Lambrechts.

Cet ouvrage a été composé par
Nord Compo (Villeneuve-d'Ascq)
et imprimé par **Bussière**
à Saint-Amand-Montrond (Cher)
pour le compte des Éditions Plon
76, rue Bonaparte
Paris 6e

Achevé d'imprimer en avril 2005

N° d'édition : 20201. — N° d'impression : 051536/1.
Dépôt légal : avril 2005.
Imprimé en France